적가사는 눈먼 돈을 좇지 않는다

적가사는 눈먼 동을 쫓지 않는다 4

로시원 장편소설

초판 1쇄 찍은 날 | 2021년 7월 7일
초판 1쇄 펴낸 날 | 2021년 7월 14일

지은이 | 로시원
펴낸이 | 권태완 우천제

편집책임 | 박은정
편집 | 박가연 심성경 손혜진 장현아 이예린 정나래

펴낸곳 | (주)케이더블유북스
등록번호 | 제25100-2015-43호
등록일자 | 2015. 5. 4
WFN | 제3-076호

주소 | 서울특별시 구로구 디지털로31길 38-9 에이스테크노타워 1차 401호
전화 | 02-867-4626 팩스 | 02-866-4627
E-mail | cl_production@kwbooks.co.kr

ⓒ로시원 2021

ISBN 979-11-293-8208-5 04810
      979-11-293-8204-7 (set)

IV

적가사는 눈먼 용을 쫓지 않는다

로시원 장편 소설

위즈북

CONTENTS

Chapter 13
작별을 고하며

제르멜은 창밖을 확인하지 않았다. 어차피 데샹은 죽었으리라. 스스로 시체를 치워주니 고마울 따름이다.

허무한 선택이고, 허무한 죽음이다. 그리고 그런 죽음은 흔했다.

제르멜은 깨진 창문을 응시했다.

그의 어머니 로즈엔은 에드워드가 황궁으로 떠난 지 일 년째 되는 날 창문 밖으로 투신해서 죽었다.

"너일 거야. 너를 선택할 거야. 나를 쏙 빼닮은 이 붉은 눈을 보고. 너를."

그러나 황제가 선택한 건 푸른 눈의 에드워드였다. 로즈엔을 빼닮은 제르멜이 아니었다.

황제는 붉은 눈은 거들떠보지도 않았다. 그건 로즈엔을 외면한 것과 똑같았다.

그래서 그녀는 죽었다. 고작 그것 때문에 죽었다.

"왜 한 발자국 더 나서지 않았니? 왜 아버지라 부르지 않았어? 왜 석상처럼 그 자리에 가만 서 있기만 한 거야!"

로즈엔의 유언은 비난이었다.

제르멜은 말이 통하지 않는 어머니를 내버려 두고, 방을 나섰다. 그리고 1층으로 내려왔을 때, 요란스러운 소리와 함께 창밖으로 시커먼 물체가 떨어졌다.

사용인의 비명과 유리잔 깨지는 소리가 동시에 들렸다. 제르멜의 발 앞까지 유리 조각이 튀었다.

그는 숨이 끊어진 어머니를 보고 엉엉 울며 자지러지지 않았다. 다만 상황에 압도당했을 뿐이다.

그렇게 황제의 씨를 멋대로 지웠다간 큰 후환이 생길 거라며 바락바락 소리 지르던 로즈엔이 죽었다. 남은 건 서로를 아버지와 아들이라 부르는 게 민망한 두 명이었다.

제르멜의 왼쪽 손등에 스티그마가 나타났을 때, 양부인 아이젠 후작과 제르멜의 관계는 안 좋은 걸 넘어서 돌이킬 수 없는 지경에 이르렀다.

"국난의 증표라니······. 로즈엔도 너도 이 집안을 망치려고 작정했구나. 더러운 것들."

전대 후작은 제르멜을 더러운 천것 보듯 노려보았다. 눈빛 속에 담긴 감정은 분명했다. 경멸과 혐오.

쓰레기 보는 눈으로 전대 후작은 사람을 보냈고, 제르멜은 다락에 갇힌 채 열네 시간 동안 맞았다.

'제 손으로 내쫓긴 뭣하니, 모질게 괴롭혀 집을 나가게 만들 생각이었던 거겠지.'

어느 날은 참아야 한다고 생각했다.

또 어느 날은 이렇게 살 바에야 순순히 죽어주는 게 나을지도 모른다고 생각했다.

그를 가장 힘들게 한 건 억울함이었다.

왜 나만?

왜 내가 이런 취급을 받아야 하는 거지?

내가 아닌 에드워드가 선택받아서?

제르멜은 분했다. 황제에게 선택받지 못했다는 이유 하나만으로 이 모든 현실을 감당해야 하는 게 화나고 서러웠다.

황제와 에드워드의 뒷모습이 떠오를 때마다 제르멜은 악착같이 강해지기 위해 애썼다. 어떻게든 후작가 기사들 틈에 섞여 훈련했고, 멸시 섞인 시선을 무시하며 꾸역꾸역

음식을 삼켰다.

모든 인내의 시간이 끝났을 때, 제르멜은 에테르를 익혔다.

양부에게서 배운 게 경멸과 혐오밖에 없었을 무렵, 상황은 역전됐다.

"너 같은 걸 가문의 후계자로 선택했다니⋯⋯. 내가 죽어서도 선조를 볼 낯이 없구나!"

제르멜은 저를 따르는 기사와 입을 맞췄다. 그는 양부를 죽이고 아이젠 후작가의 정당한 주인이 되었다.

위협은 사라졌다. 최후의 승리자는 그였다.

하지만 제르멜은 거기서 멈추지 않았다.

달군 숯 조각을 맨입으로 삼키게 한 뒤 기름을 먹였던 양부를 떠올릴 때면, 그는 항상 똑같은 생각을 했다.

"착각도 유분수지."

선택할 수 있었다면 제르멜도 후작가 같은 건 이어받지 않았으리라.

에드워드가 아닌 저를 황궁으로 데려가 달라며, 황제의 바짓단이라도 끌어당기며 발버둥 쳤을 텐데.

다시 돌아갈 수만 있다면⋯⋯.

다시 시작할 수만 있다면⋯⋯.

인생의 가장 짜증 나는 점은 이미 망한 것 같은데도 계속된다는 점이다.

제 눈치를 보는 에드워드와 재회했을 때, 제르멜은 이 관계의 강자가 자신임을 깨달았다.

하지만 달라지는 건 없었다. 사생아를 낳고도 떳떳한 황제는 여전히 짜증이 날 정도로 정정했으며, 멍청한 형제는 여자 하나에 정신이 팔려서 헛소리나 지껄여 대는 병신 나부랭이였다.

모든 게 엉망이었다.

특히 에드워드를 볼 때면 제르멜의 마음은 마구 요동쳤다. 황자랍시고 빳빳하게 고개를 들며 살았을 에드워드가 미웠다. 하지만 어떤 날은 그냥 그놈이 잘 먹고 잘살아도 될 것 같았다.

에드워드는 제르멜이 될 수 있었던 또 다른 미래였다.

그래서 견딜 수 없이 밉다가도 그가 행복해하는 걸 보면 자기도 모르는 사이에 웃음이 따라 나왔다.

그야말로 애증이었다.

제르멜은 에드워드에게 마지막 기회를 주기로 했다.

그가 황좌에 올라, 그 망할 황제라도 치워 버리면 가슴속에 낙인처럼 새겨진 분노가 사라질 것 같았다.

하지만 칼리파가 그 기회를 산산조각 냈다.

'황위 포기? 공국 독립?'

웃기지도 않는 소리다. 남의 인생을 엉망으로 만든 주제에

자기 인생은 햇살 아래에서 설계한다는 게 얼마나 우스운지.

제르멜은 임페노르 공작가를 쑥대밭으로 만들었다. 분풀이자 본보기였다.

화풀이하는 심정이 없었다고는 말 못 하겠지만, 결과적으로 에드워드가 또다시 허튼 생각을 하는 일은 사라졌으니 그걸로 충분했다.

그렇게 제르멜이 분노에 미쳐 날뛸 때쯤이었다. 자신의 스티그마를 알아보기 위해 집은 로제타의 신학서에서, 제르멜은 마지막 희망을 찾았다.

바로 시간의 스티그마였다.

오직 단 한 번만 시간을 돌릴 기회를 주겠다. 그자가 제국을 바로잡지 못한다면, 제국은 용의 가호를 잃고 저절로 멸망하리라.

스티그마는 제국이 위험해질수록 각성하는 사람이 늘어난다.

이는 신력과 인간의 힘으로 제국을 돌보고 바로 세우라는 신호다.

하지만 어찌할 수 없을 만큼 제국이 무너진다면, 카르나크 신은 직접 시간의 스티그마를 내려 제국의 마지막 명운을 시험한다.

처음 그 사실을 신학서에서 읽었을 땐, 터무니없는 말이라고 생각했다.

하지만 시간이 지날수록 그는 시간의 스티그마가 존재하리라 확신하게 됐다.

에드워드 덕분이었다.

에드워드는 제국을 세운 카르나크 신이 금지한 세 가지를 전부 행하고 있었다.

황자인 그는 제국민을 보호하기는커녕 그들을 인체 실험에 이용하고 외면했다.

황녀와 금제 마법을 통해 아무것도 모르는 용을 조종하고 기만했다.

그뿐이던가?

에드워드가 로제타와 주고받고 있는 편지와 계획이란!

그 뻔뻔한 행적은 제르멜조차도 박수를 보낼 정도였다.

가장 낮은 곳에 있는 자들을 외면할 때. 용을 기만할 때. 삿된 마음으로 제국을 그르칠 때.

"……그때를 위해 이 권능을 지상에 내려놓고 가니, 때가 되면 바로잡아라. 모든 것을 걸고."

에드워드는 잃어버린 연인을 위해서라면 뭐든 할 수 있는 미친개였고, 그간 제르멜은 개껌을 던지며 그 모습을 지켜보았다.

그리고 마침내 오늘에 이르렀다.

약탈의 스티그마는 정말로 다른 사람의 스티그마를 빼앗을 수 있었다. 로제타의 신학서에 적힌 내용은 사실이었던 거다.

그렇다면 분명 이 제국 어딘가에, 카르나크 신이 내린 시간의 스티그마가 있을 터.

혈통 좋은 집안을 뒤지고, 황족을 조사하며, 뛰어난 능력을 지닌 자들을 찾아 몇 년을 헤맸던가.

유디트처럼 뛰어난 능력을 지닌 자에게 시간의 스티그마에 대해 떠보듯 물어도 번번이 허탕이었다.

그랬는데…….

'시간을 돌릴 수 있어. 내가 전부 빼앗고, 해낼 수 있다고.'

제르멜은 왼팔 위에 나타난 전지의 스티그마를 만족스럽게 내려다보았다.

그간 에드워드는 황위를 위해 모든 형제를 한 번씩 제거하려 들었다. 본디 건강이 약했던 3황자에게는 시험 삼아 용의 피를 희석해서 먹였고, 다른 형제들에게는 흑기사단과 주워온 버러지로 구성된 암살자를 보냈다.

성공한다면 어차피 시체를 처리해야 하는 건 그였다.

약탈의 스티그마를 시험해 보기엔 딱 좋은 기회 아닌가.

제르멜은 확신하고 있었다. 황족 중에 누군가 한 명은 반드시 스티그마를 지녔을 거라고.

황족과 귀족, 순수한 혈통만이 각성하는 스티그마.

황제의 피가 닿은 역겨운 자식을 모두 치운다. 겸사겸사 시간의 스티그마가 있는지 알아보고, 약탈의 스티그마를 시험해 본다.

'계획은 완벽하다.'

하지만 혹시 몰라 허탕을 칠 수도 있었기에, 칼리파를 흑기사단으로 거뒀다.

공녀가 적당히 기사단 생활에 익숙해진다면 자살로 둘러대고 그녀의 스티그마를 빼앗을 생각이었다.

그렇게 하나씩 하나씩 빼앗다 보면 언젠가는 시간의 스티그마도 제 손으로 굴러들어 오리라.

그런데 설마…….

'데샹 리츠의 스티그마를 먼저 빼앗을 기회가 올 줄이야.'

예상치 못한 상황이었지만, 기쁜 사고였다.

이로써 그는 한 가지 확신을 더 얻게 됐다.

'카르나크 신은 날 선택했다.'

원하는 게 있으면 직접 쟁취해라. 시간을 돌리고 싶다면 빼앗아서라도 거머쥐어라. 카르나크는 그런 의미로 제게 감당할 수 있는 시련을 내린 것이다.

누구에게나 시간을 돌려서라도 반드시 바꾸고 싶은 일이 있다. 제르멜은 황제 앞에서 선택을 기다렸던 그 순간으로 돌아가고 싶었다.

그렇다면 망설일 게 무언가.

시간의 스티그마를 지닌 자를 찾아서 빼앗고 말리라. 그리고 과거로 돌아가, 황제에게 선택받지 못했던 그 순간을 되돌릴 것이다.

황제의 관을 쓰고, 멍청한 형제를 치우고, 제국을 바로 잡으리라.

'카르나크 신도 그걸 원하는 거다.'

제르멜은 에드워드를 말릴 생각이 없었다. 그가 앞으로도 미친개처럼 날뛰며 제국을 망치든 말든 알 바 아니었다.

그 멍청한 놈은 제가 무슨 짓을 벌이고 있는지 자각조차 못 하고 있겠지. 언제나 남의 탓만 하는 놈이니 절대 깨닫지 못하리라.

1부터 6. 주사위처럼 구르는 인생.

인생에는 수많은 선택이 찾아온다. 어떨 때는 최고의 숫자가 나오기도 한다는데, 제르멜의 인생은 언제나 1밖에 나오지 않는 주사위였다. 똑같은 숫자만 나오는 주사위 앞에서 제르멜은 억울함을 느꼈다.

"인생은 선택의 연속이라잖아. 그런데 나에게는 항상 선택권이 없었어."

에드워드가 입에 달고 살던 역겨운 변명을 들을 때마다, 그건 네놈이 아니라 내가 할 소리라고 윽박지르지 못한 게 몇 번이던가.

제르멜은 약탈의 스티그마를 보며 희열을 느꼈다.

이건 카르나크가 제게 보낸 신호였다. 스스로 쟁취하고, 6이 나올 때까지 움직이라는 신의 계시!

제르멜은 만족스러운 얼굴로 지평선 너머를 바라보았다. 밝아지기 시작한 밤하늘을 보며, 그의 가슴이 터질 것처럼 부풀어 올랐다.

긴 인생에서 이토록 희망 넘치는 새벽을 맞이한 게 얼마만인지!

마치 저를 선택한 카르나크가 몸소 굽어살피는 것 같았다.

'베르크스 지방은 뜨는 게 좋겠군.'

제르멜은 탑을 내려오며 유디트를 떠올렸다.

그녀가 지닌 스티그마가 무엇인지는 모르겠으나 죽어서 확인해 보면 될 일이다. 혼란을 틈타 죽일 수 있다면 그보다 더 좋은 기회는 없겠지. 하지만 베르크스에서는 어려울 것이다. 야전이 끝나면 대상이 실종된 문제로 소란이 일어날 터.

'소란이 일었을 때 처리하는 게 가장 좋겠지만…… 시간이 없다.'

유디트는 에테르 마스터인 이상 대상처럼 조용히 없애긴 힘들 것이다. 지금껏 봐왔던 모습을 생각해 보면 호락호락하게 죽어주지도 않을 게 뻔했다.

그럼 역시…….

'여러모로 요긴하게 쓰인단 말이지.'

제르멜은 뒤이어 칼리파를 떠올렸다. 칼리파를 죽여서

살육의 스티그마를 뺏든, 칼리파를 인질로 잡고 유디트를 죽이든 제르멜로서는 손해 볼 게 없다. 동시에 에드워드가 머리를 부여잡고 괴로워할 광경을 상상하면 묘하게 통쾌하면서 가슴 한구석이 들떴다.

그의 가슴속에 엉겨 붙은 애증이 나긋하게 속삭였다. 그러니 내 말을 얌전히 들었어야지. 고분고분하게 말을 들었어야지.

'다 그놈이 자초한 일이야.'

제르멜이 여유로운 걸음걸이로 탑을 다 내려왔다. 바닥이 그가 죽인 베르크스 병사의 피로 엉망이었다.

제르멜은 대기시켜 둔 흑기사 한 명에게 조용히 명령했다.

"당장 베르디로 돌아간다. 최대한 조용히 성을 비우도록. 아론 단장에게는 내가 말해두지."

"당장 말입니까? 하지만 몬스터 웨이브가 내일도……."

"베르크스를 위한 최소한의 의리는 지켰다. 나머지는 우리와 상관없는 일이야."

베르크스가 망하든 말든 무슨 상관인가.

"하지만……."

"뭐지?"

"지금쯤이면 내려놨던 도개교도 올라와 있을 텐데, 어떻게 빠져나가실 생각입니까?"

"텔레포트용 마석을 사용한다."

추적을 피하기 위해선 그것만큼 간단한 방법이 없다. 제르멜은 그것도 모르냐는 얼굴로 부하를 노려보았다.

"아, 알겠습니다. 그럼 당장 준비하겠습니다."

제르멜은 제 짐을 떠올렸다.

검과 비상식량. 갈아입을 옷 몇 벌.

제르멜은 언제 어디서든 재빨리 몸을 뺄 수 있도록 짐을 줄여두라고 부하들에게 당부해 왔었다.

그리고 그 말에 따르는 사람만이 흑기사라고 자처할 자격을 얻었다. 간신히 써먹을 놈이 된다는 뜻이기도 했다.

황궁은 텅 비었다. 태만에 젖은 근위대와 중앙 경비대는 얼마든지 교란할 수 있다.

적기사단을 비롯한 에테르 마스터라는 주요 병력 둘이 빠진 지금이라면, 황제와 단둘이 만나는 것도 어려운 일이 아니다.

"삼십 분 후 이곳을 뜬다."

제르멜은 만족스러운 얼굴로 명령을 마쳤다.

얼마 후, 베르디로 향하는 기사 한 무리가 조용히 성을 빠져나갔다.

※　＊　※

"다시 말해봐."

기류가 눈을 부릅뜬 채 말했다. 그러나 나불거릴 수 있는 사람은 아무도 없었다. 유디트조차도 망치로 크게 얻어맞은 사람처럼 할 말을 잃고 말았다.

"데샹 경이 실종됐습니다."

말도 안 된다.

기류는 애꿎은 부하에게 고함치는 대신 자리를 벗어났다. 같은 말을 두 번, 세 번 반복시키는 것보단 직접 가서 확인하는 게 빨랐다.

기나긴 계단을 오르는 내내 같은 마음이었다.

'그럴 리 없어.'

하지만 현실은 잔인했다. 기류는 눈앞에 펼쳐진 광경을 본 순간, 머리가 새하얗게 변했다.

"……."

탑 내부는 심하게 어질러져 있었다.

'……오브.'

다행이라고 해야 할지, 이상하다고 해야 할지, 오브는 무사했다.

하지만 그뿐이었다. 사투의 흔적이 역력했다. 뭣보다 데샹이 떨어뜨린 검이 있었다. 선혈이 낭자한 벽면. 깨져 나간 유리창에서 비명 같은 바람 소리가 쉴 새 없이 들렸다.

"이건 정말 말도 안 돼. 그까짓 마수에게 죽을 녀석이 아니야."

"기류."

뒤따라온 유디트는 숨을 몰아쉬는 기류를 조심스레 불렀다.

"마수 때문에 죽었다면 시체는? 시체는 남아 있어야 하는 거잖아?"

실종과 사망은 시체의 유무로 정해진다.

"살아 있을 거야."

기류는 바닥을 적신 피가 치사량에 가깝다는 걸 알면서도 되뇌었다.

"살아 있을 거야. 그렇지? 찾아봐야겠어, 수색대를……."

"기류 단장. 미안하지만 그럴 순 없네."

아론이 그의 말을 가로막았다.

오브를 지키기 위해 적기사단이 데샹을 떼어놓았듯, 최고 책임자인 아론 또한 남쪽 탑에 병사를 넷이나 배치했다.

그 모두가 죽었다는 것은 충격이지만, 문제는 마수가 벌인 짓이 맞는지 수사를 펼칠 여력이 당장은 없단 점이다.

그녀가 지친 얼굴로 말했다.

"방금 막 흑기사단이 떠났어. 밤에 이어질 몬스터 웨이브를 생각하면 성내 병력이 넉넉하지 않아."

"흑기사단이 떠났다고요?"

"그래."

유디트가 믿을 수 없다는 듯 물었다. 피가 식는 기분이었다.

"상황을 헤아려 달라고 몇 번 설득했네만, 기어코 떠나 버리더군."

아론의 눈빛 속에는 장난기라고는 조금도 없었다.

유디트는 입술을 꽉 물었다.

'당했다.'

한 차례 몬스터 웨이브를 막아냈다고는 하나, 습격은 앞으로도 이삼일간 계속될 것이다. 다친 기사를 돌보고 병력을 추스른다면 적어도 닷새에서 이레 정도는 베르크스에 머물러야 한다.

그 기간 내내 흑기사단이 함께할 거란 기대는 안 했다. 하지만 설마 이틀도 안 채우고 베르크스를 버릴 줄이야.

'하필 이럴 때…… 아니, 일부러 이때를 노린 거야?'

제르멜이라면 그럴 작자다.

데샹의 실종은 말이 실종이지 죽었단 것과 똑같았다. 데샹의 존재감을 생각해 보면 이는 보통 공백이 아니었다. 그와 알고 지낸 시간이 적은 유디트조차 손이 떨릴 지경이었다.

유디트는 최대한 데샹의 죽음에 대해 깊이 생각하지 않으려 했다.

하지만 힘든 노력이었다. 시간의 스티그마를 찾던 제르멜과 실종된 데샹의 얼굴이 머릿속에서 빙빙 맴돌았다. 입을 삐죽 내밀면서도 기사들을 챙기던 데샹의 모습이 선명하게 떠올랐다.

"그럴 리가 없어. 실종이라니……."

기류가 망연자실한 채 중얼거리는 걸 보니 유디트의 가슴도 미어지게 아팠다.

'이거였구나. 내가 놓쳐 버린 게.'

주인 잃은 데샹의 검이 볼품없이 바닥을 뒹굴었다.

그 뒤에도 혹시나 하는 마음에 기사단이 성내를 샅샅이 뒤졌으나 소용없었다. 데샹의 시체는커녕 핏자국 하나 발견하지 못했다.

남은 가능성은 하나뿐이었다. 시체가 협곡 저 아래까지 떨어졌다는 것. 어떤 의미로는 시체보다도 확실한 사망 확인이다.

"미안하지만 안 되네."

아론이 안타까운 얼굴로 고개를 저었다.

그녀는 사정은 알겠으나 베르크스 병사를 수색대로 내줄 수는 없다며 선을 그었다.

아론의 판단은 옳았다. 성내는 당장 오늘 밤 다시 시작될 습격에 대비하느라 일손이 부족했다.

그러자 적기사단에서 지원자가 나왔다. 데샹의 실종 소식을 들은 기사들이 기류와 똑같은 의문을 품었다. 시체도 안 남는 마수 습격이 대체 어디 있냐며.

"아무리 생각해도 이상하잖아요."

유디트도 헤일리의 말에 동의했다.

유디트도 수색에 지원했다. 기다릴 바에야 찾아 나서는 게 나았고, 그게 그녀의 성격에 맞았다.

하지만 기류는 참여를 저지당했다. 이 이상 지휘관에게 무슨 일이 생긴다면 지휘 체계가 엉망이 된다는 이유였다.

기류의 안색은 눈에 띄게 어두워졌다. 유디트가 그의 손을 잡고 말했다.

"나쁜 생각 하지 말고 기다리세요. 꼭 찾아올 테니까요."

"……부탁해."

기류가 떨리는 목소리로 말하며 고개를 끄덕였다.

그러나 부탁받은 보람도 없이, 유디트는 성문을 나온 순간부터 깨닫게 됐다.

'내가 희망 고문을 했구나.'

시체는커녕 흔적 하나라도 발견하면 기적이다. 그런 생각이 들 만큼 도개교 아래 협곡은 깊었다. 오브가 설치된 남쪽 탑은 떨어지는 즉시 협곡 지층으로 수직 낙하였다. 설령 살아남았다 한들 전신의 뼈가 부러졌을 수준의 깊이였다.

"유디트 경. 이걸……."

그리고 머잖아 수색이 끝날 이유가 생겼다.

핏자국이 선명한 제복 코트였다. 더러운 정도를 보아하니 그리 오래되지 않은 물건이었다.

유디트는 부정하고 싶었으나, 다른 기사가 침울한 표정으로 대상이 걸치던 코트 사이즈와 비슷하단 말로 확인사살을 했다.

결국, 사람 대신 코트가 돌아왔다.

＊　＊　＊

베르크스 성으로 복귀한 유디트는 엉망으로 얼굴을 구기는 기류를 향해 데샹의 코트를 내밀었다.

"미안해요."

기류는 괜찮다고 말했지만, 하나도 괜찮지 않았다.

그렇게 순식간에 반나절이 또 지나고 밤이 찾아왔다.

사람이 죽어도 하루는 변함없이 흐른다. 공평한 진리를 피해갈 수 있는 사람은 아무도 없다. 그건 죽여도 죽지 않을 것 같던 데샹이라도 마찬가지였다.

한차례 습격이 더 벌어진 이후 베르크스 병사들과의 합동 장례식이 약소하게 치러졌다. 다행히 데샹 외의 사망자는 더 이상 나오지 않았다. 기사단에서는 화상이나 타박상이 심한 부상자가 전부였다.

전선에 공백을 만든 흑기사단에 책임을 물어야 한다, 탄원서를 올려야 한다는 의견이 빗발쳤다. 평소라면 심각하게 과열된 분위기를 데샹이 잠재웠을 테지만, 그의 부재 탓에 기사단 분위기가 끓는 기름처럼 뜨거웠다.

애초에 기류의 마음도 부하들과 별반 다르지 않았다. 원망과 함께 자꾸만 나쁜 생각이 마음을 어지럽혔다.

'차라리 오브가 깨지게 내버려 뒀다면.'

그게 얼마나 무책임한 말인지 알지만, 자꾸만 그런 생각이 들었다.

오브를 깨러 올 습격자를 위한 대비책을 세우지 않을 수 없었다. 습격자가 온다면 데샹이 제압하고, 심문을 통해 고발한다. 그런 방책이었다.

데샹은 검이 없어도 맨손으로 사람 예닐곱은 쉽게 제압했다. 실력은 함께 자라온 기류가 누구보다도 잘 알았다.

중요한 일을 맡길 만큼 든든한 실력자였고 그의 스티그마를 이용하면 모든 게 수월하게 풀릴 터였다.

하지만 상황이 이렇게 되니 모진 죄책감이 마음을 두들겨 팼다.

그냥 오브 같은 거 깨지게 내버려 두지 그랬어.

왜 더 현명하게 판단하지 못했어?

데샹과 베르크스 병사 몇 명에게 맡기는 게 아니라, 그냥 내가…….

"단장님."

유디트가 그를 조심스레 불렀다. 기류는 뒤늦게 정신 차렸다.

중요한 유품 몇 개만 남기고 나머지는 태우는 시간이었다.

기류는 도저히 코트를 불 속으로 던져 넣을 수 없었다. 실종이라는 단어는 자꾸 실낱같은 희망을 품게 했다. 살아 있다면 어떻게든 흔적을 남기거나 돌아왔을 걸 알면서도, 데샹이 살아 있을 것만 같았다.

"……못 하겠어. 미안."

"사과하지 말아요."

유디트가 고개를 저었다.

기류는 결국 불 속으로 코트를 집어넣길 포기하며 뒷걸음질 쳤다.

모래알을 씹어 삼킨 것처럼 목구멍이 까끌까끌했다. 원망과 분노가 집어삼킬 상대를 찾아 혓바닥을 날름거렸다.

오브는 무사했지만, 제르멜을 향한 의혹은 더욱 커졌다. 제르멜과 흑기사단이 하필 이 타이밍에 베르크스를 떠난 것도 수상하기 짝이 없었다. 마음 같아선 추궁과 함께 그를 쫓아가서 모두 너 때문이라며 오만 갈래로 찢어 죽여 버리고 싶었다.

그러나 마지막 이성이 그를 붙잡았다. 기세를 보아하니 이번 베르크스의 몬스터 웨이브는 예상보다도 길어질 것 같았다. 족히 이틀은 더 이어지겠지.

당장 적기사단마저 이곳을 벗어난다면 수성전은 실패하고 서부의 막대한 피해로 이어지리라.

하지만 데샹을 생각하면, 망하든 말든 무슨 소용인가 싶다.

마음 가는 대로 굴고 싶은 감성과 실낱같은 이성이 부딪쳤다. 상념으로 가득 찬 마음에 비명 같은 소음이 퍼졌다.

"기류. 잠은 좀 잤어요?"

"괜찮아."

"괜찮긴 뭐가 괜찮아요."

유디트가 그를 잡아끌었다.

기류는 누가 봐도 잠 한숨 못 잔 사람이었다. 유디트는 기류를 방으로 밀어 넣다시피 했다.

"한숨 자야 해요. 모두 기류를 걱정하고 있어요. 저도 그렇고."

"……"

부르튼 입술과 시커먼 눈 밑이 바르르 떨렸다. 기류는 그녀에게 더 이상 못 볼 꼴을 보이면 안 되겠다는 생각이 들었다.

"유디트. 괜찮으니 이따가……."

하지만 유디트는 기류의 말을 그대로 무시하고 그를 소파까지 이끌었다. 그녀가 먼저 소파에 앉았다.

옆자리와 무릎을 번갈아 가며 가리키는 눈빛은 부드럽지만 단호했다.

"곁에 있을 거예요."

"……"

"이럴 땐 혼자서 버틸 필요 없으니까."

기류는 문득 겁이 났다.

앞으로 이틀 남은 몬스터 웨이브에서 그녀마저 사라진다면 어떡하지. 또 잘못 판단해서 누군가를 잃게 된다면?

"괜찮아요. 저 어디 안 가요."

마음을 읽은 사람처럼, 가장 듣고 싶은 말을 꺼낸 유디트가 그를 끌어당겼다.

기류의 몸이 유디트를 향해 무너져 내렸다. 그는 잠깐이지만 유디트가 강한 사람이라 정말 다행이라고 생각했다.

"괜찮을 거예요. 괜찮아요. 정말."

유디트는 기류를 끌어안은 채 소파에 누워 그의 등을 토닥였다. 가슴 한구석이 먹먹했다.

그녀는 한때, 힘들 게 뻔한 사람에게 괜찮다는 말을 하면 그건 비아냥이라고 생각했다.

하지만 그건 비아냥이 아니었다. 비록 힘들겠지만, 사랑하는 자가 괜찮아졌으면 하는 마음으로 사람은 위로를 입에 담는 것이다.

"괜찮아요."

유디트는 소파 위로 떨어지는 눈물 몇 방울을 못 본 척했다.

지금 이때가 아니라면 그는 울 수 없을 테니까.

✳　✵　✳

이세에피나는 천천히 눈을 떴다. 동시에 그녀는 이상한 위화감을 느꼈다.

항상 혼자였기에 미칠 것처럼 조용했던 궁전이 소란스러웠다. 그리고 마음의 절반이 뜯겨 나간 것처럼 공허했다.

"……전하! 황녀 전하, 정신이 드십니까?"

"……너는……."

"처음 뵙겠습니다. 적기사단의 비올레라고 합니다. 전하를 모시라는 명령을 받았습니다."

"……에드워드 오라버니가 보낸 거야? 날 감시하라고?"

"네?"

비올레는 눈을 동그랗게 뜬 채, 한 박자 늦게 마구 고개를 저었다.

"감시라뇨! 당치도 않습니다! 잠, 잠시만 기다려 주십시오! 사람을 불러오겠습니다!"

이세에피나는 처음 보는 기사가 허둥지둥 방을 빠져나가는 모습을 물끄러미 지켜보았다.

'어차피 도망 못 치는데…….'

금제 마법이 깨져서인지 몸이 쇳덩이처럼 무거웠다. 다만 정신은 어느 때보다도 또렷하고 깨끗했다. 신기할 정도였다.

그렇게 얼마나 지났을까. 문이 다시 열렸다.

"이세에피나!"

"에피나, 정신을 차렸느냐?"

"……아……."

예상치 못한 사람들이 문을 열고 들어왔다.

"이든 오라버니?"

"나는 보이질 않고?"

"……윌리엄 오라버니까지……."

이든은 유일하게 이세에피나를 목적 없이 찾아오는 사람이었다.

아카데미를 다녀오느라 사이가 멀어지긴 했지만, 기본적으로 이든과 이세에피나의 사이는 나쁘지 않았다. 그는 종종 궁을 방문해서 몇 마디 이야기와 함께 선물을 놓고 떠났다.

하지만 윌리엄은 정말 오랜만이었다. 세리아 황자비와 함께 공식 석상에서 만난 적은 있지만, 그가 직접 궁까지 찾아온 적은 없었는데…….

거기까지 생각이 미치자 또 다른 위화감이 느껴졌다. 천장에서 바닥까지 낯익은 게 하나도 없었다. 그래서 당연히 에드워드가 저를 가둔 줄 알았다.

한데…… 이 두 사람은 어떻게 들어온 걸까? 에드워드가 들여보냈을 리가 없는데?

"여긴 어디예요?"

"놀라지 말고 듣거라. 올가 누님의 오팔궁이다."

"……네?"

"어떻게 안 놀라겠어요? 저도 듣고 놀라겠습니다."

이든이 윌리엄에게 작게 핀잔을 주더니 가까이 다가왔다. 그러곤 무릎을 꿇더니 이세에피나와 눈을 마주쳤다. 그가 동생의 손을 꼭 잡고 말했다.

"너는 오래 쓰러져 있었단다. 내가 네 오라비니 건강에 좀 더 신경을 써야 했는데. 미안하구나."

"……아니에요, 저…… 그런데 오팔궁이라뇨? 그동안 무슨 일이 있었던 건가요?"

"많은 일이 있었단다."

이든은 최대한 그녀를 자극하지 않게 부드러운 어조로 말했다.

"네가 쓰러진 날, 용이 황도를 덮쳤다."

"……용……."

"그래. 하지만 걱정할 것 없다. 네 궁도 무사하고 너도…… 괜찮을 거란다. 내가 어떻게든……."

"아닛, 용은 어떻게 됐나요?"

이세에피나가 그녀답지 않게 다급히 물었다. 이든은 천천히 대답했다.

"무사히 토벌했단다. 죽었어."

"……."

"수도에 큰 피해가 일어나긴 했지만, 적기사단이 무사히 죽였다. 복구가 한창 진행되고 있…… 에피나?!"

"죽었어……?"

이든은 깜짝 놀랐다. 동생의 푸른 눈이 젖어 있었다. 그의 손등 위로 이세에피나의 뜨거운 눈물이 후드득 떨어졌다.

"죽었다고요? 그 용이……?"

어렴풋이 느끼고는 있었다. 금제 마법이 깨지자 아딧사는 순식간에 통제를 벗어났다. 이세에피나는 그 충격을 이기지 못하고 쓰러졌다. 눈을 뜬 순간에도 가슴의 절반이 통째로 뜯겨 나간 것처럼 허전했다.

금제 마법은 깨졌다. 이제 그녀도, 가련한 용도 모두 자유였다. 그런데 왜 순식간에 통곡과 오열이 쏟아져 내리는 걸까.

아딧사. 내 유일한 용.

'내가 죽었어야 했는데. 아딧사가 아니라, 내가…….'

이세에피나는 서럽게 울었다.

그녀는 살아남았고, 가여운 제 용은 무참히 목을 떨구며 죽었다. 지상에 남겨진 건 그녀 하나였다.

당황한 형제들이 그녀를 난처한 눈으로 본 지 얼마나 흘렀을까.

"……드릴 말씀이 있습니다."

"무얼 말이냐?"

그녀가 독기 품은 눈으로 말했다.

"에드워드 오라버니에 관한 이야기예요."

이세에피나는 다짐했다. 죗값을 치러야 한다면, 결코 혼자 치르지는 않겠다고.

"증언할 게 있어요. 들어주세요."

푸른 눈이 사납게 빛났다.

✳   ✴   ✳

베르크스 수성전은 이레째를 맞이했다.

코볼트 부대가 베르크스 방벽을 넘으려고 애썼지만, 아론의 지휘와 적기사단의 활약으로 매번 격퇴에 성공했다. 전세는 기울었고, 아마도 오늘이 마지막이 되리라.

회귀 전, 유디트가 겪었던 베르크스 수성전은 이것보다도 상황이 심각했다. 그녀는 자신이 겪었던 몬스터 웨이브 때와는 확연히 다른 기세에 확신했다.

'예전에는 베르크스의 오브가 깨졌던 거야. 분명해.'

그렇지 않으면 이렇게 다른 상황을 설명할 수 없다.

신중하게 빛난 유디트의 시선이 기류에게 닿았다.

기류는 전투의 흥분이 가시자, 쓰러질 것 같은 안색으로 부하들에게 지시를 내리고 있었다. 그의 눈 밑은 갈수록 시커멓게 변했다.

유디트는 오늘도 그를 방으로 밀어 넣었다.

"좀 자요. 쉬라고요. 급한 일은 데샹……"

유디트가 뒤늦게 말실수를 깨닫고 입을 꽉 다물었다.

기류는 그녀를 탓하지 않았다. 오히려 서글프게 웃었다.

"자꾸 신경 쓰게 해서 미안."

"아니에요. 좀 쉴래요?"

"그럴까. ……잠깐 눈 좀 붙일게."

유디트는 기꺼이 그에게 무릎을 빌려주었다. 하지만 허벅지를 베고 잠든 기류는 내내 몸을 움찔거렸다.

'악몽을 꾸는구나.'

유디트는 무거운 마음으로 그의 머리를 쓰다듬었다.

'제르멜을 쫓아가야 할 텐데.'

마음 같아선 당장 수도로 복귀하고 싶었다.

제르멜을 고발할 명목은 충분했다.

특히 이번 전투에서는 흑기사단이 손바닥 뒤집듯 입장을 바꾼 게 타격이 컸다. 전선에서 이탈한 책임은 제르멜의 판단력과 책임감을 의심케 했다.

'이는 해임이든 정직이든 좋은 구실이 될 테지. 황족 중 누가 힘이 되어줄지는 모르지만, 우선은 올가 황녀에게……'

그런 생각을 하며 소중한 시간을 보내고 있을 때였다.

톡톡, 창문을 두드리는 소리가 들려왔다.

'……무슨 소리지?'

처음에는 우연이라고 생각했다. 하지만 같은 소리가 반복되자 유디트는 고개를 돌려 소리의 근원지를 찾았다.

희끄무레한 새 한 마리가 계속해서 창문을 두드리고 있었다.

유디트는 기류에게 쿠션을 대주었다. 그러곤 그가 깨지 않도록 걸음 소리를 죽여 창가로 다가갔다.

창문을 열자, 하얀 새는 삐로롱 울며 그녀의 손바닥 위에 앉았다.

새는 눈 깜짝할 사이에 없어져 버렸다. 유디트의 손에 남은 건 작은 편지 한 통이었다.

"마법……?"

처음 보는 마법이었다.

그러나 감탄은 잠시였다. 편지를 확인한 그녀의 표정이 빠르게 굳었다.

편지에는 수도의 소식이 적혀 있었다. 눈을 뜬 이세에피나 2황녀. 그리고 데샹에 이은 또 한 사람의 실종 소식.

"……칼리파……?"

예상을 훨씬 벗어난 일이 수도에서 벌어지고 있었다.

✳   ✳   ✳

'내가 왜 여기 있는 걸까.'

2황자 궁에 들른 칼리파는 미련한 스스로를 탓하며 걸음을 멈췄다.

임무를 마치고 돌아온 그녀를 기다린 건 생각지도 못한 소식이었다.

첫 번째는 배속 변경 통보. 칼리파를 청기사로 들이겠다는 올가의 임명장이었다.

두 번째는 에드워드가 보낸 편지.

그녀를 진정 놀라게 한 건 이쪽이었다.

'읽지 말고 태울 걸 그랬나.'

하지만 차마 태우진 못했다. 진심으로 사랑했던 사람의 편지였으니까.

칼리파는 무거운 마음으로 입궁했다. 한때는 자기 집이 될 곳처럼 드나들었던 2황자 궁이라 시종들과 그녀는 구면이었다.

"칼리파 님…… 오랜만에 뵙습니다."

"오랜만이네, 브룩스. 전하께 편지를 받아서 왔네. 전하께선 궁에 계시는가?"

"예. 1황자 전하와 집무실에서 담소를 나누고 계십니다."

"그건 몰랐어. 그럼 날을 다시 잡고 오겠네."

"아닙니다, 당치도 않습니다."

브룩스가 허둥지둥 당황하며 앞을 가로막았다.

"부디 내실에서 기다리시지요. 이대로 돌아가시면 저희가 크게 혼납니다."

칼리파는 2황자가 눈알이라도 빼서 줄 것처럼 굴던 약혼자다. 혹시라도 그녀가 찾아온다면 언제든 안내하라며 으름장을 놓았던 걸 모두가 똑똑히 기억했다.

"……그럼 사양 않겠네."

칼리파는 어려움 없이 입궁했다. 그것도 동행인과 함께.

"비올레, 나 혼자 와도 괜찮은데."

"무슨 소리야? 절대 안 돼."

"너도 바쁘잖니."

"친구 좋다는 게 뭐야. 이럴 땐 누구 하나 곁에 있어줘야지."

"……유디트에게 무슨 소리 들었구나?"

"네에? 내가 유디트에게 부탁받아야만 널 챙기는 사람으로 보이셨어요?!"

"그건 아니야. 미안해."

칼리파는 웃고 말았다. 검은 베일이 살며시 나부꼈다.

"하지만 이럴 때 자리를 비워도 괜찮은 거니? 이세에피나 황녀님께서 눈을 뜨셨잖아."

비올레는 주변 눈치를 보더니 작은 목소리로 귀띔했다.

"그게, 2황녀님이 정신 차리신 뒤부터 오히려 경비가 더 삼엄해. 이든 4황자님도 더 자주 오시고."

"그래?"

"응. 이유는 모르겠지만, 황자 전하들께서 황녀 전하를 엄청나게 걱정하시더라. 나야 잘됐지. 게다가 황녀 전하께 말씀드리고 잠깐 자리 비운 거니 문제없어. 레이먼도 있고."

"갑자기 레이먼의 이름이 왜 튀어나와…… 아, 그렇구나."

칼리파는 그가 4황자인 이든의 친위대로 들어갔다는 걸 떠올렸다.

"레이먼에게 떠맡기고 온 거구나?"

"아이참."

소곤거리는 사이, 그들은 내실로 안내받았다.

"……."

잠깐이지만 기억 속 풍경과 조금도 변하지 않은 모습에 숨이 막혔다. 빛바랜 것같이 보이는 연한 벽지. 소파며 안쪽 내실로 이어지는 카펫까지 기억하던 그대로였다.

옆에 누구 하나라도 있어서 다행이다. 이대로 에드워드와 단둘이 만난다면 견딜 수 없을 것 같았다.

"……비올레. 같이 와줘서 고마워."

"에이. 무슨 소리야. 별거 아냐."

칼리파는 간신히 떨리는 가슴을 진정시켰다.

장소가 장소라서 그런가, 자꾸만 옛날 생각이 났다. 저 소파에 그와 나란히 앉아 사냥 대회 때 쓸 손수건을 골랐다.

'좋아하는 자수 모양을 은근히 알아내느라 속이 탔었지.'

집착적으로 따라붙는 눈빛에 비해 표현이 부족했던 사람이었다. 그런 에드워드가 신기하고 낯설면서도 마음이 갔다.

사랑했던 때를 부정할 생각은 없다.

하지만 왜 지금에서야 그런 편지를 보냈나.

'제르멜이 사건의 범인을 알아냈다니? ……그걸 왜 당신

이 알려주려고 하는 거야.'

나를 무참하게 모른 척했을 때는 언제고. 늦은 속죄인지 뭔진 모르겠지만, 어떻게든 저와의 거리를 좁혀보려고 하는 걸까.

칼리파는 결국 소파에서 일어났다. 퍼붓고 싶은 감정이 산더미 같았다. 그가 야속하지만, 어떻게든 저를 붙잡기 위해서 이런 편지를 보낸 거라 생각하면 마음이 어지러웠다.

한편으론 우리가 바보 같단 생각을 했다.

그녀 또한 여기까지 온 이유는 뻔했다. 편지를 태우지 못한 옛정. 감정의 잔재 때문이다.

"황자님은 언제 오실까?"

"글쎄……. 너무 오래 걸리면 돌아가도 괜찮아. 괜히 시간만 버리게 할까 봐 미안해지네."

"에이. 내가 그런 거 신경 썼으면 안 왔지."

"그래도. 여기까지 와준 것만 해도 충분하니까."

괜히 내실을 돌아다니던 칼리파가 걸음을 멈췄다. 그녀의 시선을 확 끄는 게 있었다.

"이건……."

눈에 익은 향수와 보관함.

못 알아볼 수가 없다. 이건 그녀가 직접 만들어서 선물했던 히비스커스 향수였다.

'……이걸 아직도 가지고 있었다니…….'

에드워드는 향에 민감한 그녀와 달랐다. 무슨 향이든 항상 좋다는 말만 하며 제 얼굴을 빤히 보았었다. 칼리파는 그런 그가 재밌어서 코가 마비될 때까지 취미로 만든 향수를 들이댔다.

향수란 취향이 아니라면 손에도 대지 않는 물건이다. 그런데 가족에게 받았다는 이유로 딱히 좋아하지도 않는 향수를 오래 쓰던 그가 눈에 밟혔었다.

그 찬란했던 순간이, 사랑했던 날들이 갑자기 성큼 다가와 칼리파를 어지럽혔다.

'……바보 같은 사람.'

그녀가 주먹을 꽉 쥐었다.

이미 너무 멀어졌단 걸 알면서도 그를 사랑했던 시절이 그리웠다.

향수병에 찍힌 희미한 자국은 그의 지문일까. 그 사람도 나처럼, 이렇게 지나간 시간을 그리워하며 향수를 버리지 못했던 걸까?

에드워드는 가장 힘들고 아팠을 때 그녀를 내쳤던 사람이다.

단호히 끊어내도 시원치 않건만 아직도 나를 사랑하냐는 질문을 던지며, 그의 마음을 할퀴고 싶다는 못 돼먹은 감정이 가슴속에 있었다.

'미련하구나. 그도, 나도.'

심지어 그는 향수를 담아서 선물했던 나무 보관함까지 깨끗하게 모셔두었다.

"에디. 어서 열어봐요. 레버를 앞으로 세 번 당기면 열리도록 설정해 놨으니까."

"왜 하필 세 번이야?"

"우리가 지금까지 세 번 키스했으니까?"

"네 번으로 설정했어야지. 오늘 나머지 한 번을 할 건데."

칼리파는 보관함의 레버를 세 번 잡아당겼다.

보관함이 열렸다. 텅 비어 있을 줄 알았건만, 그 속에는 편지가 들어 있었다. 그에게 보냈던 편지. 달콤한 사랑의 연문(戀文)이다.

'태웠을 줄 알았는데.'

칼리파는 한숨을 쉬며 편지를 집었다.

그런데 보관함 속에 들어 있는 건 그게 전부가 아니었다.

"……?"

칼리파는 정체 모를 검붉은 액체가 담긴 병 몇 개와 함께, 로제타어로 적힌 편지를 발견했다. 로제타 왕국어를 배워둔 건 이럴 때 도움이 되었다. 유창한 회화나 작문은 어려울지언정, 편지쯤은 술술 읽혔다.

편지를 읽어 내려가던 칼리파의 얼굴이 새파랗게 질리

기 시작했다.

황녀. 용. 마법진. 파기. 계획. 변경. 지원금. 신전. 전쟁.

눈에 들어온 단어를 해석하기 무섭게 칼리파가 편지를 구겼다.

"칼리파? 왜 그래?"

문 쪽에서 가만히 서 있던 비올레가 의아한 얼굴을 하며 다가왔다.

"그게 뭐야?"

"……비올레."

황량한 마음과 달리, 해야 할 일이 무엇인지는 곧바로 알았다.

"비올레, 이거 받아."

"응?"

"당장 궁을 나가, 이걸 가지고 가서…… 올가, 그래, 그분께 드려. 올가 황녀님께 전해 드려. 어서!"

"뭐?"

칼리파는 로제타어로 된 편지를 비올레에게 쥐여주었다. 그러나 곧 그걸로는 부족하다고 판단해 보관함 속 내용물을 통째로 그녀에게 넘겨주었다.

칼리파가 보관함을 닫으며 말했다.

"어서 가. 빨리."

"갑자기 왜 그러는데?"

실랑이를 벌일 틈이 없었다. 집무실과 연결된 문 쪽에서 인기척이 들렸다.

"제발, 가. 얼른!"

"하지만 너 혼자……."

"나도 이야기만 끝마치고 나갈 거야."

칼리파는 경련이 일어날 것 같은 얼굴로 애써 웃었다.

"오팔궁으로 갈 테니 먼저 가서 기다려."

"……."

"어서. 가서 전해 드려."

비올레는 상황이 무언가 이상하게 돌아간다는 걸 느꼈다. 하지만 우선 칼리파의 말을 따랐다. 그녀는 제복 안쪽에 편지와 유리병을 쑤셔 넣은 다음 말했다.

"이야기만 나누고 오기야? 한 시간 내로 안 돌아오면 찾으러 올게."

"응, 응."

칼리파는 그녀의 등을 떠밀었다. 동시에 저편에서 다투는 소리가 들려왔다.

비올레가 나가자마자 문이 열렸다.

칼리파는 재빨리 옷장 속으로 몸을 숨겼다. 그녀의 검은색 상복 드레스 끄트머리가 여닫이 문틈에 꼈다.

"끝까지 인정 못 하겠단 소리냐?"

"몇 번이나 같은 말을 시켜야 만족하실 겁니까. 제가 아니라고요."

익숙한 목소리가 둘이었다. 하나는 에드워드. 그녀의 옛
연인. 그리고…….

"나는 지금 형제에게 마지막 기회를 주는 거다. 유리아
나에게 속죄하고, 형제에게 용서를 빌 마지막 기회."

또 한 명은 1황자였다. 집무실에서 이야기를 나누고 있다
던 그가 내실까지 쫓아와서 살벌한 추궁을 이어가고 있었다.

"인정해라. 네가 죽였다고."

"저와는 아무런 상관없는 일입니다. 둘 다요."

"뻔뻔한 놈……. 내일도 그렇게 말할 수 있을 것 같으냐?"

"……무슨 소립니까?"

"이세에피나가 깨어났다. 그 애가 모두 밝혔어."

쥐 죽은 듯한 침묵이 맴돌았다.

"무슨, 말씀이신지…… 모르겠습니다."

"네가 용을 숨겨서 키우는 걸 도왔지? 에피나를 협박해
서 용의 피로 나와 모든 황족을 노렸고? 내일 에피나가 이
모든 사실을 공식 석상에서 증언할 거다!"

"……."

"내일도 모른다는 말로 잡아뗄 수 있을 것 같아? 폐하
께서 널 어떻게 하실 것 같아?"

점차 분노로 커지던 목소리가 일촉즉발의 공기를 찢듯
외쳤다.

"이 모든 일이 밝혀지면 네 편을 들었던 사람은 전부 돌아설 거다!"

"……그만."

"칼리파는 어떨 거 같아?"

"……그만해."

"네 옛 약혼녀도 널 다시 보겠지. 그렇지 않아? 이런 무서운 인간과 엮이지 않아서 다행이다, 파혼당해서 다행이다, 그렇게 생각할걸!"

1황자 알베르트가 흥분에 찬 말투로 소리쳤다. 그는 죽은 약혼녀를 떠올렸는지, 울분을 참지 못했다.

"네가 원하는 대로는 안 될 거다. 후안무치한 자식. 처음부터 의심스러웠어! 세상만사가 네 마음대로 될 거라고 착각……!"

그때였다. 1황자가 하던 말을 다 끝내기도 전에 쿵, 하고 누군가가 엎어지는 소리가 났다.

연이어 이상한 소리가 들렸다. 마치 무거운 돌로 바위를 찧는 것 같은 소리였다.

퍽.

퍽. 퍽.

퍽.

바닥에서 느껴지는 미세한 떨림. 거친 숨결로 분노를 앓는 소리.

"……."

이내 칼리파는 알았다. 엇박자로 울려 퍼지는 둔탁한 소리의 정체가 무엇인지.

그것은 눈이 돌아간 에드워드가 뭉툭한 촛대로 사람 머리통을 내려찍는 소리였다.

칼리파는 양손으로 입을 막았다. 생리적인 공포로 몸이 떨렸다. 잇새로 흘러나오는 숨을 막느라 그녀는 필사적이었다.

소리가 완전히 멈춘 건 알베르트의 숨이 멈췄을 때였다.

"……감히……."

에드워드는 흥분한 기색이 역력했다. 그가 이를 갈며 분노를 뱉었다.

"믿을 건 핏줄밖에 없는 떨거지 새끼가 감히, 칼리파를 입에 담아. 감히, 너 따위가. 너 따위가……."

에드워드는 새빨간 피가 뺨에 튄 것도 개의치 않았다. 사람 하나를 때려죽인 분노였다.

칼리파는 완전히 공포에 질렸다. 저 사람이 정말 에드워드라고? 제 약혼자였던, 제가 알던 그 사람이 맞단 말인가?

칼리파는 떨리는 손으로 옷장 문을 살짝 밀었다. 희미한 문틈 사이로 에드워드의 옆모습이 보였다. 그는 마귀처럼 눈을 부라리고 있었다.

엉망으로 망가진 촛대가 바닥에 떨어진 순간, 칼리파의 심장도 뭉개지는 것 같았다.

에드워드는 뒤늦게 무릎을 꿇은 다음 알베르트의 코에 손가락을 가져다 댔다. 숨이 완전히 끊겼다는 걸 깨닫자마자, 그가 머리를 거칠게 쥐어뜯었다.

"빌어먹을…… 빌어먹을!"

충동적으로, 홧김에.

그건 대여섯 살짜리 어린아이들이 싸울 때 내미는 변명이지 사람을 죽이고 할 말이 아니었다.

에드워드는 습관적으로 가장 빠르고 편한 방법을 떠올렸다.

누군가에게 덮어씌워야 한다. 제르멜이라면 도와줄 것이다. 우리는 형제니까.

"돌아온댔어, 오늘까진……. 금방 온다고 그랬으니까, 와 있을 거야. 그러면…… 흑기사단에서 아무나, 아무나 한 명만 이용해서……."

에드워드는 누가 들어오지 못하도록 내실 문을 꽉 잡은 채 고래고래 소리를 질렀다.

"아무나 제르멜을 데리고 와! 흑기사단에 가서 내가 찾는다고 전해!"

"전하? 1황자 전하와는 이야기를 마치셨습니까?"

"시끄러워!"

에드워드가 밖을 향해 소리 질렀다. 그러자 다른 목소리가 들렸다. 황급히 달려온 시종 브룩스였다.

"전하, 송구하오나 아직 제르멜 단장은 베르크스에서 돌아오지 않았을……."

"내가 시키는데 무슨 잔말이 이렇게 많아!"

에드워드가 격노했다. 보통 화가 아니라는 걸 눈치챈 브룩스가 냉큼 대답했다.

"진정하시고 잠시만 기다려 주십시오. 당장 사람을 보내겠습니다."

"그동안 아무도 내실에 들이지 마라. 아무도 들어오지 마! 들어오면 전부 죽여 버리겠다!"

"알, 알겠습니다. 전하, 그러시면 칼리파 님을 다른 곳으로 모실까요?"

문 저편에서 브룩스가 물었다.

"……뭐?"

"계속 내실에서 이야기를 나누실 생각이시라면 칼리파 님을 다른 곳으로 모시겠습니다."

칼리파는 차라리 이 자리에서 물거품이 되어 사라지길 바랐다.

브룩스의 말에 에드워드는 뭔가가 잘못되어 가고 있음을 느꼈다.

"……칼리파가 왔다고?"

"예. 조금 전 방문하셨습니다. 전하의 편지를 받고 오셨다고……."

"편지? 무슨 소리야. 난 편지 같은 걸 보낸 적이……."

에드워드는 말을 하다 말고 입을 다물었다. 그의 눈동자가 번뜩였다.

"……그래서 칼리파는 어디 있지?"

"내실로 모셨습니다만…… 거기 계시지 않습니까?"

"……됐다. 물러가라. 내가 부르기 전까진 아무도 오지 마."

소름 끼칠 정도로 조용한 침묵이 맴돌았다.

곧 바깥이 조용해졌다.

칼리파는 이제 입을 틀어막는 걸 넘어서 숨을 멈췄다. 이렇게 끔찍한 일에 휘말릴 줄 알았더라면 저 또한 비올레와 몸을 피했을 것이다.

살아서 나갈 수 있을까.

칼리파는 공포에 사로잡혔다. 무서워서 죽을 것만 같았다. 심지어 그녀는 황족을 만나러 온 것이라 검조차 들고 오지 않았다.

"……칼리파가 왔다고."

옷장 밖은 별세계처럼 조용했다. 그래서인지 에드워드의 혼잣말은 더욱 음산하게 들렸다.

그때, 에드워드가 갑자기 창가로 다가가서 커튼을 젖혔다. 커튼 뒤에는 아무도 없었다. 너무 빛나서 눈이 아픈 햇살만 들어올 뿐이었다.

그는 짐승이 주변을 탐색하듯 이리저리 내실을 둘러보

았다.

"칼리파가?"

에드워드는 바닥에 쓰러져 있는 알베르트에게는 눈길도 주지 않고 내실을 모조리 뒤엎기 시작했다.

"칼리파…… 칼리파……."

이곳에서 일하는 사람이라면 감히 칼리파의 이름을 함부로 담지 못한다. 또한 물어본 이가 브룩스였다. 그가 헛소리를 늘어놓았을 확률은 낮았다.

에드워드는 커튼을 하나도 빠짐없이 모두 젖혔다. 이어서 서재와 옷방을 모조리 뒤졌다. 하지만 그 어디에도 칼리파의 모습은 없었다.

칼리파는 바깥을 보는 걸 포기하고 옷장 문을 닫았다. 소리 없는 눈물이 줄줄 흘렀다.

'제발…….'

딱 한 번만. 제발 딱 한 번만.

기회가 생긴다면 뒤도 돌아보지 않고 이곳을 나가리라. 맨발로라도 심장이 터질 때까지 뛰고 또 뛰며 도망칠 테니 제발.

칼리파는 옷장 문을 바라보며 하염없이 빌었다. 제발 이 문이 열리지 않기를.

지옥 같은 시간이 흘러, 밖이 너무 조용하다고 생각했을 때였다. 에드워드가 멈춰 섰다. 향수와 함께 선물 받았던 나무 보관함이 이상하게 흐트러져 있었다.

"이게 왜……."

오래전 시동 하나가 주제도 모르고 상자에 손을 댄 적이 있었다. 그때 에드워드는 조금도 망설이지 않고 시동에게 채찍질을 하고, 열흘을 굶긴 다음 맨몸으로 쫓아냈다.

그 결과 아무도 에드워드의 물건을 건드리지 않게 되었다. 청소하더라도 반드시 손을 댄 흔적이 없도록 철저히 감췄다.

그런데 감히 누가 손을 댔나. 눈에 쌍심지를 켠 에드워드가 보관함의 레버를 세 번 당겼다.

그리고 그는 그 자리에서 굳어버렸다.

"……리파……."

이 보관함을 여는 방법을 아는 사람은 오직 둘뿐이다.

그리고 칼리파는 저를 만나러 올 이유가 없다.

"칼리파…… 칼리파아아악!!"

그가 발광하듯 소리 질렀다.

칼리파는 덜덜 떨며 숨조차 제대로 쉬지 못했다.

에드워드는 곧장 보관함을 내버려 두고 침실로 향했다. 그는 엉금엉금 기어가서 침대 머리맡 아래쪽 바닥 타일을 들어 올렸다.

천만다행으로 금고에 숨겨둔 용의 피는 무사했다.

그러나 그 보관함에 있던 건…….

그게 세상 밖으로 나간다면.

웅크린 에드워드가 떨리는 손으로 얼굴을 감쌌다.

'……어떡하지?'

어떡하지? 어떡하지? 어떡하지?

에드워드의 머릿속이 혼란으로 가득 찼다.

걸쇠로 잠가둔 내실 문이 흔들린 건 그때였다.

흠칫, 몸을 떨었던 에드워드가 소리 나는 쪽으로 고개를 돌렸다.

"나다."

에드워드는 그 목소리를 듣자마자 네발로 기어가듯 일어났다. 그가 부리나케 달려가 문을 열었다.

기다려 마지않는 사람이었다. 에드워드의 얼굴에 환희가 깃들었다.

칼리파는 저들이 이야기를 나누기 위해 다른 곳으로 사라져 주기를 바랐다. 그들이 초상화 통로 문을 열고 다른 곳으로 사라져 준다면 이 옷장에서 나가자.

'제발 다른 곳으로 가. 제발……'

그러나 기대와는 달리, 제르멜은 내실에 들어서자마자 짜증을 냈다.

"……골통 빈 핫바지 새끼가 드디어 일을 제대로 쳤군."

제르멜은 대놓고 비아냥거리더니 한쪽 벽면의 커튼을 잡아 뜯었다.

그가 1황자 알베르트의 시신을 커튼으로 가렸다.

에드워드는 꿇어앉은 채 뒤처리에 여념이 없는 제르멜을 향해 허겁지겁 지리멸렬한 소리를 내뱉었다.

"제르멜, 편지가 없어졌다. 누군가 칼리파를 사칭해서 들어온 게 분명해! 내 보관함에 손을 댄 게……!"

"칼리파를 사칭?"

제르멜은 웃음을 터뜨렸다.

뭐가 우습냐고 따지기도 전에 제르멜이 몸을 일으켰다.

"확인해 보면 되겠군. 마침 시험해 보기 좋은 기회인데."

"시험이라니? 뭘……."

에드워드의 말이 끝나기도 전, 제르멜의 손등에서 하얀 빛이 일어나기 시작했다. 에드워드는 정체 모를 빛을 피해 한 걸음 물러났다.

반면 제르멜은 보관함을 향해 다가갔다. 그의 손등에서 일어난 하얀빛은 손끝에서 녹색빛으로 퍼져 나갔다.

에드워드는 그게 무엇인지 어렵지 않게 알아보았다. 아이젠 후작가에 쳐들어갔을 때 읽었던 책 덕분이었다.

"……스티그마……."

제르멜은 대답하지 않았다.

그로부터 얼마 지나지 않아, 제르멜은 쭉 찢어진 입으로 웃으며 말했다.

"축하드립니다, 황자님. 드디어 당신의 소원이 이루어졌군요."

"뭐?"

"언제나 꿈꾸셨지 않습니까, 그녀가 당신에게 돌아오기를."

그게 무슨 말이냐고 물어볼 새도 없었다.

제르멜은 조금도 머뭇거리지 않고 옷장으로 다가갔다. 그는 옷장 문 사이에 끼어 있는 검은색 드레스 밑단을 보고 피식 웃었다. 그러곤 처음부터 거기에 사람이 있었다는 걸 안 양 망설임 없이 옷장 문을 열었다.

끼이이이익.

소름 끼치는 소리와 함께 옷장 안으로 빛이 드리워졌다.

에드워드의 동공이 크게 벌어졌다.

옷장 안의 칼리파는 기절조차 마음대로 하지 못하고 숨죽인 채 울고 있었다.

제르멜은 저도 모르게 웃음을 터뜨렸다.

옛 연인의 촌극 같은 재회였다.

❄　✳　❄

유디트는 편지를 쥔 채 꼼짝없이 얼어붙었다.

편지를 보낸 사람은 비올레였다. 그녀는 올가 황녀의 힘을 빌려 유디트에게 서신을 띄웠다. 상황이 심상치 않은 것 같다며.

이세에피나 황녀가 깨어났다는 소식에는 놀라지 않았
·다. 충격을 받은 건 그 뒤 내용이었다.

칼리파의 실종.

심지어 2황자 궁 사람들은 그녀가 방문했다는 걸 전면
부인하고 있다는 소식에 이성이 날아갈 뻔했다.

그런 유디트를 어렵잖게 예상했던 걸까. 비올레는 마지
막까지 충고를 아끼지 않았다.

꼭 혼자서만 생각하고 움직이지 말고! 믿을 만한 사람과 의논하고
함께 행동해!

그게 상황을 쉽고 빠르게 해결하는 법이란 말도 잊지
않았다.

혼자서 용도 때려잡아 봤는데 혼자 움직이지 말라니. 그
건 너무 어려운 조언이었다.

그렇게 생각하던 유디트는 곧 깨달았다.

맞다. 혼자 잡은 게 아니다.

"……유디트……?"

편지를 받느라 잠시 창문을 연다는 게 너무 오래 두었던
모양이다. 찬 바람에 깬 건지, 어느새 기류가 몸을 일으켜
그녀에게 다가왔다.

"왜 그래?"

"……깨워서 미안해요."

"아니야. 그것보다 무슨 일 있어?"

"그게……."

기류는 유디트의 목소리가 떨리는 걸 놓치지 않았다. 그는 유디트가 편지 한 통을 들고 있다는 걸 깨달았다.

유디트는 막막해졌다. 수도에서 이런 일이 벌어지고 있을 줄은 꿈에도 몰랐다.

유디트의 저울은 빠르게 움직였으며, 더 소중한 쪽으로 기울었다. 당장 수도로 돌아가야 한다. 하지만 어떻게 말을 꺼내야 할까.

칼리파가 실종되었다면 절차에 따라 수색에 들어갈 일이지, 적기사가 들이닥쳐서 황자 궁의 문을 두드릴 일이 아니다. 게다가 베르크스 수성전은 파티가 아니다. 끝나기 무섭게 돌아갈 수 있는 상황이 아니었다.

"왜 그래? 어디 아파?"

기류가 살짝 고개를 틀었다. 그가 유디트의 뺨을 조심스레 쓸었다.

"열은 없는 것 같은데……?"

"저는 괜찮아요."

"정말이야?"

"네, 다만."

유디트는 잠시 심호흡을 했다.

"도와주었으면 하는 일이 생겨서요."

"내가 도울 일?"

난데없는 말에 기류가 눈을 끔뻑이다 이내 천천히 고개를 끄덕였다.

"뭔데? 뭐든 말만 해."

"……이거예요."

유디트는 기류에게 편지를 넘겼다. 기류는 침착하게 서신을 읽어 내려갔다.

한참 후 그가 물었다.

"칼리파라면…… 임페노르 공작 영애? 스티그마가 발현되는 바람에 가문에서 쫓겨났던?"

"맞아요. 제 동기고, 친구예요."

"잠깐만, 그럼 지금……."

기류가 무어라 말하려던 찰나, 문을 두드리는 소리가 났다.

"르왈흐메이 단장. 쉬는 도중 미안하군. 황명이 떨어졌네."

아론이었다.

하필 이때 방문할 건 뭐란 말인가.

아쉬웠지만 황명이란 말이 신경 쓰였다. 유디트는 기류와 시선을 주고받은 후 문을 열었다.

"아론 군단장님."

"유디트 경? 같이 있었나? 마침 잘됐군."

아론이 유디트를 보며 눈을 반짝였다.

기류는 아론이 건네주는 서신을 받았다. 황실의 압인이 찍힌 종이가 익숙했다. 필시 황궁 전령사가 가져온 것이리라.

"황실에서 내려온 귀환 명령일세. 베르크스의 상황이 정리되는 대로 돌아오라는군."

"……이렇게 갑작스럽게 말입니까?"

"그래."

아론은 아쉬운 얼굴로 기류와 유디트를 바라봤다.

"베르크스로서는 한 사람이 아쉬운 상황이지만, 이 이상 황실의 중요한 전력을 묶어둘 수 없는 모양이야."

아론은 가볍게 한숨을 쉬었다. 그러더니 곧 안색을 달리했다.

"그래서 말인데, 괜찮다면 유디트 경이라도 베르크스에 남아줄 수는 없겠나?"

"예?"

아론이 유디트를 탐나는 눈으로 보고 있었다.

"적기사단 모두를 잡아둘 수는 없겠지만, 유디트 경이라도 남아준다면 우리로서는 크게 부담을 덜 수 있을 것 같은데."

"……."

"한 번만 생각해 주게. 안 되겠나?"

유디트는 난처해졌다.

수중에 비올레의 편지가 있었다면 저도 모르게 구겨 버렸을 만큼 주먹을 꽉 쥐었다.

이럴 때가 아니라면 흔쾌히 받아들였을 제안이다. 하지만 지금은······.

"아론 군단장님, 죄송하지만 그건 어려울 것 같습니다."

유디트는 정중히 거절했다.

"명령이 내려진 이상, 충실히 따르는 것이 황실 기사입니다. 제안을 받아들이기엔 어려울 것 같습니다. 폐하께서 이리 급하게 귀환을 명하신 이유 또한 짐작이 갑니다."

의심 많은 황제는 필시 이세에피나 황녀가 증언한 내용을 두 번, 세 번 짚을 것이다. 이럴 때 저 혼자 베르크스에 남는다는 건 의심 사기에 좋은 행동이다.

뭣보다 칼리파가 걱정이었다. 제르멜이 급히 사라지고 칼리파가 실종된 이 상황이 불안했다. 그 때문에라도 이곳에 남아 있을 순 없다.

아론은 아쉬움을 감추지 못하고 거듭 물었다.

"어떻게도 안 되겠나?"

"예. 죄송합니다."

그녀가 다시 거절하자, 기류가 한 발 나서서 가로막았다.

"죄송하지만 유디트 경의 의사가 이렇게 확고한 만큼, 기사단에서도 제안을 받아들이기는 어려울 것 같습니다."

"······알겠네."

결국, 아론이 고개를 끄덕이며 물러났다. 에테르 마스터를 남겨두고 가라는 말이었으니 거절당할 걸 예상했던 모양이다.

"지금까지 고마웠네. 남은 전투는 베르크스 병력으로 대응해 보겠네."

"끝까지 함께하지 못해 아쉽습니다."

"그런 말 말아. 이미 적기사단에 큰 빚을 졌단 걸 알고 있네."

아론이 고개를 저었다.

"뻔뻔하게 들릴 테지만 한 가지만 더 부탁함세."

"무슨 일이십니까?"

"베르크스의 관문을 빠르게 정상화할 수 있도록 도와 줄 수 있겠나?"

관문이 정상화된다면 급한 대로 인근 지방에서 용병이라도 고용할 수 있다. 기류는 아론의 의도를 재빨리 파악하고 대답했다.

"약속드리겠습니다. 귀환하는 대로 폐하께 베르크스와 서부의 상황을 알리겠습니다."

"고맙네."

아론이 깊이 감사했다.

기류는 그대로 등 돌리려 했으나, 아론이 한 번 더 붙잡았다.

"르왈흐메이 경, 이대로 돌아가도 경은 괜찮은 건가?"

"……괜찮냐고 물으시는 이유가?"

"수색대가 흔적을 찾아낸다면 당연히 경에게도 소식을 보내겠지만…… 실종되었다는 그 사람 말이야."

기류와 유디트는 그게 무슨 말인지 어렵지 않게 알았다. 아론은 기류의 미련을 지적하고 있었다.

손가락 하나 없는 손이 벽에 걸어둔 피 묻은 코트를 가리켰다.

"가야겠지요."

허전하기 짝이 없는 목소리가 유디트의 귓가를 파고들었다.

기류는 차분히 한숨 쉬었다.

"해야 하는 일이 있습니다. 그걸 놔둔 채 무작정 눌러앉아 있을 수는 없습니다."

"……알겠네. 그럼 시신이 발견되면 연락하지."

시신……. 기류는 순간 움찔했으나 재빨리 감정을 숨겼다.

"부탁드립니다. 제 가문에서도 사람을 보내겠습니다."

기류가 말을 끝맺고 묵례했다.

"마저 쉬게나."

아론이 손을 내저으며 방을 나섰다.

얼핏 보기에 기류는 안색만 피곤할 뿐 다른 부분은 멀쩡해 보였다. 하지만 그뿐만이 아니라는 걸 알기에, 유디트가 그를 불러 세웠다. 제 코가 석 자임을 알면서도 그녀는 아론과 같은 질문을 던졌다.

"기류. 정말 괜찮은 건가요?"

기류의 걸음이 살짝 휘청거린 걸 유디트는 놓치지 않았다.

그는 유디트의 눈을 보지 않고 대답했다.

"괜찮아."

"데샹 경이 마음에 걸린다면 가문에서 사람이 올 때까지 베르크스에 있는 것도 괜찮아요. 제가 먼저 황명에 따라 돌아갈 테니……."

"안 돼."

기류가 단숨에 거절했다.

"황명이 떨어진 이상 돌아가야 해. 그리고 이런 상황에서 널 혼자 둘 순 없어."

그는 축 늘어진 머리카락을 쓸어 넘겼다.

"스티그마를 가진 사람이 차례대로 신변을 위협받았어. 이게 우연일 리 없잖아."

"……눈치챘군요."

"다음엔 네가 위험할 수도 있어."

"……."

스티그마를 가진 사람이 위험하다. 맞는 말이었다.

그러나 유디트의 입은 서서히 벌어졌다. 유디트가 직접 스티그마를 가지고 있다고 밝힌 사람은 비올레뿐이었다. 그녀가 믿을 수 없다는 듯 물었다.

"……기류, 당신 혹시……."

"알고 있었어."

"……."

"네가 스티그마를 가지고 있다는 거. 처음부터 알았어."

유디트의 몸이 딱딱하게 굳었다.

기류는 그녀의 긴장을 알아채고, 차분히 고백했다.

"목에 상처를 입힌 게 나였잖아. 그때 알았어. 치료한 신관이 알려줬거든."

정말 처음부터 알고 있었다는 소리다. 유디트는 깜짝 놀랐다.

"알고 있었다고요?"

"그래. 처음부터."

"다 알고 있었으면 왜 아는 척하지 않았나요?"

"내가 너의 상처를 후벼 팔 수도 있잖아."

기류는 창문을 닫았다. 그러곤 따뜻한 게 그리운 사람처럼 그녀를 살짝 안았다.

평민에게는 스티그마가 나타난 적이 없다. 데샹이 에페트 가문의 버림받은 아들이었던 것처럼, 유디트 또한 말하기 꺼림칙한 비밀이 있을지도 모른다고 생각했다.

"숨기고 싶을지도 모르는데 함부로 물을 순 없지. 그때는 일단, 우리가 남이었으니까."

"……그랬죠. 그때는."

"어쭙잖게 아는 척할 바에야 모르는 척하는 게 낫겠다

고 생각했어."

"……."

유디트는 정말 생소한 부분에서 남과 나의 경계를 허무는 기류가 신기했다. 긴장이 풀린 그녀는 팔을 뻗어 기류를 마주 안았다.

"……저는 정말 평범하게 자랐어요. 필요하다면 어릴 적에 어디서 컸고, 이사를 몇 번 다녔는지도 다 말할 수 있어요. 똑똑히 기억하거든요."

"그러면 다행이고."

기류가 작게 웃었다.

유디트가 기류의 가슴팍에 머리를 기대며 물었다.

"어떻게 참았어요? 저라면 궁금해서 곧바로 물어봤을 텐데."

"뭐……. 그거 하나 모르는 척한다고 네 전부를 모르는 게 아니잖아."

그러니 계속 모른 척하려 했다. 시간이 아주 많이 흐르고 그녀가 아무렇지 않게 비밀을 말해주면 참 행복하겠다고 생각했다. 그녀의 힘이 되고 싶었다.

'……어쩌면 처음 만났을 때부터 반했던 걸지도 모르지.'

마음은 빠르게 기울지 않았던가. 그녀와 처음 검을 맞댄 그 순간부터.

그러니 가능한 한 오래, 조용히 그 비밀을 지키고 있을 셈이었다.

하지만 오브가 깨지고, 데샹이 죽었다. 거기에 스티그마를 가진 공녀까지 실종되는 지경에 이르니 기류는 태연하게 모른 척할 수 없었다. 그는 그렇게까지 강한 사람이 아니었다.

온몸이 무거웠다. 마음이 긁히고 깨져 나간 끝에 뜯기는 것 같았다. 주저앉고 싶다는 충동이 찾아올 만큼 아팠다.

물론 그걸 핑계로 멈춰 설 생각은 없다. 그러나 혼자서 온전히 감당하기엔 힘든 고통이었다.

"너와 함께 갈 거야. 그러니까."

그는 불안함으로 터질 것 같은 가슴을 유디트로 틀어막았다. 기류가 그녀를 꽉 껴안았다.

"부탁이니까, 너는 사라지지 마."

가장 먼저 나온 말은 애원이었다.

"너까지 없어지면 나는 정말 어떻게 해야 할지를 모르겠어."

"……."

진심이었다. 이런 고통을 계속 겪을 바에야 아무도 없는 곳으로 떠나서 죽은 듯이 사는 게 나을 것 같았다.

"세상이 어떻게 되든 상관없다는, 이런 기분이 드는 건 처음이야."

그가 유디트의 어깨에 얼굴을 묻었다.

바닥이 꺼진 것 같은 목소리였다. 실낱같은 희망에 기대어 사는 사람의 목소리는 종종 들어본 적이 있다. 하지만 기류가 이런 목소리를 할 줄은 몰랐다.

"……기류."

언제나 강한 사람이었다. 적어도 그녀에게는 그런 상대였다. 선의와 명예, 긍지에 가득 차서 언제나 저를 보며 여유롭게 웃던 사람이었건만.

지금의 기류는 평소의 그가 아니었다. 여유를 잃지 않던 보통 때와는 사뭇 달랐다. 하지만 신기하게도 애정은 더 커지기만 했다.

조금씩 허물어지는 마음의 틈 사이로 작게 웅크린 그가 보였다. 불안함에 파도치는 마음도, 떨리는 목소리도 저에게만 간신히 내보이는 모습이었다.

그래서일까? 기류의 안타까움을 제 것처럼 선명하게 느끼고 만다. 상대의 아픔이 내 아픔으로 변하는 순간, 다시금 유디트는 제 감정을 선명히 느꼈다.

'나는 정말로 이 사람을 사랑하는구나.'

유디트는 온 힘을 다해 그를 끌어안았다.

만약 저 또한 이렇게 약해지고 작아지는 순간이 온다면, 그가 지금처럼 감싸주고 위로해 주겠지. 그녀는 끌어안은 팔에 힘을 주었다.

"그런 소리 하지 말아요. 저는 절대 사라지지 않을 거고, 우린 계속 함께 있을 거예요."

그건 기류를 향한 위로일 뿐만 아니라 제게 들려주는

말이기도 했다.

말하지 않아도 전해지는 게 있듯, 말해야만 전해지는 게 있다.

괜찮다는 말도 그렇다. 저에게, 기류에게, 사랑하는 사람에게 전달해야 비로소 의미를 지니고 위로로 다가가는 말이다.

비록 아무것도 보장하지 않는 말이지만, 내가 있으니 괜찮을 거라는 오만한 말을 건넬 수 있다는 건 얼마나 큰 축복인지.

유디트는 비로소 사랑이 축복으로 불리는 이유를 알았다.

"다 괜찮을 거예요. 우리가 그렇게 만들 거예요."

불안한 마음을 씻어낸다. 더욱 맑고 단단해질 수 있도록.

"무너지지 말아요."

기류는 천천히 고개를 들었다. 유디트도 등을 바로 세웠다. 그리고 팔을 뻗어 그의 목을 감싸 안았다. 그녀는 애써 발돋움을 하지 않고 기류에게 눈짓했다.

단단한 팔이 순식간에 허리를 휘감으며 그녀를 들어 올렸다. 서로의 숨이 코끝에 닿았다. 누가 먼저라고 할 것 없이 포개진 입술 안으로 밀어 넣은 혀가 서로를 옭아맬 듯 격정적이었다. 긴 숨이 감정을 녹여냈고, 뜨거운 혀가 날것 그대로 마음까지 핥았다.

키스가 이어지는 동안 두 사람은 마음 안에 응어리져 있던 불안감을 모조리 밀어냈다. 끈적하게 녹아내린 이성이 서로를 더욱 끈끈하게 붙들어놓았다.

시간이 흘러, 농염한 시선을 주고받으며 두 사람이 떨어졌다.

"아직도 불안한가요?"

"……."

"욕심이 많네요. 제 첫 키스인데 이걸로도 모자라요?"

기류는 그만 웃어버렸다. 첫 키스인 건 나도 마찬가진데.

"욕심 많은 남자는 별로야?"

"없는 거보단 낫지."

유디트가 그의 옷깃을 확 끌어당겼다. 두 번째 키스였다.

기류의 몸이 못 이기겠다는 듯 끌려갔다. 유디트가 양팔로 기류의 목덜미를 끌어안았다. 몸을 기댄 그녀가 불규칙적으로 내뱉는 숨이 그를 흥분으로 흐트러뜨렸다.

사람의 마음은 상상만으로도 쉽게 흐트러진다. 당장에라도 이성을 흐물흐물하게 녹일 것 같은 이 숨결의 주인이, 이제 기류가 목숨과 바꿔서라도 지켜내고 싶은 유일한 사람이 되었다.

너마저 잃으면…….

행여나 현실이 될까 봐, 입 밖으로 내는 것조차 두렵다.

기류의 팔이 유디트를 부둥켜안는 것도 모자라 가두다시피 했다. 그가 두 번째 키스가 끝나기 무섭게 낮은 목소리로 말했다.

"항상 하고 싶은 말이 있었어."

"뭔데요?"

"너는 어디든 가도 돼. 개처럼 쫓아가는 건 내가 할 테니까."

보라색 눈동자가 집착하듯 그녀를 좇았다.

"그 대신 나를 가져가. 날 챙겨 가. 내가 내뱉는 숨결 하나까지 모조리 씹어서 집어삼키고, 내가 네 것이라는 걸 기억해."

"……."

"나는 이제 너 못 놔."

세 번째 키스는 기류가 먼저 파고들었다. 애욕과 격정에 젖어 든 숨결이 또다시 두 사람을 헤집었다.

숨이 막힐 정도로 어지러웠다.

✻　＊　✻

베르크스를 떠나기 직전, 유디트는 한 번 더 괜찮냐는 질문을 기류에게 던졌다.

그러자 처음으로 솔직한 대답이 돌아왔다.

"사실은 하나도 안 괜찮아. ……괜찮아지도록 노력하는 거야."

"그래요."

기류가 숨기지 않고 대답하자 유디트가 그의 손을 꽉 잡았다.

기사단은 귀로에 올랐다.

"이번 일이 끝나면 휴가를 낼 생각이야."

"쉬려고요?"

"그건 아니고."

기류가 고개를 저었다.

"……데샹이 정말 마수에게 습격당한 게 맞는지 확인해야 하니까."

그는 유디트에게만 제 계획을 조용히 고백했다.

유디트는 그를 물끄러미 보다가 말했다.

"제가 같이 가야 할 곳이 또 늘었네요."

"같이 가줄 거야?"

"혼자 갈 생각이었나요?"

기류가 눈치를 보다가 말없이 고개만 끄덕였다. 유디트는 웃으며 대꾸했다.

"당신을 혼자 두기 싫은 건 저도 마찬가지예요."

해야 할 일은 명확했다.

수도 베르디에 도착하는 즉시 칼리파를 찾아내고 탄원서를 올린 다음, 제르멜과 2황자를 실각시킨다.

'이세에피나 황녀와 만나봐야겠어.'

얽힌 매듭을 모두 풀 때다. 도와줄 사람은 어렵지 않게 떠올랐다. 해낼 수 있다. 자신이 있었다.

그러나 누그러졌던 마음이 다시 차갑게 얼어붙는 데는 얼마 걸리지 않았다. 베르디에 도착했을 때 유디트와 기류가 본 광경은 그들이 예상했던 것과는 전혀 다른 모습이었다.

황급히 수도로 돌아온 그들을 기다리는 건 불타는 황궁이었다.

황성은 새카만 연기와 화염으로 소란스러웠다. 손이 빈 사람은 모두 불을 끄느라 정신이 없었다.

기류가 믿을 수 없다는 듯 중앙 경비대 대장을 보았다.

"입성 통제라니?"

"반역자가 성내에 숨어들었으니 아무도 빠져나가지 못하게 하라는 황명이 있었습니다."

"역도가 숨어들었단 말입니까?"

"그렇습니다."

경비대장은 허겁지겁 적기사단의 입성을 허가한 뒤 지휘소로 돌아갔다.

기류는 황성에 남아 있었던 비스타에게 물었다.

"폐하는 무사하신가? 황자와 황녀 전하께선?"

"죄송합니다. 상황이 워낙 급하여 전부 파악하지 못했습니다."

비스타는 기류와 유디트가 황성을 비운 동안 일어난 일

을 빠르게 보고했다.

1황녀 올가는 이세에피나가 깨어난 즉시 또다시 황녀 궁의 문을 닫아버렸다. 그녀는 마치 둥지를 지키는 새처럼 굴었다. 그 누구도 출입을 허용하지 않았다.

황제는 그러한 황녀의 태도에 크게 노했다.

"그렇게 칩거가 좋다면, 일절 밖으로 나오지 말라 하시며 흑기사에게 황녀 궁을 감시하라고 명령하셨습니다."

이세에피나 황녀는 눈을 뜨기 무섭게 증언할 게 있다며 청문회를 요청했다. 그러나 그마저도 오늘 아침 갑작스럽게 취소되어 버렸다.

가장 충격적인 건 3황자의 소식이었다.

"투옥? 윌리엄 전하가?"

"예. 폐하께 직접 고발할 게 있다며 입궁하신 뒤, 그대로 격리당하셨습니다."

"이유는?"

"모릅니다. 세리아 황자비 전하께서도 밤새 초조하게 기다리시다가 폐하를 뵈러 가셨지만, 헛걸음만 하셨다고 합니다."

충격적인 보고였다.

4황자 이든에 대한 소식은 아무도 아는 자가 없었다.

기류는 이럴 때조차 아무도 신경 쓰지 않는 이든이 걱정되었다. 그는 무심코 데샹에게 알아보라고 말하려다가 입술을 꽉 물었다.

'폐하께서 실성이라도 하셨단 말인가?'

그토록 올가를 아끼고 그리워했던 황제다. 그런데 이젠 감시를 명하셨다고? 이쯤 되면 그 황명을 정말 황제가 내렸는지도 의심스러웠다. 누군가 파벌 싸움 때문에 황제에게 헛소리를 속살거린 걸까?

'하지만 폐하가 그만큼 의견을 귀담아들어 줄 사람은 없을 텐데?'

의아하게 여기던 것도 잠시. 기류가 주먹을 꽉 쥐었다.

"폐하를 뵈러 가야겠다. 헤일리, 그랑슈아는 따라오고 나머지는 집결 명령이 떨어지기 전까지 중앙 경비대와 함께 황성의 불을 끈다."

듣던 중 반가운 소리였다.

기류는 명령을 마치고 급히 기사단 본부를 나섰다. 헤일리와 그랑슈아가 그 뒤를 따랐다.

유디트는 급한 불만 끄면 당장 오팔궁으로 달려가기로 했다.

'칼리파를 찾아야 해.'

그러기 위해서는 편지를 보낸 비올레를 만나는 게 무엇보다도 급선무였다.

낯선 목소리가 화살처럼 날아온 건 그때였다.

"도와주세요! 도와, 도와주세요!"

기사단원 모두가 놀라서 뒤를 보았다.

유디트는 다급히 도움을 요청한 상대를 알아보았다. 올가를 돌보는 오팔궁의 시종, 타티아나였다.

"유디트 경!"

타티아나는 유일하게 얼굴이 익숙한 유디트에게 곧바로 달려왔다.

"올가 전하가 위험합니다!"

"뭐라고요?"

"오팔궁을 감시하던 흑기사가 갑자기 침입하더니 황녀님을……!"

타티아나가 요란스럽게 제 주인의 위험을 알렸다.

✳　✴　✳

유디트는 급히 비스타와 함께 오팔궁으로 향했다.

오팔궁으로 향하는 길목에서, 유디트는 눈살을 찌푸렸다.

'피 냄새가 지독해.'

이상할 정도로 푹 파인 지면 위에 부러진 검이 뒹굴고 있었다.

가장 눈길을 끈 건 칼침을 맞은 흑기사의 시체였다. 대부분 격렬한 반항의 흔적이 남아 있었다. 종종 기괴한 모습의 시체도 보였다. 불거진 혈관이 식어버린 용광로처럼 새까맣게 변한 모습.

'용의 피를 마시고 죽은 거다.'

궁전에 도착할 때쯤엔 확신이 생겼다. 흑기사단이 둘로 갈라져서 싸운 게 분명했다. 오팔궁에 침입했다는 흑기사가 동료를 공격한 것이다.

유디트의 얼굴이 싸늘하게 굳었다.

비스타가 그녀를 불렀으나, 유디트의 행동은 빨랐다. 그녀는 곧바로 궁전 문을 발로 걷어찼다.

"비올레, 올가……!"

믿을 만한 이들임에도 불안했다. 베르크스에서 곧장 왔는데도 늦었단 말인가?

곳곳에 사투의 흔적이 보였다. 밖으로는 나갈 수 없었는지 안으로, 더 깊은 안쪽으로 필사적으로 저항하고 도망친 흔적을 발견했다. 점점이 떨어진 핏자국이었다.

초조해진 유디트는 층계참에 널브러진 시체를 훌쩍 뛰어넘으며 검을 뽑았다.

"올가 전하!"

그녀가 곧장 침실 문을 박차고 들어갔다.

올가는 사파이어 소드를 든 채, 흑기사 두 명과 대치 중이었다. 더 볼 것도 없는 기막힌 타이밍이었다. 유디트가 그대로 몸을 날렸다.

날카로운 유디트의 롱소드가 흑기사의 목 뒤를 베었다. 유디트는 시원하게 다리를 뻗어서, 커다란 반월 모양을 그리며 상대의 발목을 걸어찼다. 사람 하나가 나동그라지는 건 순식간이었다.

나머지 흑기사 한 명이 유디트에게 정신을 **빼앗긴** 사이, 올가의 검이 그의 팔을 잘랐다.

유디트는 노련하게 공간을 확보한 후 올가가 다치지 않도록 습격자의 칼을 발로 차냈다.

숨 돌릴 겨를도 없었다. 팔을 잃고 끔찍한 비명을 지르는 상대의 오금 또한 걸어찼다. 유디트는 무릎 꿇린 상대의 등 뒤에서 재빠르게 검을 움직였다.

베는 건 쉬웠다. 용의 비늘을 베는 것처럼 이물감이 느껴졌지만 그건 잠깐이었다. 목을 가르는 검에는 황금빛 에테르가 맺혀 있었다.

유디트는 칼날을 타고 흐르는 피를 털어내며 시체를 옆으로 밀었다. 몸뚱이는 쉽게 무너져 내렸다.

"전하, 무사하십니까?"

"후…… 후우…… 흐…….”

"황녀님!"

"전하!"

뒤늦게 쫓아온 타티아나와 비스타가 동시에 침실에 들어섰다.

검을 쥔 비스타는 아직 흥분한 기색이 역력한 올가에게 섣불리 다가가지 못했다. 그가 세 발자국 떨어진 곳에서 물었다.

"전하, 괜찮으십니까?"

올가는 만신창이였다.

극적으로 구사일생한 충격이 컸던 건지, 사람이 눈앞에서 죽는 모습이 충격이었던 건지. 머지않아 올가는 사파이어 소드를 떨구며 얼굴을 쥐어뜯었다. 고운 볼에 핏자국이 번졌다.

"이제 괜찮습니다."

유디트의 목소리는 낮고 차가웠다. 그래서인지 치밀어 오르는 감정을 누르는 걸 넘어, 안도마저 심어주었다.

"으으, 흐…… 흐으으……."

"괜찮습니다. 안심하시길."

"……디트, 유디트 경……."

"예."

유디트는 문가에서 숨을 몰아쉬는 타티아나에게 손짓했다.

"좋은 시종을 두셨습니다. 덕분에 저도 늦지 않았습니다."

익숙한 얼굴을 연달아 봐서일까. 올가는 눈물을 주룩주룩 흘리기 시작했다. 올가의 가슴이 터질 것처럼 헐떡였다. 타티아나가 올가의 곁으로 재빨리 다가가 보듬었다.

유디트 또한 그녀를 부축하려 했으나, 하얀 장갑에 튄 피가 신경 쓰였다. 유디트는 황급히 장갑을 벗어 주머니에 쑤셔 넣었다.

"유…… 유디트 경……."

"예 전하."

"정말, 정말 그대가 맞나?"

"접니다. 전하께서 기슬란 성에서 도와주신 그 기사입니다. 못 믿으시겠습니까?"

유디트가 무릎을 굽히며 눈높이를 맞췄다.

호박색 눈이 초승달처럼 부드럽게 휘었다. 올가는 그제야 실감했다.

'살았구나.'

깨어난 것이다. 이 악몽 속에서.

올가가 진정하기까지는 제법 시간이 걸렸다.

유디트는 그동안 비올레를 만나려 했으나, 그녀가 오팔궁에 없다는 걸 알고 까무러칠 뻔했다.

하지만 다행히도 금방 비올레의 행방을 알 수 있었다.

"비올레가 이세에피나 황녀 전하를 모시고 도망쳤다고요?"

"네, 제가 도왔습니다."

타티아나가 고개를 끄덕이며 대답했다.

'……다행이다. 무사했구나!'

황녀를 감시하던 흑기사단이 갑자기 둘로 나뉘어 서로를 치고받았다. 거기에 비올레가 휘말려 들었다면 목숨을 잃었을지도 모른다.

그녀는 위험해진다면 도망치겠다는 약속을 지킨 셈이다.

유디트는 겨우 안심했다.

그즈음에는 올가 또한 흥분을 가라앉힌 듯했다. 황녀는 여전히 창백한 얼굴로 지척에 사파이어 소드를 놓아둔 채였다.

"비스타 경이라고 했나. 잠시 자리를 비워주게."

비스타는 군말 없이 따랐다.

"유디트 경."

"예. 전하."

"지금부터 내가 하는 말에는 한 치의 거짓이 없음을 스티그마와 카르나크 신의 이름을 걸고 맹세하네."

올가는 확실히 진정한 듯했다.

"믿어주게."

"알겠습니다."

올가는 그렇게 믿기 힘든 말을 하나씩 꺼내기 시작했다.

얼마 전 눈을 뜬 이세에피나는 엄청난 사실을 잇달아 고백했다. 2황자 에드워드가 벌였던 악행. 광룡이 나타난 이유와 용의 피를 이용한 몇 차례의 암살 사건까지. 에드워드는 실종자 처리를 한 흑기사나 죄수, 때에 따라서는 빈민가에서 사람을 납치해 와 실험체로 썼다. 그것도 모자라 사건을 은폐하기 위해 제르멜과 공조했으며 황족을 제거할 계획을 세웠다.

이세에피나 황녀가 작은 입으로 고백했다는 말은 하나같이 믿기 힘든 소리였다. 적어도 올가에겐 그랬다.

"그리고 이걸 보게. 에드워드가 쓴 편지야."

올가가 편지를 건넸다.

"이건……."

"로제타 왕국에 전쟁 지원금을 보내주겠다는 피의 서약문이다."

"예?"

유디트는 믿을 수가 없어서 다시 물었다.

"전쟁 지원금이라고요?"

"……에드워드는 마법진을 이용해서 로제타의 국경 지대까지 용을 이동시킬 계획을 세웠더구나."

올가가 울음을 참으며 말했다.

"그곳은 베르크스의 땅이지만, 로제타의 토착민이 사는 곳이다."

그런 곳에 광룡이 나타난다면 전쟁으로 번지는 건 당연한 순서다.

피의 서약문은 신관이 카르나크 신의 이름으로 행하는 공증. 그 신성함 때문에 잉크 대신 피로 서명한다.

그런데 그런 서약문에 전쟁 지원금을 약속하다니?

유디트는 바닥이 무너지는 기분이 들었다. 호흡이 멎었다. 정의란 사적인 기준에 갉아먹힐지언정, 지켜야 하는 도리이기에 비로소 정의가 아닌가.

전쟁을 일부러 일으킨다고?

그건 제국을 위해 핏값을 바치는 기사는 물론이고 제국

민을 기만하는 행동이었다. 기억 속에 묻어두기로 했던 차가운 죽음이 되살아났다. 쓰라린 배신감은 덤이었다.

올가는 어느 볕 좋은 날, 정원에서 황자비에게 애칭을 지어주던 날을 떠올리며 물었다.

"유디트 경. 에드워드와 칼리파를 무사히 데려오겠다고 맹세할 수 있겠나?"

"어디에 있는지 아시는 겁니까?"

유디트가 저도 모르게 목소리를 높였다.

올가는 복잡한 얼굴을 했다.

"……안다. 내가…… 꿈에서……."

올가의 목소리가 작아졌다.

유디트가 믿어줄까?

에드워드는 기절한 칼리파를 안아 든 채 정신없이 신전으로 향하고 있었다.

하지만 이 말을 믿어줄까? 스티그마로, 꿈에서 본 일인데?

올가의 예언은 언제나 불길했다. 그래서 그녀의 말을 믿어주는 사람은 거의 없었다. 형제 중에서도 믿어준 건 윌리엄뿐이었다.

올가는 유리아나 베르크스가 죽은 뒤 칩거에 들어갔다. 언제부턴가 다른 이를 설득하는 게 두려워졌기 때문이다.

그런 올가가 느낀 유디트는 현실적인 사람이었다. 이런 허무맹랑한 소리를 그녀가 들어줄지…….

"올가 전하."

믿음이 깃든 목소리가 올가를 불렀다. 늠름한 목소리였다.

"믿습니다. 전하의 꿈. 전하의 말, 모든 걸 믿습니다."

황금보다도 귀한 눈동자가 사명을 깨달은 사람처럼 빛나고 있었다.

"칼리파는 어디에 있습니까?"

그녀가 물었다. 올가는 울 것 같은 얼굴로 대답했다.

※　＊　※

"전하! 눈 뜨십시오, 전하!"

흔드는 손길이 거칠었다.

3황자 윌리엄은 엄청난 통증 속에서 간신히 눈을 떴다. 로하스가 그의 팔을 잡은 채 마법을 외우고 있었다.

"……로하스……."

"다행입니다, 눈을 뜨셨군요."

"기류……? 자네인가……?"

"맞습니다."

기류가 안도의 한숨을 내쉬며 대기 중이던 기사들에게 무어라 명령했다. 얼마 지나지 않아 방 안으로 신관 몇 명이 허겁지겁 달려왔다.

윌리엄은 혼미한 정신을 다잡고 제 피부를 살펴보았다.

'까만 반점…….'

기억은 그렇게 서서히, 하나둘씩 돌아오기 시작했다.

윌리엄은 이세에피나의 증언을 들은 뒤 즉시 움직였다. 그는 1황자 알베르트와 거래한 자료를 들고 황제를 알현하러 갔다. 에드워드를 고발하기 위해서였다.

그런데 어떻게 알고 나타난 건지, 베르크스에 있어야 할 제르멜이 앞을 가로막았다.

"이게 무슨 짓인가!"

"황명입니다."

"폐하께서 날 잡아두라고 명령하셨다? 허튼소리! 직접 뵙겠다. 뵙고 확인하겠……!"

제르멜은 반항하는 그를 힘으로 제압해 끌고 갔다. 흑기사 몇 명이 억지로 입을 벌린 후 입안에 비릿한 액체를 집어넣은 다음 이곳에 가뒀다.

그게 마지막 기억이다. 심장이 터질 듯이 아프고 괴로워서 가슴을 부여잡고 그대로 쓰러졌는데…….

"기류…… 단장. 폐하, 폐하께 무슨 일이 생기신 게 분명해……."

윌리엄은 힘겹게 말했다.

"2황자 궁으로 가게…… 제르멜과 에드워드를 찾아. 둘을 잡아야……."

더듬더듬 말하던 윌리엄은 다시금 정신이 혼미해지는 걸 느꼈다.

"전하!"

마치 칼바람 앞에 선 촛불이 된 기분이었다. 윌리엄은 제 목숨이 얼마 남지 않았음을 깨달았다. 그가 이를 악물고 유언 같은 한마디를 남겼다.

"로하스. 세리아에게 정말 미안하고, 사랑한다고 전해 주게……."

"안 죽습니다. 제가 그렇게 내버려 두지 않을 겁니다."

로하스가 윌리엄의 팔을 꽉 쥐며 말을 잘랐다.

황녀와 황자가 허리까지밖에 오지 않을 정도로 작았던 시절, 그들에게 기초 마법을 가르친 게 로하스였다. 비록 나이를 먹으며 예전만큼 따뜻한 관계는 아니게 되었다지만 이렇게 죽는 걸 보고만 있을 순 없었다.

"정신 똑바로 차리십시오. 지금부터 황자님의 몸 안에 들어간 용의 피를 정화하고 마법으로 태울 겁니다."

"그게…… 가능……."

"가능합니다. 대신 죽을 만큼 아플 겁니다."

윌리엄의 눈동자에 두려움이 묻어났다.

한편, 로하스는 복잡한 기분이 들었다. 유디트가 저를 툭 치면 설명이 튀어나오는 지식 보따리 취급할 땐 짜증이

났지만, 지금은 고마울 지경이었다. 만약 그녀가 용의 피를 분석해 달라고 가지고 오지 않았다면, 윌리엄은 손쓸 새도 없이 죽었으리라.

"버티셔야 합니다."

"……."

"정 힘드시다면 세리아 황자비 전하를 떠올리십시오. 그분을 놔두고 혼자 죽어선 안 됩니다. 아시겠습니까?"

윌리엄은 천천히 고개를 끄덕였다.

곧 로하스가 손짓하자 신관 세 명이 윌리엄 곁으로 다가왔다.

"폐하는…… 아버지는, 무사하시지……?"

로하스는 주문을 외우려다 말고 기류와 시선을 교환했다. 기류가 고개를 저었다. 지금은 모르는 게 낫다는 뜻이었다.

"……우선 황자님부터 살고 봅시다."

로하스의 손에서 푸른 마력이 뻗어나갔다. 동시에 신관 세 명도 치유 마법을 시작했다.

머잖아 끔찍한 고통이 윌리엄의 몸속을 헤집었다.

얼마 지나지 않아 윌리엄은 탁한 피를 토해냈다. 기적 같은 생환이었다.

❋　✦　❋

계획이 어긋났다.

제르멜이 그 사실을 깨달은 건, 황제와 근위대의 절반을 죽이고 궁에 불을 지른 후 돌아왔을 때였다.

에드워드와 칼리파가 없었다. 2황자 궁의 비밀 공간이 텅 비어 있었다.

역도에게 납치당해서 1황자와 함께 갇혀 있어야 할 놈이 어디로 갔단 말인가. 죽일까 말까 고민하는 걸 눈치챈 건가?

"끝까지 귀찮게 만드는군."

제르멜은 이를 갈며 전지의 스티그마를 사용했다. 붉은 눈동자에 녹색빛이 깃들었다. 관자놀이를 후벼 파는 것 같은 아픔이 뒤따랐으나, 덕분에 행방은 쉽게 알아낼 수 있었다.

"······이런 걸 준비해 놓다니."

제르멜은 신전 방향으로 나가는 비밀 통로를 찾아냈다. 2황자 궁에 자주 드나든 그조차도 몰랐던 비밀이었다.

통로 입구 앞에서, 제르멜은 얼마 남지 않은 쓸 만한 부하에게 명령했다.

"불을 질러라. 여기도 정리하지."

"2황자 궁을 말입니까? ······괜찮으시겠습니까?"

"내가 괜찮지 않은 명령을 내릴 것 같나?"

제르멜이 턱을 치켜들었다.

흑기사단장의 반문은 으름장과 똑같다. 부하는 즉시 고

개를 내젓곤 카펫을 벽난로로 집어 던졌다.

실로 충실한 모습이었으나 제르멜에게는 아무런 감흥도 주지 못했다. 나중에 제거해야 할 부하가 하나 더 늘어났을 뿐이었다.

제르멜은 비밀 통로 속으로 들어갔다. 통로는 사람 둘이 너끈히 걸을 수 있는 크기였다.

"하여간 꼼꼼한 건지, 허술한 건지 모르겠군."

그가 혀를 찼다.

에드워드는 언제나 이해할 수 없는 형제였다.

옷장 안에 숨어 있던 칼리파를 찾아냈을 때도 그랬다. 에드워드는 마치 제르멜이 세상에서 가장 위험한 동물인 것처럼, 칼리파 앞을 지키고 막아섰다.

그리고 빌었다.

황제가 제게 용서를 구하며 목숨을 구걸할 때처럼.

그와 똑 닮은 푸른 눈동자로 저를 올려다보며 무릎을 꿇고 빌었다.

"칼리파를 죽이지 마. 내가 뭐든 다 할게. 그러니까 죽이지 마."

"촛대로 1황자를 때려죽인 네가 할 말인가?"

"뭐라고 말해도 괜찮아. 그러니까 제발. 죽이지 마."

"……."

제르멜은 그를 경멸하듯 바라보았다.

그러면 너를 죽이는 건 괜찮냐고 물어보거나, 참 눈물 나는 연정이라고 비웃어주려 했다.

그런데 이상하게 내키질 않았다. 그렇게 쉽게 꿇을 무릎이었다면 처음부터 내게 빌어보는 건 어땠을지. 그런 생각만 들었다.

'왜 그렇게 한 사람에게 집착하는 거지?'

제르멜은 사랑을, 연민을 이해할 수 없었다. 그러니 생각해 봤자 시간 낭비였다.

다만, 아쉬움이 남았다. 에드워드를 사랑에 빠진 머저리라고는 생각했지만, 그 정도로 칼리파를 소중하게 여길 줄은 몰랐다.

'알았다면 좀 더 요긴하게 이용해서 괴롭혀 줄 걸 그랬군.'

제르멜은 비밀 통로와 연결된 굴을 빠져나왔다. 예상대로 통로는 신전으로 가는 길 중턱과 이어져 있었다. 저 아래에 불타는 황제 궁과 2황자 궁이 보였다.

제르멜은 잠시 그 광경을 눈에 담은 뒤, 신전을 향해 걸었다.

"멍청한 놈이야."

익혀둔 무예도, 대단한 재주도 없는 놈을 황제로 추대해 주기로 했다.

물론 그냥 추대해 줄 생각은 없었다. 무엇이든 에드워드에게서 가장 소중한 것 하나는 빼앗을 생각이었다. 그래야 수지 타산이 맞지 않나.

에드워드는 제 인생에서 가장 중요한 걸 앗아갔다. 인생의 앞길을 선택하고 결정할 권리. 그걸 앗아갔다.

그러니 이건 정당한 복수고 분노였다. 그럴 터였다.

'그런데 왜 이렇게 계획이 어긋나고 있는 거지?'

나는 카르나크 신에게 선택받았는데.

미래를 바꿀 사람인데.

그리고 왜?

왜 저 여자가 여기 있는 거지?

신전까지 이어진 샛길 저편. 그곳에 유디트가 서 있었다. 마치 제르멜이 이곳으로 올 것을 알고 있었다는 듯.

그녀는 두 자루의 검을 차고, 하얀 장갑을 끼고 있었다. 대지를 딛고 선 다리는 굳건했고, 신전을 보고 있는 시선은 나긋했다. 우아한 모습은 마치 사명과 심판을 위해 때를 기다리고 있는 잔혹한 천사처럼 보였다. 날카로운 인상을 주는 회백발이 햇살 아래에서 빛났다. 잠깐이지만 한 폭의 그림 같은 광경에 제르멜은 말을 잃었다.

이내 유디트가 획, 고개를 돌렸다.

"당신 혼자서 뭐라고 중얼중얼하는 거야?"

"네가 여긴 무슨 일이지?"

"내가 여기에 있으면 안 된다는 것처럼 말하네?"

유디트는 제르멜을 흘끔 본 다음, 카르나크 신의 조각상을 응시했다.

"난 있어야 하는 자리에서 해야 할 일을 하려고 온 거야."

"뭐?"

선문답 같은 말에 제르멜의 미간이 구겨졌다.

하지만 유디트는 제르멜을 신경 쓰지 않았다. 그녀는 손목 부근의 하얀 장갑 끄트머리를 팽팽하게 잡아당기며 상대를 쏘아보았다.

"칼리파는 어디에 있지? 대답에 따라서는 정말 비켜줄 수도 있어."

유디트가 물었다.

마치 상대를 용서할지 말지 시험하는 말투처럼 들려서 제르멜은 더욱 부아가 치밀었다.

"무슨 헛소리냐."

"당신은 답을 알고 있잖아? 대답해."

유디트의 요구가 워낙 당당했기에 제르멜은 실소를 흘렸다. 그가 유디트의 해진 소매 끝을 보며 입을 뗐다.

"대답하면 금괴가 가득 담긴 궤짝이라도 줄 텐가? 아니면 땅문서? 그도 아니면, 그 제복에 있는 구리 단추라도 줄 건가?"

"……."

유디트가 입을 다물자, 제르멜은 거 보라는 듯 의기양양해졌다. 그의 시선이 유디트의 제복에 달린 브릴란테 훈장으로 향했다.

"하."

브릴란테 훈장을 받은 자는 그 상징성 때문에라도 기사를 그만둘 수 없다. 그것도 모르고 유디트가 수여식 날 실실 웃던 모습이 떠올랐다.

황실 기사라니!

백금으로 된 훈장으로 열심히 포장해 봤자, 개는 개일 뿐이다.

"황제가 지어준 집은 안락하고 편안하던가? 황실의 개를 자처할 정도로? 복종을 바쳐서 몸값을 불린 보람이 있었길 바라지."

"……칼리파가 어딨는지 물었어."

"닥쳐. 너처럼 선택의 가치를 모르는 쓰레기에게 해줄 말은 없다."

고작해야 사랑 때문에, 돈 때문에 제 앞길을 직접 선택할 수 있는 권리를 외면한 쓰레기들. 생각과 선택을 놓아버린 머저리들.

제르멜은 그런 이들을 누구보다도 경멸하고 혐오했다.

"너도 원하는 게 있으면 나처럼 직접 쟁취하는 게 어때?"

제르멜이 오만하게 검집을 들었다.

폭언으로 얻어맞았으나 호박색 눈동자는 생각보다 차분했

다. 유디트는 예전처럼 길길이 날뛰지 않았다. 대신 고개를 숙이고 장갑 낀 손가락을 오므렸다 펴기를 반복할 뿐이었다.

제르멜은 영원히 모르리라. 이 순간 유디트가 그를 용서한다는 마지막 선택지를 깨끗하게 지웠다는 걸.

유디트의 손끝에서 천천히 황금빛 에테르가 피어올랐다.

어차피 원하는 건 모두 검으로 얻어왔던 삶. 새삼스럽지는 않았다.

"좋아. 폭력은 단순하고 명쾌한 맛이 있지. 그러니까 지금부터 내가 당신을 작살나게 두들겨 패도 불평하기 없기야."

"두들겨 패? 네가? 날?"

"당신은 시간의 스티그마를 찾고 있지?"

칼자루에 손을 올린 제르멜의 몸이 움찔, 떨렸다.

"내가 그 행방을 알아."

"⋯⋯!"

제르멜의 눈동자가 환희에 젖었다.

"역시 네가⋯⋯!"

"그게 왜 나타났는지도, 이젠 알겠어."

그녀가 작게 중얼거렸다.

유디트는 검을 집어넣지 않겠다고 맹세하듯 칼집을 저 멀리 집어 던졌다. 그게 신호였다. 일기당천의 실력자 두 사람이 동시에 검을 맞댔다. 황금빛과 검은빛이 부딪치는, 처음이자 마지막 결투였다.

누구나 그럴듯한 계획이 있다. 처맞기 전까지는. 따라서 제르멜도 좀 처맞을 필요가 있다. 그게 유디트가 내린 결론이었다.

목덜미가 뜨겁다. 시간의 스티그마가 새겨진 자리가 화상을 입은 것처럼 화끈거렸다.

후우웅!

유디트는 상체를 뒤로 빼며 손에 힘을 주었다. 검끝이 파르르 떨리더니 곧 눈부신 에테르가 쏟아졌다.

"네년을 죽여서 해부해 주마."

천둥처럼, 신벌처럼 내리꽂히는 황금색 에테르. 제르멜은 그 일격을 모조리 피하며 달려들었다.

그러나 제르멜은 유디트를 번번이 놓쳤다.

"같잖게 입 털지 마. 사람이 싸 보이잖아."

쩌정!

"사람은 책임질 수 있는 말만 해야 한다, 어릴 적에 그런 것도 못 배웠어?"

호박색 눈동자는 그 어느 때보다도 냉정했다.

유디트는 맞부딪친 검을 날밑까지 긁으며 거리를 좁혔다가, 뿌리치듯 휘둘렀다.

멀어졌다가 좁혀지기를 반복하는 공세. 팽팽한 접전이 쉴 새 없이 이어지며 합을 나눴다. 세차게 회전하며 부딪히는 팽이 같은 모습이었다.

에테르를 두른 검에서 불꽃이 튀었다. 반월 모양으로 서로를 후려친 검이 살벌했다.

접전 속에서 제르멜의 검이 어깨를 노리고 들어왔다.

유디트는 재빠르게 몸을 숙였다. 그녀는 제르멜의 시야에서 벗어나기 위해 오른쪽으로 크게 돌았다.

제르멜은 그녀를 놓치지 않았다.

그는 기사단장이라는 지위를 혈연만으로 올라간 게 아니라는 걸 증명하듯, 넓은 시야로 그녀를 끝까지 쫓아갔다.

"시궁창에 살던 쥐새끼 같은 게."

그가 커다랗게 검을 치켜들더니 도끼질하듯 검을 내려쳤다.

"주제를 몰라도 너무 몰라!"

연달아 쏟아지는 검격. 쏟아지는 살기 속에 담긴 선명한 혐오.

언제나 제르멜의 에테르를 더 강하게 만든 감정이 유디트라는 한 점을 향해 쏟아졌다.

그러나 혐오하는 감정은 아무것도 바꿀 수 없다.

"뭐라는 거야. 나는 누구보다도 내 주제를 잘 알면서 산 사람인데."

까앙, 소리를 내며 검이 부딪쳤다.

유디트의 눈동자가 꺼지지 않는 불꽃처럼 활활 타올랐다.

이 몸이 불꽃처럼 타버려도 좋다. 재밖에 남지 않아도

좋다. 모조리 태우자. 태우고 다시 시작하자.

목, 어깨, 몸통, 허리, 심장으로 날아오는 제르멜의 검은 철저히 살인을 위해 익힌 검이었다. 유디트는 그 한 맺힌 맹공을 모조리 막아냈다. 그리고 한 번도 놓치지 않고 따라갔다.

목과 어깨를 노린 검을 튕겨냈다. 몸통과 허리를 노린 검을 절묘하게 비틀어서 궤도를 바꿨다. 마침내 심장을 노린 일격이 날아왔을 때, 유디트는 자세를 다잡고 정면에서 막았다.

까아앙!

청명한 소리가 울려 퍼졌다. 수세에서 공세로 돌아서는 소리였다.

제르멜의 눈동자가 크게 흔들렸다. 유디트는 그 광경을 보며 웃음을 터뜨렸다.

제르멜이 그녀의 미소를 볼 수 있는 건 잠깐이었다. 왼발을 앞으로 내민 유디트가 순식간에 검세를 바꿨다. 앞선 발로 균형을 잡고 팔에 힘을 넣었다. 공격의 주도권을 빼앗아왔다. 곧바로 그녀의 검이 빠르게 몰아치기 시작했다.

"큭……!"

유디트는 찌르기와 베기로 이루어진 정공법을 과감하게 버렸다. 그리고 끊임없는 비껴 치기를 시작했다. 오른쪽 어깨인 척 왼팔로, 목인 척 허리로 날아가는 공세가 시작됐다.

위에서 아래로 비스듬히 떨어지는 비껴 치기. 거센 바람 때문에 대각선으로 떨어지는 빗줄기처럼, 화살 같은 일격이 쏟아지고 또 쏟아지고……

"뭐 해? 못 따라오겠어?"

"이익……!"

터텅! 텅! 파앙!

유디트의 검이 제르멜을 잘게 다지듯 난타했다.

제르멜은 이를 악물었다. 어느새 그는 수세에 들어서 있었다. 급소를 노리고 날아온 공격이 비수처럼 빠르고 매서웠다. 막아내는 것조차 힘겨웠다.

제르멜은 자신이 당황하고 있다는 것도 몰랐다. 감히 누가 저와 검을 맞댔던가? 누가 이리도 익숙하게 검을 받아냈던가?

그는 사선으로 떨어지는 유디트의 검을 밀어내며 틈을 찾았다.

하지만 도무지 틈이 없었다. 유디트의 검은 단 한 번도 흔들리지 않았다. 그녀는 마치 제르멜이 검을 어떻게 휘두를지 잘 알고 있는 사람 같았다. 제르멜의 칼끝은 폭포를 거슬러 오르듯 맥없이 흐트러지기 일쑤였다.

'어떻게 이렇게 능숙할 수 있지?'

이런 검은 기사가 익힐 수 있는 검이 아니다. 명예를, 정의를 부르짖는 멍청이에게는 이런 집요함이 없다.

그런데 왜 밀린단 말인가? 돈만 주면 뭐든 하는 쓰레기. 땅에 떨어진 것들을 주워 먹는 버러지. 그런 것 앞에서 내가 왜 이렇게 절절매고 있는 거지?

"이따위 검술로 개짓거리를!"

터엉!

제르멜은 이를 갈며 두 발자국 물러났다. 동시에 횡으로 커다랗게 검을 휘둘렀다. 검은 에테르가 분노를 담고 날아갔다.

유디트는 끝까지 냉정했다. 그녀는 동요하지 않고 황금빛 에테르를 검끝에서 떠나보냈다.

맞물린 에테르가 폭발했다. 허공에서 부스러진 에테르의 여파가 두 사람을 할퀴고 지나갔다. 양쪽 다 닿는 것만으로도 피부가 찢어지는 순도 높은 에테르였다.

흙먼지에 뒤섞인 에테르가 제르멜의 뺨을, 유디트의 목덜미 초커를 긁고 지나갔다.

두 사람은 자연스레 거리를 벌렸다. 짧은 숨 고르기였다.

유디트는 너덜너덜해진 초커를 힘으로 뜯어냈다. 그러자 모래시계 모양으로 빛나는 스티그마가 만천하에 드러났다.

제르멜의 눈이 번뜩였다.

"너……!"

"당신은 나한테 참 속을 알 수 없는 사람이었어."

유디트가 우아한 손길로 초커를 버렸다.

"하지만 지금은 아니야. 당신은 그냥, 너무 새까만 인간이었던 거야."

검은색은 노려봐도 검은색일 뿐. 그 속에 담긴 색 같은 건 없다. 그러니 검은색 욕망을 낱낱이 까발리고 해부해서 뭐 하랴. 제 손만 거뭇해질 뿐이다.

유디트는 아쉬웠다. 그의 어둠에 함께 물들어, 그토록 열심히 살았던 시간을 후회 속에 흘려보낸 게 아까웠다.

동시에 기뻤다.

환난을 넘고 도달한 새로운 미래. 기적 같은 두 번째 회귀가 아니었다면 결코 몰랐을 삶.

이 회귀가 정말 기회가 맞을지 고민하던 때와는 달랐다.

이제 과거의 자신에게 말해줄 수 있다.

이 회귀가 기회냐고?

기회고말고!

"시간의 스티그마는 신이 선택한 사람에게 나타나는 거다!"

"나도 알아. 불만이라면 카르나크 신에게 가서 따져. 곧 만날 수 있게 해줄 테니까."

"웃기는 소리! 뭔가 잘못된 거야! 카르나크가 너 같은 걸 선택할 리 없⋯⋯."

"그럼 널 선택하기라도 할 것 같아? 머리에 구멍 뚫렸어?"

유디트가 가볍게 손을 털며 검을 다잡았다.

"아니면 하나 뚫어줘?"

유디트의 도발에 제르멜이 허연 이를 내보이며 달려들

었다. 유디트는 냉소적으로 웃으며 롱소드를 휘둘렀다.

각기 다른 색의 에테르를 머금은 검이 부딪친 바로 그 순간.

키이이이이잉!

유디트의 목덜미에서, 제르멜의 손등에서 환한 빛이 터져 나왔다.

빛의 원천은 스티그마였다.

두 사람의 스티그마가 매서운 소리를 내며 울었다. 마치 공명하듯이.

"……!"

시간의 스티그마가 빛나자, 그에 감응하듯 전지의 스티그마와 약탈의 스티그마가 함께 빛났다. 황금빛과 녹색빛, 검은빛이 한데 섞여 어우러졌다.

그리고 무수히 많은 기억이 흘러들었다.

회귀라는 기적을 선사한 시간의 스티그마는 지워져 나간 세월을 고스란히 간직하고 있었다. 전지의 스티그마가 그 모든 세월을 한 번에 읽어냈다. 유디트의 인생은 물론, 그녀가 흑기사로 살았던 시절까지도.

그리고 스티그마가 읽어낸 건 유디트의 세월뿐만이 아니었다. 시간의 스티그마는 제르멜이 벌였던 악행과 그의 인생이 기록된 시간까지 모조리 헤집었다. 마침내 약탈의 스티그마가 읽어낸 세월을 탐하며 발광했다.

그렇게 제르멜은 지워져 나간 6년의 세월과 유디트의 인생을, 유디트는 제르멜이 벌인 모든 악행과 그의 인생을 낱낱이 이어받았다.

물밀 듯이 밀어닥치는 기억.

두 사람은 서로의 기억을 훔쳤다.

"훗······!"

유디트와 제르멜은 누가 먼저라고 할 것 없이 검을 거뒀다.

먼저 눈이 돌아간 건 유디트였다.

"이 개자식이······!"

정신이 오염되는 기분이었다.

데샹을 유리 조각으로 찌르고, 황자 궁에서 칼리파를 끌어내고, 페온에게 용의 피를 건넨 만악의 근원. 삶의 의욕을 잃은 칼리파를 자살로 꾸며 그녀의 스티그마를 빼앗은 살인자.

칼 든 아들에게 비굴하게 용서를 구하던 황제를 죽인 금수의 기억 따위 그녀에게 필요 없었다.

키이이잉! 키이이이잉!

스티그마가 사납게 울었다. 그녀에게 마지막까지 잊지 말라며 사명을 부르짖었다. 인간과 용의 공존을 방해하고 제국의 도리를 저버리는 자들을 스스로 심판하고 바로잡으라고. 오직 그것을 너만이 할 수 있기에 내린 스티그마라고.

불의를 알기에 정의의 가치를 알고, 악행의 업보를 알기에 선행의 무게를 아는 자.

흑기사단장이자 에테르 마스터인 제르멜을 힘으로 막을 수 있고, 잘못 써 내려간 역사를 일필휘지로 다시 적을 수 있는 신의 사자.

유디트가 검을 치켜들었다.

"끝내야겠어."

가야 할 길을 아는 자는 걸음을 망설일 이유가 없다.

그러니 이 검을 내려치는 걸 망설일 이유 또한 없었다.

"흑기사 유디트……!"

"그 사람은 이제 죽고 없어."

당신이 죽였다. 고맙게도.

유디트가 도약했다. 그녀는 바람을 가르며 달려들었다. 쏜살같은 기세에 제르멜의 눈시울이 파르르 떨렸다.

제르멜은 이미 너무 오랫동안 에테르 능력에 의존해 검술을 다뤘다. 생존을 위해 악착같이 익힌 검과 대적하기엔 역부족이었다.

그의 눈이 처음으로 상대를 놓쳤다. 뒤늦게 머리보다도 빠르게 손이 움직였지만, 그땐 이미 늦었다. 검은 제르멜의 가슴을 정확하게 관통했다.

"커헉……."

유디트는 전광석화 같은 속도로 검을 빼냈다.

제르멜은 마지막으로 남은 힘을 쥐어짜 검을 휘둘렀다. 그러나 다음 순간, 그의 오른팔이 허공을 날았다.

피가 분수처럼 솟았다. 유디트가 그의 팔을 잘라 버린 것이다.

천천히 허공을 나는 오른팔을 보며 제르멜은 깨달았다.

천재.

선천적으로 뛰어난 재주를 타고난 자들을 일컫는 말.

회귀 전의 제르멜은 그녀를 보고 느꼈다. 그녀는 단순한 천재가 아니라고.

이미 오랫동안 강자의 자리에서 내려오지 않았던 제르멜조차도 등 뒤를 잡아야만 승리를 장담할 수 있는 엄청난 실력자. 그렇기에 저를 방해하지 않도록, 흑기사단으로 데려올 수밖에 없었던 상대. 귀신조차 홀리는 뛰어난 솜씨.

세상을 모조리 뒤져도 찾을 수 있을까 말까 싶은 수준의……

'검의 귀재.'

제르멜이 피를 토하며 쓰러졌다.

콰지직!

동시에 에테르를 두른 유디트의 검이 그의 어깨를 완전히 박살 냈다.

잘려 나간 오른팔. 부서진 어깨. 압도적인 승리 앞에서 유디트는 우쭐거리지 않았다. 그녀는 우선 제르멜의 잘린 팔을 걷어찼다. 그러곤 곧바로 에테르를 날려 제르멜의 무릎 또한 박살 냈다.

"아아악!"

제르멜의 몸이 붕 뜨더니 저만치 멀리 날아가서 데굴데굴 굴렀다.

유디트는 그에게 천천히 다가갔다. 동시에 그에게 다른 무기가 없는지 살폈다.

한쪽 다리를 질질 끌며 주춤주춤 물러난 제르멜은 나무와 부딪쳤다. 자연스레 제르멜은 도망치는 걸 멈췄다. 그의 팔뚝과 가슴에서 시뻘건 핏물이 흘러나와 지저분한 흔적을 남겼다.

유디트는 천천히 검을 타고 흐르는 핏방울을 튕겼다.

애초에 질 거란 생각은 안 했다. 오히려 이길 거란 확신이 있었다.

그도 그럴 게⋯⋯.

"감정이 뿌리부터 뒤흔들더라도 이성을 잃어선 안 돼. 분명한 목적을 가지고 검을 휘둘러야 비로소 에테르가 진해져."

유디트의 에테르는 더없이 진했다. 찬란한 황금빛이었다.

그녀는 반성을 통해 회한을 알았다. 기사답게 살겠다는 다짐을 통해 목적을 만났다. 그러니 지려야 질 수가 있나.

'신은 신이로구나.'

유디트는 조금 기가 막혔다. 신앙심이라곤 요만큼도 없

는 저를 택한 카르나크는 여기까지 내다본 걸까? 대단하
다면 대단한 선택이다.

'내 알 바 아니지만.'

어쩐지 기류가 몹시 보고 싶었다. 유디트는 이번 일이
끝나면 그에게 달려가서 힘껏 안아주리라 마음먹었다. 넓
은 그의 품이 그리웠다.

기류를 만나지 못했더라면 유디트는 에테르를 강하게
만든 이 감정을 완벽하게 정의할 수 없었으리라. 어쩌면 적
기사단을 선택하지 않았을지도 모른다. 그와 이렇게까지
얽히지도 않았겠지.

모든 기회가 소중하고 감사했다.

적기사 유디트는 제르멜을 내려다보며 말했다.

"너 같은 걸 신이 직접 선택했다면 제국은 끝장이지."

후회는 누구나 한다. 그러나 후회 속에서 배우는 자는
얼마 없다.

기적처럼 맞이한 두 번째 생애는 그녀에게 참회할 기회
를 주었다.

유디트는 기꺼이 그 기회를 받았고, 저지른 죄를 용서받
을 수 없다면 업보로서 품고 살겠다고 다짐했다.

쉽지 않은 길이다. 그래도 걸으리라.

그게 유디트의 선택이었다.

하지만 제르멜도 같은 선택을 할까?

"너 같은 쓰레기에게 시간의 스티그마는 아까워. 그런데 왜……."

"아까우면 어쩔 건데? 내가 이겼는걸."

유디트는 냉소적으로 웃었다. 그녀의 따뜻한 연인이 봤다면 퍽 안타깝게 느낄 웃음이었다.

한편, 회귀 전과 회귀 후의 기억이 한데 뒤섞인 탓인지 제르멜의 머릿속은 혼란스러웠다.

동시에 우스웠다. 누구보다도 세게 목줄을 쥐어야 하는 상대라 티아라를 건네고 온갖 비싼 것으로 그녀를 묶어놨었다. 돈뭉치 앞에서 이성이 달랑달랑 흔들리는 게 보이던 사람. 제르멜에겐 유디트가 그런 자였다.

그랬던 주제에 뭐라고?

"있어야 하는 자리에서…… 해야 할 일을 하러 왔다고?"

제르멜은 피를 뱉으며 조소했다. 그가 돈 때문에 제 선택을 시궁창에 팔았던 여자를 보며 말했다.

"뭐 대단한 각오라도 한 것처럼 구는데, 그 각오가 얼마나 갈 것 같아?"

"……."

"열여섯에 기사가 되고 열여덟까지 마수를 죽여도 돈이 부족해, 수배지를 뒤지고, 꼴같잖은 변명으로 남의 힘줄 자르며 살았잖아."

제르멜이 온 힘을 다해 비아냥댔다. 그는 마치 그것밖에 배우지 못한 사람 같았다.

"수배지에 실린 놈들만 죽였습니다, 죽여도 되는 놈들만 죽였습니다, 명령 때문에 죽인 겁니다. 그딴 걸 변명이라고 하는 사람이잖아, 넌?"

"……곧 죽을 놈이 왜 이렇게 혀가 길까."

"너는 결국 돈 때문에 도리를 저버린 계집이야. 죽어서도 그 사실이 사라질 것 같아?"

제르멜이 피거품을 터뜨리며 웃었다. 입안이 짭짤했다.

"네 가난에 온갖 것을 기워 붙였잖아. 26년을 그러고 살았잖아."

"……."

"네 가난이 널 완벽히 놔줄 거라 생각하나?"

유디트의 얼굴이 굳었다. 그녀는 간격을 두고 입을 뗐다.

"……그럴 수밖에 없었을 뿐이야. 내게 가난은 선택할 수 있는 게 아니었으니까."

"모두가 그렇게 말하지, 모두가!"

제르멜이 홉뜬 눈으로 외쳤다.

"나한테는 선택권이 없었다고! 그럴 수밖에 없었다고!"

사나운 힐난은 고통과 증오로 범벅된 늪처럼 깊었다. 제르멜은 에드워드를 보듯 그녀를 보았다.

"선택의 가치를 모르는 쓰레기들! 제 앞길을 선택할 수 있다는 게 얼마나 중요한지 모르는 머저리들!"

제르멜의 가슴에서 또다시 피가 쏟아졌다. 그가 헉헉대며 불규칙적으로 숨을 내쉬었다. 제르멜은 유디트를 올려다보았다.

"너도 에드워드도 결국 똑같은 것들이야. 똑같이 역겨운……."

"당신은 궤변가야."

유디트가 그의 말을 잘랐다.

"자기 손으로 감자 한 알 쪄본 적 없으면서 가난한 인생을 경멸하고, 책임은 나 몰라라 하지만 선택권이 없는 건 억울하지."

그녀의 눈이 냉랭하게 과거를 떠올렸다. 유디트가 가소롭다는 듯 하, 웃었다

"선택은 네가 했으니 날 원망하진 마라. 당신은 항상 그런 식으로 말했잖아?"

가난은 선택이 아니다. 누군가에게는 정말 선택권조차 주어지지 않는다.

그리고 제르멜은 그 사실을 모르는 자였다.

"그런 사람이 나에 대해서 왈가왈부할 권리는 없어."

유디트는 서늘한 눈으로 비겁한 궤변가를 내려다보았다.

"백 보 양보해서 내가 그런 쓰레기였다고 쳐. 넌 얼마나 고고하고 떳떳한데? 내가 쓰레기였다고 해도 너한테 그런 말 들을 이유는 없어."

유디트는 주먹을 쥔 채 말했다.

"나는 변할 거야. 변해서…… 증명할 거야."

시간의 스티그마는 신이 직접 내린 처음이자 마지막 기회였다. 말하자면 그녀의 존재 자체가 카르나크의 기적이며 신의 안배였다.

유디트는 직감했다.

모든 일이 끝나면, 이 스티그마는 사라지리라.

시간을 되돌리는 스티그마는 개인에게 주어지기에는 너무나 강력한 힘이다. 때문에 이것은 능력이 아니라 표식에 가깝다. 회귀라는 기적을 선사했으니 제국을 바로잡으라는 표식.

유디트는 사명을 다했다.

'이 스티그마가 사라질 때쯤엔 알 수 있겠지. 내가 한 선택이 옳았는지를.'

"나는 끝까지 내 선택에 대한 업보를, 책임을 다할 거야."

유디트의 말은 선언에 가까웠다. 그녀는 제르멜을 바라보며, 방금 뱉은 이 말을 어떻게 지킬지도 정했다.

사랑하는 사람들과 행복하게 먹고 자고 마시면서 살고 싶다. 머리에는 크림색 보닛을 쓰고 한 손에는 여행용 트렁크, 다른 한 손에는 사랑하는 연인의 손을 잡은 채 행복해지고 싶다.

유디트는 미래를 만났다.

"너 같은 건 깨끗하게 내 인생에서 도려내고 행복해질

거야."

후회를 도려내는 방법은 여러 가지다.

이번 생을 통해 유디트가 배운 방법은, 후회에서 배우고, 있는 힘껏 살아가는 것이다. 힘들 때는 누군가에게 도움을 요청하고, 스스로를 물질적인 틀에 가두지 않는 것.

"변한다? 고작 그런 게 네 선택이냐?"

"고작?"

유디트의 눈매가 날카로워졌다.

희미해져 가는 정신을 다잡으며 제르멜이 킥킥 웃었다. 그는 피가 쏟아지는 팔뚝을 부여잡길 포기했다. 눈앞이 어지럽고 귀가 먹먹했다.

"……당신은 세상만사를 선택으로 바꿀 수 있다고 생각하지?"

"틀린가?"

"틀리지. 아주 많이 틀리지."

유디트는 제르멜이 떨어뜨린 검을 주웠다. 그리고 그에게 다가갔다.

제르멜은 다가오는 그녀에게 발길질하려 했지만, 그조차도 쉽지 않았다. 한쪽 무릎이 박살 난 다리는 엄청난 고통을 선사했다. 마음대로 움직이지도 않았다.

유디트는 제르멜의 손목을 지그시 짓밟았다. 그리고 그의 앉은 자세를 무너뜨린 후 손등에 검을 찔러 넣었다. 제르멜의 입에서 소리 없는 비명이 터져 나왔다.

"당신은 운이 좋으면 살 거야. 운이 나쁘면 죽을 거고."

"뭐……?"

제르멜이 벌벌 떨며 그녀를 올려다보았다. 혼란스러운 눈이었다.

"나는 운이 나빠서 가난을 피할 수 없었어. 당신도 운이 나쁘면 죽음을 피할 수 없겠지."

유디트는 꽂아둔 검을 힘주어 비틀었다. 덕분에 손등을 관통한 칼은 입으로도 쉬사리 뽑을 수 없게끔 단단히 땅에 박혔다.

"운이 좋으면 누군가가 당신을 발견할 수도 있어. 하지만 그때까지 당신이 살아 있을 확률이 얼마나 될까?"

신전 근처라지만, 황궁에 불이 났기에 치유 마법을 쓸 수 있는 자는 모두 자리를 비웠으리라.

운 좋게 몇 명이 남아 있다 한들 시간이 없다. 누군가가 제르멜을 발견하고 신관이 와서 그를 치유할 때까지 그가 살아 있을 확률은 극히 낮았다.

"당신이 살아남을 확률, 내가 보기엔 꽤 낮아."

유디트는 그 자리에 쭈그려 앉아, 제르멜의 가슴과 팔에서 쉴 새 없이 흐르는 피를 보았다.

그가 죽음을 피해갈 확률은 얼마나 될까?

"딱 하나 선택지가 있긴 해. 혀를 깨물고 죽는 거지."

유디트가 냉정하게 말했다.

"진짜로 선택권이 없다는 건 그런 거야."

인생은 선택의 연속.

그리고 이 순간, 제르멜은 진정한 의미로 선택권이 없기에 죽는다.

제르멜은 박제 당한 벌레처럼 바닥에 납작하게 붙었다. 오른팔을 잃고 왼팔은 땅에 꽂힌 채, 그가 유디트를 필사적으로 올려다보았다.

그의 가슴에서 흘러나오는 피가 천천히 바닥에 고였다. 마치 유디트가 죽을 때처럼.

신전을 등지고, 유디트는 바로 섰다. 그녀는 허리에 찬 주머니를 꺼내서 거리낌 없이 금화를 거꾸로 쏟아냈다.

엎어진 제르멜의 몸 위로 금화가 떨어졌다. 황금빛 동전이 거지에게 적선하듯 흩뿌려졌다.

"당신한테 받았던 개값, 그대로 다시 돌려줄게. 나는 개가 아니라서 필요 없거든."

유디트는 빈말로도 제르멜에게 행운을 빌지 않았다.

운이 좋아서 자기 앞길을 선택할 수 있는 기회가 생긴다 해도, 그 기회는 제르멜에게 너무 과분했다. 그는 유디트에게 있어 그런 사람이었다.

신전으로 향하는 발걸음에 망설임은 없었다. 유디트는 두 번 다시 뒤돌아보지 않았다. 그녀는 제르멜과 과거를 향해 작별을 고했다.

머지않아 흑기사단장 제르멜 아이젠이 싸늘한 시체로 발견됐다.

그는 발견이 늦어서 죽었다.

운 나쁜 죽음이었다.

Chapter 14
유디트 르왈흐메이

왜 이렇게 됐을까.

에드워드는 신전 지하로 연결된 통로를 내달리며 똑같은 물음을 반복했다.

왜 이렇게 됐지?

어디서부터 잘못된 거지?

홧김에 알베르트를 때려죽였던 게 잘못이었나?

그게 아니면 시험 삼아 윌리엄에게 용의 피를 먹였던 게 문제였나?

이세에피나에게 금제 마법을 걸었을 때만 해도 이렇게까지 궁지에 몰릴 이유가 없었다.

올가가 걸쳤던 붉은 망토가 주인을 잃었을 때만 해도 황위는 금방 제 것이 될 것 같았다.

'그런데 왜 이렇게 된 거지?'

계획은 완벽하지 않았나.

헤링시아 숲에서 키운 용을 폭주시킨 다음, 이동 마법진을 통해 로제타로 보내기만 하면 됐다. 광룡이 한바탕 날뛰면 로제타는 약속했던 대로 전쟁을 선포할 테고, 적기사단과 백기사단이 전쟁터에 발이 묶이도록 지원금을 보낼 생각이었다.

그사이 알베르트와 이든을 치우고, 권력에 공백이 생기는 틈을 타 군벌 귀족을 설득해서 군권을 잡으면 됐다. 불안에 떠는 제국민의 환심을 사면 황위는 호박보다도 쉽게 굴러들어 올 터였다.

윌리엄은 용의 피로 건강을 악화시키면 그만이었다. 이 계획이 통한다면, 올가 또한 윌리엄과 같은 방법으로 치우면 깔끔했다.

로제타 왕국엔 약속했던 대로 마석이 묻혀 있다는 땅을 내주고, 우아한 외교로 전쟁을 마무리하면 끝.

다소 계획이 어그러져도 상관없었다. 흑기사단을 움직여서 죽여 버리면 그만이니까.

황제는 제르멜의 수상한 행동도 곧잘 눈감아주었다. 그는 제르멜을 보며 죽은 옛 연인을 그리워했고, 제르멜의 붉은 눈동자를 볼 때면 유독 너그러워졌으니까. 그 방관이 저에게는 천군만마보다도 더 큰 도움이 됐다.

중요한 건 이 모든 계획이 끝났을 때, 곁에 칼리파가 있어야 한다는 거다. 그래야 의미가 있었다.

그런데 크고 작은 실패가 나비효과처럼 걷잡을 수 없이 커졌다.

노스카나 공작성 피습 사건이 실패했다.

군벌 귀족은 사건과 무관하다는 걸 증명하기 위해 파벌 싸움에 발 들이는 걸 망설이기 시작했다.

이세에피나를 치워 버릴 작정으로 추진했던 혼담도 실패했다.

마땅한 시기를 기다리며 키우고 있던 은빛 용은 이동 마법진으로 옮기기 전 폭주하는 바람에 르왈흐메이 백작과 어느 계집이 죽여 버렸다.

어쩔 수 없이 제르멜의 말대로 오브를 깨며 군권을 잡을 기회를 노렸건만, 이번엔 올가가 칩거를 깨고 나오더니 이세에피나를 직접 거두고 칼리파를 청기사로 들였다.

모든 게 이렇게까지 엉망일 수가 없었다. 누군가가 나서서 제 앞길을 모조리 막아버리는 기분이었다.

'이렇게 막막했던 적이 언제였지?'

에드워드는 옛 기억을 떠올렸다. 황제에게 선택받은 날, 마차에 오르는 저를 망연자실하게 바라보던 제르멜과 눈이 마주쳤을 때.

가시처럼 아팠던 그 시선은 떠올릴 때마다 에드워드에

게 똑같은 변명을 꺼내게 했다. 상황이 그랬잖아. 그럴 수밖에 없었잖아. 내겐 선택권이 없어서······.

"내 잘못이 아니야."

에드워드는 벌써 수십 번 넘게 반복했던 변명을 입에 담았다.

그러나 진실은 언제나 가까이에 있고, 그도 알고 있었다.

이 모든 게 그의 잘못이었다.

인간의 비겁함이란 묘한 구석이 있다. 마치 훔친 보석처럼, 외면할수록 더 시야에 잘 들어온다는 점이다. 비겁함은 두를수록 그를 당당하게 만들었다. 졸렬한 변명이 힘을 합쳐 그의 눈을 멀게 했다.

에드워드는 비겁한 찬탈자였다. 그에게 남은 건 처절한 후회와 돌이킬 수 없는 과거뿐이었다.

눈시울이 뜨거웠다.

두렵고 막막했다.

그럼에도 에드워드는 걸음을 멈출 수 없었다.

에드워드는 칼리파를 안아 든 팔에 힘을 주었다. 자칫 잘못했다간 그녀를 떨어뜨릴 것만 같았다.

"괜찮아, 칼리파."

무저갱처럼 어두운 지하 통로 앞. 에드워드는 숨을 고르며 다정하게 말했다.

"나만 믿어."

기절해 있다 겨우 정신을 차린 칼리파는 반항하듯 몸을 들썩였다. 그러나 손발이 꽁꽁 묶인 것도 모자라 재갈이 물려 있어서인지 반항조차 쉽지 않았다.

에드워드는 그녀를 보지 않고 말했다.

"너만큼은, 너 하나만큼은 내가 지켜줄게."

한없이 비겁한 에드워드였지만 그에게도 양보할 수 없는 게 있었다.

'제르멜에게서 칼리파를 떼어놔야 해. 이번엔…… 이번 에야말로…….'

에드워드가 벽돌 속에 감춰진 장치를 움직이자, 벽이 움직였다.

이윽고 사람이 드나들 만한 공간이 생겼다. 에드워드는 비밀 공간으로 뛰어들었다.

"여기만 지나면 돼. 로제타로 갈 거야. 그럼 괜찮아."

그렇게 얼마나 달렸을까. 발소리가 잘 울릴 만큼 커다란 홀이 나왔다. 홀에는 수많은 금화가 사람 키보다 높이 쌓여 있었다.

카르나크 중앙 신전 지하동.

로제타로 보낼 전쟁 지원금을 쌓아둔 장소였다. 백여 년 전 돌림병 환자를 격리하기 위해 임시로 만든 공간이라 지도에 실려 있지도 않고, 미로처럼 복잡한 데다 사람과 마주칠 일도 없었다.

전쟁 지원금을 보관하고 로제타와 연락을 취하는 건 오로지 그의 몫이었다. 따라서 이곳이야말로 제르멜조차 모르는 장소이며, 에드워드의 마지막 보루였다. 아무도 모르게 마법진을 깔아두고, 조용히 재물을 쌓아둘 공간으로는 최적이었다.

　에드워드는 칼리파를 내려놓고 허리춤에서 단검을 뽑았다. 그가 곧장 손가락에 상처를 냈다.

　"으……."

　우웅! 우우웅!

　피 묻은 손가락을 바닥에 문지르자 마법진이 소리 내며 울기 시작했다.

　오직 에드워드의 피로만 발동되도록, 로제타 측 마법사의 도움을 받아 그린 이동 마법진.

　헤링시아 숲 별장, 2황자 궁, 로제타 왕국과 신전 지하까지. 여섯 시간마다 차례로 도착 장소가 바뀌었다.

　마법진은 아직 붉은색이었다. 저 색이 노란색으로 변하면 로제타에 있는 마법진까지 연결된다.

　'지금 들어가면 황자 궁으로 연결되니 저녁까지 기다려서…… 로제타로 도망쳐야 해.'

　해 질 녘까진 아직 멀었다. 이곳에서 세 시간은 더 버텨야 했다. 에드워드는 초조해졌다.

　'괜찮을 거야. 어차피 여기까진 아무도 안 와.'

그가 입술을 물었다. 무슨 수를 써서라도 반드시 도망쳐야 한다. 칼리파를 제르멜에게서 지켜내기 위해서라도…….

"……칼리파?"

에드워드는 입술을 물다 말고 깜짝 놀랐다. 칼리파가 고개를 푹 숙이고 있었다.

"재갈 때문에 입가가 쓰린 거야?"

칼리파는 고개 숙인 채 아무런 반응이 없었다.

에드워드는 잠시 망설였지만, 곧 그녀에게 다가가 재갈을 풀었다. 어차피 그녀가 비명을 지르더라도 소리가 새어 나갈 일은 없었다.

자유로워진 칼리파는 비명을 지르지 않았다. 대신 차가운 목소리로 물었다.

"……어떻게든 될 거라고 생각해서 이러는 건가요?"

"칼리파……."

"어쩌려고요……. 도대체 어쩌려고 이래요?"

에드워드가 허겁지겁 말했다.

"로제타로 갈 거야. 돈은 여기 많잖아. 가지고 가면 돼. 그러면……."

"제국을 팔아먹을 만큼 많은 돈만 있으면 새롭게 시작할 수 있나요?"

칼리파가 고개를 들었다. 그녀의 눈에서 눈물이 줄줄 흘렀다.

"저 돈을 가지고 떠나면, 당신이 죽인 사람은 살아 돌아오나요?"

"칼리파…… 제발, 좀."

"1황자 전하를 때려죽인 건요? 다 없던 일이 되나요?"

칼리파가 연이어 물었다.

에드워드는 참담한 얼굴로 그녀의 말을 듣고만 있었다.

"내 가족도 당신이 죽였나요? 1황자 전하를 죽인 것처럼 당신이 한 짓이에요?"

"칼리파! 아니야, 내가 죽이지 않았어!"

에드워드가 비명을 지르다시피 했다.

"그건 제르멜이 멋대로……!"

대답을 잘못했다. 에드워드가 그 사실을 깨달았을 때는 이미 늦었다. 그는 원망으로 달아오른 시선을 마주 봐야만 했다.

"제르멜 단장이 멋대로 뭐요?"

칼리파가 믿을 수 없다는 얼굴로 되물었다.

"……."

"말해요."

"……."

"대답하라고요! 에드워드!"

세찬 다그침이 몰아쳤다.

에드워드는 손에 든 재갈을 다시 물리고 싶은 충동에 휩

싸였다. 그는 제가 저지른 것도 아닌 일로 힐난받는 이 상황이 불공평하다고 느꼈다. 에드워드가 눈을 질끈 감았다.

"제르멜…… 전부 다 제르멜이 한 짓이야. 내가 황위 잇고 싶지 않다고 해서…… 네게 화풀이한 거야."

"……뭐?"

에드워드는 차라리 털어놓고 후련해지고 싶었던 말을 꺼냈다. 혼자서 간직하기엔 너무 무거운 비밀이었으니까.

"내 탓이 아니야……."

칼리파의 얼굴이 조금씩 일그러졌다.

"언제부터 알았어요?"

"……칼리파……."

"처음부터 알았던 거예요? 그랬던 거군요?"

칼리파가 그의 얼굴을 보며 허탈하게 확신했다.

"칼리파……. 제발 날 미워하지 마. 다른 사람은 다 날 미워해도 괜찮아. 그렇지만, 너는…… 넌 날 미워하면 안 돼."

하고 싶은 말이 많았다. 그녀가 제르멜 손에 이끌려 황자 궁에서 끌려 나갔을 때부터 쌓아놓았으니까.

널 사랑해. 파혼하고 싶지 않았어.

하지만 죄책감이 더 무거웠어. 그래서 진실을 말할 수 없었어.

그리고 무서웠어.

말해 버리면, 우리 사이에 진짜 끝이 찾아올까 봐…….

"당신은 비겁해."

에드워드의 몸이 움찔, 떨렸다.

비겁하다는 비난은 태어나서 처음 듣는 말이었다. 아이러니하게도 그런 말을 한 상대는 에드워드가 가장 당당하게 사랑했던 칼리파였다.

"당신은 정말 비겁하고 끔찍한 사람이에요."

"……."

에드워드의 푸른 눈이 파르르 흔들렸다.

"내가 싫어진 거야?"

"이게 아직도 좋고 싫다는 문제 같아요? 난 이제……."

칼리파는 눈물을 떨구며 하, 웃었다. 그녀는 결코 사랑과 공존할 수 없는 감정을 입에 담았다.

"당신이 무서워요. 두렵다고요."

칼리파는 에드워드에게 공포를 느꼈다.

"당신은 끔찍한 작자야."

미련은 온데간데없이 사라진 지 오래였다. 안타까움만 남은 관계라며 포장할 필요조차 없었다. 함께 나누어 마시는 공기조차 역겹나. 그와 함께했던 시간을 모조리 쓰레기통에 집어넣고 싶다.

칼리파는 에드워드와 생판 남이 될 수 없는 사실에 절망했다. 그의 다정했던 푸른 눈은 이제 집착으로 빛나고 있었다.

"……네가 도망치면 난 끝까지 쫓아갈 거야. 제국을 다

뒤져서, 백금발 여자를 모조리 확인할 거야.”

“그만해요.”

“너는 내가 끔찍하다 했지만, 난 여전히 너를 사랑해.”

“그만하라고요.”

진저리 치는 칼리파를 무시하며, 에드워드는 아주 소중하게 그녀를 안았다.

“사랑해. 사랑해, 사랑해, 칼리파. 죽을 때까지 말할 수 있어. 사랑해. 사랑해, 너를 사랑해⋯⋯.”

음산한 목소리가 속삭였다. 지독한 사랑은 그에 걸맞은 썩은 내를 풍겼다. 칼리파는 엉겁결에 에드워드의 어깨에 얼굴을 묻었다. 소름 돋는 속삭임에 미칠 것만 같았다.

“놔⋯⋯ 이거 놔!”

묶인 양손에 단검 자루가 닿은 건 그때였다. 칼리파가 눈을 크게 떴다.

‘아, 카르나크.’

신이시여. 이 잔인한 분이시여.

어린 시절, 살인은커녕 개미 한 마리조차 장난삼아 죽인 적 없는 칼리파였다. 그런 저에게 왜 죄책감 없이 사람을 죽일 수 있는 살육의 스티그마를 내렸는지 항상 의문이었는데.

‘이 순간을 위한 스티그마였나요. 가족의 복수를 위해서가 아니라, 제국의 악마를 죽이라는 의미로 내린⋯⋯.’

에드워드의 등은 과녁처럼 넓었으며 무방비했다. 칼리

파는 이것이 마지막 기회임을 느꼈다. 그래서 에드워드의 허리춤에서 단검을 뽑아 들었다.

은색 검광이 번뜩였다. 칼리파는 묶인 양손으로 단검을 쥔 다음, 순식간에 발목의 결박을 잘랐다.

'빠져나가야 해.'

어떻게든 이 사람에게서 벗어나야 했다.

"칼리파……."

"떨어져요."

그녀가 도망치듯 거리를 벌렸다.

"물러나요. 거기서 비키라고요."

"칼리파. 그거 위험하니 내려놔."

에드워드는 여전히 눈물 나게 다정했고, 그래서 더 끔찍했다. 주춤거리던 칼리파는 그를 협박하듯 단검을 내밀었다.

에드워드는 분노하지 않았다. 안타깝고 답답하다는 듯 그녀를 볼 뿐이었다.

"너는 나를 찌를 수 없어."

"찌를 수 있어요. 필요하다면 그렇게 할 거예요."

"정말 그럴 수 있을 거 같아?"

"다가, 오지 말아요!"

그녀가 헐떡이며 외쳤다. 칼리파는 에드워드와 더욱 멀어지기 위해 뒷걸음질 쳤다.

그러나 운 나쁘게도 금화 몇 개를 밟는 바람에 몸이 기우뚱거렸다. 쌓아둔 금화가 짤랑짤랑 소리를 내며 흐트러졌다. 바닥으로 떨어진 금화는 칼리파의 걸음걸음을 방해했다. 그만큼 많은 금화였다.

"난 널 잘 알아. 너는 날 다치게 할 수 없어."

"오지 마요."

"못 찔러. 넌 그런 사람이잖아."

"오지 말라고 했잖아, 제발 사람 말 좀 들어요!"

에드워드는 자신만만하게 걸어왔다. 그러곤 칼리파가 찌를 듯이 내민 칼날을 맨손으로 쥐었다.

칼리파는 헛숨을 들이켰다. 그녀가 불에 덴 사람처럼 단검에서 손을 뗐다.

"이것 봐."

에드워드는 안타깝다는 듯 단검을 던져 버렸다.

"못 찌르잖아, 다정한 칼리파."

날붙이가 요란하게 바닥을 굴렀다. 적막한 침묵만이 남았다.

칼리파는 피가 뚝뚝 흐르는 에드워드의 손을 멍하니 바라보았다. 팽팽하게 잡아당기던 줄이 끊어진 것 같았다.

그녀는 서 있을 힘이 없어 주저앉았다. 실타래처럼 엉킨 머릿속이 어지러웠다.

'복수할 수 있을 거라 생각했는데.'

살육의 스티그마는 사람을 거리낌 없이 죽일 수 있는 능력이다. 죄책감이란 감정을 느끼지 못하는 건 덤이다.

그러니 이 스티그마는 복수를 위해 주어진 능력이라 생각했다. 신이 허락한 마지막 기회라고…… 누구든 반드시 죽여 버릴 거라 다짐했는데.

하지만 모든 게 밝혀진 이 순간에도 그를 찌르지 못했다. 마지막의 마지막 순간까지 스티그마를 쓰는 게 망설여졌다.

'그런 주제에 무슨 복수를 한다고.'

행복했던 추억은 모조리 핏빛으로 변했고, 화사했던 날들은 순식간에 시들었다. 도무지 이 고통을 끝낼 방법이 떠오르지 않았다.

'어떡해야 해?'

대체 어떡해야 이 상황에서 벗어날 수 있는 거지.

"흐……."

마침내 칼리파는 유일한 답에 도달했다.

죽일 수 없다면 그녀가 죽는 게 답이다. 아무리 노력해도 지옥에서 벗어날 수 없다면, 남은 자유는 스스로 죽을 자유뿐이니까. 사람은 희망이 없을 때 죽는다. 칼리파는 그 말을 실감하며 태어나서 처음으로 죽을 방법을 떠올렸다.

그녀는 지쳤다. 누구라도 좋으니 이 한 몸 기댈 사람이 있다면 달려가서 엉엉 울어버릴 것 같았다.

하지만 그런다고 무엇이 달라질까? 원통함을 풀 길이 없는데.

결국, 이 고통 속에서 헤어날 방법은 죽음뿐이었다.

"당신이 날 데리고 떠난다면…… 떠나서 내 팔다리를 자유롭게 풀어준다면."

칼리파가 울음을 토하며 말했다.

"나는 주저 없이 목을 맬 거예요. 당신과 함께 살 바에야 그렇게 할 거야."

"……."

"죽는 건 내 자유잖아. 그건 내 마음대로 할 수 있잖아."

"칼리파."

"그거 하나만큼은……."

그때였다. 저편에서 들려오는 발소리에 그녀의 뒷말이 흐려졌다. 그녀가 고개를 돌리자마자, 쏜살같은 속도로 에테르가 날아왔다.

카가각!

황금색 에테르는 그녀와 에드워드 사이를 갈라놓듯 지면을 세차게 긁었다. 이런 묘기를 부릴 수 있는 사람은 오직한 명뿐이었다.

"……유디트……?"

"좋은 말로 할 때 거기서 당장 비키세요."

정말 유디트였다. 힘을 빼고 걷는 모습이 평소와 똑같았다. 칼리파는 그 태연함에 눈물이 왈칵 쏟아질 뻔했다.

"여길 어떻게……!"

에드워드의 얼굴이 심하게 일그러졌다.

유디트는 검을 든 채 천천히 걸어왔다. 그녀가 마지막 남은 인내심을 박박 긁어모아 말했다.

"이리 와, 칼리파."

"……으……!"

칼리파는 벌떡 일어났다. 그녀는 이번에야말로 마지막 기회라는 걸 깨닫고 힘껏 뛰었다.

"칼리파!"

에드워드가 경기를 일으키며 그녀를 잡았다. 그러나 칼리파는 뒤도 돌아보지 않고 그의 손을 뿌리쳤다.

에드워드의 얼굴에 충격이 번졌다.

"유디트…… 유디트……!"

"다행이다, 무사한 거지?"

칼리파는 고개를 끄덕이느라 바빴다. 그래서 만약 네가 다쳤다면 저 자식을 갈아버리겠다는 유디트의 의도를 미처 파악하지 못했다.

"왜…… 여길 어떻게…….."

에드워드는 혼란스러웠다. 그가 물었다.

"제르멜이 보낸 거냐? 나와 칼리파를 데려오라고?"

"……."

"그런 거지? 그런 게 분명해. 또 그 이상한 능력을 써서 나와 칼리파를……."

"에드워드 2황자 전하. 현실 좀 보시지요."

유디트는 불퉁한 목소리로 대답했다. 검을 집어넣은 그녀가 빠르게 칼리파를 훑어보았다. 다행히 크게 다친 곳은 없어 보였다.

이번엔 늦지 않은 것이다.

'올가를 믿길 잘했어.'

그녀의 예언은 정확했다. 올가는 신전 지하로 가는 길부터, 마법진이 그려진 장소, 그리고 거기에 있을 사람까지 빠짐없이 알려주었다. 오랫동안 집착적으로 꿈을 기억해내는 연습을 거듭한 덕분이었다.

미래를 아는 조언도, 두 번째 기회도 받아들이지 않으면 소용없는 법이다. 예상보다 제르멜을 처리하느라 시간을 썼는데, 열심히 달려온 보람이 있었다.

'정말 다행이다.'

유디트는 아직 따뜻한 칼리파의 손을 잡을 수 있어서 다행이라고 생각했다.

머잖아 호박색 눈동자가 다시 날카로워졌다.

"전부 끝났습니다. 황실 기사로서 마지막 예우는 지켜드릴 테니 남은 명예라도 스스로 챙기시지요."

"끝났다니? 아직……."

"로제타로 도망치면 뭐라도 달라질 것 같으십니까?"

"……그걸 어떻게 알았지?"

유디트는 피의 서약문을 빼돌린 칼리파가 떠는 걸 놓치지 않았다. 그녀는 칼리파를 보호하듯 한 발자국 더 앞으로 나섰다.

"중요한 건 어떻게 알았느냐가 아니라 당신의 계획이 깡그리 실패했단 거죠."

유디트가 그를 매섭게 노려보았다.

"사리사욕을 위해 황족과 용, 제국민을 살해하고 이용한 것도 모자라 전쟁까지 짜고 치려들었으니 이제 그 대가를 치러야지요."

"난 칼리파를 위해서 그랬던……."

쾅!

유디트의 손에서 또다시 에테르가 날아갔다. 박살 난 벽의 잔해가 와르르 쏟아졌다.

"죄송합니다. 제가 비겁한 말을 들으면 손부터 나가는 버릇이 있어서."

그녀가 싸늘하게 말했다.

에드워드는 제힘만으로는 도저히 이 상황을 타개할 만한 방법이 떠오르지 않았다.

에테르 마스터.

보란 듯이 용을 잡아 그의 계획을 방해하고, 브릴란테 훈장을 받은 구국 영웅을 저 혼자 무슨 수로 상대하는가.

딱 하나 가능성이 있다면…….

"못 본 척해다오."

"……뭐라고요?"

"너 아니면 누구도 모른다. 내가 여기 있단 건, 아니, 안다고 해도 날 놓쳤다고 하면 된다."

에드워드가 바들바들 떨며 말했다.

"그러니 날 못 본 척해라."

유디트는 상대가 너무 당당해서 기가 막혔다.

'칼리파가 고쳐 쓰는 사람이 취향이었나?'

뻔뻔함으로는 일가견이 있는 그녀조차 에드워드의 요구는 예상치 못했다.

유디트는 고민했다. 힘으로 끌고 가는 건 어렵지 않다. 하지만 전 약혼자라 해도 칼리파 앞에서 그를 찌르긴 좀 그런데…….

에드워드는 유디트의 침묵을 저 좋을 대로 해석했다.

"고민할 필요도 없다. 날 못 본 척한다면 걸맞은 대가를 치르마."

"뭔진 모르겠지만, 필요 없……."

"여기 있는 돈을 전부 가져가라. 경이 전부 가져도 돼."

유디트가 눈을 가늘게 떴다. 에드워드는 그 반응을 보고 더욱 당당해졌다.

"한 번만 외면하면 된다. 어려운 일은 아니지 않나? 그럼 여기 있는 돈이 모두 자네 몫이야!"

나라를 팔아먹기 위한 돈. 적기사단과 백기사단을 전쟁터에 묶어두기 위해 로제타로 보낼 예정이었던 지원금. 버는 건 고사하고 쓰는 것도 힘들 만큼 많은 돈이다. 이만한 돈을 거절할 사람은 없을 터였다.

'조금만 더 시간을 끌면……'

그는 2황자 궁과 연결되어 붉은색으로 빛나는 마법진을 초조하게 흘끔거렸다.

"칼리파만 내게 넘겨주게. 로제타로 넘어가면 마법진은 내가 닫겠네. 그러니……."

"거절하겠습니다."

유디트가 딱 잘라 말했다. 고민할 가치도 없다는 듯, 금화를 쳐다도 보지 않는 눈동자가 마치 불순물 하나 끼지 않은 보석 같았다. 칼리파는 유디트가 화났다는 걸 깨달았다.

"뭐, 뭐?"

"이딴 돈은 한 푼도 필요 없어요."

때로는 수백 명을 죽이는 그릇된 행동보다, 수천 명을 살릴 수 있는 올바른 행동 하나가 어렵다. 유디트는 돈을 통해 그 사실을 배웠다. 비싼 가르침이었다.

성난 유디트는 에드워드를 위협하듯 앞으로 나섰다.

"즉결심판권을 가진 적기사의 마지막 권고입니다. 투항하고 따라오십시오. 이 이상 반항한다면 힘으로 끌고 가겠습니다."

"이게 어, 얼마나 대단한 기회인 줄 모르나? 그런 거라면……."

"시간 좀 끌어보려는 속셈이라면 그것도 소용없습니다."

우우우웅!

붉게 빛나던 마법진이 소리를 내며 달아오르기 시작했다. 마나가 요동치며 지하에 바람이 일었다.

에드워드는 무심코 주먹을 쥐었다.

벌써 로제타로 가는 문이 열렸나 싶어 기대하던 것도 잠시, 붉은 마법진이 빛나더니 두 사람이 튀어나왔다.

"정말인 거지? 정말 유디트가 여기 있는 게 맞아?"

"거참, 사람 말을 왜 이렇게 못 믿습니까!"

익숙한 목소리가 들렸다. 그녀에게 든든하게 힘이 되어줄 목소리였다.

"제가 누굽니까! 데샹 경까지 살려서 데리고 온 기적의 백기사단장 아닙니까. 기류, 저 못 믿어요?"

"믿으니까 모르는 마법진에 뛰어든 거 아냐, 이 신명 난 또라이야!"

"신실한 또라이입니다!"

세차게 쏟아졌던 빛이 사그라들었다. 유디트는 마법진에서 빠져나온 사람을 차분히 응시했다.

"기류."

"유디트!"

두 사람이 서로를 바라보았다.

"돌벽이 어디서 많이 본…… 어라? 여기 신전인가?"

셴의 표정은 급격히 굳었다.

"으…… 아아아!"

이젠 어쩔 수 없었다. 에드워드는 퇴로가 완전히 막혔다는 걸 깨닫자마자 유디트 쪽으로 몸을 날렸다. 그가 칼리파를 향해 애타게 손을 뻗었다.

유디트는 살짝 놀라서 검을 뽑으려 했다.

그러나 그보다 빨리, 기류가 번개처럼 달려와 에드워드의 몸을 걷어찼다.

"뭐야 이건!"

그가 사납게 외쳤다.

유디트는 기류가 이동 마법진에서 튀어나온 것보다 망설임 없는 그의 반응 속도에 더 놀랐다.

에드워드는 볼썽사납게 바닥을 뒹굴었다. 데굴데굴 굴러간 그가 금화 더미에 파묻혀 허우적거렸다. 유디트가 황당하다는 듯 말했다.

"기류. 방금 당신이 걷어찬 사람, 2황자 전하예요."

"……그래? 어두워서 못 봤네."

기류의 반성은 짧았다. 유디트는 하마터면 웃어버릴 뻔했지만, 칼리파를 뒤에 둔 터라 평정을 지켰다.

"마지막 발악은 다하셨습니까?"

에드워드에게 다가간 유디트가 무릎을 굽히며 그를 내려다보았다.

간신히 자세를 바로잡은 에드워드는 절망스러운 얼굴로 유디트를 올려다보았다. 곧 그가 시선을 옆으로 옮겼다.

"칼리파…… 칼리파."

에드워드는 오직 남은 건 그녀 하나뿐이라는 듯, 애타는 마음으로 절절하게 옛 약혼녀의 이름을 불렀다.

그러나 칼리파는 그를 외면했다. 꼭 수년 전 그가 그녀에게 했던 것처럼.

제 눈빛을 피하는 칼리파를 마주하고서야 에드워드는 현실을 받아들였다.

"아…… 아아아…… 칼리파아……."

진정, 끝이었다.

❋　✳　❋

제국이 발칵 뒤집혔다.

갑작스러운 황제의 서거 소식과 함께, 2황자 에드워드의 행적이 낱낱이 드러난 까닭이다.

에드워드를 직접 연행한 유디트는 아낌없이 정보를 풀었다.

회귀 후 겪었던 일련의 사건. 3황자 습격, 용의 피, 광룡 폭주와 로제타 왕국과 계획한 전쟁까지.

에드워드와 제르멜, 정신 나간 두 사람이 벌인 만행은 충격적이었다.

유디트가 푼 정보는 무엇 하나 모자란 게 없었고 거짓도 없었다. 증거품과 증인을 찾는 건 식은 죽 먹기보다 쉬웠다.

'살다 보니 제르멜의 기억이 다 쓸모가 있네.'

유디트는 혀를 찼다.

날조된 게 아니냐며 미심쩍은 시선을 보낸 사람들도 있었다.

그러나 그 시선은 오래갈 수 없었다. 목숨을 구한 윌리엄 3황자가 유디트의 증언이 신빙성 있는 고발이라며 편들고 나섰다. 올가 또한 그녀와 공조한 기사의 결백함을 믿었다.

행방이 묘연했던 이세에피나 황녀가 나타나자 상황은 더욱 빠르게 정리되었다.

이세에피나 황녀는 기적적으로 목숨을 구했다. 바로 이든 황자 덕분이었다. 이든 황자는 황궁 분위기가 심상치 않다는 걸 깨닫자마자, 도망쳐 온 여동생을 데리고 궁 밖으로 피했다.

살아남은 남은 황족 모두가 유디트의 고발을 인정했다.

유디트는 또다시 구국 영웅으로서 주목받게 됐다. 직접 용을 잡은 불세출의 기사가 이번에는 목숨을 걸고 황족이 벌인 음모를 파헤친 덕인지, 반응은 저번보다도 더욱 엄청났다.

카르나크가 보낸 구세주, 브릴란테 훈장에 걸맞은 기사

중의 기사 등. 다소 낯 뜨거운 별명이 나돌 때쯤 유디트는 적당히 발을 뺐다.

"일개 황실 기사로서 당연히 해야 할 일을 했을 뿐입니다."

나머지는 올가의 현명한 판단을 믿는다는 말만 남기고 물러났다.

황제와 1황자의 장례가 끝난 뒤에는 매일같이 청문회와 재판이었다. 유디트는 눈코 뜰 새도 없이 바빠졌다.

그녀는 황궁을 제집처럼 드나들게 됐으나, 더 이상 입을 제복이 없어서 난처할 일은 없었다.

청문회 속에서 억울한 소문을 벗은 사람도 있었다. 칼리파 임페노르였다.

임페노르 공작가 참살 사건이 죽은 흑기사단장의 소행이었다는 게 만천하에 드러났다. 덕분에 칼리파는 그간의 오욕을 깨끗하게 씻어냈다. 수많은 사과 편지는 당연한 일이었다.

임페노르 공작가는 언제 그랬냐는 듯 태도를 바꿔 그녀를 다시 정당한 후계자로 인정하려 했다.

그러나 상처 입은 칼리파의 마음을 돌릴 수는 없었다. 그녀는 공작가로 돌아가는 걸 거부했고, 그렇게 후계자 승계 실패의 신호탄이 울렸다.

공작가는 커다란 타격을 받으며 빠르게 입지를 잃어갔으나 칼리파는 눈 하나 깜짝하지 않고 제 미래를 공작가가 아닌 다른 곳에서 이어나가겠다며 가문을 버렸다.

그렇게 겨울 중 가장 추웠던 날. 칼리파는 검은색 상복 드레스를 벗고 청문회에 출석했다.

에드워드는 칼리파의 예복 차림에 큰 충격을 받았다. 그건 칼리파가 보내는 신호이자 의지 표현이었다. 더 이상 과거에 머물러 있지 않겠다는 의미의.

칼리파는 마지막 증언을 떨지 않고 해냈다. 그녀는 내로라하는 귀족 앞에서, 직접 목격한 1황자 살해 사건과 로제타 왕국 간의 전쟁 협력문에 관해 증언했다.

결국, 그날 청문회 도중 에드워드가 자신의 죄를 인정했다. 구속당한 채 끌려가던 모습은 내내 모른다며 발뺌하던 것과는 딴판이었다.

칼리파는 증언이 끝난 뒤 기류와 적기사의 호위를 받으며 궁을 나섰다. 그리고 밖에 나오기 무섭게 걸음을 멈췄다. 익숙한 얼굴이 그녀를 기다리고 있었다.

"⋯⋯유디트."

"저도 있는데요!"

"나는 안 보이냐!"

비올레와 레이먼이 삐죽 튀어나와 불만을 뱉었다. 그러자 유디트가 의기양양한 얼굴로 말했다.

"내가 제일 잘 보인다 그거지. 봐봐, 칼리파는 안목이 있다니까?"

"그만. 우리 여기서 싸우다간 다 같이 얼어 죽는다."

루이가 어른스럽게 세 사람을 말렸다.

칼리파는 장갑 낀 손을 싹싹 비비며 그녀를 기다려 준 친구들을 눈에 담았다. 이제는 서 있는 장소도 모두 다른 관계건만, 추위 속에서 저를 걱정하며 기다린 이들의 빨간 코와 귓바퀴만은 똑같았다.

"고생했어, 칼리파. 어서 타."

"……응."

칼리파는 눈물을 꾹 참고 마차에 올랐다.

※　✴　※

마리골드 백작가는 접시까지 오렌지색이었다. 과연 제국의 오렌지색을 독점한 가문다웠다.

저녁 식사가 끝나고 유디트는 직접 레몬 티를 끓이겠다며 나섰다. 루이는 손님이 차를 끓이는 일은 듣도 보도 못했다며 만류했다. 그러나 고집 센 유디트를 이길 사람은 아무도 없었다.

"놔둬라. 이 기회에 용살자가 끓여본 레몬 티 좀 마셔보자."

"넌 꼭 깔때기 챙겨놔. 내가 레몬 티를 꼴꼴꼴 소리 나게 손수 부어줄 테니까."

유디트는 투덜대며 남의 집 주방으로 향했다.

백작가의 사용인은 최근 제국을 떠들썩하게 만든 구국

영웅이 다섯 잔의 레몬 티를 끓이는 걸 신기한 눈으로 구경했다.

다섯 명은 사이좋게 티 테이블에 모여 앉았다. 디저트 쿠키는 오렌지 쿠키였다.

"얼마나 놀란 줄 알아? 레이먼이랑 비올레가 갑자기 찾아온 것도 놀랐는데, 심지어 황자 황녀 전하를 같이 모시고 와선……."

루이는 한 번 더 그날을 떠올리며 몸을 부르르 떨었다.

"미안. 근데 정말 그땐 도망칠 만한 곳이 여기밖에 없었다."

"나는 반대했어. 자꾸 레이먼이 재촉해서 그런 거야."

"남 탓하기냐?"

비올레와 레이먼이 티격태격 싸웠다.

"그래도 잘했네. 용케 여길 떠올렸어."

유디트는 가볍게 칭찬했다. 그녀는 한 달 전을 회상하며 턱을 괴었다.

망할 2황자와 제르멜이야 쓱싹 해치웠다지만, 황궁은 제르멜의 명령을 받고 날뛰는 흑기사 때문에 난장판이 따로 없었다. 심지어 용의 피를 마시고 날뛰는 놈들이라 처리에 한층 애를 먹었다.

상황이 그렇다 보니 올가를 제외한 다른 황손은 생사조차 알기 어려운 상황이었다.

기류는 3황자가 살아남았다고 알려줬지만, 유디트의 정

신은 온통 비올레와 레이먼에게 쏠려 있었다.

두 사람이 사라져서 미칠 것 같았던 밤, 의외의 인물에게서 연락이 왔다. 루이였다.

"안 그래도 황자님을 모시고 궁 밖으로 도망칠까 말까 고민하고 있었어. 근데 비올레가 황녀님을 업고 도망쳐 왔단 말이지?"

레이먼이 거만하게 포크를 흔들었다.

"감이 왔지. 이대로 4황자 궁에 틀어박혀 있으면 분명 큰일이 난다."

"그런데 어떻게 빠져나갔던 거야? 입성이 통제된 상황이었잖아."

"그 난리 통에 누가 일일이 통제하고 앉았냐? 황자님이 가야 한다고 호통치면 어버버 떨면서 빗장 푸는 거지."

레이먼이 으스댔다.

유디트는 부루퉁한 얼굴로 투덜거렸다.

"무사해서 다행이긴 한데…… 내가 했던 걱정은 이자 쳐서 갚아줄래? 친구 둘 송장 치는 줄 알고 걱정했거든?"

유디트의 말에 비올레가 깔깔거렸다.

"살다 보면 치는 거야, 송장이란 거."

"비올레 너 그런 소리 할 거야? 사람 속도 모르고?"

유디트는 투덜거리면서도 묘한 데자뷔를 느꼈다.

'나 이 말 어디서 듣거나 한 것 같은데?'

유디트가 고개를 갸웃거리는 동안, 레이먼이 테이블을 가볍게 쳤다.

"하여간 이게 다 우리 전하가 영민하신 덕 아니겠냐!"

"우리 전하? 4황자 전하를 말하는 거야?"

"고럼!"

루이는 웃음을 흘렸다. 아무래도 레이먼은 이든 4황자가 마음에 쏙 든 모양이다.

자연스레 이야기의 흐름이 옮겨갔다. 다음 황위는 누가 이을지, 신전이 어떻게 나올 것인지에 대해 갑론을박이 벌어졌다.

칼리파는 진지하게 토론하는 이들을 내버려 두고 유디트의 옷을 잡아당겼다.

"……고마워, 유디트."

"응? 뭐가."

"네가 마련한 거지, 이 자리?"

"아, 뭐…….."

멋쩍어진 유디트는 말끝만 흐렸다.

"그냥 조용히 한 번 모이자고 한 거야. 그렇게 티가 났나?"

"안 날 줄 알았어?"

칼리파는 웃으며 대꾸했다.

그 악몽 같은 일을 겪은 지 한 달. 칼리파는 황실 기사를 그만두었다.

마땅한 거처가 없어서 여관이라도 전전하려던 그녀에게, 제집에 들어가서 먼저 살고 있으라며 등을 떠민 게 유디트였다.

꿈에서도 에드워드가 나왔던 처음 일주일은 죽어야겠다고 생각했다. 하루 스물네 시간이 모두 지옥 같았다.

하지만 유디트의 설득에 마음이 흔들렸다. 억울하지 않냐며, 네가 보고 겪은 거라도 전부 터놓고 밝혀야 하지 않겠냐는 말은 유혹적이었다.

그렇게 증언을 하고, 해묵은 감정을 털어내니 목을 맬 장소가 떠오르지 않았다. 남의 집에서 목맬 순 없지 않은가. 집세도 받지 않고 제집에서 살고 있으라는 유디트에게 못 할 짓이다. 칼리파는 민폐를 끼치고 싶지 않아서 죽음을 포기했다.

그렇게 정신을 차리고 보니 3주가 더 흘렀다.

'처음부터 이럴 생각이었던 걸까.'

그간 유디트는 하루도 빠짐없이 칼리파를 챙기러 왔다. 제집을 청소하러 온 것이란 핑계를 대며.

고작 그뿐이었는데, 다시 살아봐야겠단 마음이 들었다.

그리고 오늘은 그러길 잘했단 생각이 들었다. 청문회가 끝날 때까지 기다려 주었던, 도란도란 떠드는 친구들을 보며 칼리파는 메말랐던 마음에 물이 차오르는 걸 느꼈다.

"고마워."

물처럼 넘칠 것 같은 감정은 금방 눈 밖으로 흘러나왔다.

"……내가, 살아 있는 건…… 전부 네 덕……."

"어, 어어?"

"네 덕…… 인데…… 흐으……."

울지 말고 제대로 고맙다고 해야 하는데. 그런 마음과는 다르게, 칼리파는 비처럼 쏟아지는 눈물을 도저히 참지 못했다.

"흐흑, 흐으으…… 어엉……!"

칼리파가 눈물을 터뜨렸다. 마치 물을 담아둔 항아리가 깨진 것 같았다.

"고마, 고마워…… 으, 으윽, 고마, 워…… 흐윽…… 근데……."

유디트는 너무 놀라서 딸꾹질할 뻔했다.

"나 이제 어떻게 살아, 나 혼자 어떻게 살아…… 나 혼, 혼자 어떻게, 어떻게…… 살아……."

칼리파의 뜨거운 눈물이 유디트의 손등을 적셨다.

"나 이제 엄마도 없는데, 아빠도…… 아무도, 아무도 없는데…… 내 동생도, 다, 다 죽었는데……."

칼리파는 아이처럼 엉엉 울었다.

"이제 세상에 나밖에 없는데…… 내 가족 아무도 없는데, 나 혼자 어떻게 살아…… 어떻게……."

명예를 찾았다. 오욕을 씻었다. 그러나 칼리파는 혼자였다. 그것이 무섭고, 두려우며, 괴로웠다.

갑작스러운 오열에 유디트는 물론이고 모두가 놀랐다. 언제나 어른스럽다 못해 처연함이 느껴졌던 칼리파였다. 그녀가 이렇게 감정을 놓아버리고 우는 건 처음이었다. 함께 흑기사단에서 지냈던 유디트조차 이런 경우는 처음이라 꼼짝없이 굳어버렸다.

"칼리파……."

"으, 으어어어…… 흑, 으윽……."

"그러게, 어떡해. 우리 칼리파 어떡하지…… 어떡해."

얼어붙은 유디트를 대신해서 능숙하게 위로하며 나선 건 비올레였다.

"괜찮아, 칼리파…… 괜찮아. 우리가 있잖아."

비올레는 엉엉 우는 칼리파를 안으며 토닥토닥 등을 쓸어주었다. 칼리파는 더욱 목 놓아 울며, 고운 백금발이 다 흐트러지도록 비올레에게 매달렸다.

유디트는 이 자리에 비올레나 다른 사람이 있어서 정말 다행이라 생각했다. 저였다면 칼리파를 달래주긴커녕 그녀와 함께 어쩌면 좋냐고 땅을 팠을 테니까.

칼리파는 좀처럼 감정을 수습하지 못했다. 유디트는 발만 동동 굴렀으나, 레이먼은 오히려 잘됐다는 얼굴을 했다.

'저대로 놔둬도 되나?'

'혼자서 우는 것보단 나아.'

두 사람은 눈빛으로 대화했다. 루이는 우는 소리에 놀라서 달려온 사용인에게 물러가라며 조용히 손짓했다.

공녀의 입에서 상스러운 욕이 튀어나온 건 그때였다.

"에드워드 개자식!"

"......."

"개자식, 나쁜 놈! 상놈!"

유디트와 비올레는 거의 동시에 딸꾹질을 했다. 레이먼은 마시던 레몬 티를 뿜었다.

경직된 공기 속에서, 루이의 소리 없는 심문이 시작됐다.

'유디트…… 너 설마 칼리파에게 욕을 가르친 거야?'

'유디트……'

'유디트……'

차갑게 식은 눈빛이 쏟아졌다.

당황한 유디트는 소리 없이 삿대질했다. 이의 있소!

'아니, 칼리파가 욕 좀 할 수 있지! 그리고 가르친 거 아니거든!'

가르치진 않았다. 그냥 힘없이 웃는 칼리파 앞에서 욕한 것뿐이다. 나쁜 건 네가 아니다. 다 에드워드 그놈이 나빴던 거다. 완전 개자식이다. 나쁜 놈이다. 하늘이 노하고도 남을 상놈이 따로 없었던 거다…….

'욕을 하면 기분이라도 풀리잖아! 나 나름대로 위로한 거라고!'

유디트가 항변했다. 그러나 비올레도, 루이도, 레이먼도 엄숙한 얼굴로 고개를 저었다. 깔끔한 기각이었다. 유디트는 몹시 억울해졌다.

'이게 혼날 일이야?'

하지만 대놓고 불평할 타이밍이 아니었다. 결국, 유디트는 반성한다는 의미로 오렌지 쿠키를 반납했다. 루이에게 눈빛으로 혼난 건 덤이었다.

레이먼은 뿜어낸 레몬 티를 깨끗하게 닦아내며 헛웃음을 터뜨렸다.

"그래…… 욕해라 욕해. 욕이라도 해야 덜 슬프지."

그렇게 칼리파를 위로하는 모임은 에드워드 욕하기 모임을 거쳐, 저녁 당구 대회로 이어졌다.

당구 대회가 끝난 뒤에는 루이의 여동생들을 소개받았다. 무릎까지 오는 작은 아이들이 놀아달라며 난리를 피우는 통에, 유디트는 물론 칼리파 또한 퉁퉁 부은 눈으로 함께 퍼즐을 맞춰야 했다.

금세 밤이 깊었다. 그들은 루이의 저택에서 하룻밤 신세 지기로 했다.

유디트는 가장 늦게 목욕을 마치고 나왔다.

"유디트."

"칼리파, 아직 안 잤어?"

"응. 잠이 안 와서……."

"기분은 어때?"

"울고 나니 후련한 것 같아."

칼리파가 선선히 대답했다. 유디트는 칼리파의 분위기가 조금 달라졌음을 깨달았다. 우울한 유령처럼 가라앉았던 그녀는 오랜만에 웃기까지 했다.

유디트가 수건으로 머리를 탈탈 털며 말리는 소리만 들린 것도 잠시, 칼리파가 유디트를 가만 바라보며 물었다.

"유디트. 한 가지만 물어볼게. 솔직하게 말해줄래?"

"뭘?"

"그날…… 네가 날 구하러 와준 날 말이야."

침대에 앉아 있던 칼리파가 일어나 유디트에게 다가갔다. 그녀가 유디트의 목덜미에 손을 뻗었다.

"나, 네 목에 없었던 문신이 있는 걸 봤거든."

"……."

유디트는 새로운 검은색 초커 목걸이를 차고 있었다. 친구의 저택에 묵으러 와서, 잠옷으로 갈아입은 후에도 풀지 않는 목걸이.

칼리파는 유디트가 눈에 띄게 긴장하고 있음을 알았다. 태연한 척하고 있지만, 목에 핏대가 서 있었다.

"내가 잘못 본 거니?"

"……."

유디트가 입을 다물었다. 예상했던 반응이다. 칼리파가 다시 입을 열었다.

"곤란하다면 대답하지 않아도 괜찮아. 하지만 날 속이지는 않았으면 좋겠어."

"……칼리파."

"난 이제 나를 속이는 사람이 싫어. 내게 거짓말하는 사람이 못 견디게 싫어졌어."

칼리파는 씁쓸하게 말했다.

"그러니까 말하기 싫으면 안 해도 돼. 대신 속이진 말아줘."

"내가 언제 널 속인 적 있었어?"

"없지. 없었으니까 더더욱, 앞으로도 계속…… 너는 이 모습 그대로였으면 해."

눈에는 눈. 이에는 이. 핏값은 핏값으로 받아내려던 그 말에 마음이 가벼워졌던 때가 있었다. 그 순간을 기억하는 한, 칼리파에게 유디트는 영원히 아군으로 남으리라. 수전노라 불리며 손가락질을 받을지언정 유디트는 언제나 솔직했다. 칼리파는 그런 유디트가 좋았다.

"……알겠어. 나도 거짓말하기 싫어. 그 질문은 나중에 대답할게."

"나중에?"

"응. 네가 스스로 목숨을 끊을 일은 없겠구나, 그렇게 느껴질 때. 그때 말할게."

"……"

칼리파의 작은 입이 꼭 다물렸다.

유디트는 비올레가 자는 척하고 있다는 걸 눈치챘다. 그렇지 않으면 이렇게 갑자기 숨소리가 작아질 리 없다.

얼마 후 칼리파가 고개를 끄덕였다.

"그래. 그때가 되면 알려줘."

"그럴게. 새끼손가락 걸까?"

"너라면 자르는 방식으로 약속할 것 같아."

"내가 그렇게 일상적으로 피를 보는 사람은 아니에요."

유디트가 너스레를 떨었다.

머리카락을 거의 다 말렸을 때였다. 내내 입 다물고 있던 유디트는 큰 결심을 했다.

"칼리파. 너 혹시 돈 필요해지면 나한테 말해."

"……뭐?"

"돈 말이야, 돈. 혼자서 사는 거 힘들잖아."

유디트가 진지한 얼굴로 말했다.

"너한텐 특별히 이자 안 받고 빌려줄게. 부탁하면 즉시 묻지도 따지지도 않고 얼마든지 빌려줄 테니까, 꼭 말해."

잠든 척하고 있던 비올레의 콧구멍이 벌름거렸다. 유디트는 일단 못 본 척했다.

"알겠지? 꼭이야."

"하…… 아하하하!"

"웃지 말고! 난 진지해!"

진지해서 더 웃겼다는 말은 하지 말아야겠네. 칼리파는

웃으며 다짐했다.

"알아, 너 진지한 거 아는데…… 아하하, 돈이라니, 세상에. 유디트 네가 나한테 돈을 빌려준다니!"

"비올레! 너 자꾸 입술 깨물면서 자는 척할 거면 그냥 일어나!"

물론 비올레는 일어나지 않았다. 그녀는 깊이 잠들었다는 콘셉트를 포기하지 않았다.

칼리파는 똑같은 말을 반복하며 마구 웃었다.

"돈이라니, 세상에. 유디트 네가!"

"그렇게 웃으면 내가 뭐가 돼?"

"유디트, 내 귀여운 친구야."

칼리파가 부드럽게 웃으며 유디트의 뺨을 어루만졌다.

"고마워. 정말 너무 고마워. 네가 무슨 의미로 그런 말을 한 건지 다 알아. 하지만 그럴 일은 없을 거야."

비록 공작가에서는 쫓겨났다지만 칼리파에게는 부모님이 남긴 유산이 있다. 드문드문 연락하며 지내는 외조모도 아직 살아 있다. 돈 때문에 난처한 상황에 빠질 일은 없단 소리다.

그래서 유디트의 말은 더욱 고마웠다.

유디트의 삶을 힘들게 했던 것은 오직 돈뿐이었으리라. 그러니 힘든 친구에게 도움을 주는 방식으로 가장 먼저 돈을 떠올린 거겠지.

"없으면 말고⋯⋯."

유디트는 볼을 긁적였다. 칼리파는 유디트가 민망해한다는 걸 깨닫고 웃음을 잠재웠다.

"유디트. 나는 돈이 없어서 힘든 적은 없었어. ⋯⋯하지만 외로워서 힘든 적은 너무 많았어."

칼리파가 쓸쓸함을 내비치며 웃었다.

"외롭고 무서웠어. 이젠 이 넓은 세상에 나 혼자뿐이라는 게⋯⋯."

"⋯⋯."

"너는 그런 적 없니?"

부드러운 질문 앞에서, 유디트는 잠시 침묵했다. 칼리파는 그녀의 대답이 몹시 궁금했기에 차분히 기다렸다.

그녀가 보는 유디트는 정말 강한 사람이었다. 혼자서 무슨 일이든 해낼 것 같은⋯⋯ 혼자서도 괜찮을 것 같은 사람. 유디트에게도 세상이 무서웠던 적이 있었을까?

"왜 없겠어."

유디트는 아주 오래전 일을 떠올리며 어깨를 으쓱였다.

"있었어. 너무 옛날 일이지만⋯⋯."

"언제였는데?"

"안 가르쳐 줄래. 지금은 외롭지도 않고 무섭지도 않거든."

유디트가 특유의 매력적인 미소를 지었다. 여유 가득한 웃음은 살짝 오만하게 보이기도 했다.

"너희도 다 곁에 있고……. 아, 맞다. 나 기류 단장이랑 사귄다."

"아…… 역시."

"뭐?! 뭐라고! 뭐시라고요!"

짐작했던 칼리파와 달리 비올레가 벌떡 일어났다. 드디어 잠든 콘셉트를 포기한 비올레가 웃겨서, 유디트는 깔깔대며 이불 속으로 기어들어 갔다.

"난 졸리니 자야겠어."

"안 돼! 못 자! 유디트! 일어나!"

너스레를 떨며 이불을 덮자 비올레가 성화를 부리며 달려들었다. 익은 수박을 두드리듯 이불 위를 통통통 치는 손길이 이어졌다.

"일어나! 일어나라니까? 야!"

유디트는 이불을 머리끝까지 뒤집어쓴 채 실컷 웃었다.

❊   ✳   ❊

다음 날 아침, 유디트는 조용히 침실을 빠져나왔다.

"유디트."

"루이, 벌써 일어났어?"

"손님을 그냥 보낼 순 없어서…… 라고 말하는 게 정상인데."

그가 집 밖을 가리켰다.

"기류 단장님이 데리러 오셨어. 무려 '지나가는 길에' 들르셨다는데?"

루이가 팔짱을 낀 채 그녀를 빤히 보았다. 유디트는 잠깐 그를 보다가 시선을 돌렸다. 그녀는 별로 놀라지 않고, 그저 부츠 끈을 재빨리 묶었다.

"그것 참 굉장히, 엄청, 뜻밖의 우연이네."

르왈흐메이 가문 저택에서 황궁까지 가는 길은 마리골드 백작가와 정반대 방향이다. 지나가다 들를 방향은 아니란 소리다. 루이는 내심 기가 막혔다.

"뭐, 그렇게 됐어. 적당히 모른 척해줄 거지?"

"원한다면 각서 써서 보내줄게."

"속달로 부쳐."

대답이 따박따박 날아왔다. 루이가 웃음을 터뜨렸다.

"쭉 숨기려고?"

"드러내며 사귀진 않는 거지. 적어도 기사단에선."

"현명하네."

기사단에서 만나 결혼하는 사람도 있다지만, 모름지기 조직 생활 내 연애는 티 내봤자 좋을 게 없다.

유디트가 진리를 읊자 루이가 고개를 끄덕였다.

"얼른 가봐. 기다리시겠다."

"나중에 봐. 칼리파 잘 부탁해."

"맡겨둬."

인사를 마치고 저택을 나오니 익숙한 마차 한 대가 기다리고 있었다. 유디트가 칼리파를 돌보기 위해 외박하던 날에는 어김없이 집 앞까지 데리러 오던 마차였다.

마차 문이 열렸다.

"정말 데리러 왔네요? 좋은 아침이에요."

유디트는 마차 안으로 몸을 밀어 넣었다.

"신선한 아침이네. 다른 집 저택에서 본다는 게."

기류는 마차 문을 닫고 유디트의 뺨에 키스했다. 마차는 천천히 출발했다.

요 한 달간 두 사람은 누가 더라고 할 것 없이 바쁜 하루를 보냈다.

유디트는 증인 보호라는 명목으로 칼리파를 돌보는 한편, 청문회에 출석하느라 집과 황궁, 기사단을 오갔다.

기류 또한 바쁜 건 매한가지였다. 그는 황궁이 발칵 뒤집힌 시해 사건을 수습하느라 몸이 열 개라도 부족할 지경이었다. 죽다 살아난 데샹의 병문안도 빼먹을 순 없었다.

이렇다 보니 두 사람은 마차에서 단둘이 시간을 보낼 때가 많았다.

"나 빼고 놀러 가니 좋았어?"

"네, 좋았습니다. 재밌었네요."

"……진짜?"

"농담이에요."

기류의 표정은 그제야 환해졌다. 유디트는 그의 어깨에 기대며 새어 나오는 웃음을 참았다.

"아침 일찍 나오느라 힘들지 않았어요?"

"못 보면 그게 더 힘들어. 오늘도 바쁘잖아."

"오늘은 그래도 한가한 편이에요. 시간 남으니 병문안이라도 가려고요."

"병문안?"

"데샹 경이요."

두 사람의 무릎이 부딪쳤다. 맞댄 허벅지가 따끈했지만, 유디트는 이것보다 더 따뜻한 체온을 원했다.

'둘만 있을 시간이 너무 부족하네.'

유디트는 아쉬워졌다.

그녀는 기류와 함께 보낼 시간을 확보하기 위해서라도 마지막 비기를 꺼내기로 했다. 이름하여 '자세한 건 올가 황녀님께'였다.

"데샹 경은 백기사단에서 자택으로 옮긴다면서요? 몸은 좀 어때요?"

"여전히 몸은 아프고 입은 쌩쌩하지."

기류가 푸념하면서도 웃었다.

"내일모레 옮길 거야. 계속 백기사단에 신세 지긴 불편한가 봐."

"그래도 되는 거예요?"

"병간호하는 사람을 둘이나 붙일 거니 괜찮을 거야. 여차하면 다시 르왈흐메이 저택으로 들이고."

데샹은 신관과 백기사의 도움을 받아 기적적으로 목숨을 건졌다. 영락없이 죽은 줄 알았던 사람이 살아 돌아오자 기사단은 기쁨에 들썩였다.

기력을 천천히 회복한 그는 요즘은 누워서도 곧잘 독설을 내뱉었다. 그 독설 한 번 듣겠다고 과일 바구니를 사서 들이닥친 적기사가 몇 명인지 모른다.

"어서 기사단으로 돌아오면 좋겠네요."

"그러게. 그 녀석도 돌아오고, 밀린 일만 다 끝내면……."

기류는 잠시 말문을 흐렸다. 햇살 속에서 흔들리는 회백발을 바라보며 그가 남몰래 다짐했다.

'무조건 여행 간다. 둘이서만.'

언제까지 마차 데이트에 만족하며 살 텐가. 유디트와 가고 싶은 것도, 하고 싶은 것도 많은 기류였다. 그는 잠깐이지만 이 마차가 황궁이 아닌 제 저택으로 갔으면 좋겠다고 생각했다.

만사가 잘 풀리니 단둘이서 보낼 시간만 손꼽아 기다리는 연인을 태운 채, 마차가 서행했다.

✳ ✲ ✳

이든은 오팔궁 앞에서 감회에 젖었다.

예전에는 당연하게 닫혀 있던 궁이었지만, 이제는 이든이 올 때마다 활짝 열려 있었다. 새삼스러운 변화였다.

"형님? 먼저 와 계셨군요."

"시간에 딱 맞춰 왔구나, 이든."

"왔느냐."

놀랍게도 오팔궁에서 그를 기다린 건 올가뿐만이 아니었다. 윌리엄도 올가와 함께 그를 반겼다.

이든은 살짝 눈치를 보다가 소파 끄트머리에 걸터앉았다. 올가가 못 말린다는 얼굴로 그에게 손짓했다.

"더 가까이 오렴. 왜 하필 끝에 앉느냐?"

"음…… 왠지 여기가 제 자리인 것 같아서 말입니다."

뼈 있는 한마디였다. 올가가 고운 미간을 찌푸렸다.

"그런 소리 하지 말거라."

"네, 죄송합니다."

"사과하지도 말고."

올가가 더 가까이에 오라며 손짓하자, 이든은 어색한 웃음을 흘리며 다가갔다.

하지만 그뿐이었다. 이든은 계속 눈치를 봤다. 올가와 윌리엄은 그와 같은 남매라지만 하늘과 땅만큼 차이 나는 사람이다. 둘 중 한 사람이 황제로 즉위하는 게 확실시된 상황이니 더욱 그랬다.

"……."

이든은 죽은 알베르트와, 투옥당한 에드워드를 떠올리며 조금 울적해졌다. 타티아나가 차를 가지고 올 때까지 그의 표정은 펴질 줄 몰랐다.

"이든……. 얼굴색이 좋지 않구나. 무슨 걱정이라도 있느냐?"

"아닙니다."

"그러면?"

이든은 걱정 가득한 시선을 느꼈다. 그가 멋쩍게 대답했다.

"그냥…… 형님들 생각이 나서요. 에피나도 그렇고."

올가의 얼굴이 살짝 굳었다. 찻잔을 들던 윌리엄의 손은 잠깐이지만 멈췄다.

"죄송합니다."

"아니다. 폐하도 계시지 않고 이제 우리밖에 없으니, 자리에 없는 사람이 생각나는 건 당연하지."

칼리파의 증언 앞에서 무너진 에드워드는 스스로 모든 죄를 인정했다. 사형은 피할 수 없으리라.

이세에피나도 책임을 피할 순 없었다. 그녀는 에드워드보다는 조금 더 나은 삶을 살겠지만, 평생 수도원에서 속죄하거나 유배행이었다. 그걸 생각하면 태연하긴 힘들었다.

분위기가 어두워지자 이든은 황급히 화제를 돌렸다.

"한데 오늘은 무슨 일 때문에 그러십니까?"

물어보면서도 얼추 답을 알고 있었다. 계승권을 가진 사람 세 명이 만났으니 할 말이라곤 황위에 관한 이야기가 아니겠는가.

황족이 벌인 불미스러운 사건이 만천하에 드러났다. 누구보다도 황가에 충실했어야 할 흑기사단장이 황제를 해하였다. 그런데 그가 황제가 뿌렸던 씨앗이었다니. 황가로서는 세울 면목도 남아 있지 않은 상황이었다.

'……누님께서 곧바로 수습하셔서 망정이지.'

때마침 칩거를 푼 올가는 영민하며 재빨랐다. 그녀는 어떻게 알았는지 로제타 사절단 측에 섞여 있던 내통자를 끄집어냈다. 로제타와 에드워드 사이에 있었던 연결 고리를 찾아낸 황녀는 그들을 강하게 몰아세웠다. 로제타 왕을 향해 침공 의지를 따졌고, 제국의 사나운 추궁은 왕국을 움츠러들게 하기 충분했다. 그들은 불가침 조약을 다시 한번 천명했다.

올가는 동시에 모든 원로원을 빠짐없이 접견하며 귀족의 고삐를 단단히 쥐었다.

황실은 쉽게 무너지지 않는다는 걸 증명한 셈이다.

물론 이 모든 게 그녀 혼자만의 힘은 아니었다. 윌리엄 3황자와 세리아 3황자비는 장례를 주관하며 민심을 수습했다. 이든 또한 황성에서 일어났던 일을 빠짐없이 조사하며 재판을 이끌었다.

세 사람이 힘을 합쳤기에 비로소 극복할 수 있었던 위기다. 다음 왕관은 올가 앞에 놓여 있는 상황이다.

유일한 걱정거리는 신전이었지만, 그들은 잠잠했다. 에드워드에게 돈을 먹고 신전 지하동을 빌려준 게 발각된 영향이 큰 듯했다.

'신전이 계획된 전쟁을 묵인했다는 게 밝혀진다면…… 카르나크 신교는 크게 휘청이겠지. 그럴 바엔 누님의 계승권을 인정하겠다는 거군.'

신전에서는 여전히 신병을 앓았던 올가가 성녀인지를 확인하고 교리에 따라 제국을 돌보길 원했다. 그러나 그들이 허가 인장을 찍었던 황제의 유언장이 남아 있다.

황가는 마지막으로 회생할 기회가 있었다. 아직 카르나크 신은 황가를 완전히 버리지 않은 것이다.

"혹시 제가 누님의 계승권을 위협할까 걱정되셨습니까? 설마요, 그런 거라면……."

"아니, 그 반대란다. 오히려 좀 위협해 주련?"

"걱정 마세…… 예?"

"누님."

윌리엄이 부드럽게 누이를 타일렀다.

이든은 귀를 의심했다.

"이든, 폐하께서 갑작스레 돌아가셨으니 누군가는 이 혼란을 수습하고 제위에 올라야 하느니라."

"무, 물론입니다. 그러니 누님께서 뒤를……."

"그래. 하여, 내가 황위에 오를 것이다. 당분간만 말이다. 나는 평생을 황제로 살 생각이 없으니 적당한 시기를 봐서 양위할 생각이란다."

"네?!"

즉위하기도 전에 폭탄선언이 떨어졌다. 이든의 눈이 접시만큼 커졌다.

"진심이십니까?"

"그럼. 진심도 아닌 일 가지고 너를 오라 가라 하겠느냐."

올가가 다정히 웃었다.

"기간은…… 6년 정도면 충분할 것 같다. 그동안 열심히 제국을 수습한 뒤 양위하마."

"……윌리엄 형님께 양위하실 생각이로군요."

"그거 말인데……."

내내 복잡한 얼굴로 차를 들이켜던 윌리엄이 고개를 돌렸다.

"난 황위를 이을 생각이 없다."

"……그건 또 무슨 소리세요?"

이든은 너무 놀라서 일일이 감탄할 힘도 없었다.

윌리엄이 침착하게 말했다.

"너도 알고 있지 않으냐. 내가 용의 피를 마셨다는 걸."

"……."

"내 피를 이은 아이가 태어났을 때 그 아이가 멀쩡하리라는 보장이 없다."

"하지만 용의 피는 정화했다고 하지 않으셨습니까. 신관도, 로하스도 그렇게 말했고……."

"그 말만 믿고 세리아와 자식을 볼까 봐?"

애처가인 윌리엄의 말투가 조금 날카로워졌다.

"에드워드는 내게 용의 피를 먹이면서 실험해 봤다는 걸 인정했다. 내 피가 전부 정화되지 않았다면? 내 자식이 어떻게 태어날지는 아무도 모른다."

"형님……."

"세리아는 몸이 약해. 안 그래도 출산을 버틸 수 있을지 모르는 사람인데, 어떤 아이가 태어날 줄 알고 그런 위험을 지고 가겠느냐."

"……."

황위에 오르면 후사를 봐야 한다는 책임이 따른다. 그런데 형님 부부는 금실이 너무 좋았다.

"세리아가 출산 중에 죽는다면 새 황후를 들여야겠지. 하지만 나는 세리아 아닌 다른 사람을 반려로 들일 생각은 한 번도 해본 적 없고, 하고 싶지도 않다."

이든이 침묵에 빠졌다. 윌리엄은 아이보다는 아내를 선택할 사람이다.

'예전부터 그랬지.'

"그러니 네가 해라."

"……예?"

"네가 하라고, 황제."

옜다, 왕관.

휙 던지는 말투 앞에서 이든은 정신이 멍해지는 걸 느꼈다. 제국의 황위를 두고 이런 태도…… 괜찮습니까?

"말, 말도 안 됩니다. 제가 어떻게 그 자리에 오릅니까."

황제라니. 듣기만 해도 숨이 막힌다. 이든이 간절한 얼굴로 올가를 보았다.

"누님. 저는 제왕학은커녕 대관식 때 설 제 자리가 어디일지, 그런 고민이나 하고 있습니다. 그런 제가 어떻게 황제가 됩니까?"

"이든."

"저는 그 자리에 어울리는 사람이 아닙니다. 자신 없습니다. 전……."

"이든. 사랑하는 내 가족아. 나는 네가 가진 다정함을 안단다."

올가는 이럴 때조차 여유와 우아함을 잃지 않았다.

"다스리는 자는 언제나 넓은 눈으로 많은 걸 고려해야 하지. ……내 한 몸 건사하기 버거워서 칩거하고 틀어박힌 나보다는 네가 나을 거야. 확신한단다."

이든은 황궁에서 유일하게 이세에피나를 돌본 이였다. 조용히 스러져 가는 이에게도 손을 뻗을 줄 아는 사람이다. 아직은 재주가 부족할지언정, 가장 약한 이를 돌보고 이끌며 다스릴 줄 아는 자질을 가진 사람.

올가는 다정한 눈으로 동생을 응시했다.

"난 벌써부터 네 치세가 기대되는구나."

"누님. 대신관은 절대 양위를 허락하지 않을 겁니다. 게다가 제가 황위를 이으면 누님은요? 누님은 어찌합니까? 누님이 황위에서 내려오면 누가 누님을 보호합니까?"

"이 와중에도 내 걱정을 하느냐?"

올가는 그만 웃어버렸다. 이러니 이든이 황위를 잇기에 부족함이 없단 소리다. 올가는 저 걱정이 좋았기에 일부러 입을 다물었다.

"다 계획이 있으니 걱정하지 말려무나."

그녀는 셴과 함께 황족이자 성녀로서 제국을 돌아다니며 구호 활동을 벌이고, 민심을 돌보고 싶다는 꿈을 좀 나중에 밝히기로 했다.

"하지만……."

이든은 신음을 흘렸다. 굴러들어 온 복을 스스로 차는 행동일까?

그럴지도 모른다. 하지만 이든은 정말 자신이 없었다. 황제의 붉은 망토도, 옥좌도 그에게는 언제나 멀었다. 그런데 황제라니. 그 모든 것이 갑자기 제 눈앞에 뚝 떨어지게 된다니.

기쁨보다는 두려움이 앞섰고, 설렘보다는 공포가 더 컸다. 4황자로 태어난 그로서는 상상도 해본 적 없는 일이었다.

"……역시 안 될 일입니다. 황제라니요. 누님, 한 번만 더 생각해 보세요. 저는 자신이……."

"자신만 없느냐? 그럼 6년 동안 키우면 되겠구나. 내가 자신을 만들어주마."

"형님! 누님 좀 설득……."

"이든. 너밖에 없다."

심드렁한 듯, 단호한 윌리엄의 말이 들려온 건 그때였다.

"그러니 그냥 네가 하려무나."

"……."

이든은 훗날 자서전을 쓰게 된다면 저 말을 꼭 토씨 하나 빼놓지 않고 적겠다고 다짐했다.

수십 년 후, 그 다짐은 황제의 회고록이라는 형태로 이루어진다.

✻　✭　✻

유디트는 일정대로 이든 황자를 알현했다. 황자는 누구와 무슨 대화를 나눴는지 반쯤 정신이 나가 있었다.

"전하? 괜찮으십니까?"

"아, 음. 그래. 괜찮네. 괜찮고말고."

'별로 안 괜찮은 것 같은데.'

이든 황자는 제 뺨이 발갛게 부어오를 때까지 찰싹찰싹 때렸다.

오늘 이든이 그녀를 부른 이유는 간단했다. 그녀가 세운 엄청난 공로를 기리기에 앞서, 혹시 바라는 게 있는지 묻기 위해서였다.

"생각해 둔 건 있나?"

"예."

"말해보게."

유디트는 떨지 않고 말했다. 생각보다 별것 아닌 요구라고 생각했는지, 이든의 얼굴이 묘해졌다.

"정말 그뿐인가? 더 요구해도 되는데?"

그녀가 고개를 저었다.

"다른 건 괜찮습니다. 필요한 건 충분히 가지고 있으니까요."

"……흠."

"어렵겠습니까?"

"어렵기는. 하긴, 당연한 건데 생각해 본 적이 없었군. 긍정적으로 고려하겠네."

"부탁드리겠습니다."

유디트가 살짝 고개를 숙였다.

"그런데 왜 지금 당장이 아닌 거지?"

"주변에서도 받아들일 시간이 필요할 테고, 저 또한 준비할 시간이 필요합니다."

"준비할 시간…… 그래. 필요하지. 맞아. 필요해."

이든은 은근한 공감을 나타내더니 알겠다며 고개를 끄덕였다. 황자는 그윽한 시선으로 세상을 다 짊어진 것 같은 한숨을 쉬더니 유디트가 물러가는 걸 허락했다.

궁을 나온 유디트가 다음으로 향한 곳은 백기사단이었다.

"왔네요? 안 올 줄 알았는데."

"그 반응을 기대하고 일부러 늦게 왔습니다."

유디트는 웃으며 문을 닫았다. 데샹은 읽던 책을 내려놓고 그녀를 반겼다.

"뭐 하러 왔어요? 뭐 도와줄 일 있어요?"

드러누운 상황에서도 뭐 도와줄 거 있냐고 물어보는 점이 데샹다웠다.

'이 사람 은근 돈 안 되는 일에도 발 벗고 나선단 말이지.'

유디트가 대꾸했다.

"뭘 도와드리냐는 말은 제가 해야 하는 거 아닙니까?"

"그것도 그렇네요. 그럼 뭐 하러 왔어요?"

"곧 퇴원하신다길래 와봤습니다. 과일이라도 깎아드릴까 해서."

데샹이 어이없단 얼굴을 하면서도 웃었다.

"깎을 줄은 알아요?"

"저 에테르 마스터인데요?"

"그래요. 에테르 마스터니까 멜론 껍질도 잘 자르겠네."

"사람 껍질도 잘 벗겨요."

"끔찍한 농담 하지 마십쇼!"

데샹이 질겁했다.

유디트는 과도를 들었다.

'내 손으로 과일 깎아보는 게 얼마 만이지.'

똑같은 날붙이지만 롱소드를 쥘 때와는 전혀 느낌이 달랐다. 그렇지만 곧 죽어도 에테르 마스터라고, 유디트는 금방 솜씨 좋게 멜론을 반으로 토막 냈다.

데샹은 유디트가 과도 위에 에테르를 두른 걸 알아채고 질색했다.

"쓥…… 에테르 마스터랑 또 엮이면 사람도 아니라고 생각했는데."

"예?"

"아무것도 아닙니다."

데샹은 부루퉁한 얼굴로 유디트가 토막 낸 멜론을 빤히 보았다. 유디트가 멜론 깍둑썰기에 열중하며 말했다.

"데샹 경."

"왜요."

"무사히 살아 계셔서 다행입니다."

"……."

"진짜로요."

"뭐. 그래요. 네. 다행이죠."

데샹은 쑥스러움에 걱정해 줘서 고맙다는 대답 대신 고개를 휙 돌렸다. 유디트는 그만 웃을 뻔했다. 슬슬 데샹이 어떤 사람인지 감이 오기 시작해서였다.

"데샹 경이 실종되었을 때, 기류가 얼마나 크게 상심했는지 모르실 거예요."

"……오호."

데샹이 귀를 쫑긋 내밀었다.

유디트는 데샹의 그 반응을 자길 걱정했던 기류가 어떤 모습이었는지 궁금하다는 걸로 해석했다.

하지만 실상은 달랐다. '기류가' 얼마나 크게 상심했는지, 라니.

'드디어 나도 기류의 보모 노릇에서 해방될 때가 왔구나.'

세상에 그 기류 르왈흐메이가 어떤 사람을 만날까 싶었는데! 데샹은 유디트를 감동적인 눈으로 바라보았다.

유디트는 깍둑썰기를 마친 다음 손에 묻은 멜론 과즙을 깨끗이 닦았다.

"저 대신 고생 많았겠네요. 안 그래도 궁금했는데, 기류는 일 잘하고 있는 거 맞아요?"

"……종종 서류 한두 개 빼먹긴 하지만 잘하고 있어요."

"내 그럴 줄 알았지. 내년 신규 예산안은 좀 미리미리 짜 두라고 전해줄래요? 항상 아슬아슬하게 제출하거든요."

"기류의 반응보다 그런 게 더 신경 쓰이십니까?"

"반응은 대충 짐작이 가거든요. 뭘 궁금해하기까지 합 니까?"

데샹이 까칠한 말투로 콧방귀를 뀌었다.

유디트는 두 사람의 유대 관계가 조금 부러워졌다. 한쪽 이 죽다 살아났는데 어떤 반응인지 물어볼 것도 없다는 듯 굴다니. 대체 얼마나 오랜 시간을 함께 보냈으면 이 정 도로 서로를 잘 파악하게 되는 걸까?

"안 그래도 예산안 때문에 골머리를 앓고 있었어요. 언 제쯤 복귀하실 예정이세요?"

"쉴 거 다 쉬고 내년 여름쯤이나 복귀할 겁니다. 저 없 이 싹 다! 하라고 해줘요."

기류가 들었더라면 코웃음과 함께 이 잔소리 대마왕 일 벌레가 그럴 리 없다며 손사래 쳤을 말이었다. 물론 그걸 알 리가 없는 유디트는 열심히 고개를 끄덕였다.

"그거 말곤요?"

"그거 말고는…… 이세에피나 황녀님을 좀 신경 쓰셨던 것 같은데."

"……."

데샹은 멜론 대신 혓바닥을 깨물 뻔했다.

'아니 하필…… 이 타이밍에 전혀 예상 못 한 이름이 나오네.'

그가 애써 태연히 물었다.

"이세에피나 황녀님은 어떻게 됐습니까? 아직 깨어나지 못하신 거죠?"

"아, 아뇨. 깨어나셨습니다."

유디트가 짤막하게 그간의 근황을 알려주었다.

이세에피나 황녀는 에드워드를 극도로 무서워했기에, 그가 없는 자리에서 용의 피를 조달한 일을 소상히 증언했다. 그녀는 에드워드가 3황자 윌리엄에게 피를 먹여 실험했던 말을 듣고 크게 충격받았다. 예상대로 조달책 이상도 이하도 아니었던 모양이다.

그녀는 황궁에서 방치당한 피해자였지만 용의 피를 조달한 공범으로서 분명한 책임을 져야 했다. 황녀는 이틀에 걸쳐 제 죄를 스스로 고백한 뒤, 어떠한 결과도 받아들이겠다는 말로 용을 잃은 슬픔을 달랬다.

주제넘은 생각이지만 유디트는 그녀가 무척 가엽다고 생각했다. 다른 이들의 생각도 크게 다르지 않았다.

"황녀님은 용을 정말 아끼셨던 것 같습니다."

"그래요? 잠든 용한테서 피를 뽑았는데?"

"나름 용에게 이름도 붙여주면서 아끼셨던데요. 아딧사라고."

"그래도 정말 아꼈다면 이용당하는 걸 내버려 둬선 안

되죠."

데샹이 깐깐한 얼굴로 지적했으나 유디트는 별로 신경 쓰지 않았다.

'아끼지 않았다면 아딧사 영감이 말을 걸었을 리도 없고.'

때로는 주변 사람이 이해할 수 없는 관계란 게 있는 법이다.

"그래서 황녀 전하는 어떻게 될지 결정된 겁니까?"

"수도원에서 여생을 보내시겠죠. 이든 전하께서 신경을 많이 쓰고 계신 눈치셨습니다."

"흐음. 그래요. 용이라……."

데샹은 팔짱을 끼더니 생각에 잠겼다. 곧 그가 말했다.

"베르르푸 지방에 작은 수도원이 하나 있을 겁니다. 기회가 된다면 거길 권해보세요."

"베르르푸 지방이요? 왜요?"

"아 뭐…… 별건 아닌데……."

데샹이 살짝 뜸을 들였다.

"그 지방에 오래된 전설이 하나 있어요. 용이 만나고 싶은 사람이 있다면 다시 태어나는 곳이라고……."

"그런 전설이 있습니까?"

"전설은 전설일 뿐이지만요, 혹시 압니까? 황녀님의 마음이 좀 가벼워질지."

"……."

"……아, 왜 사람을 그렇게 봅니까?! 왜요! 뭐 할 말 있어요? 왜!"

데샹은 민망함을 감추기 위해 버럭 소리부터 치고 봤다. 속으로 웃던 유디트는 그러겠다고 대답했다.

'다음을 기약할 기회란 정말 소중한 거니까.'

유디트는 황녀 또한 희망을 잃지 않고 살기를 바라였기에, 올가에게 수도원에 대해 흘려두기로 마음먹었다.

데샹은 유디트가 엉성하게 깎은 멜론을 군말 없이 해치웠다.

✳   ✦   ✳

병문안이 끝나고 돌아가는 길이었다. 유디트는 백기사단 본부에 설치된 카르나크 신 조각상을 보며 묘한 감회에 젖어들었다.

회귀를 통해, 유디트는 마치 거대한 퍼즐을 하나씩 맞추는 기분이었다.

그녀가 돈 때문에 흑기사단을 선택했을 땐 데샹을 알 기회조차 없었다. 진실을 알게 된 칼리파가 비관 끝에 자살하고, 제르멜이 칼리파의 스티그마를 약탈했던 씁쓸한 과거.

그러나 그 과거에도 한 줄기 희망은 있었다. 제르멜이 죄책감 없이 사람을 죽일 수 있는 살육의 스티그마로 에드워드 2황자를 죽였더라면…… 단죄했다면.

'제국은 또 다른 형태로 역사를 이어갔겠지.'

그러나 제르멜은 에드워드를 죽이지 못했다. 그의 그림자에서 벗어나는 데 실패했다.

제르멜은 분노와 한으로 얼룩진 인생을 이어나가며 유디트를 죽였고, 그녀는 되살아났다. 신의 비호와 함께.

사슬처럼 이어진 운명, 혹은 우연.

'신은 어디까지 내다보았을까.'

유디트는 저도 모르게 목덜미를 쓰다듬었다.

그렇게 한참을 서 있을 때였다.

"……."

저건 말 걸어달라는 신호인가? 아니면 신종 도발?

어느 쪽이든 무시하기는 어려웠다. 유디트는 짧은 갈등 끝에 일단 대화를 시도했다.

"거기서 뭐 하세요? 셴 단장님."

"저는 나무입니다."

"무슨 나무인데요?"

"상록수입니다."

"상록수가 말을 다 하네."

셴 안토라는 사내가 이상한 건 어제오늘 일이 아니라지만, 오늘은 유독 이상했다. 그는 나뭇가지 두 개를 양손에 꼭 쥔 채 나무인 척하고 있었다. 물론 조금도 나무처럼 보이지는 않았지만 말이다.

"상록수 놀이라도 하는 겁니까?"

"위장 놀이죠, 엄밀히 따지면."

'위장은 무슨.'

일단 저 백기사단 로브라도 벗어야 하는 게 아닐까 싶다.

"발견당한 시점에서 위장 실패네요."

"에잇, 경에게 들키는 건 상관없지만 다른 사람에게 들키면 곤란해져요. 자꾸 말 걸 거면 이리 오세요!"

나무가 움직이며 그녀에게 손짓했다. 유디트는 졸지에 백기사단 본부 수풀 속에 몸을 숨기게 됐다.

'……이 사람 단장 아니었어?'

대체 뭘 어쨌길래 백기사단장이 자기가 이끄는 기사단 본부에서 나무인 척 위장을 하고 있는 걸까.

유디트와 함께 쪼그려 앉은 셴은 꿋꿋하게 나뭇가지를 머리 위로 들어 올렸다. 곧 죽어도 위장이라고 고집 피울 생각인가 보다.

"대체 무슨 일을 벌였길래 이러세요?"

"딱히 일을 벌인 건 아닙니다. 그냥 백기사들이 저한테 화가 난 상태라 그래요."

"화가 났다?"

"데샹 경을 구하러 가느라 백기사단을 비웠거든요."

"……설마 말없이 다녀오셨던 거예요?"

"동네방네 소문내고 갈 순 없잖아요. 조용히 갔죠."

셴은 올가 황녀의 부름을 받아 소수의 백기사와 신관을 끌고 대상을 구하기 위해 움직였었다. 제르멜의 눈을 피해서 가야 한다며 올가 황녀가 신신당부했다던가.

문제는 그사이 황궁에서 일이 터졌단 거다. 뒤늦게 도착해서 수습하긴 했지만, 꽤 아슬아슬했다고 한다.

"시간 맞춰서 다녀왔는데! 다녀오자마자 수습했는데! 황녀님 명령이라 어쩔 수 없었다고 윙크까지 해줬는데! 돌팔매질할 기세더라고요."

'윙크까지 했다면 나라도 돌 던졌다.'

유디트는 백기사의 분노를 이해했다. 한마디로 현재 백기사들은 셴에게 불평 섞인 말 한마디라도 해주지 않으면 분이 다 안 풀린다는 소리다.

"적기사단이나 흑기사단은 단장 말이라면 일단 껌뻑 죽고 보는데 왜 저한테는 이렇게 가차 없는지 모르겠습니다."

"그야 위장 놀이 같은 걸 하고 있으니 그렇죠."

"으으음? 명석한 두뇌로 생각해 봐도 전혀 모르겠는뎁쇼?"

셴이 모른 체했다. 유디트는 남몰래 감탄했다. 사람이 이렇게까지 일관적일 수가 있나.

"유디트 경, 한 번만 더 생각해 보지 않을래요?"

"뭘요?"

"백기사단으로 와요."

유디트가 또 그 소리냐는 눈빛을 던졌다.

"저에게 구호와 성실, 자애, 헌신, 무급 봉사를 권하는 사람은 단장님뿐일 겁니다. 저리 가세요. 소박함이 옳겠어요."

유디트는 특히 무급 봉사 부분에 힘주어 말했다.

"저도 사실 유디트 경이 백기사와 잘 맞는다는 생각은 요만큼도 하지 않는데요."

"요만큼도?"

"……아니, 뭐. 요만큼은 합니다만."

셴이 유디트의 형형한 눈빛을 보고 말을 바꿨다. 그가 냉큼 시선을 피했다.

"제국 기사단장은 에테르 마스터가 맡는 게 관례란 말입니다."

그가 투덜댔다.

"저도 에테르 마스터가 아니었다면 기사단장이 될 일은 없었어요. 당장 지금 백기사단만 봐도, 저보다 오랜 경력을 지닌 백기사가 많아요."

"그거 말인데요."

유디트가 셴의 귀에 무어라 속닥거렸다. 한참을 속닥거린 그녀가 한 발자국 멀어지자, 셴은 적잖게 놀란 얼굴을 했다.

"에엥? 진심이에요?"

"네, 이든 황자님께도 말씀드렸습니다."

"어…… 혹시 내일부터 당장?"

"설마요. 준비 기간은 어련히 황자님이 잘 조정해 주시겠죠?"

"허어."

셴이 신기하다는 눈빛으로 유디트를 보았다.

"괜찮겠어요? 절대 쉬운 길 아니에요."

"압니다. 그래도 괜찮아요."

"자신은 있고요?"

"요만큼?"

유디트가 고개를 갸웃거렸다.

"하여간 잘하면 저희가 직접 관례를 바꿔볼 수도 있지 않을까 싶은데⋯⋯."

"여깄다!"

"찾았다! 셴 안토다!"

분노에 찬 목소리가 쩌렁쩌렁 울렸다. 놀란 유디트는 말을 하다 말고 옆을 돌아보았다. 저편에서 백기사단 한 무리가 먼지 바람을 일으키며 맹렬히 몰려오고 있었다.

"저깄다! 저 시선 강탈 완두콩 대가리!"

"으아아아! 단장!"

"밧줄! 밧줄 어딨어! 가져와!"

"멍석말이한 다음 단장실에 가둬 버려!"

"아주 바위에 매달아서 풍덩 빠뜨려야 해!"

"피의 축배를 들어라!"

유디트는 생각보다 격앙된 반응에 놀랐다. 이 정도면 거의 원수를 발견한 취급인데?

"크윽, 젠장!"

셴이 벌떡 일어났다. 그가 나뭇가지를 집어 던지며 외쳤다.

"나중에 이야기합시다! 그리고 전 그 결심 환영합니다!"

"아, 감사……."

"또 도망친다!"

"쫓아라!"

"절대 놓치지 마!"

셴은 뒤도 돌아보지 않고 달아났다. 백기사들이 전력 질주로 그를 쫓으며 유디트의 눈앞을 지나쳤다. 아수라장을 본 유디트는 말없이 다짐했다.

'……난 절대 저렇게 되진 말아야지.'

그녀는 고개를 절레절레 저으며 백기사단을 뒤로했다.

❋　❋　❋

유디트가 셴에게 속닥였던 '결심'을 기류가 알게 된 건 며칠 후였다.

"유디트으으……."

기류는 야속하다는 듯, 마차에 탄 그녀를 바라보았다. 유디트는 조금 놀랐다.

"와, 벌써 알았어요?"

"사실이야? 정말 적기사를 그만두고……."

"네, 흑기사단 단장직에 지원했어요."

시원스러운 대답이었다.

칼리파는 괜찮다고 했지만, 역시 그녀를 혼자 두는 건 아직 불안해서 외박 허가증을 끊어 온 참이었다.

유디트는 마부에게 집으로 가줄 것을 부탁했다. 마차가 출발하자 유디트는 아쉬움이 묻어나는 기류의 눈빛을 응시했다.

"섭섭해요?"

"당연하지!"

내심 유디트가 부정해 주길 바라던 기류는 몰래 눈물을 삼켰다.

"제국의 기사단장은……."

"황제가 임명한 에테르 마스터가 맡는다. 알아. 알지만……!"

기류가 머리를 벅벅 긁었다. 역시 유디트는 손 닿는 곳에 머물러 줄 파랑새가 아니다. 멀리 보고 높이 나는 매였다.

"……적기사단에 있는 게 별로야? 내 후임은 좀 그래서 그래?"

기류의 말속에는 보기 드문 소심함이 깃들어 있었다. 유디트는 웃음을 터뜨리며 기류를 바로 보았다.

"그럴 리가요. 저도 마음 같아선 계속 적기사단에서 지내고 싶어요. 기류의 후임도 나쁘지 않고?"

"그럼 왜?"

"흑기사단은 변화가 필요한 시점이잖아요. 누군가가 나서서 바꿔야 한다면 제가 하고 싶어요."

"……."

막힘 없는 대답에 기류는 침묵했다.

현재 흑기사단 상황은 빈말로도 좋다고 하지 못했다.

그도 그럴 게 기사단장 제르멜은 앞장서서 황가에 충성한다는 기사단의 정체성을 박살 냈다.

그 과정에서 희생당하거나 명령에 이용당한 흑기사가 수두룩했고, 그간 흑기사가 벌였던 암중비약 또한 속속들이 드러나고 있었다. 따라서 지금 흑기사단에 남아 있는 자들은 한 줌이었다. 좌천을 각오하고 명령에 불복하여 본부 감옥에 갇혔다가 목숨을 구한 이들이다.

벼랑 끝의 기사회생이냐, 패망이냐.

'흑기사단에 아예 희망이 없는 건 아니지만…….'

정말 괜찮을까? 기류의 시선에선 걱정이 철철 넘쳐흘렀다.

유디트는 그 시선을 받아내며 맑게 웃었다.

"흑기사단의 존폐 자체가 불투명한 상황이라는 건 알아요. 알면서 결정한 거니 그런 눈 하지 말고요. 저 믿잖아요?"

"……믿지. 믿는데…….."

"아까부터 대답이 비슷하네."

기류는 저도 모르게 손을 뻗어 그녀의 뺨을 조심스레 쓸었다. 유리 세공품을 쓰다듬듯 조심스러운 손길이었다. 그녀는 그 손길을 만끽했다.

기류는 종종 저를 세상에서 가장 귀하고 연약한 상대처럼 감싸려 든다. 유디트는 그게 싫지 않았다. 오히려 종종 그에게 매달려서, 마음껏 어리광부리고 싶다는 생각을 했다.

타인의 품속에서 누구도 의식하지 않고, 감정적으로 행동하며 사랑을 만끽하고 싶다는 욕심이 생기다니. 역시 세상은 오래 살고 볼 일이다.

"솔직히 말하면, 제가 기사단을 이끌 만큼 뛰어난 지도자라곤 생각하지 않아요."

"유디트……."

유디트는 기류의 손에 뺨을 비비며 말했다.

"하지만 그렇게 생각하면서도 내린 결정이에요."

유디트는 변하기로 했다. 나아가 허락되는 만큼 바꾸기로 했다.

흑기사단은 단장의 말이 곧 법이나 마찬가지인 집단이다. 때문에, 이끄는 사람이 그릇된 방향으로 나아가면 함께 기울어지는 맹점이 있었다.

유디트는 제르멜 때문에 풍비박산 난 흑기사단에게 다시 한번 올바른 방향으로 충성을 바칠 기회가 주어져야 한다고 생각했다.

동시에 에테르 마스터니까 관례대로 기사단을 맡긴다는 게 얼마나 위험한 건지 생각하게 되었다. '에테르를 잘 다루니까 기사단장 해라!'라는 관례는 마냥 옳은가? 에테르 마스터라는 개인의 무력이 기사단장으로서 갖춰야 할 소양을 모두 대신할 수 있나? 제르멜 같은 사람이 또 나타나지 않는다는 보장은 어디 있고?

유디트는 제르멜을 죽이는 걸 선택했을 때 그 업보와 책임을 다하기로 마음먹었다. 관례를 하루아침에 없앨 수 없다면 그녀가 직접 바꾸어 나갈 것이다.

유디트는 남몰래 원대한 계획을 세웠다. 제가 흑기사단장이 된다면, 새로운 흑기사단을 만들고 이끈 뒤 에테르 마스터가 아닌 자를 기사단장으로 지명할 생각이었다. 가장 강해서가 아니라, 가장 올바른 길로 기사단을 이끌 수 있는 사람을 고르겠다고. 만약 혼자서 바꾸기 힘든 관례라면 기류와 셴의 도움을 받아서라도 바꿀 생각이었다.

지난한 선택. 그러나 분명 보람 있는 길이다. 아직은 머나먼 일이기도 했다.

"당장 적기사단을 나가는 것도 아니에요. 제 생각엔 시간이 꽤 걸릴 것 같은데요?"

"그렇겠지……."

"어…… 진짜 많이 섭섭해하네요?"

"당장이든 나중이든 그게 중요한 게 아니잖아. 나는 언제나 널 원하는걸."

"……."

유디트는 드물게 말문이 막혔다.

기류는 한숨을 쉬며 옆자리를 두드렸다.

"네 놀랄 만한 계획은 알겠어. 내가 막을 수 없다는 것도. 뭐, 항상 그랬지만."

애초에 이든에게 그 말을 들었을 때부터 기류는 그녀가 의지를 꺾지 않을 것이라 직감했다. 예상대로 일이 흘렀을 뿐이다.

기류가 눈짓하자, 마차 속에서 마주 보고 앉아 있던 유디트가 엉거주춤하게 자리에서 일어났다.

그리고 그녀가 허리를 숙인 순간, 기류는 그녀를 잡아끌었다. 연한 살결에 닿는 피부가 뜨겁다. 따뜻한 입술을 겹쳤을 뿐인데 심장이 터질 것처럼 빠르게 뛰었다. 그녀의 더운 숨결 하나까지 모조리 제 것이라는 듯 파고드는 손길이 자상하지만 단단했다. 열성적인 키스였다.

기류는 그녀를 제 품에 가둔 채 기나긴 키스를 이어나 갔다. 좁아진 시야 끝이 흔들리기를 멈출 때쯤, 기류가 퉁명스러운 목소리로 속삭였다.

"……하나뿐인 내 사랑이 너무 유능한 사람이라 다른 놈들이 쳐다볼까 봐 초조해 죽겠어."

초조함뿐이랴. 마음 같아선 목검이라도 붕붕 휘둘러서

다 쫓아내 버리고 싶다. 하지만 기류는 과격한 마음을 눌러 참고 그녀의 손을 잡았다.

"네가 정말 그 길을 고른 거라면 나도 여기서 맹세할게."

"뭘요?"

유디트가 고개를 들어 그를 보았다. 하얀 장갑을 낀 손가락 위에 입술을 내리누르는 감촉이 감미로웠다.

"나는 네 취임식 다음 날 청혼할 거야."

"……왜 하필 당일이 아니라 다음 날이죠?"

"취임식은 네가 기사로서 승진하는 날이잖아? 내 청혼 때문에 축하받는 날로 만들면 안 되지."

"세상에."

유디트는 그만 웃어버렸다.

"우선, 청혼을 거절당할 리 없다는 그 자신감에 가산점을 줄게요."

그녀는 편안하게 몸에서 긴장을 풀고 기류의 품에 파고들었다. 곧 봄이 오겠지만 유디트는 이 아늑함을 즐길 수 있는 추운 계절이 조금이라도 더 오래 가길 바랐다.

"청혼을 받으면 후작 부인 유디트가 되려나요?"

"흑기사단장 유디트 르왈흐메이가 되겠지?"

"어감이 좋네요."

"부담돼?"

"살짝? 하지만 기대돼요."

"나도 그래."

기류가 그녀의 손등 위에 몇 번이고 쪽, 쪽 소리 나게 키스했다.

마차는 유디트의 집으로 달렸다. 그동안 두 사람은 서로에게 꼭 붙어서 함께 떠날 여행 계획을 세웠다.

머리를 맞대고 손을 잡은 두 사람은 당신께선 무슨 생각을 하는지, 우리가 서로를 얼마나 사랑하는지, 평생 그걸 알고 싶었고 서로에게 최선을 다할 준비가 됐다.

기류와 유디트는 애정과 믿음 속에서 맺어진 인연을 황금보다도 귀하게 여길 줄 아는 사람들이었다.

하여, 그로부터 5년 후.

최연소 에테르 마스터이자 구국 영웅으로 이름 높은 한 천재 기사가 흑기사단장으로 취임한다.

"흑기사단장 유디트. 약자를 보호하고 황실을 수호하며 경건히 살겠습니다."

축복 속에서 검은색 망토를 두른 기사는 돌고 돌아 떠났던 곳으로 돌아왔으나 그녀는 예전의 그 기사가 아니었다. 약속된 행복을 앞에 둔 유디트의 곁에는 사랑하는 연인이 있었고, 믿을 수 있는 사람이 가득했다.

검 두 자루를 찬 기사가 맹세했다.

"목숨 위에 있는 가치를 위해 검을 휘두르며, 성실히 임할 것을 맹세합니다."

취임식 날, 그녀의 목덜미에 새겨진 스티그마가 사라졌다는 걸 아는 사람은 많지 않았다.

유디트는 취임 1년 후 흑기사단은 황태자 이든 오스카 베리타스 암살 사건을 막아내며 화려한 부활을 알렸다.

그녀는 원할 때까지, 원하는 만큼 기사로 살았다.

유디트 르왈흐메이로서 행복하게 잘 살았다는 뜻이다.

＊　✳　＊

아주 오래된 이야기 하나. 칼리파에겐 비밀로 했던 기억.

유디트 르왈흐메이로 죽을 때까지 살게 될 그녀에게도, 실은 세상이 무서웠던 때가 있었다.

"잘 지내라, 유디트."

"……건강하세요, 선생님."

작위와 땅, 황금은 못 주지만 추천장은 써 줄 수 있었던 사람이 떠났다. 유디트는 이 정도면 꽤 담백한 이별이라 생각했다.

마지막 수업은 짧았다. 선생이 떠나는 날이라서 어쩔 수 없었다.

15살이 된 유디트는 선생이 건네준 추천장을 손에 든 채 뒤돌아 걸었다. 자작가 저택 뒷문을 빠져나올 때쯤에도 하늘은 여전히 푸르렀다. 그야말로 구름 한 점 없었다.

'밝을 때 수업이 끝난 건 오랜만인 것 같아.'

항상 못해도 해 질 녘까지는 유디트를 굴렸던 선생이었다. 선생은 제자가 하루만 게을러져도 몹쓸 인간이 된다면서 잔소리하는 한편, 자기는 빈둥빈둥 놀아젖히는 사람이었다.

'진짜 못됐지.'

얼마나 못됐냐면, 물 양동이를 든 유디트 옆에서 낄낄대며 도박이나 하고 오겠다는 말을 했을 정도였다. 그때마다 유디트는 세상에 도박하는 기사가 어딨냐고 소리를 빽질렀지만, 선생은 한 수 위였다.

"네가 수업료를 한 푼도 안 낸다고 했으니까 어쩔 수 없잖아!"

차마 더 화낼 수도 없는 이유였다.

"하여간 말하면 내 속만 터지지."

제자가 먹고사는데 도와주질 않으니 별수 있냐, 자기 몫은 자기가 알아서 챙기는 수밖에. 그런 말을 습관처럼 하던 사람이었다. 마치 그녀에게 가르쳐 주듯이.

"맞아. 진짜 못된 사람이었어."

소녀는 아무도 듣지 않는다는 걸 알면서도 혼잣말을 했다.

유디트는 혼잣말하는 이유가 외로워서라는 말을 믿고 싶지 않았다. 그래서 더욱더 큰 소리로 외쳤다.

"야! 난 자유다! 이제 수업도 끝났다! 엄청나게 속 시원하다!"

유디트는 양팔을 번쩍 들었다. 지나가던 행인이 잠시 그녀를 흘끔거렸지만, 유디트는 일부러 씩씩하게 걸었다.

돌아가는 길에는 수프 재료와 빵을 샀다. 1인분만 샀다. 엄마는 오늘 집에 못 온다고 했으니까. 일이 바쁜 모양이다.

"옆 마을에 결혼식이 열린다고 그랬지……."

집으로 돌아온 유디트는 불 위에 냄비를 얹고 수프를 끓였다. 소녀는 국자를 든 채, 엄마가 추던 춤을 따라 췄다.

"사랑하는 유디트으, 사랑은 치킨 스톡 같은 거랍니다아, 어디에 대충 뿌려도 근사해지지요오."

유디트는 엉덩이를 실룩샐룩 움직이며 엄마처럼 우스꽝스러운 노래를 불렀다. 엄마가 할 때는 웃으면서 그런 짓 좀 그만하라고 소리쳤는데, 집에 혼자 남은 딸이 이러고 있다는 걸 알면 얼마나 기막혀할까?

유디트는 끓기 시작한 수프를 능숙하게 옮겨 담았다. 그러곤 빵을 들고 테이블 앞에 앉았다.

"아, 맞다. 스푼."

유디트는 다시 일어나서 스푼을 챙겼다. 그리고 뒤를 돌아본 순간, 통렬한 외로움이 그녀를 할퀴고 갔다.

"……"

모락모락 김이 올라오는 수프. 딱 한 사람 몫의 빵. 고요함 속에서 먼지가 날고 있다.

유디트는 직감했다. 이 적막한 거실 풍경에 익숙해지는 날이 분명 올 것이다. 와버릴 것이다.

그녀는 오도카니 섰다.

"……나는 기사가 될 거야."

그러니 이 외로움은 나와 친구가 되어야 해.

그게 싫다면 간단한 선택을 하면 된다. 그냥 남들이 말하는 평범한 행복을 누리는 거다. 결혼하고, 제 가족을 만들고. 그러면 보통, 외로움이 줄어든댔다.

유디트는 아직 열다섯이었다. 지금부터 열심히 신부 수업을 하면 스물에는 무난히 결혼 상대를 찾을 수 있다.

"……그 대신 기사는 못 되겠지."

그건 싫었다. 그럴 바에야 높은 파도 앞에 선 것 같은 이 외로움과 무력감에 익숙해지리라.

유디트는 자신이 언젠가는 혼자가 될 거란 걸 알고 있었다. 원하는 건 아니지만 피할 수는 없겠지.

그러니 강해져야 한다. 누구의 도움도 받지 않고 스스로 일어날 수 있는 사람이 되어야 한다. 그런 기사가 되어야 한다. 마음이 약해지는 때가 와도 어쩔 수 없지. 혼자 이겨내는 수밖에.

언제부턴가 유디트는 제 손을 잡아줄 사람이 없을 거라 확신했다. 누가 나 같은 사람을 아껴주겠어?

유디트는 선생을 떠올렸다가 부랴부랴 고개를 내저었다.

"나도 참 오늘 떠날 사람한테 뭘 기대해."

그런데 자꾸만 마음속 그녀가 물었다.

정말 괜찮아? 후회하지 않을 자신 있어? 그 담백한 이별로 정말 괜찮았어?

"……"

다음 순간, 소녀는 검을 들고 정신없이 집 밖을 내달렸다. 유디트는 마구 달렸다. 정말 죽기 살기로 뛰었다. 소녀는 이를 악문 채, 모래 먼지를 일으키며 달려 나갔다.

'선생님.'

솔직히 좋은 선생은 아니었다.

심술쟁이였다. 유디트가 무슨 말을 하든 트집부터 잡아댔다. 진짜 기사가 될 생각이냐고, 왜 알아서 고생길을 찾아가냐고 도돌이표처럼 같은 질문을 반복했다. 의지 꺾는 말을 팍팍 던져댔다.

하지만 끝까지 선생으로 남아주었다. 의지할 수 있는 선생으로, 어른으로서 거기 있어 줬다. 수업료 한 푼 안 냈는데 4년 동안 쭉 제자라고 해줬고, 검을 가르쳐 줬다. 작위도, 땅도, 황금도 주지 않았지만, 마지막으론 추천장을 주었다.

그러니, 괜찮지 않다. 이 담백한 이별을 받아들이고 싶지 않았다. 아쉬워서 죽을 것 같았다.

내딛는 발이 무겁다. 폐는 산소를 갈구하며 쉴 새 없이 뛰었다. 유디트는 빠르게 땅을 박찼다. 선생이 이 모습을 보았다면 훈련할 때 그렇게 뛰어보라며 잔소리했을 만큼.

힘껏 뛴 보람이 있었다. 유디트는 선생이 타고 가는 수레를 발견했다.

"선생님!"

소녀는 도랑을 첨벙첨벙 소리 나게 뛰어넘으며 수레를 쫓았다. 순식간에 신발이 흠뻑 젖었다.

수레에는 선생 말고도 다른 사람이 있었다. 있는 힘껏 부르면 누군가는 이 목소리를 듣겠지. 소녀가 마구 외쳤다.

"선생님, 선생님, 선생님!"

선생님, 있잖아요. 이건 진짜 비밀인데요.

만약 선생님이 '너 나랑 떠날래?' 하고 손을 내밀었으면요.

저는 주저 없이 따라간다고 했을 거예요. 손을 잡았을 거예요.

거기가 어디든 상관없이 네, 라고 대답해 버렸을 거예요.

기사가 되고 싶지만, 그렇게 대답해 버렸을 거예요.

왜냐면…… 저는 가끔 살아야 하는 세상이 버겁거든요.

저 혼자 남는 상상을 하면 숨이 턱 막히는 것만 같아요.

세상이 우습다가도 무서워져요.

그러니까 네, 라고 대답했을 거예요.

그걸로 선생님이 계속 곁에 있어 주신다면요.

"……선생님!"

이건 정말 우리 엄마한테도 말하지 않았던 비밀이지만요.

저는 이따금 세상이 무서워요. 이 넓은 세상을 혼자 헤쳐 나가야 한다는 게 두려워요.

세상은 어떻게 살아야 하나요?

선생님이 떠나면 저는 어떻게 될까요?

알아요. 저는 검을 잘 다루죠. 아마 세상에서 저만큼 검을 잘 다루는 사람은 없을 거예요.

하지만 그 재주만으로는 세상을 다 헤쳐 나갈 수는 없잖아요. 외로움은 검으로 벨 수 없는걸요.

열심히 노력하고 수련했어요. 그런데 그게 행복해질 거라는 확신으로 이어지진 않았어요. 한 번도요.

저는 행복해질 수 있나요?

"선생님!"

마침내 유디트의 목소리가 닿았다. 수레에 앉아 있던 사람 몇 명이 유디트 쪽을 돌아보았다. 시선을 돌린 사람 속에는 선생도 있었다.

"선생님!"

두 사람의 눈이 마주쳤다.

"선생님! 진짜 가요?!"

유디트는 엉엉 울며 수레를 쫓아 달렸다.

"진짜 가냐고요!"

유디트는 선생이 듣고 있단 걸 깨닫자마자 악을 썼다. 감정이 격류처럼 터져 나왔다.

"왜 맨날 기사가 될 거냐고만 물어봐요? 왜 나랑 같이 가겠느냐고는 안 물어봐요! 왜요!"

유디트는 돈을 한 푼도 내지 않은 제자였고, 선생이 그렇게까지 해줄 의무는 없다. 알면서도 소녀는 나오는 말을 마구잡이로 뱉었다.

"한 번만 물어봐 주지! 선생님이 물어봤으면 네, 했을 건데!"

유디트는 엉엉 울며 가지 말라는 말 대신 그렇게 외쳤다.

4년을 선생과 제자로 지냈다. 힘 빠지게 하는 소리야 마구 뱉었지만, 선생은 유디트더러 기사가 되지 말라고 강제한 적은 없었다. 막아선 적 없었다.

그래서 유디트도 선생에게 가지 말라면서 막아설 수 없었다. 선생과 유디트는 그런 관계였다. 서로를 가로막지는 않는.

유디트가 마구 울며 달리는 모습이 웃겼는지, 수레에 탄 사람들이 요란하게 웃으며 손뼉을 쳤다. 심지어 잘 달려보라는 건지 휘파람까지 불어댔다.

유디트는 부아가 치밀어서 마지막으로 외쳤다.

"이렇게까지 말했으면 수레 좀 멈춰라! 이 나쁜 놈들아!"

기운이 쭉 빠졌다. 너무 뛰었더니 옆구리가 아팠다. 유디트의 뜀박질이 슬슬 느려졌다. 그러다가 결국 멈췄다. 머리가 핑핑 돌았고 눈앞은 새까맣게 깜빡이길 반복했다.

그렇게 숨 고르는 사이에, 수레에서 뛰어내린 사내가 천천히 다가왔다. 선생이었다. 그녀가 목 놓아 부른.

"유디트."

유디트는 고개를 들지 못했다. 이렇게 울고불고 쫓아온 게 너무 쪽팔려서였다. 이럴 줄 알았으면 아까 덤덤한 척이라도 하지 말걸. 소녀는 후회했다.

그리고 후회하는 제자를 선생이 끌어안았다.

"하이고, 이 바보 같은 제자 놈."

선생의 가슴은 넓었다.

"이제 좀 떼어놓고 갈 수 있겠다 싶었는데 아직도 애였네, 애였어."

유디트는 또다시 헝, 울음을 터뜨렸다. 그녀는 결국 선생을 와락 끌어안았다.

"선생님. 진짜 가요?"

"어. 진짜 간다."

"꼭 갈 거예요?"

"어. 꼭 간다."

"그러면……."

너른 가슴 안에서 유디트가 울먹이며 물음을 삼켰다.

저도 데려가면 안 돼요?

그 한마디를 하기 위해 미친 듯이 뛰어왔건만, 도무지 입이 떨어지질 않았다. 유디트가 말끝을 흐리자 자연스레 침묵이 찾아왔다.

선생은 유디트의 눈물을 대신 훔쳐주었다.

"유디트. 너 기사가 되겠다고 했지. 그래서 내가 추천장을 줬고."

"네."

"혹시 추천장 잃어버렸어?"

"아뇨."

"그럼 이제 와서 기사가 되기 싫어진 거야?"

"……."

유디트는 대답하지 않았다. 소녀는 한참 훌쩍이다가 고개를 저었다. 다행히 선생은 말솜씨가 좋지 못한 제자의 뜻을 알아들었다.

"그럼 나랑 헤어지는 게 섭섭해서 달려왔다 그거구나. 고맙다, 욘석아. 제자 키운 보람 있네."

선생이 뿌듯하다는 듯 웃었다.

"유디트. 미안하지만 나는 같이 가겠냐고 물어보지 않을 거다."

"왜요?"

"나는 너를 책임질 수 없으니까."

선생의 목소리가 단호했다.

"너는 기사가 되는 걸 선택했어. 그리고 어떤 선택은 영원히 되돌릴 수 없어."

"……."

유디트가 코를 훌쩍이며 고개를 들었다.

"선택에는 책임이 따르고, 때로는 의무까지 따르지. 심지어 그건 누가 대신 짊어질 수 있는 게 아니야."

그리고 그건 나도 마찬가지다. 선생이 씁쓸하게 말했다.

"너한테 잘난 듯 말하고 가르쳤지만, 난 결국 너에게 살인하는 법을 알려준 몹쓸 놈이다. 그 책임을 언젠간 치르겠지?"

"선생님 몹쓸 놈 아니에요."

유디트가 득달같이 대답했다.

"아니에요. 진짜 아니란 말야."

그녀가 눈물을 닦으며 말했다.

"그런 소리 하는 놈들이 있으면 제가 다 쥐어 패버릴 거야."

"허이구. 어디 가서 맞고 다니지나 말거라."

"안 맞거든요!"

유디트가 소리치며 선생의 가슴을 퍽퍽 쳤다.

머잖아 선생은 유디트를 품에서 밀어냈다. 마차 주인이 그에게 슬슬 가야 한다고 소리치고 있었다.

"유디트."

"네."

"……."

선생은 드물게 말을 골랐다. 저건 정말 중요한 걸 말할 때의 습관이기에 유디트는 자연스레 귀를 기울였다.

이어진 마지막 조언은 기사로서 남기는 말이었다.

"검을 맞댈 때는 정수리부터 사타구니까지 이어지는 몸의 중심을 절대 내주지 마라. 팔다리가 다 잘려도 몸통만 무사하면 즉사는 피한다."

"네."

"바닥을 구르든 흙을 뿌리든 무조건 악착같이 싸우고 살아남아라. 정정당당함은 개나 줘버려. 틈이 보이면 무조건 급소부터 찔러. 항상 생각하면서 싸워."

"네."

"언제나 장갑을 껴라. 손이 아프면 검을 쥘 수 없고, 다치면 힘이 빠져서 집중력이 흐트러진다. 검 손질은 절대 미루지도 말고 대충 하지도 마라."

"네."

"마지막까지 악착같이 살아라. 살아서……."

선생이 그녀를 응시했다.

"꼭 행복해질 것!"

"……."

"대답!"

"네!"

유디트가 씩씩하게 대답했다. 그걸로 정말 수업은 끝났다.

"잘 살아라!"

선생은 마지막으로 푸슬푸슬한 유디트의 앞머리를 마

구 헝클어뜨리고 떠났다.

덜그럭덜그럭, 소리 내며 떠나는 수레를 향해 유디트는 힘껏 손을 흔들었다.

마침내 지평선 저편으로 수레가 완전히 사라졌다. 유디트는 그 광경을 끝까지 눈에 담은 후 발을 뗐다.

꼭 행복해질 것.

유디트는 선생의 말을 곱씹으며 집을 향해 걸었다.

곧, 소녀는 남몰래 반성했다. 선생님이 떠나는 게 섭섭했다고 해도 그렇지, 무슨 생각으로 데려가 달라고 한 걸까?

"너는 기사가 되는 걸 선택했어. 그리고 어떤 선택은 영원히 되돌릴 수 없어."

선생의 말은 옳다. 유디트는 선택했다. 추천장을 받았으며, 기사가 되기로 했다.

그리고 기사가 된다면 더 많은 선택을 하겠지. 그때마다 일일이 세상이 무섭다, 버겁다 같은 소리를 할 수는 없다.

유디트는 세상 사는 법을 아직 잘 모르지만 불안함을 쫓아내는 방법은 딱 하나 안다. 바로 미친 듯이 검을 연습하는 것이다.

유디트는 선생이 헝클이고 간 앞머리를 쓰다듬었다.

'강해지자.'

무너지고 쓰러지더라도 다시 일어날 수 있는 사람이 되자.

외롭더라도 검만큼은 놓지 못할 삶.

하지만 혹시 아는가? 먼 미래에 검을 쥔 모습을 사랑한다고 말해주는 사람이 나타날지?

그렇게 생각하니, 외로움과 막막함이 한결 가시는 것 같았다.

'집에 가면 낮잠 좀 잔 다음 다시 수련해야겠다.'

실컷 울고 나니 까짓것 한번 해보자는 마음이 들었다.

하늘은 여전히 잔인할 정도로 맑았고, 다가올 수많은 선택 앞에서도 오늘 같은 푸르름을 지니고 있을 게 뻔했다.

그래서 유디트는 이 푸르름을 특별하게 여기지 않기로 했다. 하나의 이별도, 하나의 선택도 조금의 고통을 안겨주겠지만 결국에는 떨쳐낼 것이다.

소녀는 두 번 다시 뒤돌아보지 않았다.

그저 앞으로 나아갔다.

〈완결〉

외전 1
우리 집에 놀러 와

기류 르왈흐메이는 신랑감으로 따지면 1등급이 아깝지 않았다.

멀쩡한 팔다리와 훤칠한 외모는 결격 사유 없는 합격점이요, 뭇 기사들이 선망해 마지않는 기사단장이라는 직위는 가산점을 안겨주었다.

게다가 작위는 무려 후작위. 황족 직계 대공가, 건국 공신 공작가를 제외하면 가장 높았다.

심지어 기류 본인이 백작가를 후작가로 격상시킨 장본인이었다.

이렇다 보니 결혼으로써 가문의 흥망성쇠를 다스리는 자들의 눈에는 르왈흐메이 후작만큼 매력적인 사내가 또 없었다.

그만한 영예를 지녔음에도 타고나기를 무인(武人)으로

태어났기에 겸손함을 알고 이권 다툼에 쉬이 발을 들이지 않는 남자.

무릇 권문세가라면 제국민을 돌봐야 한다는 이념을 지닌 데다 귀족의 책임을 다하며 경거망동하지도 않는 후작가의 주인.

뭣보다 '우리 딸과 차라도……'라는 내용이 담긴 편지를 열여섯 아가씨의 초상화와 보내면 미쳤냐는 말을 정중하게 바꿔 거절 답장하는 판단력과 인성까지!

이 모든 걸 고려했을 때, 기류는 정말 괜찮은 신랑감이었다.

그러나 세상에 단 한 명, 기류의 등급을 가판대에 깔아 놓은 옥수수처럼 팍팍 깎을 사내가 있었으니. 그자가 바로 데샹 리츠다.

데샹은 누구보다도 빠르게, 남들과는 다르게 세간의 평가를 반박하는 이였다. 그가 기류의 크고 작은 흑역사를 실시간으로 구경하며 머릿속에 저장해 둔 인물이었기 때문이다.

커튼을 깡그리 뜯어서 날다람쥐 놀이를 하던 기류, 혼쭐이 나니 삐져서 집을 나갈 거라며 나무를 타던 기류, 나무 타다가 떨어져서 꼬리뼈 박살 난 기류, 이제 나는 평생 못 걸을 거라며 엉엉 울던 기류를 전부 기억하는데 일등 신랑감은 무슨!

데샹으로서는 신랑감의 '신'자만 들어도 코웃음부터 나왔다. 그에게 있어서 기류란, 투명 잉크 바른 도장으로 '아무나 좀 데려가야 할 텐데' 표시를 99번쯤 찍은 인간이었다.

그리고 오늘 그 사실을 한 번 더 실감했다.

"그러니까…… 유디트 경이 후작저에 온다고요?"

"응. 그러니까 난 쉰다."

"일은 내가 다 하고?"

"네가 좀만 더 많이 하는 거지."

"……대체 뭐라고 하면서 초대했길래 일까지 던지고 가는 건데요?"

"알고 싶어?"

기류가 땅콩 캐러멜을 씹으며 해맑게 말했다.

"안 돼. 우리 둘만의 비밀이야."

서류를 내던진 대상이 '아무나 데려가' 도장을 100번째 찍는 순간이었다.

❋　✳　❋

초대 계기는 이틀 전으로 거슬러 올라간다.

상급 기사가 된 지 1년, 유디트는 후임으로 들어온 기사에게 존경하는 우리 기사님 소리를 들으며 끝내주는 하루하루를 보내고 있었다.

현재 적기사 유디트를 모르는 바보는 없으며, 그녀가 세운 공적을 모르는 멍청이는 더더욱 없다. 황자 피습 사건을 막아내고, 용을 잡고, 베르크스 수성전을 이겨내고, 1년 전 황궁에서 벌어진 '악몽의 밤'에 2황자를 연행해서 고발한 기사. 기사 중의 기사로 명망 높은 유디트.

그녀는 함께 숱한 위기를 헤쳐왔던 기류를 옆에 두고 나란히 걸을 때가 많았다.

이렇다 보니 '꾀꼬리도 암수가 모이면 정답게 지저귄다는데 저 둘도 혹시……?'라는 말이 나올 법도 했지만…….

"그 기류 단장님이랑?"

"그 유디트 경이?"

"에이, 에에에이. 진짜 아니다."

현실은 글쎄올시다, 였다.

자라난 배경도, 신분도, 언행도, 성격도 전혀 다른 두 사람이다. 두 사람은 자라온 환경이 달랐고 살아온 방식도 달랐다. 그 틈과 격차를 허무는 건 쉬운 일이 아니었다.

둘은 사석에서야 친근하게 대화를 나누지만, 공과 사는 철저하게 나눴고 분명한 거리감이 있었다.

우선 기류의 경우.

"단장님, 제 주변에 좋은 사람이 있는데……."

"씁. 넣어둬, 넣어둬. 나한테는 다 계획이 있다."

"무슨 계획이십니까?"

"듣다가 자빠질 만한 원대한 계획이라 말하려면 3박 4일은

걸린다. 꼭 듣고 싶으면 헬멧이라도 쓰고 와. 뜀박질 실시."

완곡한 거절과 함께 등짝을 세게 친 적이 많았다.
유디트의 반응도 마찬가지였다.

"유디트 경! 제 친척 중에 경을 꼭 한번 만나고 싶다는⋯⋯."
"직접 와서 번호표 받아 가라고 해. 나 바쁘니까."
"⋯⋯그 번호표 어디서 받을 수 있는 겁니까?"
"글쎄. 근데 받을 시간 있겠어?"

'너 그 실력에 이렇게 잡담할 시간은 있니? 수련이나 해
라'라는 의미를 담은 유디트의 눈이 번뜩였다.
  비슷한 맥락의 대화가 반년쯤 반복되면 지루해지게 마
련이다.
  이쯤 되니 적기사단의 기사들은 거의 확신하고 있었다. 남
녀 관계도 사람 나름인 법. 느긋하게 웃으며 신입 기사 훈련을
지도하는 기류도, 까칠하고 철벽처럼 마음의 장벽을 쌓은 유
디트도 겉으로 보기엔 참 괜찮은 한 쌍이나 난공불락이었다.
  "참 괜찮은 조합인데, 선남선녀인데⋯⋯."
  그럼 뭐 하나. 이성에게 흥미를 전혀 보이질 않는데. 저
둘은 나란히 정원을 거닐어도 느껴지는 남녀 간의 성적 긴
장감이라곤 조금도 없었다.

그러므로 판결 망치 땅땅땅! 이 둘은 글렀다! 애들아, 텄어! 해산해! 깃발 들어!

……그렇게 종종 사람은 보이는 게 전부라고 착각한다.

"기류, 잠깐만……."

유디트가 감싸 안은 기류의 목을 밀어내며 바르작거렸다. 숨이 찬 그녀가 헐떡이며 말했다.

"문 앞이잖아……."

"나도 알아."

기류가 문을 잠갔다.

사람은 유유상종이라고, 유디트와 기류는 분명 연애는 책으로도 못 배운 이들이었다. 그러나 연애에는 책도, 예습도, 복습도 필요 없다. 오로지 화려한 실전뿐.

"아……!"

보는 눈이 있기에 언제나 참았던 마음은 이상하게도 그녀의 집 문지방만 넘으면 고삐 풀린 망아지처럼 날뛰었다. 기류는 유디트를 어깨부터 감아올리며 그녀와 바짝 몸을 밀착했다. 피부가 마찰하는 느낌이 생생했다. 얇게 꼬여 있던 이성의 끈이 뚜두둑, 소리를 내며 끊어질 것 같았다.

"……디트, 유디트…… 유디트……."

나는 온종일 너를 원해. 너는 그렇지 않아? 그렇게 물어봤던 날 유디트는 대답 대신 그의 무릎 위에 앉아 기류의 코끝에 키스했다.

마음이 통한 지 1년, 비밀스레 약혼반지를 나누어 낀 지는 반년. ······궁합이 좋다는 걸 알게 된 것도 반년 전 일이다. 코끝에 떨어뜨리는 키스는 어느새 두 사람만의 신호로 변했다.

이러다간 시도 때도 없이 붙어 있는 것도 모자라 함께 녹아버리고 싶다는 생각이 들 무렵부터, 두 사람은 유디트의 집에서 함께 밤을 지새웠다. 서로가 그걸 원해서였다.

오늘도였다. 문을 잠그기 무섭게 기류가 정신없이 그녀에게 파고들었다. 넓은 가슴은 그녀를 당장에라도 깔아뭉개고 가둘 것처럼 단단하고 조급했다.

헐떡이는 숨에 맞춰 오르내리길 반복하는 몸이 옷 너머로도 느껴질 만큼 뜨거웠다. 살냄새에 몸이 녹아드는 것만 같았다.

유디트도 사정은 별반 다르지 않았다. 그녀는 기류의 목에 한쪽 팔을 감으며 가쁜 숨을 몰아쉬었다. 뜨거운 살결과 귓가에서 몰아쉬는 숨결이 유혹적이라, 본능이 시키는 대로 그에게 매달리고 싶은 걸 꾹 참았다. 그녀가 입술을 꼭 물고 말했다.

"침대는······ 안 돼요."

"왜?"

"그저께 지각할 뻔했잖아."

"그럼 소파는 어때?"

"바보."

유디트가 기류의 옷깃을 매만졌다. 빤히 올려다보는 호박색 눈동자가, 시선이 그의 심장을 더욱 달궜다.

기류는 정전기가 일어난 것처럼 온몸이 찌르르 떨리는 걸 느꼈다. 밀착된 피부가 서로의 살에 쓸리자 등줄기에 소름이 일었다. 유디트가 파르르 떨자 기류는 입술을 꽉 물었다.

끄를까 말까, 간질간질하게 단추를 굴리는 유디트의 손가락을 기류가 덥석 잡았다.

"내일은 계속 같이 있을까."

"……좋아요."

유디트가 첫 번째 단추를 풀었다.

유혹 같은 허락이 떨어지기 무섭게 기류는 코트를 바닥에 떨어뜨리고 그녀를 양팔로 안아 들었다. 결국, 마지막 도착지는 침대였다.

밤은 평소보다 길었다. 신기하게도 대화 없이도 서로에게 몰두하는 시간이 길어질수록 두 사람은 서로를 더 잘 알게 되는 것 같다고 생각했다.

기류는 인내심을 발휘했고, 유디트는 체력을 쏟았다. 정신없이 흔들리는 시야 끝에서 유디트는 야살스럽게 웃으며 기류를 애태웠고, 기류는 그녀를 받아주다가도 어느 순간 쉴 새 없이 유디트를 몰아세우며 안쪽으로 파고 들었다.

불이 꺼진 방 안, 기쁨에 흐느끼는 목소리가 서로를 맹렬히 뒤흔든 밤. 누구라고 할 것 없이 짐승처럼 헐떡이고 본능에 몸을 맡긴 새벽은 길었다. 어둠은 두 사람의 욕망을 은밀히 감췄고, 서로를 충분히 탐닉할 시간을 선물했다.

녹진한 땀과 살 내음. 기다렸다는 듯 접촉이 반복될수록 녹아버릴 것 같은 숨과 행복에 젖은 소리가 허공으로 흩어졌다. 기류의 눈앞이 하얗게 번쩍였고 유디트의 몸이 몇 번이나 들썩였다.

기류의 억척스러운 손길은 가쁜 숨을 내쉬는 유디트를 한계까지 몰아붙였다. 그러다가도 그녀가 너무 힘겨워할 때면 부드럽게 달래며 사랑한다고 속삭이는 걸 잊지 않았다.

유디트의 몸은 등줄기부터 허리를 거쳐 다리까지 이어지는 감각에 쉴 새 없이 움찔거렸다. 참았던 숨을 터뜨릴 때마다 발가락이 곱아들었고, 하반신으로 이어지는 전신의 관절이 삐걱대는 느낌이었다. 정신을 차렸을 땐, 홧홧한 감각을 참지 못하고 정신없이 부여잡은 기류의 등을 할퀴고 있었다.

둘은 긴 밤을 지새운 뒤에도 서로를 꼭 껴안고 잠들었다. 단잠과 함께 나누는 체온은 마치 처음부터 하나였던 것처럼 따뜻했다. 둘은 서로에게서 행복과 평안을 찾은 사람처럼 함께 잠들고, 같이 어슴푸레한 새벽을 맞이했다.

땀에 젖은 기류가 유디트를 끌어안았다. 유디트는 반쯤 감고 있던 눈을 살며시 뜨며 웃었다. 슬슬 이 사람의 팔베개가 익숙해지고 있었다.

"자요……."

"너 자는 거 보고."

기류가 그녀의 이마에 입 맞췄다. 옅은 웃음소리와 함께 유디트가 더욱 가까이 붙자, 기류는 나머지 한쪽 팔로 천 이불을 끌어 덮었다. 머잖아 그녀가 잠들었다.

유디트의 고른 숨소리는 언제나 두방망이질 치는 사내 의 가슴을 달래는 특효약이었다. 기류는 간신히 평정을 되 찾았다.

그리고 언제나, 짧은 경이로움을 느꼈다. 세상에 어떻 게, 나한테 이런 사랑이 생기지. 이런 사람이 나타났지. 마 음 같아선 세상 모르게 잠든 유디트에게 당장에라도 키스 를 퍼붓고 싶었다. 이마. 뺨. 콧잔등. 눈꺼풀. 입술. 어깨. 쇄 골. 목. 아무것도 따질 필요 없어진다면 나는 스물네 시간 내 내 너에게 입 맞추며 괴롭혀 줄 텐데.

기류가 소리 없이 웃었다.

머잖아 유디트를 가만 보는 그의 숨소리도 몰라보게 잠 잠해졌다. 행복이 녹아든 침묵이 침실을 채웠다. 서로의 숨소리만이 시계 초침 소리와 함께 흘러갔다.

밤을 끝내고 함께 잠든 두 사람을 가장 먼저 훔쳐보는 건 아침 햇살이었다.

한참 뒤 따스한 아침을 새소리가 장식했다.

잠이 들었던 기류는 다시금 반짝, 눈을 떴다. 피곤하지 않다면 거짓말이다. 하지만 기류는 이 순간을 맞을 때마다 이루 말할 수 없는 만족감과 행복감을 느꼈다. 그리고 이런 비밀스러운 행복은 저 혼자만 알고 싶었다.

기류는 고이 잠든 연인을 쓰다듬었다. 그러곤 살짝 벌어진 유디트의 입술 위에 키스했다. 그가 흐트러진 유디트의 회백색 머리카락을 한 가닥씩 매만지며 정리했다.

'평생 이대로 있고 싶다.'

너는 모르겠지만, 나는 언제나 네가 간절해. 하얀 이부자리 위로 흐트러진 머리카락 한 올까지 내 이름을 새겨두고 싶어.

네 몸에서 흘러내린 땀방울 하나까지 내가 차지하고 싶어.

언제나 너를 원해. 그리고 너 또한 같은 마음이길 원해.

독점도, 질투도, 욕망도 매일매일 너를 통해 다시 배우고 있어. 사랑은 감히 나를 학생으로 만들더라고.

미친 사람처럼 부르짖게 되는 내 세상의 전부.

그의 세상을 가득 채우는 연인을 바라보며, 기류는 그녀의 머리카락을 가지런히 정리해 주었다.

그녀를 어루만지는 손길은 환한 아침이 찾아올 때까지 멈추지 않았다. 한참 시간이 흐른 뒤에야 기류는 조용히 침실을 빠져나가 주방으로 향했다.

유디트가 눈을 떴을 때는 이미 고소한 냄새가 집 안을

가득 채우고 있었다.

'늦었구나.'

유디트는 하얀 이불을 뒤집어쓴 채 볼을 긁적였다. 체력 좋은 유디트였지만 그녀 또한 사람인지라 격렬한 밤을 보낸 뒤에는 세상 모르게 잠들기 일쑤였다.

그 말인즉슨 뒤처리를 비롯한 아침 식사 준비는 항상 기류가 도맡아 했다는 말이다.

'오늘에야말로 비장의 요리로 기류의 입을 떡 벌어지게 해주겠다고 결심했는데……'

기류는 전혀 신경 쓰지 않는 눈치였으나 유디트의 결의는 매번 훌륭하게 실패하고 있었다.

'……다음엔 꼭 먼저 일어나야지.'

오늘도 똑같은 다짐을 반복하며 유디트가 주섬주섬 이불에서 벗어났다.

"흐……"

맨발이 차가운 바닥에 닿는 느낌이 좋았다. 몸을 부르르 떤 유디트는 가벼운 원피스로 옷을 갈아입었다.

그녀는 뱀 허물처럼 이리저리 널브러져 있는 제복부터 정리했다.

"내가 미쳤지……"

간밤에 벗어 던졌던 제복에는 브릴란테 훈장이 달려 있었다. 유디트를 걸어 다니는 전원주택 다섯 채로 만들어

주시는 훈장이다. 그런데 고이 모셔두기는커녕 차가운 바닥에 밤새 내버려 두었다니.

하지만 어쩌겠는가. 기류와 전쟁 같은 밤을 보낼 때는 누구라고 할 것 없이 이성이 깡그리 날아가는데.

유디트는 단추가 뜯겨 나간 약혼자의 셔츠를 집어 들었다. 그리고 그걸 아주 소중한 물건처럼 껴안았다. 셔츠에서 느껴지는 체향이 코끝을 간지럽혔다. 간밤의 좋았던 기억이 아직도 생생했다. 조금 더 뻐근하게 해주었으면, 이렇게 계속 안아주었으면.

유디트는 기사단 사람은 한 번도 본 적 없는 얼굴로 뺨을 꾹꾹 누르며 부끄러움을 이겨냈다.

옷가지 정리가 끝나갈 때쯤 주방에서 인기척이 났다.

토독. 톡. 타탁!

달아오른 기름에 계란 부치는 소리였다. 동시에…….

'사람 사는 소리네……. 좋다.'

아래층으로 내려가는 계단 앞에서 유디트는 싱겁게 웃었다.

1년 전 이맘때쯤엔 칼리파가 집에 있었다. 하지만 당시의 칼리파는 유디트가 건사해야 하는 친구였다. 다른 사람의 인기척을 느끼고 감회에 젖을 상황은 아니었다.

그에 비하면…… 지금은 모든 게 너무 달랐고, 변화는 유디트를 행복하게 했다.

유디트는 일부러 발소리를 죽여 계단을 내려갔다. 고양이처럼 살금살금 내려간 그녀가 난간 너머로 주방을 흘끔거렸다. 예상대로 기류는 더없이 진지한 눈으로 계란 부침 위에 소금을 뿌리고 있었다.

'오늘은 소금 뿌리네. 계란 부침에 소금을 안 넣었을 때도 있었는데.'

도련님으로 자란 기류다. 그는 계란을 기름에 부치면 무조건 짭짤한 맛이 나는 줄 아는 사람이었다. 간 조절이란 개념이 없었다. 그러니 순탄하게 요리를 익혔을 리 만무했다.

기류는 불 조절에 실패해서 한쪽 면을 그을렸던 건 물론, 소금을 넣지 않아서 밍밍한 계란 부침을 만들던 때도 있었다. 유디트는 그가 만든 요리를 전부 다 먹었고, 기류는 더욱 사명감에 불탔다.

'다음에는 꼭 짭짤한 계란 부침을 만들겠다니, 계획이 원대한 건지 소박한 건지.'

유디트가 성질 급한 노력가라면, 기류는 진득한 노력가였다. 초보적인 실수를 자주 할지언정 번번이 좌절하는 성격이 아니었다.

그리고 그런 모습이 정말 사랑스러웠다. 눈치를 살피며 맛있냐고 물어보는 모습은 귀여웠고, 다음엔 더 잘할 거라는 다짐은 천진난만하게 다가오기까지 했다.

태우지 않은 짭짤한 계란 부침을 만들기 위해 각고의 노력을 아끼지 않는 후작이라니. 후작가 사람들이 보면 기절할 테니 유디트의 집에서만 연습한다는 것도 그다웠다.

어느새 유디트의 입가에 웃음이 떠올랐다. 발소리를 죽인 그녀가 주방으로 다가갔다. 그리고 까치발을 한 채 기류를 뒤에서 껴안았다.

"잘 잤어요?"

"일어났어?"

기류가 한쪽 팔을 들어 그녀를 어깨부터 끌어안았다. 그가 몸을 비틀며 유디트의 이마 위에 입술을 찍어눌렀다.

유디트가 경계를 푼 고양이처럼 비비적거리자, 기류는 방금 막 접시에 올린 계란 부침을 옆으로 치웠다.

"왜 맨발이야. 발 시리게."

"이게 좋은걸요."

"안 돼. 감기 걸려."

그가 유디트를 살짝 들어 올리곤 그녀의 맨발을 제 발등 위에 올렸다.

"이러니까 예전 생각나지 않아?"

기류가 웃으며 그녀를 꼭 끌어안았다.

유디트는 그 '예전'이 언제인가 싶어 갸웃거리다가 웃음을 터뜨렸다.

"그러네요. 좋아요."

이제는 엇갈림조차 추억으로 남은 연회 때를 떠올리며, 그녀가 기류의 발등을 춤추듯 사뿐사뿐 밟았다. 기류는 예전처럼 거뜬히 그녀를 붙들었다.

사람이든 뭐든 겉만 봐서는 모른다지. 기류에게 꼭 들어맞는 말이다. 단둘이 있을 때면 기류의 스킨십은 그녀의 상상을 뛰어넘었다. 깍지를 끼면 손가락에, 눈이 마주치면 얼굴과 이마에 입을 맞춰댔다. 식사 때도 별반 다를 건 없었다. 아니, 한술 더 떴다.

"기류. 멀쩡한 의자가 불쌍하지도 않아요?"

"전혀? 허전한 내 다리가 더 불쌍한데?"

유디트는 기가 막혔다.

기류는 무릎을 탁탁 치며 여기 앉으라는 듯 그녀에게 졸라댔다. 물론 유디트는 고개를 돌려 버렸다. 너무 자주 받아주면 버릇이 나빠지니까.

하지만 기류 르왈흐메이는 1절만 하지 않는 남자였다. 옆자리에 앉은 그가 또다시 키스하려 들었기에, 유디트는 끝내 포크로 찍어둔 소시지를 기류의 입안에 집어넣었다.

"키스 금지!"

"어무해……."

"밥 먹을 땐 안 돼요! 저 그런 거 싫어요."

유디트는 한 끼 식사가 얼마나 귀한 노동 끝에 주어지는 건지 되새기면서 자랐다. 막말로 밥 먹을 때는 개도 안

건드린다고 하지 않나.

"……알겠어."

기류가 상심한 얼굴로 포기했다. 그가 테이블에 턱을 괸 채 유디트를 빤히 보았다. 옆자리에서 쏟아지는 시선이 워낙 열렬했기에 제아무리 뻔뻔한 유디트라도 깔끔하게 무시하기는 힘들었다.

"무슨 생각 하는지 맞춰볼까요? ……은근슬쩍 한 번 더 할 생각하고 있죠?"

"아침부터 내가 그렇게 엉큼한 놈으로 보였단 말야?"

"생각했죠?"

"했습죠."

기류가 순순히 인정했다.

유디트는 으이구, 라는 얼굴로 포크를 휘휘 흔들었지만 내심 그런 엉큼함이 싫지만은 않았다.

……솔직히 말하면 좀 좋았다. 못 이기는 척 넘어가 줄까 싶기도 했다.

오십보백보인 둘이었다.

"그래도 오늘은 안 돼요. 할 일이 있으니깐."

유디트가 스스로에게 들려주듯 말했다. 기류는 건강하면서도 엉큼한 욕망을 꾹 누르며 대답했다.

"알겠어."

'그래도 좀 아쉬운데.'

기류에게 있어서 유디트의 실내 원피스 차림은 새로운 시험 과제였다. 편안하고 하늘하늘한 실크 소재의 원피스라니. 잘 다린 기사단 제복을 입었을 때와는 백팔십도 다른 분위기를 풍겼다.

유디트의 움직임에 맞춰서 원피스 밑단과 소매가 나부끼는 모습을 볼 때면, 네가 날 어디까지 사랑할 수 있을지 시험해 보겠다는 것처럼 느껴졌다. 바야흐로 기류가 바닥없는 사랑을 맹세하게 만드는 매시 매분 매초였다.

어떨 때는 평생 나만 알고 싶은데, 또 어떨 때는 세상 모든 사람에게 자랑하며 품고 싶어지는 마음이다. 한때나마 이런 마음을 부정하려 했던 게 얼마나 부질없는 짓이었는지 실감하고 만다.

"사랑해, 유디트."

"……저도요."

"정말, 정말 많이 사랑해."

"……."

"오늘도 많이 사랑해."

"바, 밥 좀 먹고요! 키스는 좀 이따 해!"

유디트가 벌겋게 달아오른 얼굴로 소리쳤다.

기류는 유쾌하게 폭소를 터뜨렸다.

❋　✳　❋

유디트는 뭐든 직접 하는 걸 선호했다. 하지만 그래도 그렇지.

"이 울타리 꼭 고쳐야 해? 텃밭 가꾸는 것도 없는데?"

"미리미리 고쳐둬야 여차할 때 채소라도 심죠."

"하지만 결국 망치 든 사람은 나잖아."

"제가 고치겠다는 걸 기류가 빼앗아 갔잖아요?"

"아니, 그건……."

불면 날아갈까, 쥐면 부서질까 떠받드는 연인께서 망치로 손가락을 세 번 찍었다. 가만히 보고만 있을 남자가 세상에 어딨나.

"하기 싫으면 도로 주세요."

"……아냐. 난 세상에서 못질이 제일 좋아."

기류는 입을 꾹 다물고 못을 내려쳤다.

"그래도 이 정도면 사람 불러서 해도 될 텐데……. 집에 사람 오는 거 싫어?"

"싫은 건 아닌데, 부를 시간이 없으니까?"

유디트가 어깨를 으쓱였다.

"그리고 이상하게 방문하는 사람마다 두리번거린단 말이에요. 뭐 훔쳐 갈 거 없는지 파악하는 도둑처럼."

"워, 수도에서 가장 유명한 기사 집이니 궁금한 거야."

기류가 친절하게 정정해 주었다.

"그럼 앞으로도 사람 쓸 생각 없겠네."

"글쎄요…… 안 그래도 좀 고민 중이긴 해요."

"고민? 무슨 고민?"

유디트가 기류 곁에 앉았다. 봄이라 그런지 햇볕이 데워 둔 지면이 따뜻했다.

"계획 없이 집을 비우는 일이 잦아졌잖아요? 저택 관리 가 생각보다 어렵더라고요."

유디트가 망가진 텃밭 울타리를 콩콩 쳤다. 마수 토벌로 저택을 비울 때는 그나마 준비할 시간이라도 있지, 올가 황제가 계획에 없는 외유를 나갈 때면 유디트의 일상도 함께 갈려 나갔다.

"집안일을 직접 하는 건 익숙한데 저택 보수하는 건 좀…… 힘에 부쳐요."

저택에서 살아본 경험이 없는 유디트다. 그녀는 넓은 집을 건사한다는 게 이렇게 힘들 줄 몰랐다. 새로운 깨달음이었다.

"작년 겨울에 고드름 달려 있던 거 떼어내는데 고생한 것만 생각하면……."

"그거 엄청 위험했지."

기류가 심히 동의한다는 듯 고개를 끄덕였다. 겨울철 저택 지붕에 사람 팔뚝만 한 고드름이 달리면 그만한 흉기가 또 없다. 언제 떨어질지 모른다는 게 제일 무서웠다.

"사람 쓰고 싶긴 해요. 저택 보수도 그렇고, 집안일이 보통 힘든 일이어야죠."

유디트는 아무리 태연해지려 해도 노동량을 돈으로 환산하는 타입이었다. 그리고 가사 노동은 직접 하면 돈이 들지 않는다.

하지만 슬슬 인정해야 했다. 황제 호위, 토벌 임무, 기사단 훈련 감독을 끝내고 집으로 돌아왔을 때는 제 손으로 식사를 챙길 기운도 없었다. 슬슬 돈으로 해결할 수 있는 건 해결해 버리자, 그런 생각이 들고 있었다.

"저택 관리인 겸 가사 도우미를 한 명 쓰는 건 어때?"

"괜찮은 사람 있어요?"

"당장 떠오르는 사람이 몇 명 있어. 하지만 우리가……."

기류가 갑자기 하던 말을 멈췄다.

"우리가?"

"……."

"……기류?"

세상엔 사람을 미치게 만드는 방법이 두 가지 있는데, 하나는 말을 하다가 중간에 끊는 것이고, 다른 하나는…….

"기류."

유디트의 인내심이 1분 만에 바닥을 드러냈다. 이만큼 답답한 건 작년에 길고양이에게 밥을 준 이래로 처음이다. 도대체 언제 먹나 싶어서 빤히 바라보고 있던 때만큼 답답했다.

기류는 어느새 못질을 끝내곤 망치를 내려놓았다. 그가

뜸을 들인 뒤 말했다.

"우리 저택에서 일하는 사람한테 말하면, 괜찮은 사람 소개해 줄 거야."

"지금 그 말 하려고 질질 끈 거예요? 난 또……!"

유디트가 무어라고 종알거렸다. 그러나 기류는 오랜만에 그녀의 말을 한 귀로 흘려들었다.

'우리가 집을 합치는 게 제일 빠를 거야.'

그 말이 당장에라도 입 밖으로 튀어나올 것 같아서.

매일 이랬다. 너 나한테 언제 올래, 아니면 언제쯤 너한테 가도 되는 거야, 그런 말이 튀어나올 뻔해서 입을 다문다.

기류는 인내심이 좋은 편이 아니었음에도 사랑하는 상대를 위해서라면 참는 사람이었다. 유디트가 흑기사단장이라는 어려운 선택을 한 만큼 그녀의 마음을 지켜주고 싶었고 가정을 이루는 건 조금 나중으로 미루어도 괜찮다고 생각했다.

그런데도 종종 이런 마음이 불쑥 튀어나왔다. 나 너랑 결혼하고 싶어. 세상에 우리 둘만 들어갈 수 있는 집이 있으면 거기에서 너하고만 살고 싶어. 많이 봐주면 셋, 아니면 넷이서 사는 거지. 너와 나를 닮은 아이 둘까지.

그렇게 넷이서만 살자. 나하고 살아주라. 내 가족이 되어주세요. 부디 내 곁에 있어주길.

그런 말이 종종 목 끝까지 차올라서 찰랑찰랑 흔들렸다.

"그러니까 그런 사람 있으면……. ……기류, 듣고 있어요?"

"아, 어? 어?"

유디트가 부루퉁한 얼굴로 그를 노려보았다. 기류는 그제야 정신 차렸다. 그가 뒤늦게 물었다.

"미안, 뭐라고 했어?"

"됐어요. 말 안 해."

유디트가 휙 고개를 돌렸다.

기류가 뒤늦게 이크, 하며 수습에 들어갔다.

"내가 잘못했어, 응? 한 번만 더 말해주면 딱 들을게. 딱."

뒤늦게 기류가 그녀를 덥석 껴안았다.

처음에는 정말 기분이 상했던 유디트였지만, 이내 다정하게 달래는 말이 좋아서 그녀는 계속 토라진 척했다. 그러자 기류가 마지막 수단을 꺼냈다.

"세상에서 제일 예쁜 내 기사님, 화 좀 풀어주시면 안 될까요?"

"……."

"기분 풀리기 전까진 안 떨어질 겁니다. 찰거머리처럼 이렇게 꼭 붙어 있을 거라니까요, 응?"

그가 유디트를 꼭 끌어안았다.

"……됐어요."

지성이면 감천이라고 유디트의 화는 금방 풀렸다. 기류가 온 힘을 다해 귀엽고 무해한 남자인 척 애교 부린 덕분이었다.

데상이 있었다면 제 이마를 팍팍 쳤을 만큼 색다른 모습이지만, 기류는 최근 적절한 애교가 얼마나 큰 파괴력을 갖추는지 알게 된 참이었다. 그가 직접 익히며 안 것도 있고, 유디트를 통해 겪으며 실감하기도 했다.

"……또 딴생각하면 벌금이에요."

"응, 안 할게."

"진짜로 벌금 물게 할 거예요. 비싸게!"

"네, 알겠습니다!"

기류가 거듭 약속했다. 그가 유디트를 일으켜 세운 뒤 품 안에 꼭 가두며 물었다.

"어떤 사람이 필요해?"

"저택 관리랑 집안일을 둘 다 할 줄 알고, 이왕이면 정원을 돌볼 줄 아는 사람이면 좋겠어요."

"정원? 꽃 심으려고?"

"집에 녹색식물이 있으면 좋은 거 같아서요."

"셴이라도 심어줄까? 완두콩 머리라서 연두색이긴 해. 본인이 꽃처럼 아름답다고도 하고."

"그런 시끄러운 꽃은 싫어요. 취향이 아니에요."

유디트가 투덜거렸다. 두 사람은 셴 본인이 들으면 댁들도 내 취향 아니라고 소리를 질렀을 만한 대화를 태연히 나눴다.

"정원에 관심이 있는 줄은 몰랐는데……."

"아까워서 그래요. 텃밭도 있고, 연못 만들 공간도 있는데 내버려 두니 좀 그래서."

유디트는 왠지 변명하는 말투였다. 기류는 키득키득 웃었다.

"하고 싶으면 하는 거지. 음, 그치만 이 저택에 정원을 만들려면 우선 모종부터 옮겨 심어야 할걸?"

"모종은 어디서 구하는데요?"

"보통은 사 오거나, 정원이 있는 집에서 나눠 받거나?"

"흐으음……."

유디트는 저를 안고 있는 팔에 얼굴을 기댔다. 더운 숨이 기류의 피부로 스며들었다.

"그럼 루이한테 좀 나눠 달라고 할까."

"……."

유디트는 저를 뒤에서 안고 있는 기류의 표정을 보지 못했다.

한참 뒤 기류가 살짝 낮아진 목소리로 말했다.

"그러지 말고 우리 집에 놀러 와."

"네?"

"우리 집 말이야. 아직 한 번도 온 적 없잖아."

유디트는 간격을 두고 깨달았다.

"르왈흐메이 후작저요?"

"응."

"후작저요……. 네, 한번 가긴 해야죠."

유디트가 떨떠름한 말투로 대답했다.

"전부터 궁금했던 건데, 혹시 뭐 놀러 오기 싫은 이유라
도 있어?"

기류는 유디트의 어깨를 돌려서 마주 보았다.

"네?"

"꺼리는 이유라도 있나 싶어서. 매번 초대해도 다음에
가겠다고 둘러댔잖아."

"……눈치챘어요?"

"당연하지."

나름대로 잘 속여 넘기고 있다고 생각했는데 전혀 아니
었던 모양이다. 유디트는 슬그머니 몸을 돌리려 했으나 실
패했다. 기류가 그녀를 다부지게 붙잡고 있었다.

"뭐 때문에 그래?"

오가는 사람이 많은 르왈흐메이 저택과 비교하면, 유디트
의 사저는 방문객이 없어서 둘이서만 지내기에 딱 좋긴 했다.

하지만 사귄 지 1년이 넘었다. 그간 몇 번이나 후작저에
초대했는데도 유디트는 항상 다음을 기약했다. '일 때문에
못 갈 것 같다'라고 둘러대긴 하는데, 기류는 유디트의 일
정을 모르려야 모를 수 없는 입장이었다. 그녀는 이런저런
이유로 둘러대며 후작저 방문을 피하는 게 확실했다.

"화 안 났죠?"

"전혀."

"정말요?"

"왜 화를 내겠어. 그럴 이유가 없잖아."

기류가 피식 웃었다.

"화 안 났어. 나 좀 믿어봐."

그가 유디트의 뺨에 가볍게 입 맞췄다.

"그럼 다행이고요……."

유디트는 그제야 마음이 좀 놓였다. 기류는 어지간해서는 전부 웃으며 넘어갔고 장난으로라도 화내는 척하지 않는 사람이다.

하지만 다정한 사람일수록 화가 나면 더 무서운 법. 실은 고슴도치처럼 반사적으로 가시를 세우는 저보다도, 이 사람이 화를 내면 더 무섭게 돌변하는 게 아닐까……. 요즘 종종 그런 생각이 들기도 했다.

'청문회 때 제르멜한테 장갑을 던졌을 정도니까.'

"유디트, 혹시 끝까지 비밀로 삼을 만한 이유인 거야?"

"아. 그…… 게 말이죠."

유디트는 점차 진지해지는 기류의 눈빛을 마주했다. 결국, 그녀가 먼저 백기를 들었다.

"싫은 이유라고 하긴 좀 그런데……."

"뭐가 있긴 있구나?"

유디트가 고개를 수그렸다.

"웃지 말고 들어줄래요?"

"응. 뭔데?"

"정말 절대 웃지 말아요?"

"알겠어."

유디트가 신신당부했다. 그녀는 짧은 갈등 끝에 입을 열었다.

"기류, 당신도 알다시피 전 황궁에 자주 드나드니까 예법을 익힌 건 맞지만, 귀족 간의 상식은 전혀 몰라요. 예절 교육받은 적도 없어요."

"응, 그런데?"

기류가 눈을 끔뻑였다.

"그러니 비웃지 말고 알려주세요. 저는 오렌지색 슬리퍼를 신어야 하나요?"

"……뭐?"

긴 침묵 끝에 기류가 외마디로 반문했다.

"보라색 슬리퍼를 신자니 그건 좀 아닌 것 같고…… 하지만 분홍색을 신자니, 아직 좀 망설여지는걸요."

"잠깐만, 잠깐만. 그게 다 무슨 소리야? 슬리퍼라니?"

"손님용 슬리퍼 말이에요."

유디트가 사뭇 진지한 얼굴로 말했다.

"귀족가는 초대 손님이 무슨 색 슬리퍼를 신었는지에 따라 응대하는 방법이 다르다면서요. 그래야 실수 없이 응대를……."

"……."

"……아니군요."

"아니야."

"제가 속은 거죠?"

기류의 얼굴이 일그러졌다. 그는 입술부터 말아 물었
다. 유디트는 주먹 쥐며 웃음을 참는 기류를 보며 자신이
속았다는 걸 깨달았다. 그녀가 뒤늦게 버럭 소리쳤다.

"레이먼이 그랬단 말이에요! 초대받은 손님은 일단 응접
실 앞에서 신발을 벗고 실내용 슬리퍼를 신어야 한다고!"

"그걸 믿었어?"

"처음엔 안 믿었어!"

하지만 나중에는 믿었다. 너니까 알려주는 거다, 나중
에 단장님 저택에 초대받았다가 개망신당할까 봐 걱정이
라 오지랖 부려주는 거다. 그런 말에 홀라당 믿어버렸다.

"……젠장. 됐어요. 그냥 웃어요."

유디트가 반쯤 포기한 얼굴로 말했다. 그러자 기다렸다
는 듯 웃음을 참던 기류가 폭소를 터뜨렸다. 청명한 하늘
을 울리는 웃음소리가 유쾌했다. 유디트는 한 손으로 얼굴
을 감싸 쥔 채 다짐했다.

'레이먼 죽인다. 뼛가루만 남을 때까지 태워 버린다.'

살벌한 다짐이었다.

기류가 가쁜 숨을 몰아쉬며 물었다.

"분홍색, 오렌지색은 뭔데?"

"……생판 남이면 보라색, 친척이나 가족 될 사람이면 분홍색, 귀한 초대 손님은 오렌지색을 신어야 한다고…… 신신당부를 했어요."

유디트가 참담한 기분으로 대답했다. 마치 엊그제처럼 생생한 반년 전의 대화를 떠올리며, 유디트가 이를 갈았다.

"귀빈은 오렌지색 슬리퍼를 신어야 한다고? ……너 역시 날 속이는 거지? 오렌지색은 마리골드 백작가에서 독점한 색이잖아."

"바보야, 그 독점 색을 쓴 슬리퍼가 귀빈용이라서 집마다 한 켤레씩 꼭꼭 사 둔단 말야. 루이네가 그래서 돈이 많은 거야! 가만히 앉아서도 오렌지색 슬리퍼로 떼돈을 번단 말이다!"

"……아, 그렇구나."

아는 무슨! 그렇기는 개뿔! 유디트는 너무 쉽게 믿어버린 저 자신을 잡고 짤짤 흔들고 싶어졌다.

"……진짜 죽일 거야, 레이먼……."

그녀는 반드시 레이먼을 다진 고기로 만들겠다고 맹세했다.

실컷 웃은 기류는 뒤늦게 살벌한 유디트를 보고 말했다.

"난 아무것도 못 들었어."

"이미 다 듣고 웃었잖아요. 늦었어!"

"못 들었다, 못 들었어!"

기류가 유쾌하게 대답하며 그녀를 공주님처럼 안아 들었다. 유디트는 부끄러워서 그의 가슴에 얼굴을 폭 파묻어 버렸다.

＊　＊　＊

그리하여 이틀 후.

데샹에게 구제 불능 도장을 100번째 찍힌 기류는 아랑곳하지 않고 즐거운 마음으로 마차에 올랐다. 후작저로 가는 길에 예쁜 분홍색 슬리퍼도 샀다. 마리골드 백작가에서 운영하는 상단에 들러 오렌지색 슬리퍼도 사 왔다.

"이야…… 정말 믿기지 않네. 슬리퍼 하나 때문에 이제야 초대를 받아주다니……."

"그만해요. 당장 돌아가 버리기 전에."

유디트가 마른세수를 했다.

두 사람을 태운 마차가 르왈흐메이 후작저로 들어섰다. 후작저는 커다란 훈련장이 인상적이었다. 기사단 본부만큼은 아니지만 잘 갖춰진 훈련 시설이었다. 열정적으로 훈련에 임하는 기사들을 보고 있으니 여기가 기사단인지 후작저인지 헷갈릴 지경이었다.

'기류는 이래서 기사단을 한량처럼 거닐었구나.'

기사단에서도 유유자적, 긴장감 없던 기류의 태도가 단번에 납득되는 순간이었다.

그러나 훈련장을 지나니, 분위기가 사뭇 달라졌다. 넓은 산책로와 깔끔한 화단이 유디트를 반겼다. 머잖아 본관이 모습을 드러냈다. 옛 건물다운 고풍스러운 외관에서 역사가 느껴졌다. 잘 정돈된 관목에 둘러싸인 저택은 고즈넉한 느낌을 주었다. 부산스럽던 훈련장과는 사뭇 다른 모습이었다.

마차가 멈췄다. 기류는 유디트보다 한발 앞서 내렸다. 활짝 열린 마차 문 안쪽을 향해, 그가 뿌듯한 얼굴로 팔을 벌렸다.

그리고 오랫동안 기다려 왔던 손님을 향해 말했다.

"어서 와."

"실례합니다."

볼을 발갛게 물들인 유디트가 기류의 손을 잡고 마차에서 내렸다.

르왈흐메이 후작가 사용인들은 손님에게 분홍색 슬리퍼를 신기려는 기류를 이상하게 바라보았다. 손님용 슬리퍼가 따로 있는데 대체 왜 저런단 말인가.

하지만 젊은 주인은 오늘따라 즐겁고 행복해 보였다. 주인의 행복이 사용인의 행복인지라, 신기하게 바라보던 나이 든 집사와 씩씩한 하녀도 곧 마중을 끝내고 제 할 일을 찾아 떠났다.

유디트는 기류의 성화에 못 이겨 분홍색 슬리퍼를 신었다. 슬리퍼를 신으니 기류가 더 바랄 게 없다는 듯 활짝 웃었다.

"자꾸 웃지 말아요. 고작 슬리퍼 하나 신은 걸로."

"웃음이 나오는 걸 어떡하라고."

"바보."

"그래, 나 오늘부터 바보 한다."

유디트도 그가 평소보다도 들떴음을 금방 눈치챘다.

사실이었다. 기류는 몹시 기분이 좋았다. 보는 눈만 없었다면 그녀를 공주님처럼 안아서 저택을 하나부터 열까지 누비며 소개하고 싶었다.

"이쪽이 음악당이고, 저쪽으로 가면 응접실. 저쪽은 식당이고……."

"오늘 다 돌아볼 순 있는 거죠?"

"그럼. 길 잃지만 않으면 충분히."

"기류, 기분 엄청 좋은 거 티 나요."

"집에서는 좀 내도 돼. 밖에선 안 내니까."

그가 뻔뻔하게 대답했다.

누군가를 사랑하게 되니 비로소 실감하는 마음이 있다. 내가 자란 곳. 내가 좋아하는 음악, 그림, 음식. 나를 행복하게 만드는 걸 사랑하는 사람과 나누고 싶은 마음이다. 내가 좋아하는 걸 너도 좋아해 주었으면. 알아주었으면, 이해해 주었으면 하는 마음.

사랑에 빠진 자는 본능적으로 제 마음 안에 든 걸 상대와 나누려 드는 모양이다. 그것도 돈으로도 살 수 없는 귀한 시간을 써서.

"좀 진정해요."

보다 못한 유디트가 그를 진정 시켰다. 그녀가 손을 뻗어서 기류의 따뜻한 뺨을 쓸었다.

"서재부터 구경하고 싶은데 천천히 안내해 주시겠어요, 르왈흐메이 후작님?"

"기꺼이 그리하지요, 기사님."

기류가 그녀의 손을 꼭 잡았다. 함께하는 시간이 크림처럼 달콤하고 부드러웠다.

❋　✳　❋

유디트는 머잖아 짧은 식견을 한탄했다.

'서재가 네 개나 될 줄이야.'

이럴 줄 알았으면 정원부터 보여 달라고 할 걸 그랬다. 적어도 정원은 하나일 테니까.

'잠깐, 하나 맞겠지?'

갑자기 불안해졌다.

"유디트? 바깥이 신경 쓰여?"

"밖에서 사람들이 뭘 준비하는 것 같아서요."

"아, 그거? 점심 식사 준비일 거야. 정원에서 먹는 거 괜찮지?"

"네, 좋아요. 정원은 저기 한 곳이죠?"

"아니? 두 곳 더 있는데?"

유디트가 잠시 침묵했다.

"……오늘 다 둘러보긴 힘들겠네요."

그녀가 조용히 창가에서 멀어졌다.

기류가 안내한 서재는 어디라고 할 것 없이 모두 어마어마한 장서량을 자랑했다. 꼼꼼하게 청소했는지 먼지 쌓인 선반은 한 곳도 없었다. 유디트가 책장을 손끝으로 훑으며 신기하다는 듯 물었다.

"책을 이렇게 많이 가져다 뒀는데, 기류는 학자가 아니라 기사가 된 거예요?"

"말도 마. 어릴 때 얼마나 힘들었는데? 아버지 잔소리 때문에 낮에는 수련하고 저녁에는 공부하고!"

기류가 기억을 떠올리기만 해도 끔찍하다는 듯 몸서리쳤다.

"아카데미에 가겠다고 약속한 다음 싹 때려치웠지만. 안 그랬으면 난 비쩍 마른 미라가 됐을 거야. 지금쯤 죽었을걸."

"그거 다행이네요. 미라나 학자보다는 기사가 낫지."

기사로 사는 건 목숨을 반쯤 내놓는 것과 마찬가지다. 그래도 유디트는 그가 기사가 되어 다행이라 생각했다.

'검 대신 펜을 굴리는 기류라니.'

좀처럼 상상이 가지 않는 모습일뿐더러, 에테르 마스터가 하는 재능 낭비치고는 좀 심했다.

유디트는 르왈흐메이 가주만이 드나들 수 있다는 주인 서재를 제외한 세 곳을 전부 돌아보았다. 그러다 마지막 서재에서 걸음이 멈췄다.

"여긴 분위기가 좀 다르네요?"

진녹색 커튼이 멋스러운 분위기를 풍기는 서재였다. 유독 푹신푹신한 카펫, 자그마한 소파와 의자. 유디트의 허리밖에 오지 않는 낮은 높이의 책장.

"혹시 여기……."

"눈치챘어? 맞아. 내가 어릴 때 쓴 서재야."

기류가 순순히 대답했다.

"좀 더 정확하게 말하면, 나랑 내 동생이 썼던 서재? 이 방은 내게 좀 특별하거든. 일부러 르왈흐메이 영지에 있던 가구를 전부 가지고 올라왔어."

"그렇군요. 데샹 경도 같이 썼나 봐요?"

"응."

유디트는 책장 옆에 그어져 있는 선을 발견했다. 누구 키가 더 크게 자랐는지 비교해 보는 키 비교 선이었다.

'기류는 어릴 적부터 키가 컸구나.'

유디트는 어린 기류의 키를 어림잡아 비교해 보다가 그만 웃음을 터뜨렸다.

"왜 웃어?"

"이상해서요, 기류가 요만했을 걸 생각하면 상상이 안 가."

기류가 머쓱한 얼굴을 했다.

"그래도 나는 어릴 적부터 큰 편이었어. 덕분에 비교당하던 데샹이 속 좀 끓였지."

"아하……?"

유디트는 데샹의 투덜대는 성격이 어디서 왔는지 실마리를 찾았다.

유디트가 세 개의 선 중 하나를 가리키며 물었다.

"그럼 동생은요? 이쪽도 작아 보이는데요?"

"아, 그건…….."

기류가 잠시 뜸을 들였다.

"동생은 나랑 어머니가 달라서 그래."

"네?"

"우리 어머니는 내가 어렸을 때 돌아가셨거든. 알펜은 양어머니가 낳은 동생이야."

만약 이 자리에 데샹이 있었다면 깜짝 놀랐으리라. 기류는 좀처럼 다른 이에게 제 집안 사정을 자세히 소개하지 않았다. 심지어 이든 앞에서도 이런 말은 한 번도 꺼낸 적이 없었다.

유디트가 신기하다는 듯 그를 바라보았다. 귀족 가에서

함께 자란 형제들은 어릴 적부터 사이가 몹시 나쁘거나, 경쟁하는 관계로 자라는 경우가 많았다.

따라서 과한 경쟁을 막기 위해 일찌감치 후계자 한 명을 선택하고 나머지 형제들은 작위 계승자를 돕도록 가르치는 게 일반적이었다. 그렇게라도 하지 않으면 경쟁 상대를 제거하려 드는 일이 너무 많았으니까.

계승권 싸움에서는 형제라도 예외는 없었다. 당장 황가만 하더라도 후계자 결정 때문에 난장판이 된 형국 아닌가. 하물며 친모도 아닌 후처가 낳은 자가 동생이라니.

빤히 바라보는 유디트의 눈빛만으로도 그녀가 하고 싶은 말을 눈치챘는지 기류가 쑥스럽다는 듯 덧붙였다.

"……왜. 절반이나 피가 이어져 있으면 내 동생 맞지, 뭘. 왜."

"사이가 좋았나 봐요?"

"어릴 때? ……전혀!"

그가 웃어버렸다.

"내가 알펜을 얼마나 미워했는데. 걔가 나한테 쥐어뜯긴 머리카락이 빗질로 뽑힌 것보다 많을걸?"

기류가 그녀에게 손짓했다.

유디트는 다정한 목소리에 이끌려 다가갔다. 기류가 선 곳은 녹색 표지로 된 일기장이 정갈히 꽂힌 책장 앞이었다.

"설마 기류가 쓴 일기인가요?"

"아쉽지만 아니야. 우리 어머니가 평생 쓰신 거야."

유디트는 신기하게 책장을 바라보다가 일기가 느슨하게 기울어져 있는 빈틈을 발견했다.

"14번째 일기장만 없네요?"

"알펜 방에 있어. 걘 항상 14번째 일기장을 좋아해서 훔쳐 갔다가 나한테 걸려서 혼나고 미움받고 그랬어. 그러다 데샹이 찾아와서 말리고 중재하고⋯⋯. 어릴 적엔 난리였지."

기류는 그 시절마저도 그립다는 듯 손끝으로 책장을 톡톡 두드렸다.

"알펜은 검술에는 영 소질이 없었는데, 나 때문에 주눅이 많이 들어 있었거든. 나는 후계자로 자랐다 보니 동생이라는 게 움츠러든 모습만 보이는 게 꼴 보기 싫어서 혼도 많이 냈어."

"악순환이었네요."

"맞아. 악순환, 딱 그거였어."

기류는 일기장을 고르게 꽂은 다음 유디트의 손을 잡아끌었다. 두 사람은 소파에 풀썩 쓰러지듯 함께 앉았다.

어린 기류가 앉았을 때는 온몸을 푹 안아주듯 폭신폭신했을 소파이나, 지금은 두 사람이 함께 앉으니 비좁았다.

"언제 사이가 좋아졌나요?"

"음⋯⋯ 알펜이 승마를 배우기 시작했을 때부터?"

"기류가 제일 크게 후회했다던 그때요?"

"응. 내가 고삐를 느슨하게 잡아서 같이 굴러떨어졌거

든. 알펜은 다리를 다쳤고. 그걸 계기로 사이가 좋아졌어.”

유디트는 기류의 무릎에 몸을 기댔다.

기류는 넓은 서재를 반도 채우지 못할 만큼 작은 목소리로 이야기를 시작했다. 대부분이 유년 시절 이야기였다.

소년이었던 기류가 알펜의 머리카락을 한 움큼 쥐었다가 그대로 뽑아버린 일. 알펜이 대머리가 되면 사과하라며 데샹에게 혼났던 사건. 반성의 의미로 ‘나는 빡빡이입니다!’ 하고 외쳤던 결말.

알펜이 말에서 떨어지며 다쳤던 날.

데샹과 함께, 공부하던 알펜을 데리고 나가서 놀다가 깜빡 잠들었던 사고. 그 바람에 백작가 사병들이 찾아다니고, 세 사람 모두 혼이 나서 반성문을 성서처럼 길게 썼던 것까지.

유디트는 웃으며 그 이야기를 들었으나, 희미한 안타까움을 느꼈다. 즐겁게 설명하던 기류의 얼굴에 설핏설핏 그리움과 쓸쓸함이 스쳤기 때문이다.

마침내 이야기는 깔끔하게 끝났다. 의사가 된 알펜이 마수에게 죽고, 기류가 기사단장직을 받아들이는 결말이었다.

결말 뒤에도 이야기가 있다면, 그건 그가 유디트와 만난 일이다.

“……열심히 살았네요.”

“푸하하!”

“정말요. 열심히 잘 살았네요, 내 약혼자.”

유디트가 손을 뻗어 기류의 뺨을 쓸었다. 말없이 몇 번이고. 이런 손짓 하나로 당신에게 위로를 건넬 수 있다면 더 바랄 게 없었다.

"그래. 나 열심히 살았으니 칭찬 많이 해주세요."

기류가 그녀의 손을 매만졌다.

"너는 어땠어?"

"저요? 저도 기류만큼 열심히 살았죠."

유디트가 일부러 당돌하고 활기차게 대꾸했다.

유디트는 요양원 빚을 갚으며 지냈던 일을 길게 설명하지 않았다. 대신 닥치는 대로 마수를 잡으며 돈을 벌다가, 더 인정받는 기사가 되어야 할 것 같아 냉큼 훈련소로 굴러들어 갔던 때를 즐겁게 설명했다.

본래 두 사람 다 각자의 인생에 충실했던 사람들인지라, 맨살을 드러낸 불행을 핥아주며 눈물만 뚝뚝 흘리는 일은 벌어지지 않았다.

기류는 특히 그녀를 가르쳐 주었다는 선생님에게 큰 흥미를 보였다.

"4년 동안 수업료를 한 푼도 안 받고 가르쳐 줬다고? 정말 그런 사람이 있구나……."

"놀랍죠? 저는 운이 좋았어요."

유디트가 웃으며 말했다.

"저한테는 은인 같은 사람이고, 아버지 같은 사람이에요."

마부는 말에 치여 죽는 경우가 가장 많았다. 유디트의 아버지 또한 마찬가지였다. 그녀의 아버지는 평생 마부로 살았고, 말에 치여 돌아가셨다. 유디트의 어머니는 그 점을 통탄스럽게 생각했다. 하여, 유디트가 기사로 사는 것을 못내 꺼렸다. 기사는 검에 찔려 죽을 일이 가장 많다는데, 혹여 딸이 부모와 똑같은 일을 겪으면 어쩌나 싶어서였다.

선생이 공짜가 아니라 돈을 받고 검을 가르쳐 주는 사람이었다면 유디트는 집안 형편 때문에라도 검은 배우지 못했으리라.

그래서 유디트는 항상 제가 운이 좋았다고 생각했다. 악착같이 검을 배우길 잘했다고 생각했다.

운명이 유디트에게 내민 선택은 하나같이 미래가 보이지 않았으나, 그중 몇 개에는 행운이 얇게 발려 있었다. 그리고 손에 묻어난 행운으로 쥔 검은 현실을 열어젖힐 힘을 주었다.

"지금은 어디서 뭐 하고 지내는데?"

"누구요? 선생님?"

"응."

"글쎄요? 마지막으로 알아봤을 때가 언제였더라. 그땐……."

머잖아 유디트의 입이 굳었다.

'그러고 보니…….'

선생의 소식을 마지막으로 알아봤던 건 회귀 전이다. 흑기사단에서 사람을 부려 소식을 알아 오라고 했던 때.

선생은 베르텔기우스 지방에서 목숨을 잃었다고 했다. 광룡 폭주로 레이먼을 비롯한 많은 황실 기사가 죽자, 에드워드 2황자는 각지의 황실 기사를 수도로 불러들였다. 그러자 그 여파로 지방에는 마수를 상대할 인력이 부족해졌고, 현역에서 물러난 기사까지 은퇴를 번복하며 전선으로 내몰렸다. 선생은 그때 죽었다고 했다.

"……."

하지만 지금이라면?

"……그땐?"

"……."

"유디트?"

대답을 기다리던 기류는 중간에 말을 끊는 게 얼마나 잔인한 짓인지 몸소 느꼈다. 다시 한번 말하지만, 세상엔 사람을 미치게 만드는 방법이 두 가지 있다. 하나는 말을 하다가 중간에 끊는 것이고, 다른 하나는…….

"유디트."

기류의 인내심도 1분 만에 바닥을 드러냈다.

'이래서 유디트가 토라졌던 거구나.'

역시 이해를 위한 가장 빠른 방식은 체감이다. 기류는 또 하나를 배웠다.

"……아마, 건강히 계실 거예요."

"그 말 한마디 하는데 참 오래도 걸렸다."

기류가 툴툴댔다.

한편, 유디트는 조만간 선생님에 대한 소식을 다시 한번 알아봐야겠다고 생각했다.

서재 안으로 밝은 햇살이 흘러들어 왔다. 고요한 서재와 따뜻한 빛이 두 사람의 대화를 훔쳐 들었다.

"전대 백작님은 건강하신 거죠? 르왈흐메이 영지에 계시고?"

"응. 아버지는 어머니…… 그러니까, 양어머니가 잘 챙겨 주고 계셔. 알펜이 그렇게 된 뒤에는 강퍅하던 성미도 많이 누그러지셨고."

기류가 차분히 말했다.

"나이라는 게 무섭더라고. 혼자 수도로 올라올 때는 걱정이랑 잔소리를 엄청나게 하셨는데 말야."

"아들을 믿으시는 거예요."

"가끔은 내가 아니라 데샹을 믿으시는 거 같아."

기류가 투덜댔다.

유디트는 전대 백작이 데샹을 아들과 함께 수도로 올려보냈다는 뒷사정을 알게 됐다. 그래서인지 후작저 손님방 중에는 데샹의 방도 있다는 모양이다.

"들어가 보고 싶어?"

"전혀요. 엄청난 사생활 침해니까 사양하겠어요."

유디트가 딱 잘라 거절했다. 다만 궁금한 게 생겼다.

"혹시 데샹 경이 자주 저택에서 머물다 가나요?"

"가끔? 자기 집에 먹을 거 떨어지면 오더라. 내가 술 마시면 던져놓으러 오기도 하고? 그런 날은 자고 가지."

"정말 형제가 따로 없네."

"내가 검술을 배웠을 때, 데샹 말고는 같은 나이대가 없었어. 그래서……."

하나하나 설명하던 기류가 곧 무언가를 깨달았는지 묘한 얼굴을 했다. 그가 유디트를 바라보았다.

"……."

"왜 그래요?"

"걱정하지 마. 우리가 신혼집 차리면, 데샹은 자주 오라고 해도 안 올 거야."

"……그, 그런 걱정 안 했어!"

유디트가 속마음을 들킨 사람처럼 화들짝 놀라며 부정했다. 물론 기류는 그녀의 강한 부정이 긍정의 신호라는 걸 알아챈 지 오래였다.

유디트는 끝까지 걱정 안 했다고 소리쳤지만, 그녀를 끌어안은 기류가 마지막 비밀 무기를 꺼내 들자 결국 함락당했다. 간지럼에 약한 그녀로서는 쉴 새 없이 옆구리를 간지럽히고 귀를 깨무는 기류에게 당해낼 수 없었다. 그녀가 항복을 외치며 가쁜 숨을 몰아쉬자, 기류가 히죽 웃었다.

"이번에야말로 소파에서 할까?"

"바보! 파렴치한 소리 하지 말아요! 바보!"

웃으면서 화를 낸다는 진기명기를 보이며, 유디트가 입술로 그의 이마를 때렸다.

얼마 지나지 않아 사용인이 찾아왔다. 두 사람은 점심 식사를 위해 자리를 옮겼다. 사용인은 아무렇지 않은 척 식사를 나르며 시중을 들었으나, 그들과 함께 자라온 기류는 금방 눈치챘다.

'다들 유디트가 궁금했나 보네.'

저 멀리 유디트의 등 뒤에서 사용인들이 옥신각신하며 제가 먼저 음식을 나르겠다 성화였다.

'하긴 유디트는 수도에서 제일 유명한 기사니까……'

평민 출신 기사 중 실력 하나만으로 이렇게까지 유명해진 건 그녀가 최초였다. 심지어 유디트의 차갑고 철벽같은 태도는 무시하자니 어렵고, 다가가자니 힘든 거리감을 만들며 흠모와 동경을 모으고 있었다.

'정작 본인은 별로 체감 못 하는 것 같지만……'

사용인의 속도 모르고 유디트는 요리에만 집중하고 있었다. 그녀는 지저분한 나이프질을 하지 않으려고 접시와 기 싸움을 벌이고 있었다.

'거참 귀엽기도 하지.'

나이프질 하나에도 저렇게 집중력을 발휘하다니. 기류

는 그 모습을 흐뭇하게 바라보았다.

그러나 머잖아 그의 손이 눈보다 빠르게 움직였다.

"동작 그만. 에테르는 반칙이지!"

"칫."

그가 유디트의 팔을 붙잡았다.

"그러다 접시까지 자른다!"

"안 자를 자신 있는데."

"그래도 안 돼."

기류가 엄하게 말하자 유디트가 순순히 포기했다. 곧 나이프에 둘렀던 미세한 황금빛 에테르가 흔적도 없이 사라졌다.

남들은 평생 수련해서 겨우 체득할까 말까 한 에테르 능력을 이렇게 쓰다니……. 재능 낭비도 이 정도라면 수준급 예술이었다. 기류가 진땀을 흘리며 물었다.

"다음엔 좀 더 편하게 먹을 만한 걸로 준비해 둘게."

"그럴 것까진 없는데……. 그래도 고마워요."

"요리는 입에 맞아?"

"네, 진작 좀 올 걸 그랬다고 후회할 정도로요."

"레이먼 경의 무사를 빌지."

입 발린 말이 아니라 정말 맛있었다. 알맞게 구운 등심은 입에서 살살 녹았고 함께 나온 와인은 느끼함을 잡아주었다. 디저트로 나온 요구르트 셔벗을 먹고 나니 깨달았다.

'기류가 은근히 미식가로 자랄 수밖에 없는 환경이었구나.'

유디트는 만족을 숨기지 못했다. 그녀가 냅킨으로 입을 닦았다.

기류는 유디트와 은색 나이프를 번갈아 바라보다가, 문득 떠오른 생각을 입에 담았다.

"가끔 기사단에서 너랑 나 둘 중에 누가 더 강한지 이야기가 나오는 거 알아?"

"아…… 그거요."

"들어본 적 있구나?"

그녀가 고개를 끄덕였다.

"종종 저한테도 물어보던걸요."

"뭐? 뭐라고 물어보는데?"

"단장님 이길 자신 있냐고요."

"아하?"

기류가 삐딱하게 웃었다. 갑자기 적기사들을 사랑과 애정으로 훈련시켜 주고 싶어지는 질문이 아닐 수 없다.

"뭐라고 대답했어?"

"기류도 알고 싶어요? 가만 있어보자…… 여기 훈련장이 어디였더라?"

유디트가 짓궂게 웃더니, 일부러 먼 곳을 보는 시늉을 했다. 너무 노골적으로 식후 운동을 원하는 말투에 기류가 고개를 저었다.

"이미 대답은 나와 있지 않나?"

"어라? 길고 짧은 건 대봐야 하는 건데요?"

"승부욕에 불타는 건 잘 알겠어. 하지만 내가 손님과 검을 겨루는 일은 없을 거야."

기류가 한발 뒤로 물러났다. 유디트는 그 태도에 묘하게 아쉬워서, 뒤쫓아가듯 물었다.

"손님이 아닐 때는요? 우리가 결혼하면 겨루나요?"

"그때는 이미 네가 나를 완벽하게 점령하신 승리자인걸. 뭐 하러 싸워?"

기류가 능글맞은 대답으로 맞받아쳤다. 유디트의 입매가 기울어졌다.

"너무 손쉽게 인정하니 재미가 없네요. 기류 르왈흐메이, 이런 남자였나?"

"도발하지 마. 필승 전략 중 하나는 싸우지 않고도 이기는 거야."

"이럴 때 전술론 금지! 그거 정신 승리예요!"

"정신 승리라니! 전술론이야말로 진정한 승리를 거두는 방법이다!"

"어휴, 다른 의미로 지는 느낌이네……."

유디트가 꿍얼거렸다. 기류는 뒤늦게 정신을 차리고 여유로운 척 말했다.

"됐어. 네가 이길 거야. 안 겨뤄봐도 뻔해."

"왜 그렇게 확신하는데요?"

"안 알려줄 거야. 천천히 알아맞혀 봐."

의욕적인 그녀에게는 미안한 말이지만 기류는 정말 흥미가 없었다.

기류는 유심히 고민하기 시작한 유디트가 귀여워서 마지막 말은 가슴속에 삼켰다.

'아마 난 더 이상 고독할 리 없을 테니까.'

기류 르왈흐메이의 에테르를 더욱 강하게 만드는 감정은 짙은 고독이었다. 모든 게 까마득해지는 전장에서 저만큼은 굳건히 버티고 있어야 할 때 느끼는 처절하고도 차가운 고독.

그러나 앞으로는 다를 것이다. 유디트가 곁에 있을 테니까.

"식사 끝났으면 일어날까."

"이번엔 뭘 보여줄 건가요?"

"초상화. 내가 직접 그린 거."

"안 그래도 언제 보여줄 건지 기다리고 있었어요."

유디트가 그의 손을 잡았다. 고독을 쫓아내는 손이었다.

＊　＊　＊

기류가 그렸다는 가족 초상화는 여러모로 유디트의 예상을 벗어났다. 우선 사이즈가 컸다. 액자 변의 길이가 유디트가 양팔을 쭉 뻗어야 할 만큼 넓었다. 뭣보다 입이 떡 벌어질 만큼 잘 그렸다는 점이 충격을 더했다.

"……그림을 이렇게 잘 그린다는 말은 없었으면서."

"내가 그린 것 중에서 드물게 잘 그린 거야."

"엄청 잘 그렸잖아요, 세상에."

기류는 으스대지 않았으나, 자랑스러워할 만한 결과물인 건 분명했다. 전체적인 완성도가 높은 건 물론, 색을 잘 쓴 초상화였다.

"입체감이 느껴진다는 게 이런 거였네요……. 학자가 아니라 화가가 되어야 했네?"

"둘 다 생각 없는데 어쩌지."

"그, 빈말이 아니라요. 정말 재능 있어요. ……대단하네요."

유디트가 신기하다는 듯 기류를 보았다. 그녀에게는 그림 보는 눈이 없었다. 분명 그럴 텐데…….

'그림에서 따뜻함 같은 게 묻어나는 거 같아.'

이름만 들었던 알펜이란 소년은 기류보다 더 얌전한 인상을 하고 있었다. 나이는 열한 살쯤 되었을까. 기류와 같은 머리색이었지만, 눈동자는 짙은 청색에 가까운 보라색이었다.

정면을 바라보는 알펜의 눈빛에서는 편안함과 애정이 느껴졌다. 모델을 서는 내내 기류를 뚫어지게 바라보고 있었을 눈. 그 속에 담긴 감정까지 그려낼 줄 알다니.

기류가 유디트의 곁으로 다가왔다. 두 사람은 초상화 앞에 나란히 섰다.

"지금 보면 아쉬운 구석도 있긴 한데…… 그래도 그려두 길 잘한 거 같아."

"잘 그린 초상화라서요?"

"아니. 가끔 알펜 얼굴이 기억 안 날 때가 있거든."

"……죽은 사람을 천천히 잊어가는 건 당연한 일이에 요. 기억이라는 게 원래 야속한 거잖아요."

유디트가 조용히 그를 위로했다.

그녀도 가끔은 엄마 얼굴이 기억나지 않았다. 병으로 쓰러지기 전까지 언제나 그 자리에 있을 것 같은 사람이었고, 결코 잊을 리 없는 사람이라 생각했건만.

유디트는 어머니를 잃은 뒤에야 알았다. 소중한 사람을 이루는 모든 요소는 상대가 눈앞에 있을 때만 손에 잡힐 듯이 선명하다는 걸. 얼굴 윤곽, 형태, 감정이 살아 있는 표정, 따뜻한 눈빛, 특유의 행동.

사람은 눈앞에서, 손안에서 놓치는 순간 진한 아픔을 남기며 얼룩 같은 흔적만을 남기고 풍화되는 존재다. 한번 잃고 난 뒤에는 아무리 애써도 명확한 형태가 떠오르지 않는다.

'그러니 더욱 이 손을 놓아선 안 되는 거야.'

나란히 선 두 사람이 함께 깍지를 꼈다. 이 순간 유디트는 기류가 저와 같은 감정을 느꼈으리라 믿었다.

둘은 행복했다. 꾸밈없는 사랑을 오롯이 건네고 돌려받을 수 있는 사람과 함께 마음을 나눌 수 있어서.

"내가 곰곰이 생각해 봤는데 말야."

기류가 장난스럽게 말했다.

"후대 사람들이 구국 영웅 유디트 경의 얼굴도 모르고 사는 건 제국적인 손실이 아닐까?"

"뭐라고요?"

의도가 너무 뻔한 말이었다. 유디트는 반문하면서도 황당함과 웃음을 감추지 못했다.

기류가 으쓱이며 초상화를 쿡쿡 찔렀다. 딱 한 번만 기회를 달라는 얼굴이라, 유디트는 그만 흥정도 잊고 말했다.

"……좋아요. 제 초상화를 그릴 수 있는 사람, 제국을 다 뒤져봐도 딱 한 명밖에 없을 것 같으니까."

"나도 그렇게 생각해."

"자신 있어요? 전 아무리 노력해도 이렇게 자연스러운 모습으로 앉아 있기 힘들 텐데요."

"자신 있어. 사랑의 힘으로 해결할 거야."

"자신이 너무 있어서 문제였네."

유디트가 황당하게 말했다. 두 사람이 동시에 너털웃음을 터뜨렸다.

"난 허락만 해주면 평생 그릴 자신 있어. 붓은 검보다 가벼우니 오래 들 수 있거든."

"그러다 제 주름살까지 그리는 건 아니겠죠?"

"피사체 의견을 적극적으로 존중하고 반영할게."

"좋아요. 나중에 말 바꾸면 안 돼요."

화가와 모델은 순조롭게 의견을 좁혔다. 둘은 이 얘기가 르왈흐메이 저택에 정기적으로 방문할 핑계로 충분하다는 걸 알고 있었다.

"멋지게 그려주세요."

"걱정 마. 지금 모습 그대로만 그려도 역작이 나올 거야."

깍지 낀 손을 잡아끈 기류가 그녀를 마주 보고 안았다. 이어서 고개를 기울인 그가 숨결을 주고받는 거리에서 조용히 속삭였다.

"그래도 실물이 최고겠지만."

무어라 대꾸하기도 전에 기류가 유디트의 머리를 쓸어넘겼다. 목과 뺨으로 파고드는 손가락에 저도 모르게 더운 숨이 흘러나왔다. 도톰한 입술을 깨물고 연한 살결을 훑는 혀끝이 행복을 솜사탕처럼 집어삼켰다.

나긋하면서도 뜨거운 키스는 오래 이어졌고, 두 사람은 찬란한 빛에 잠겼다.

한 폭의 그림으로 남기면 행복이 와르르 쏟아져 나올 광경이었다.

외전 2
Time to say I love you

세상에서 가장 짜증 나는 사람은 어떤 사람일까?

지금 유디트에게 물어본다면, 그녀는 곧장 이렇게 대답하리라. 열심히 일하는 사람 옆에서 한가하게 깝죽대는 사람이라고.

"셴 단장님."

"뉘엥?"

"거기서 그러시는 거 방해됩니다."

"저 아무것도 안 하는데요? 누워만 있는데요?"

"그래서 더 방해됩니다."

때는 적기사와 흑기사 합동 훈련 날이었다.

하얀 로브 차림의 기사단장 한 명이 훈련장 돌바닥에 누워서 맨몸으로 수영하고 있었다. 시선이 안 가려야 안

갈 수 없는 광경이었다. 남들은 열심히 훈련 중인데 이게 뭐 하는 짓이지?

"백기사단으로 돌아가거나 훈련을 도와주거나 둘 중 하나만 하세요."

상급 기사 3년 차에 들어선 유디트는 훈련장에 벌러덩 누워 있는 셴을 향해 뾰족한 시선을 보냈다.

그러나 셴 안토가 누구인가. 그는 고도로 발달한 또라이는 해파리와 구별할 수 없다는 말이 나올 정도로 매사에 진지함이 부족한 사람이었다.

능글맞기로는 황궁에서 둘째가라면 서럽고, 그 위에 카르나크 신 말고 누가 있느냐 싶을 정도로 방만한 태도를 지닌 자. 할 때만 하는 백기사. 그게 바로 셴 안토였다.

유디트는 이해할 수가 없었다. 대체 왜 다른 기사단 훈련장에서 맨몸으로 드러눕는 거지?

'심지어 휴일이라며?'

그녀로서는 죽었다 깨어나도 알 수 없는 행동 양식이었다.

유디트는 당장 튀어나올 것 같은 험한 말을 꾹 참았다. 기류가 알았으면 잘했다고 쓰다듬어 주었을 만큼 힘든 인내였다.

"왜 여기서 이러시는 겁니까?"

"시간이 붕 뜨길래요. 할 일도 없어서 훈련 견학하러 온 겁니다."

"그럼 견학만 하면 되지, 훈련장엔 왜 드러눕냐고요."

"아하?"

은은히 열 받기 시작한 유디트가 재밌는지 셴은 계속 깐죽거렸다.

"이렇게 누워 있으면 다른 사람들이 검 쓰는 자세가 새로운 각도로 아주 자알 보입니다? 그리고 뭣보다!"

"뭣보다?"

"기분이 좋거든요."

"……."

"남들 일하는데 나 혼자 쉬는 기분이라 우월감이 아주 그냥!"

진짜 한 대만 때려주고 싶다. 딱 한 대만. 유디트의 콧잔등이 파르르 떨렸다.

셴은 그녀의 속을 알면서도 깝죽댔다.

"어쩔 수 없잖아요? 여긴 앉을 곳도 없단 말입니다. 다들 둘씩 짝지어서 훈련하고 있는데 저만 외롭고 쓸쓸하게 서 있어야겠어요?"

"혼자 서 있는 게 싫어서 이러십니까? 그럼 저랑 한번 겨뤄보시죠? 일어나요. 일어나라고요."

"아이고 카르나크으! 당신의 어린양이 이렇게 몰이당하고 삽니다, 아이고오오오!"

"아, 할 일 없으면 그냥 가시라니까요!"

"있는데요! 이따가 구빈원 아이들 놀러 오면 데리러 가야 하는데요! 시간 때우다 갈 건데요!"

유디트가 소리 지르자 셴이 우는소리를 하며 바닥에서 버둥거렸다. 다른 백기사가 봤으면 기사단 망신은 단장이 다 시킨다고 묶어버릴 광경이었다.

단원들 생각이 그러거나 말거나, 셴이 움직일수록 백기사단 로브는 화려하게 펄럭였다. 그의 몸이 도마 위 물고기처럼 펄떡였다. 잉어처럼 튀어 오른 효과는 굉장했다.

훈련 감독을 맡은 유디트가 화를 내자 시선이 더욱 모였다. 머잖아 훈련장 여기저기에서 한눈팔다가 상대의 목검을 피하지 못한 부상자가 속출했다. 엄청난 파급효과였다.

유디트가 답답한 가슴을 퍽퍽 내려쳤다. 기류가 있었다면 합심해서 쫓아내 버렸을 텐데 다른 기사단 단장이라 쫓아내지도 못하고!

'대체 저놈의 로브는 왜 때도 안 타는 거야?!'

오늘따라 번지르르해 보이는 하얀색 로브 때문인지 셴이 더욱 얄미웠다. 결국, 유디트는 최후의 수단을 썼다.

"셴 단장님. 자꾸 이렇게 훈련을 방해하시면 제게도 생각이 있습니다."

"방해하는 거 아니라니까요. 그냥 누워만 있겠다는……."

"올가 폐하께 말씀드릴 겁니다."

움찔!

셴의 몸이 작게 떨렸다.

침묵은 짧았다. 돌바닥에서 개구리처럼 수영하던 셴이 자세를 바꿨다. 그가 몸을 뒤집더니 파란 하늘을 그윽하게 바라보며 배영을 시작했다.

'일단 좀 더 얌전히 굴겠다는 의사표시인가.'

물론 턱도 없었다.

"농담이죠?"

"진짭니다."

"진짜로? 정말로?"

"말씀 안 드릴 이유가 없습니다. 제가 왜 이 합동 훈련을 맡고 있는지 아시잖습니까?"

"……."

알다마다. 흑기사단이 단장 없이 굴러가게 된 지 3년. 4황자 이든이 흑기사단을 관리하고 있다지만 슬슬 새로운 단장이 필요하다는 말이 나오는 상황이었다.

이든은 올해부터 흑기사단과 적기사단의 합동 훈련을 명했고 유디트는 합동 훈련의 책임자로 임명되었다.

명목이야 훈련이지만, 그녀와 이든의 진짜 목적은 일치했다. 새롭게 태어날 흑기사단을 위해서.

흑기사가 은연중에 품고 있을, 제르멜을 죽였던 유디트에 대한 거부감을 조금이라도 줄이기 위해 밑밥을 까는 작업이었다.

"한 달에 한 번 있는 훈련입니다. 정말 중요한 때라고요. 방해하지 마세요."

"방해하려고 한 건 아닌데…… 알겠어요. 그렇게 느끼게 해서 미안합니다."

셴은 한숨을 푹 쉬며 순순히 사과했다. 그가 몸을 일으켰다. 여전히 돌바닥에 앉은 채였지만 그래도 수영하는 것보다는 나았기에 유디트의 표정이 한결 풀렸다.

"실은 기류가 그랬거든요. 오늘은 네가 한 번 가서 지켜보는 게 어떻냐고."

"……네?"

"저도 에테르 마스터잖아요? 다른 사람이 보면 새로운 관점으로 도울 일이 생길지도 모르니까."

셴은 로브를 가볍게 탁탁 털었다.

정말 예상하지 못한 대답이었기에 유디트가 입을 벌렸다.

"그래서 일부러 휴일에 오셨던 거예요?"

셴이 대답 대신 싱글벙글 웃었다.

유디트는 왠지 모를 미안함을 느꼈다.

"소리쳐서 죄송합니다. 전 그것도 모르고……."

"속았구나! 내가 거짓말을 했던 건 추진력을 얻기 위해서였다! 다시 드러눕는다! 흡흡하!"

"당장 일어나지 못해?!"

유디트가 목검을 바닥에 찍으며 위협했다.

한 편의 코미디가 펼쳐지고 있을 때였다.

"아빠! 아빠아아아아아!"

작달막한 소녀 한 명이 울고불고 소리치며 훈련장으로 달려왔다. 이 소녀의 등장으로 코미디는 새로운 국면에 접어들었다.

"아빠!!"

나이는 여섯 살쯤 될까. 눈물 자국이 선명한 소녀는 셴보다 한층 어두운 녹색 머리카락을 지니고 있었고, 눈동자는 쨍한 연두색으로 숲의 정령처럼 아름다웠다. 시도 때도 없이 시선을 강탈하는 셴을 똑 닮은 아이였다.

"아빠! 찾았다!"

정신없이 달려온 소녀가 앉아 있던 셴을 꼭 끌어안았다.

"아빠 깜짝 놀랐지!"

"올리브?"

셴이 소스라치게 놀라며 아이를 바라보았다.

"올리브, 네가 여기까지 혼자서 어떻게……."

"나 쩌기까지 로베르초 아저씨가 데려다줬어!"

소녀가 씩 웃자 깨진 앞니가 드러났다. 무어라 말하려던 셴이 그 모습을 보고 깜짝 놀랐다.

"내 딸! 앞니 어떻게 된 거야!"

"히히…… 입이 시원해!"

"또 싸웠구나, 이 사고뭉치!"

"이번엔 내가 이겼어! 옥타 언니도 잘했다고 칭찬해 줬어."

"저런, 그건 칭찬받을 일이 아니라……."

타이르던 셴이 뒤늦게 상황을 파악했다.

"아빠?"

"방금 아빠라고 했지?"

"나도 들었어. 분명 아빠라고……."

이곳은 훈련장. 심지어 보고 듣는 적기사와 흑기사의 숫자는 최소 40명 이상이었다. 셴은 본인이 어떤 오해를 제공했는지 깨달았다. 당장 눈앞에 있는 유디트조차 믿을 수 없다는 듯 그를 바라보았다. 어쩐지 뒷배경에 천둥이 우르릉 쿠르릉 치는 듯했다.

유디트가 눈을 부릅뜨고 물었다.

"아빠라고요?"

뒤늦게 오해를 바로잡고자 셴이 소녀를 끌어안고 외쳤다.

"잠깐! 오해하지 마십쇼! 올리브는 제 딸이 아니라……!"

"아빠……?"

올리브가 눈을 크게 뜨며 셴을 보았다.

"아빠 아니었어?"

"어, 어, 어?"

"아빠, 올리브 아빠 아니야?"

"어…… 올리브 그게……."

셴은 정말 오랜만에 말문이 턱 막히는 경험을 했다. 누군가 솜뭉치로 목구멍을 막아버린 것 같았다.

셴이 대답하지 못하자, 곧 올리브의 눈에 눈물이 다시 그렁그렁 맺히기 시작했다.

"올리브, 그게 아니라……."

소녀의 눈물은 셴을 기다려 주지 않았다. 머잖아 소녀는 닭똥 같은 눈물을 흘리기 시작했다. 앞뒤 봐주지 않고 터지기 시작한 외침은 덤이었다.

"아빠, 나빠! 아빠가 그랬잖아! 엄마가 올리브 버렸어도 아빠는 같이 있어줄 거라고 했잖아! 하룻밤 실수로 잘못 낳았어도 아빠가 다 책임질 거라고 했잖아!"

"오, 오, 오, 올리브!"

셴은 미치고 팔짝 뛰고 싶은 심정이 되었다.

올리브는 하룻밤 실수였다는 말과 함께 버려진 아이였다. 백기사가 정기적으로 방문하는 구빈원에는 그런 아이가 많았다.

올리브는 작년 생일 선물로 아빠를 가지고 싶어 했고 셴은 기꺼이 그 역할을 맡았다. 우연히 두 사람의 눈동자 색이 같았기에, 이 또한 카르나크 신의 인도라고 생각했으니까. 즉, 아빠와 딸 사이란 건 일종의 역할극이었다.

하지만 이런 속사정을 주변에서 알 리 없었다. 앞뒤가 몽땅 생략된 말이 어떤 오해를 살지는 뻔하다. 다시 말하지만, 이곳은 기사단 한복판이다. 그것도 해명을 도와줄 백기사'만' 없는 장소.

당황한 셴이 올리브에게 급히 소리쳤다.

"오, 올리브! 그렇게 말하면 내가 널 숨기고 키운 것 같잖아!"

그는 너무 당황했기에, 이 발언이 더 큰 오해를 불러올 거라고는 생각하지 못했다. 셴의 말만 뚝 떼어놓고 생각하면 더 오해받기 좋은 말이었다.

한편, 항상 다정했던 아빠가 처음으로 소리를 치자 놀란 올리브는 더욱 서럽게 울기 시작했다.

"으아아앙! 흐아아아아아앙!"

셴의 얼굴이 창백해졌다. 동시에 헛소문의 신호탄이 터졌다.

"진짜 딸이라고?"

"셴 안토한테 딸이 있었어?"

"백기사단장님이 유부남이야?!"

"배, 백기사가 애 낳아도 되던가?"

"바보야! 안 되니까 숨겨 키운 거겠지!"

"그럼 이젠 마음을 바꾼 거고?"

"하긴 나이가 저 정도 되면 숨겨서 키우기도 힘들지……."

"미친, 올해의 대박 사건……."

훈련장이 술렁이기 시작했다. 이제 셴을 바라보지 않는 기사는 없었다. 누구 한 명쯤은 '에이 설마!'라며 분위기를 반전시켜 줄 만도 했으나…….

상대는 셴 안토. 무려 다른 기사단 훈련장에서 접영과 배영을 한 인간 해파리다. 순식간에 '저 사람이라면 그럴지도 몰라'라는 시선이 쏟아졌다.

"셴 안토 단장님. 당신 그렇게 안 봤는데……."

"잠깐만요! 유디트 경! 이거 오해예요! 진짜 다 오해입니다! 제가 설명할 수 있어요!"

삼류 악당 엑스트라 같은 대사를 펑펑 쏟아내며 셴이 펄쩍 뛰어올랐다. 이 구역의 잉어왕도 한 수 물러나 줄 몸짓이었다.

"흐어어어엉! 허어엉! 으어어엉!"

"일단 자초지종은 천천히 듣겠습니다."

"아니라고요!"

"애가 울잖아요. 일단 아이부터 넘기세요, 이 인간 해파리."

"오, 올리브! 울지 말고 똑바로 말해봐! 여기 이 무서운 언니한테!"

"……무서운 언니?"

"아니! 예쁜 언니한테!"

유디트의 목검에 황금빛 에테르가 실렸다. 셴이 그 광경을 보며 비명을 지르다시피 했다.

"오해라고요! 아니라니까! 제 말 좀 들어봐요!"

결국, 흑기사와 적기사의 합동 훈련은 백기사단장 때문에 개판이 되었다는 초유의 사태를 맞이했다.

……그리고 이 엄청난 소문이 올가 황제의 귀에 들어가지 않을 리 없었다.

황제 올가의 일상은 빡빡하다.

기상 즉시 세안. 아침 식사와 함께 하루 일정을 확인한다. 그리고 집무실로 향한다.

점심 식사 전까지 급한 일부터 하나씩 해치운다. 간단한 문제부터 어새를 찍어서 재가하고, 어려운 문제는 차가 식을 때까지 곱씹어본 후 결정한다. 복잡하거나 미심쩍은 안건은 눈여겨본 뒤 오후 회의로 넘긴다. 시간이 남으면 운동 겸 산책을 하지만 그럴 일은 거의 없다.

점심은 무조건 귀빈 혹은 신하와 함께하는 오찬으로 대신했다. 식사 뒤엔? 저녁 시간을 효율적으로 쓰기 위해 짧은 낮잠을 잔다.

달콤한 오수를 즐긴 뒤에는 전쟁 같은 회의가 반나절 내내 이어졌다. 집행 예산안을 가지고 오면 숫자에 장난질을 친 건 없는지, 수로 공사는 어디까지 진행됐는지, 국정 안팎을 넘나들며 진이 빠질 때까지 신하를 쥐어짜고 올가 본인도 함께 갈려 나갔다.

회의가 끝나면 고구마 뿌리처럼 줄줄이 딸려오는 재상과 각 부처의 수상과 함께 또 회의에 돌입한다.

2차전을 벌인 뒤, 자잘한 접견을 하루 평균 3건 해치워

야만 간신히 한숨 돌릴 틈이 생겼다.

해 질 녘부터 저녁 식사 전. 그때가 올가의 24시간 중 가장 자유로울 때였다. 저녁에는 또다시 저녁 업무가 남아 있으므로 그 자유는 아주 짧지만 말이다.

예전이었다면 그 시간을 이용해 마사지를 받거나 누워서 쉬었으리라. 하지만 올가는 6년간 최선을 다해 이든을 돌봐주기로 약속했다. 그래서 요즘엔 그 짧은 자유 시간에 이든을 만나러 갔다.

올가는 하루하루 기대에 부응하겠다며 황태자로서 소양을 갖춰가는 이든이 못내 자랑스러웠다. 그래서 올가는 바쁘게 일한 뒤에도, 잠자리에 들기 전에도 기도를 잊지 않았다.

카르나크 신에게 가족과 제국의 평화를 기원하며 바쁘게 사는 사람. 즉, 올가는 황제기는 하나 결국 평범한 인간이었다.

……문제의 소문을 듣자마자 충격을 받을 수밖엔 없었단 소리다.

"셴에게…… 숨겨둔 아이?"

"오늘 흑기사에게 들은 바로는 그렇습니다."

"……."

"합동 훈련 중 나타난 아이가 백기사단장을 아버지라 부른 일로 모두가 놀라서…… 폐하?"

이든이 말을 멈췄다. 올가의 낯빛이 하얗게 질려 있었다.

올가는 오늘도 차 마시러 왔다는 말 대신, 너를 시험해 보러 왔다는 부적절한 표현으로 이든을 땀나게 했다. 하지만 말속에 담긴 감정은 평소처럼 다정했다. 이든이 소문을 입에 담기 전까지는.

"그게 사실인가?"

올가가 고개를 돌려 흑기사에게 물었다. 짐짓 차가운 어조였다.

황제의 추궁에 흑기사가 황급히 고개를 숙였다.

"소문이 사실이냐 물었다."

이든조차도 예상치 못한 반응이었다. 참 재미있는 사건 아니냐며 농담을 건네려 했던 이든이 깜짝 놀랐다. 누이의 목소리가 몹시 날카로웠다.

"내게 세 번 묻게 할 셈인가?"

"소, 송구합니다. 폐하."

고운 드레스에 찻물이 튀었으나 그녀는 아랑곳하지 않았다. 올가가 뒤늦게 말했다.

"헛소문을 입에 올렸다며 치죄할 생각이 아니다. 그러니 말해보라."

"이즈발 경. 그대가 말해보라. 폐하의 어전이니 바른대로, 차분히 고하게."

"……예, 전하."

보다 못한 이든이 흑기사 한 명을 지명했다.

적포도색 머리카락을 길게 묶어 올린 기사 한 명이 앞으로 나섰다. 그녀가 입술을 질끈 깨물더니 어제 오후에 벌어진 일을 소상히 설명했다.

설명이 이어질수록, 올가의 비단처럼 고운 검은색 머리카락이 잘게 흔들렸다.

이든은 불안한 눈으로 그녀를 응시했다.

"조금 놀랄 일이지만 셴 단장이 워낙 속내를 알 수 없는 자라 다들 그런가 보다 한다고……."

"……."

"폐하, 괜찮으십니까?"

"괜, 괜찮다. 좀 놀라서 그래."

'하나도 안 괜찮아 보이는데.'

올가의 시선이 지진이라도 난 것처럼 크게 흔들리고 있었다.

"……숨겨둔…… 딸이라니……."

이든이 흑기사에게 신호를 보냈다. 곧 썰물처럼 기사들이 방을 빠져나갔다.

무슨 일인가 싶었지만, 이든은 우선 침착하게 말했다.

"누님. 찻물은 닦으셔야죠. 드레스가 엉망이 되겠습니다."

"으응……."

그러나 올가는 반사적인 대답만 할 뿐 꿈쩍도 하지 않았다. 결국, 완전히 넋 나간 올가를 대신해 이든이 마른 손수건으로 찻물을 훔쳤다. 이든은 의아해졌다.

'그 소문이 이렇게까지 충격받을 일인가?'

올가와 백기사단장이 막역한 관계라는 건 안다. 올가가 칩거할 당시 마구잡이로 찾아가던 신전 측 사람을 백기사단장이 막아주었다던가.

황녀 시절부터 올가를 따르던 시녀, 타티아나가 유일하게 오팔궁 출입을 허용한 상대. 올가가 가족보다도 더 믿을 만한 사람이라고 여겼기에, 이든조차도 약간 질투하게 되는 사람이 바로 백기사단장 셴이었다.

'하긴. 그렇게 친한 사이니 충격을 받으신 건지도 모르겠군.'

이든은 고개를 갸웃거리다가 금방 깨달았다.

'나라도 기류에게 숨겨둔 딸이 있었다는 말을 들으면 저렇게…… 아니, 저것보다 더 놀라겠지.'

그렇게 생각하니 이상할 건 없었다. 이든은 기류가 들었으면 분통을 터뜨렸을 헛다리를 열심히 짚었다.

그리고 얼마나 시간이 지났을까.

"미안하구나. 너무 놀라서……."

"아닙니다. 그러실 수도 있지요."

"그…… 우리가 어디까지 이야기했었지?"

올가는 뒤늦게나마 정신을 차려보려 했다. 그러나 한번 와장창 깨진 접시가 원래대로 돌아오지 않듯, 그녀도 마찬가지였다.

"아, 내후년부터 시작할 봄꽃 축제 이야기를 하고 있었지. 계획을…… 하나씩 짜보면 이렇게……."

"누님. 그거 빈 종이가 아니라 베르크스 상소문입니다."

"미, 미안."

올가가 허둥지둥 상소문을 도로 말았다.

"그, 봄에 피는 꽃들로 축제를 꾸미는 것도 좋겠지만 특별히 마탑의 도움을 받아서……"

"누님, 그거 깃펜이 아니라 티스푼입니다……."

"……."

티스푼 끝에서 까만 잉크가 뚝 떨어졌다. 올가의 얼굴이 홍당무처럼 빨갛게 달아올랐다. 이든이 뒤늦게 소리쳤다.

"괜찮습니다! 아무도 못 봤습니다! 저도 못 봤습니다! 암요! 제 눈을 찌르겠습니다!"

"……하……."

"괜, 괜찮으세요?!"

올가가 울상을 하고 책상 위에 엎어졌다. 머잖아 땅이 꺼질 것 같은 한숨 소리가 들렸다. 이든은 눈을 찌르려고 들어 올린 손가락을 어정쩡하게 내렸다.

'이렇게 흐트러진 누님은 처음 본다!'

그의 눈치가 경고하고 있었다. 이건 보통 일이 아니다. 그리고…….

'누님과 셴 단장은 보통 관계가 아니었구나!'

"흑기사와 적기사 합동 훈련 중에…… 딸이 찾아왔다고 했지?"

"네, 네. 제가 관리하는 흑기사가 보고했으니 틀림없습니다."

올가가 입술을 꽉 깨물었다.

"유디트 경을 불러와라. 내 그녀에게 직접 물어야겠다."

❊　✳　❊

아무래도 주옥됐다.

심사숙고해서 결론 내릴 것도 없다. 난 주옥됐다.

셴 안토는 실로 오랜만에 밑바닥이 없는 절망을 맛봤다.

"아니, 진짜 돌겠네. 아…… 이걸 어떡한다. 이걸……."

이만큼 좌절한 건 속옷까지 산적에게 털려서 알몸으로 산속에 내던져진 이후 처음이었다.

"그때는 나뭇잎으로 치마라도 만들어서 품위를 지켰다지만……."

이젠 다른 의미로 아랫도리 간수를 잘못한 소문이 생겨 품위를 못 지키게 생겼다.

'그때 찾으러 온 단원에게 얼마나 혼났는데!'

셴은 백기사에게 신망을 잃었던 첫 번째 이유 겸 사건

을 떠올리며 바닥을 굴렀다.

그러던 중에 백기사단 단장실 문이 열렸다.

"아아아아아! 진짜 어쩌지!"

"어머나, 하얀 걸레가 바닥 청소를 하고 있네?"

독설 가득한 목소리는 어딘지 모르게 즐거워 보였다. 셴은 상대의 얼굴을 확인하자마자 한숨을 쉬었다.

구불구불 물결치는 개나리처럼 진한 금발. 고난 앞에서 쉽게 무너지지 않는 성격을 나타내듯 깊이 있는 남색의 눈동자. 우아한 걸음걸이로 들어온 사람은 바로 대신관, 옥타비아 스텔라나이츠였다.

"옥타비아……."

"자업자득이에요, 셴. 도와달라는 말은 꿈도 꾸지 말아요."

"아직 아무 말도 안 했습니다!"

옥타비아가 누구인가. 신전이라는 복마전에서 대신관 자리를 쟁취한 여인이요, 셴의 실질적 상관이기도 했다.

평소 '경건한 대신관' 이미지가 너무 강해서 독설가적인 면모가 가려지긴 했으나, 그녀는 일을 내팽개치고 도망치는 셴에게 누구보다도 가차 없었다.

"그러니까 입 좀 조심하지 그랬어요?"

옥타비아가 혀를 차며 의자에 앉았다.

"덕분에 신전이 벌집 통이에요. 백기사는 물론이고 수습 사제부터 신관까지 다들 그 이야기네요."

"……잘 둘러대 주셨으리라 믿습니다."

"숨겨둔 애가 300명쯤 더 있다고 해줬죠."

"옥타비아악!!"

셴이 자리에서 벌떡 일어나 소리쳤다.

"제 이름으로 비명 지르지 말아요."

"아주 즐거워 보이십니다?!"

"그럼요. 아주 즐거워죽겠어요. 이때다 싶어요."

"당신 그러다 지옥 가요!"

"이번 생에 베푼 게 얼마인데 카르나크 신께서 저를 내 버려 두실까요? 하긴 지옥에 떨어진다면 그것도 신의 인도 이니 받아들여야겠군요. 내 기꺼이 발바닥에 지옥 불을 심어 그분과 함께 춤추겠어요."

셴이 원망스럽게 그녀를 노려보았다. 네가 난리 춤바람 을 벌이든 말든 나랑은 상관없다는 저 태도가 보통 얄미 운 게 아니었다.

옥타비아는 아무렇지 않게 그 시선을 받아내며 노래하 듯 중얼거렸다.

"있죠, 정말 얼마나 즐거운지 몰라요. 매사 여유만만하 고 세상에 올가 폐하에게 사랑받을 수 있는 남자는 나 하 나인 것처럼 방만하게 굴던 당신……. 내내 폐하를 잡은 물고기 취급하는 게, 나는 너무 웃기고 기가 막혔는데."

"그런 취급한 적 없습니다!"

"소문 돌아가는 꼴을 보고 있으니 아주 짜릿하다니깐? 제단 위에서 춤도 추겠어."

"추지 마십쇼. 대신관의 품위가 어그러집니다."

"말이 그렇다는 거예요. 우리 사이에서 품위 찾기예요?"

"그러니까 그런 오해받을 만한 소리를 하지 말라고요! 입 밖으로 꺼내지도 마시란 말입니다! 이 시국에! 이 판국에! 이 상황에!"

셴이 칼같이 정색했다. 하지만 옥타비아는 끄떡도 하지 않았다.

"오해받을 소리가 싫었다면 처음부터 조심했어야죠."

이미 소문은 올가 황제 귀에도 들어갔으리라. 옥타비아는 확신하고 있었다. 그녀는 한심하다는 듯, 매섭게 셴을 노려보며 비난했다.

"제가 올리브를 달래느라 얼마나 난처했는지 알아요? 대체 남의 기사단에 가서 수영은 왜 했어요?"

"시…… 시간이 남아돌아서?"

본전도 못 찾는 소리였다. 옥타비아의 얼굴이 다시금 구겨졌다.

"자랑이네요! 신입 백기사 좀 데려오라고 그렇게 잔소리했을 땐 바쁘다더니, 뭐라고요? 시간이 남아돌아?"

옥타비아가 분통을 터뜨리며 셴의 팔뚝을 찰싹찰싹 쳤다. 신성력의 맛을 쪼끔만 맛봐라!

"신벌이에요, 신벌!"

"앗 따거! 앗 따거!"

옥타비아가 분통을 터뜨리는 건 당연했다. 박애와 성실, 헌신을 몸소 실천하는 백기사단은 그 특성상 들어오려는 신입 기사가 몹시 적다. 신성력을 발현하기 전까지 6년간 행하는 수련과 봉사가 좀 고되던가. 오죽 힘들었으면 기사가 아니라 사제의 삶이라 부를 정도였다. 못 버티고 중간에 나가는 이들도 부지기수.

덕분에 기사단 규모만 놓고 따지면 백기사단은 항상 뒤에서 첫 번째였다. 단순 병력 차로는 이미 적기사단과 세 배 차이. 그런데 신성 치유라는 능력 때문에 도움을 요청하는 곳은 셀 수 없이 많다.

즉, 인력 부족은 백기사단의 고질적인 문제였다.

상황이 이런데, 셴은 신입 기사 선발을 대신관 옥타비아나 다른 기사에게 떠넘겼다. 백기사단보다 올가의 안위나 명령을 더 중요하게 여기는 태도가 남의 눈에도 보일 정도였다.

이것이 셴 안토가 백기사에게 신망을 잃고 있는 두 번째 이유였다. 셴은 언제나 단장직처럼 줘도 안 먹는 감투는 필요 없다는 태도를 보였다. 무슨 일이든 여차할 땐 잘하는데, 하고 싶을 때만 하는 단장. 그게 셴의 문제점이었다.

덕분에 작금의 백기사단은 단장을 완두콩 대가리라고

부르다가도, 이 콩은 까도 우리가 깐다며 화내는 그런 곳이 되었다. 대신관 옥타비아가 나서서 그를 두둔하고 그의 백기사단장직을 보장하지 않았더라면 지금쯤 셴은 기사단장 자리에서 내려왔으리라.

'본인은 그만두라고 하면 신나서 룰루랄라겠지.'

에테르 마스터라 어쩔 수 없이 올라선 자리. 이 해파리의 태도는 참으로 일관적이었다.

'누가 그만두게 놔둘까 봐?'

옥타비아는 신성력을 담아 더욱 세게 응징했다.

"아니, 맞다 보니 억울하네!"

두들겨 맞던 셴이 버럭 소리쳤다.

"남의 기사단에서 수영도 했고 가끔 일을 안 하긴 했지만, 그래도 거의 다 했거든요! 최선을 다해 이 한 몸 봉사하고 있단 말이야!"

그가 제 가슴을 퍽퍽 쳤다.

"그래서 카르나크께서도 제게 신성력을 허락해 주신 거 아닙니까! 근데 왜 때리는데! 왜 때리는데! 내가 뭘 잘못했는데에!"

셴이 뻐꾸기처럼 소리쳤다.

그러자 옥타비아가 눈에 쌍심지를 켜고 물었다.

"헛소리하지 말아요! 이 땅의 가난하고 헐벗은 자들을 돌보는 건?"

"……백기사의 당연한 의무입니다."

"그걸 당신의 방만함의 핑곗거리로 삼으면 된다, 안 된다?"

"……안 됩니다. 죄송합니다."

셴이 공손히 눈을 깔며 쪼그라들었다.

"어휴, 이 화상!"

"끄아아악!"

이젠 신성력 소모가 아까웠다. 옥타비아가 마지막으로 그의 등짝을 세게 때렸다.

"어쩜 나이가 서른둘인데 아직도 이렇게 해맑지?"

서른일곱인 옥타비아로서는 도저히 이해할 수 없었다.

"어흑흑, 꺼이꺼이. 카르나크! 보이십니까! 들리십니까! 대신관이 순진한 백기사를 때리고 농락합니다. 이 통탄할 세상을 어찌 구세해야 할지……!"

"이번만큼은 그분께서도 당신의 울음을 외면하실걸요."

"너무합니다."

셴이 훌쩍훌쩍 우는 시늉을 했다. 물론 입은 아직도 팔팔했다. 그가 꿋꿋하게 나불거렸다.

"이 땅의 만민이 제가 돌보아야 할 어버이요, 자식입니다. 어떻게 애 아빠 소리로 오해 좀 샀다고 하늘에서 벼락이 떨어집니까?"

'아직 반성이 부족하군.'

옥타비아는 얼굴을 구겼다.

"어쩌겠어요. 올가 황제께 가서 싹싹 빌어야죠. 오해를 풀어주실지는 모르겠지만, 반드시 풀어야 해요. 제 말뜻 알죠?"

"……."

"셴."

옥타비아의 눈빛이 몰라보게 서늘해졌다. 그녀가 슬슬 본모습을 드러내기 시작했다.

"당신이 어딜 가서 무슨 오해를 어떻게 사든 상관없어요. 기사단원에게 속옷 좀 입고 다니라고 혼이 나도 저는 신경 쓰지 않아요. 하지만 당신과 황제 폐하의 사이가 무너진다면……."

이어진 말은 냉정했다.

"그땐 당신도 끝이에요. 요만큼도 쓸모가 없어진단 뜻이죠. 내 말 알아듣죠?"

옥타비아 스텔라나이츠. 해마다 수많은 헌금이 모이고, 황가와 복잡한 알력 다툼을 벌이는 복마전에서 대신관 자리까지 올라간 사람.

셴이 속내가 투명하고 느물거리는 해파리라면, 옥타비아는 신전에서 구렁이 백 마리를 상대하는 새카만 이무기였다. 셴과 마찬가지로 구빈원에서 자란 그녀의 진짜 무서움은 그 속에 있었다. 햇빛을 머금은 금발이 보여주는 화사한 인상에 속았다가는 순식간에 목을 물어뜯긴다.

그녀의 눈이 번뜩였다.

"내 말 이해했니, 셴?"

"예. 그럼요, 옥 누나."

"그래. 그럼 어서 가서 황제 폐하의 마음을 사로잡으렴. 그분께서 신전을 탈탈 털어서 뒤엎어 버리시기 전에."

셴이 한숨을 푹 쉬었다.

옥타비아는 다리를 꼰 채 씨근덕거렸다.

"신전의 늙은이들은 아직도 황제 폐하를 그 어리던 황녀로 착각해. 착각도 그런 착각이 없지. 분명 신교는 제국을 지탱하는 커다란 수레바퀴야. 하지만 흠집 많은 바퀴가 삐걱거리면 마차 주인이 마음먹고 갈아 치우는 법인데."

"……올가는 그럴 사람이 아닙니다."

"그래. 그러니 저 멍청이들이 기세등등한 것 아니겠니. 그래서 헌금도 좀 당겨서 쓰자고 걸핏하면 수작을 부리고, 쓸모없는 땅을 신전 이름으로 사들이려 들지! 수도원을 사유화하려 들고!"

"진정하세요."

"황제께서 수많은 눈을 신전에 심어둔 것도 모르고. 멍청이들!"

옥타비아가 분개했다.

"에드워드 폐황자에게 지하동을 빌려준 게 들켰을 땐 그렇게 눈치를 보더니! 황제께서 그 일을 넘어가 주시니 또 꼿꼿하게 고개를 드는구나. 삼시 세끼를 표백제에 말아 먹는 작자들 같으니……. 어쩜 그렇게 멍청할 수가!"

"삼시 세끼를 표백제……."

언제 들어도 끝내주는 독설이다. 셴이 신음했다.

옥타비아가 음산하게 말했다.

"셴. 너는 내 마음 알지?"

"예, 옥 누나, 알아요."

"그래. 분통이 터져서 매일 밤 확 저것들을 거꾸로 매달아 버리고 싶지만, 어쩌겠니! 미워도 내 식구인데! 때려도 내가 때리고, 단속해도 내가 해야지!"

옥타비아와 셴은 신전이 관리하는 구빈원에서 자랐다. 커서는 각자 다른 집안으로 입양을 갔으나, 힘든 시기를 신앙심으로 이겨냈기에 신전 없는 삶은 상상하기 어려웠다.

신전이 권위를 잃고 추락하게 된다면, 그들 또한 괴로워지는 건 마찬가지였다. 당장 올리브 같은 아이들이 있는 구빈원에 보낼 헌금도 똑 떨어질 것이다.

"나는 기필코! 그 삿된 자들을 신전의 가장 후미진 곳에 처박아서 이슬만 먹고 살게 할 것이다."

"예, 예. 제가 도와드려야죠. 구빈원 의리가 있지."

"그래. 그러니 무슨 일이 있어도 황제 폐하와 신전은 척을 지어선 안 돼. 반황실파 신관 몇 명이 황제 폐하의 속을 긁더라도 그분께서 노하지 않으시도록 너라도 폐하의 비위를 맞춰야 해!"

"……예에. 그럼요."

현재 신전은 두 세력으로 나뉜다. 친황실파와 반황실파다. 셴이나 옥타비아를 비롯한 젊은 층은 황실을 지지한다. 반면 어떤 이들은 황가가 매년 카르나크 신교에 막대한 헌금을 바치니, 황제마저 제 아래로 본다.

"신전도 세금을 낸다는 것을 잊어버리는 멍청이들! 가끔은 그것들이 마셔야 할 아침 이슬도 아깝다."

옥타비아는 울분을 터뜨렸다.

올가는 뛰어난 황젯감이다. 신전이 신을 방패 삼아 허튼 짓거리를 벌이는 순간 모조리 축출해서 본보기로 보일 것이다. 그리고 신교의 평판은 바닥으로 추락하겠지.

옥타비아는 수년간 그 일을 막기 위해 저보다 나이 많은 신관과 맞섰다. 보통 사람이라면 못해낼 일이지만, 옥타비아는 했다. 순수한 마음으로 신교를 믿고 따르는, 그 보살핌을 받아야만 살 수 있는 아이들을 위해서였다.

"네가 왜 널 백기사단장으로 밀어주었겠니? 왜 안토 가문이 너를 좀 밀어달라는 말에 안 내키는 척 응해줬겠어?"

"하아…… 딱히 부탁한 적 없지만요."

"그래? 그럼 그만둘래?"

옥타비아가 희게 웃었다.

"백기사단장을 그만두고 폐하를 알현할 기회도 없을 일개 백기사로 돌아갈래?"

"우와, 갑자기 단장실이 제집처럼 느껴지네요."

빛보다도 빠른 태세 전환이었다.

'진짜 중간 관리직 한번 더럽게 힘드네.'

셴은 남몰래 푸념했다. 백기사단 단장은 신전과 황실의 미묘한 관계에서 균형을 잡아야 했다. 신전의 복잡한 알력 다툼에 끼어들지 않되, 마냥 무관해서도 안 되는 위치였다. 잘해낼 자신이 있었고, 실제로도 잘해내고 있긴 했다.

그런데도 가끔은 마음이 답답했다. 신전이니 백기사니 친황실파니 뭐니, 복잡한 이해관계에 얽힌 것 자체가 싫어지곤 했다.

'……'

올가는 저를 보며 무슨 생각을 하고 있을지. 그녀는 영특한 사람이니, 이 상황을 알고도 모르는 척하고 있으리라. 혹시 올가의 눈에는 내가 신전 때문에 알랑방귀를 뀌는 것처럼 보일까?

그런 생각이 안 드려야 안 들 수 없었고, 셴의 미간에 주름이 생기게 하는 원인이었다. 어쩐 일로 셴의 얼굴이 먹구름이 낀 듯 어두워졌다.

"셴?"

이름을 부르자 셴이 관성처럼 대답했다.

"네, 옥 누나. 그럼요. 제가 도와드릴 겁니다. 의리가 있죠."

마! 우리가 남이가!

이러니저러니 해도 셴 또한 결국 신전을 완전히 외면하지 못하는 사람이었다. 그는 영양가 없는 고민을 얼른 관뒀다.

"걱정하지 마세요. 이 오해는 다 풀 거니까요. 풀 수 있을 겁니다. 아마도요."

올가는 말이 통하는 사람이다. 처음부터 차분히 말한다면 전부 이해해 주리라. 셴이 근거 없는 자신감에 찬 생각을 늘어놓을 때였다.

"단장님. 적기사 유디트 경께서 찾아오셨습니다."

"……!"

단장실 노크 소리와 함께 백기사가 들어왔다. 옥타비아가 눈을 크게 뜨더니 자리에서 벌떡 일어났다.

머잖아 유디트가 집무실로 들어왔다. 그러자 셴보다도 빠르게, 옥타비아가 천사처럼 화사한 얼굴로 그녀를 마중했다.

"어머나, 어머나! 이게 누구세요, 유디트 경! 이리도 귀하신 분을 마주할 줄 알았으면 시간을 비워두었을 텐데요."

"옥타비아 대신관님."

유디트가 옥타비아를 보고 놀란 얼굴을 했다. 반면 옥타비아의 얼굴에는 미소가 꽃을 피웠다.

"정말 오랜만에 뵙네요. 그간 잘 지내셨는지요?"

"덕분에 잘 지냈습니다. 요전에 대신관님께서 내려주신 축복 덕분입니다."

"아닙니다. 그깟 축복이야 경께서 원하신다면 두 번이든

세 번이든…… 원하시면 오늘도 해드려야지요."

어느새 가까이 다가간 옥타비아가 유디트의 손을 꼬옥 잡았다.

쉔은 질려 버렸다는 얼굴로 그 광경을 바라보았다. 하여튼 저 이중인격자 같으니라고. 권력 실세와 친하게 지내두면 나쁠 거 없다고 말하는 건 구빈원 시절이나 지금이나 똑같았다.

그러나 옥타비아가 아무리 애써도 유디트는 유디트였다. 그녀의 철벽을 무너뜨리는 건 기류뿐이었다.

"마음만 받겠습니다. 괜찮습니다."

"그래도……."

"정말 괜찮습니다."

유디트가 단호하게 거절했다.

옥타비아는 못내 아쉬운 얼굴을 했다.

"쉔 단장님께 드릴 말씀이 있어서 찾아왔습니다만, 혹시 대화 도중이었다면 죄송합니다. 방해할 생각은 아니었습니다."

"아니에요. 마침 나갈 생각이었답니다. 천천히 이야기 나누도록 하세요."

"감사합니다."

"쉔 단장님. 그럼 전 이만 실례하겠어요."

"……조심히 돌아가십시오, 옥타비아 대신관님."

'허튼소리 하면 회를 쳐버릴 거예요, 이 해파리.'

'얼른 가요, 이 이중인격자 대신관.'

두 사람이 인사와 함께 시선을 주고받았다.

마침내 옥타비아가 자리를 떠났다. 유디트는 우아하게 문을 닫고 나간 대신관을 짤막하게 평했다.

"대신관님은 언제 봐도 참 경건하신 분이네요."

"옥타비아가 경건……. 말을 맙시다."

셴이 절레절레 고개를 저었다.

"그래요, 무슨 일 때문에 오셨습니까?"

셴은 본인이 그렇게 물어봐 놓고 곧 손사래를 쳤다.

"아니지, 답을 아는데 괜히 물어봤네. 폐하는 알현하셨습니까?"

"네, 뭐……."

하여간 눈치 하나는 참 빠른 사람이다. 유디트는 이야기를 질질 끌지 않는 그의 성격에 감탄하며 소파에 앉았다.

"많이 놀라셨더군요."

"하아……. 역시 소문이 귀에 들어갔군요."

"제 훈장 걸고 하는 말인데, 그 소문 못 들은 사람 없을 거예요."

"어쩌다 그렇게 유명한 소문이 된 건지 모르겠단 말이죠."

"그야 소문의 대상이 셴 안토니까?"

"제 이름에 소문을 부르는 힘이라도 있었습니까? 앞으로 참고하죠."

그가 툴툴거렸다.

"그래서 폐하께 고스란히 말씀드렸어요? 훈련장에 셴 안토의 딸이 나타났었습니다! 이렇게요?"

"물어보시는데 대충 둘러댈 순 없으니까요."

그것도 그랬다. 유디트가 맞는 말만 하니 셴의 얼굴이 더욱 어두워졌다. 그가 진지한 얼굴로 말했다.

"유디트 경. 다시 말씀드리지만, 올리브는 정말······."

"네, 단장님 딸이 아니라고요. 그건 알아요. 들었습니다."

"······네?"

"나중에 올리브를 데리러 왔던 백기사가 다시 와서 해명하고 갔거든요."

셴이 눈을 깜빡였다. 해명했다고?

"다행이네요! 그럼 폐하께도······."

"네, 폐하께도 아는 대로 전부 말씀드렸지요. 그랬더니 오히려 더 불안해하시던데요?"

"뭐라고요? 왜?!"

"그러니까요. 왜일까요? 저도 그게 궁금해서 온 겁니다, 셴 단장님."

유디트가 의아하다는 얼굴로 물었다. 두 사람은 사이좋게 어깨를 으쓱였다.

왜지? 왜일까.

너는 앎? 나는 모름.

눈빛이 오가길 몇 분. 가만히 팔짱을 끼고 셴을 바라보던 유디트가 설마설마하며 입을 열었다.

"셴 단장님. 혹시 올가 폐하께 사랑한다고 말한 적 없습니까?"

"예? 갑자기 그건 왜 물어봅니까."

"폐하께서 그러시더군요, 셴은 사랑한다는 말을 하지 않아도 아껴주는 걸 알 수 있어서 좋았다고."

"……."

"대답해 보세요. 있나요, 없나요?"

"……."

"……설마 없는 겁니까?"

낯선 침묵이 휘몰아쳤다. 유디트의 낯빛이 점점 굳었다.

"잠깐만요, 진짜로요?"

셴이 슬그머니 고개를 돌리며 휘파람을 불자 그녀가 사자후를 터뜨렸다.

"진짜요? 진짜 없었냐고요! 단 한 번도?!"

"꺄악! 야만인! 내게 다가오지 말아요!"

유디트가 하얀 장갑 낀 손을 더욱 야무지게 말아 쥐었다. 셴은 주먹을 보자마자 발라당 누운 개처럼 배를 쭉 내밀었다. 차마 백기사단에서 백기사단장을 폭행할 수는 없기에 유디트는 꾹 참았다.

"설마설마했습니다. 근데 진짜였어요?!"

"어, 어쩔 수 없었다고요! 저도 사정이 다 있다고요!"

"사정은 무슨 사정!"

"저는 '안토'란 말입니다!"

"그게 무슨 소리세요?"

"으으…… 이런 이야기 질색인데!"

셴이 머리를 벅벅 긁으며 이야기를 시작했다.

"유디트 경. 당신 구빈원이 어떤 곳인지 압니까?"

"자세히는 모릅니다. ……신전에서 버려진 아이를 돌보는 곳 아닌가요?"

"그래요. 13살까지는 신전에서 돌봐주지요. 하지만 14살이 되면 그곳을 나와야 하니, 구빈원 아이들은 뭐든 악착같이 공부하고 배우지요. 기술이든, 화술이든, 뭐 하나 재주를 익히느라 혈안입니다."

셴의 경우 검술이었다. 그는 일찌감치 기사가 되기로 마음먹었다. 셴은 운이 좋았다. 제법 빨리 에테르를 익혔기에 14살이 되자마자 입양하겠다는 사람이 나타났으니까.

"그게 안토 가문이었고요?"

"맞습니다."

안토 가문은 요 수십 년간 상업으로 크게 성공한 가문이었다. 따지는 건 실리와 실익뿐. 그걸 위해서 구빈원 아이를 데려와 가르치고 가족으로 '편입'했다.

이유는 두 가지였다. 첫 번째는 구빈원 아이를 입양하면 들어오는 정기적인 양육 보조금. 두 번째는…….

"그거 압니까? 가족이라는 건 생각보다 괜찮은 노동력이에요."

셴이 냉소적으로 말했다.

"똑같이 밥 주고 재워주면서 일 시켰을 때 타인에게는 돈을 줘야 하거든요? 그런데 가족은 당연한 노동력으로 여기죠. 노예처럼 부려먹히기 딱 좋아요. 저는 스무 살이 되자마자 그 집을 나왔습니다."

신성력에 눈을 떠서 스텔라나이츠 가문으로 입양되었던 옥타비아도 사정은 그와 비슷했다. 둘은 결국 아낌없는 사랑을 받은 기억이 있는 곳, 카르나크 신교로 되돌아왔다. 그리하여 셴은 기사단장이 됐으며 옥타비아는 대신관 자리에 앉았다는 이야기다.

"혹시 폐하의 곁에 있는 게…… 구빈원 출신이라 꺼려지시는 건가요?"

"그럴 리가요? 저는 누구보다도 덕망 높은 사제님 손에서 컸습니다. 카르나크의 품 안에서 자랄 수 있었던 걸 지금도 축복이라 생각합니다. 그곳을 부끄럽게 여긴 적은 한 번도 없습니다."

"그럼요?"

"제가 걱정되는 건 안토 가문입니다."

그가 퉁명스럽게 말했다. 그러나 유디트는 여전히 의아했다.

"가문이요?"

"무슨 소린지 모르겠습니까? 안토 가문은 어떻게든 황제에게 비비려 들 집안이란 겁니다."

그가 연이어 말했다.

"애 아버지가 아니라고 해명하는 건 당연히 그래야지요. 그리고요? 그래서요? 그다음은요? 올가에게 청혼이라도 하라고요?"

"한 거 아니었습니까?"

"미쳤어요?!"

셴이 펄쩍 뛰었다.

"무슨 그런 불경한 소릴 합니까!"

"불경……."

유디트는 이제 기가 막혔다. 꾹 참고 듣던 그녀가 소리쳤다.

"아니, 그럼 지금까지 그 멋진 척, 달관한 척, 연애 전문가처럼 굴었던 모습은 뭐였는데요!"

"제가 언제 그랬는데요? 언제요? 전 그런 적 없거든요!"

"그럼 더 문제거든요! 지금껏 사랑한다는 고백 한마디 안 하고 여지만 잔뜩 준 채 올가 폐하 곁을 십 년 가까이 해파리처럼 둥둥 떠다녔다는 거 아니에요! 이 사람 안 되겠네?!"

시원한 비난이었다. 옥타비아가 들었다면 엄지를 치켜들고 탄산수를 몸에 끼얹을 만큼 시원했다. 유디트는 조용히 셴을 향한 인물 평가표에서 별점 하나를 깎았다.

셴은 나름대로 억울함을 토로했다.

"사랑이 공수표입니까?! 턱턱 남발하게! 함부로 해도 되는 말이 아니라고요!"

"그래서 앞으로도 청혼은 안 할 거고요? 사랑한다는 말도?"

"그, 그건······."

"단장은 백기사니까, 올가 폐하께서는 황제니까. 계속 이래왔으니 앞으로도 이러시겠다?"

십 년간 나밖에 안 보인다는 듯 쫓아다녔으면서도 사랑한다는 말 한마디도 안 했고, 그 사람에게 숨겨둔 애가 있었다는 소문이 황궁을 뒤흔들어 대는 이 시국에?

유디트가 기가 막힌다는 듯 말했다.

"저도 남의 사정에 이러쿵저러쿵하긴 싫은데요, 정말 싫은데! 그렇게 할 거 다 한 것처럼 굴었으면서 그러는 거 아닙니다!"

"뭐가요! 왜요! 저는 침대에서 잠든 사람 손만 잡았습니다! 단 한 번도 으으음란한 욕구를 품지는 아아아않······ 았다고요!"

딱 봐도 거짓말처럼 들렸다. 하지만 진짜라면 그것도 그것대로 문제였다.

유디트는 이 인간이 뭔가 심각하게 잘못되었음을 깨달았다.

하지만 원래 연애란 그런 것이다. 제 일이 아닐 때는 세상 쿨한 척 멋진 척 조언하고 훈수 두기 쉽지만, 자기 일이 되면 폭포수 맞으러 기어들어 가는 멍청이로 돌변하는 범우주적 사건 사고.

사랑 앞에서는 인간 해파리 셴 안토도 별다를 게 없었다.

유디트가 당장에라도 '으' 하고 피할 것 같은 눈으로 그를 보았다.

"눈으로 욕하지 마세요!"

"그냥 보고 있는 겁니다."

"거짓말! 그럼 눈을 왜 그렇게 뜨는데!"

아웅다웅, 티격태격, 버럭버럭.

애처럼 싸우는 현 백기사단장과 미래의 흑기사단장이 씩씩대며 숨을 몰아쉰 건 그로부터 십 분 후였다.

"하…… 됐습니다. 이런 불경한 대화, 애초에 백기사단에서 나누면 안 될 이야기라고요! 애들은 가라, 애들은 가!"

유디트가 책상 위 만년필을 단검처럼 쥐고 에테르를 불어넣었다. 펜촉이 황금빛으로 물들자 셴이 태도를 바꿨다.

"물론 이곳엔 애들이 없죠. 편안히 있다 가십쇼."

그는 평화주의자였다.

영양가 없는 실랑이가 오가자 두 사람 다 쫄딱 지쳐 버렸다. 둘은 암묵적으로 소강상태에 들어섰다.

"하여튼 해명은 할 겁니다. 당연히 할 거예요. 하지만 청혼은⋯⋯."

"⋯⋯청혼은?"

"올가는 황제고 저는 백기사 아닙니까. 저는 평생 신에
게 봉사해야 한단 말입니다. 힘들죠, 당연히."

그 황제를 태연하게 이름으로 부르고 앉아 있는 주제에
무슨 소릴 하는 거야. 유디트는 불신 가득한 얼굴로 그를
바라보며 고개를 내저었다.

"지금 안 하면 후회하실걸요?"

"살면서 후회 안 하는 인간이 있긴 하고요? 이 이상 저
랑 기운 빼지 말고, 다시 한번 폐하를 뵈걸랑 말씀드려 주
세요. 셴 안토에게는 올가 황제님뿐일 거라고."

셴은 몹시 피곤했다. 그래서 유디트의 묘한 말투 속에
담긴 뜻을 눈치채지 못했다. 그녀의 끈질긴 시선이 무얼
뜻하는지도.

"또 할 말 남았습니까?"

"⋯⋯아뇨. 없습니다."

"그럼 안녕히 가세요. 집에 가서 이불을 목 끝까지 덮고
코야코야 흠냐흠냐 하시기 바랍니다."

축객령이 떨어졌다. 유디트는 고개를 흔들며 일어났다.

"그래요. 굳이 그렇게 후회하시겠다면야⋯⋯. 말마따나
살면서 후회 안 하는 인간은 없으니까요."

그녀가 반드시 후회할 거라는 듯, 의미심장한 말을 남기

고 떠났다.

셴이 유디트의 말을 이해한 건 그로부터 사흘 후, 황제 알현 신청을 사흘째 거절당한 것도 모자라 살사노 왕국에서 올가 황제에게 청혼서를 보냈단 사실이 알려진 날이었다.

❊　✳　❊

올가 황제가 가진 걸 알아보자. 돈, 재력, 미모, 인망, 평판, 성품, 능력, 국가……

……그만 알아보자.

"올가 폐하께서는 누구든 지목만 하시면 되죠. 누가 그분을 마다합니까."

비스타가 말했다. 식당에서 그 주변으로 모여든 적기사가 하나같이 고개를 끄덕이며 동의를 표시했다. 그 속에는 유디트도 있었다.

"저는 살사노 왕국에서 온 청혼도 늦었다고 생각합니다."

"네, 잘된 일이죠. 폐하께서 빠르게 제국을 안정시키셨고, 그걸 타국에서도 인정하고 받아들였다는 의미니까요."

유디트가 포크로 샐러드를 뒤적거렸다.

비올레는 반신반의했다.

"폐하께서 살사노의 청혼을 받아들이실까요?"

"그럴 일은 거의 없을걸? 팔마락시스는 살사노 2왕자니까."

헤일리가 고개를 저었다. 그러자 그 자리에 있던 적기사가 각기 다른 의견을 쏟아냈다.

"모르는 일이죠. 혹시 내일 도착한다는 2왕자가 끝내주는 미남일지도 모르고!"

"첫눈에 반하는 로맨스가 펼쳐질지도 몰라."

"이번엔 곧바로 거절하지 않으셨잖아?"

"에이, 그래도 살사노에서 온 구혼인데 단번에 차면 쓰나. 적당히 시간을 두고 거절하시겠지."

"그래도 대박 사건이긴 하죠."

모두가 와자지껄 떠들었다.

"궁내 시녀에게 듣자 하니, 폐하에게 청혼서가 마구 들어오고 있다더군요. 혹시라도 기회가 생기지 않을까 싶어서."

"지금까지는 워낙 여지도 주지 않으셨으니까요. ……이번 일을 계기로 당분간 구혼이 빗발치겠군요."

유디트는 샐러드를 우적우적 씹으며, 하얀 로브가 회색으로 변할 때까지 데굴데굴 굴러다닐 셴을 상상했다. 아주 그냥 샐러드가 꿀맛이었다.

"유디트, 넌 어떻게 생각해?"

"뭘?"

"폐하께서 정말 왕자의 구혼을 받아들이실까?"

비올레가 눈을 깜빡였다. 유디트는 포크를 입에 물고 잠시 생각했다.

"글쎄, 잘 모르겠지만 받아들이실 수도 있지?"

여지만 주는 남자는 최악이다. 만약 기류가 10년 넘게 제게 마음 있는 것처럼 행동하면서도, 사랑한다는 말을 한 번도 하지 않았다면?

'나라면 놔버렸을걸.'

이제 모든 건 올가에게 달려 있다. 그 인간 해파리를 하해와 같은 마음으로 거두어주느냐 마느냐의 갈림길이었다.

✳   ✳   ✳

올가는 멍하니 창밖을 바라보고 있었다. 파란 하늘과 약간 차가운 바람. 따사로운 햇살까지. 어느새 가만히 있어도 절로 기분이 좋아지는 계절이다.

'봄이구나.'

올가는 봄을 가장 좋아했다. 좋아하는 수선화가 가득 피는 계절이라서. 그 수선화를 매년 꼭 한 송이씩 잊지 않고 가져오는 사람이 있어서.

"폐하. 타티아나입니다."

"아, 응. 들어오너라."

올가는 한 박자 늦게 입실을 허락했다.

"간밤에 평안하셨습니까?"

"그래. 너는 잘 잤니?"

"예. 모두 폐하 덕분입니다."

새파랗게 어릴 적부터 함께해 온 타티아나였으나 그녀는 언제나 태도가 한결같았다. 올가는 픽 웃고 말았다.

타티아나가 침구를 척척 정리하는 동안 올가는 또다시 창밖을 바라보았다. 정원 가득 핀 수선화 향기가 바람에 실려 왔다. 자꾸만 마음이 수런거렸다.

'이러면 안 될 텐데……'

"폐하?"

타티아나가 그녀를 불렀다.

"어디 불편하신 곳이라도 있으십니까?"

"아니다. 난 멀쩡하다."

"……걱정됩니다."

타티아나가 솔직하게 말했다. 올가는 그 말을 듣고 웃어 버렸다.

"왜, 셴 때문에?"

"벌써 며칠째 알현을 거절하지 않으셨습니까."

침거 중에도 셴을 마다한 적 없는 올가였다. 이제 와서 사랑싸움하기엔 두 사람 다 너무 서로를 잘 알았다. 게다가 올가를 오래 보아온 타티아나로서는, 올가에게 셴을 대신할 상대가 없다는 걸 알고 있었다.

"침구가 많이 흐트러져 있었습니다. 푹 잠들지 못하셨지요?"

"……그래도 예전보다는 훨씬 나아졌단다."

올가가 짐짓 밝게 대답했다.

"역시 셴 단장을 불러오는 게 좋겠습니다."

"너는 셴이 괘씸하다고 하지 않았니?"

"괘씸합니다. 그래도 폐하의 마음이 그자와 함께 있을 때가 편하다면 그 해파리 같은 사내라도 쓸모가 있지요."

"셴의 평판이 어쩌다 이렇게 떨어졌을까."

올가는 웃어버렸다. 타티아나는 당장에라도 침실 밖으로 뛰어나갈 기세였다. 그래서 올가는 그녀를 불러 세웠다.

"걱정 말거라. 내게 생각이 있어서 그러는 거니, 일주일 은 이대로 알현을 거절해 주렴. 혹시 너를 찾아오더라도 만나주지 말거라."

"예. 알겠습니다."

타티아나가 공손히 고개를 숙였다.

올가는 아침 식사를 침실에서 먹겠다고 결정했다. 주방 에서 식사를 준비하는 동안, 그녀는 또다시 창밖에 핀 수 선화를 바라보았다.

수선화를 보고 있으면 셴과 처음 만났던 그 시절이 떠 오른다. 둘은 수선화가 가득 핀 정원에서 처음 만났다.

올가의 의식이 머나먼 옛날을 훑었다.

"뭡니까. 우는 사람 처음 봅니까."

"……예쁜 꽃을 앞에 두고 우는 사람은 처음 봐서."

지금이야 굴리면 굴러갈 것처럼 둥글둥글한 셴이지만, 처음 만났을 때의 그는 굉장히 모난 인간이었다.

당돌하고 버릇없던 과거.

"구경났나 보죠?"
"음, 미안하구나. 로브를 보니 백기사로구나. 왜 울고 있느냐?"
"……."
"왜 우느냐니까."
"불쌍해서 웁니다. 이 땅의 만민이 불쌍해서 웁니다."

생각지도 못한 대답이었다.

6년간 이어지는 백기사의 구호 활동. 셴은 신성력이 없었던 그 시기가 제 인생에서 가장 힘들었다고 회고했다.

음식과 담요를 가져다주며 환자를 돌보는 것 외에는 아무것도 할 수 없었다며, 치유 마법 하나 쓰지 못하는 게 서럽다며 울던 모습이 올가의 뇌리에 깊게 남았다.

강렬한 만남이었다. 만발한 수선화도, 노란 수선화 향기도, 그 속에서 요정처럼 예쁘게 울던 청년도.

"……네 이름이 무엇이냐?"

그녀가 셴에게 해줄 수 있는 것은 얼마 없었다. 그저 함께 울어주고, 조금 더 많은 음식과 담요를 보내준 게 황태녀였던 그녀가 해줄 수 있는 전부였다.

셴은 제국 각지를 돌아다니며 환자를 돌보았다. 올가는 그런 셴이 좋았다. 훌쩍 떠났다가, 다시 나비처럼 돌아와서 여러 가지 이야기를 해주는 것이 좋았다. 돌보았던 환자가 나았다는 이야기, 보살폈던 아이가 학교에 들어갔다는 이야기, 산파를 도와서 산모를 살렸다는 이야기.

저와는 너무나도 다른 사람이라서 순식간에 마음이 기울었다. 칩거를 결정한 뒤에도 셴만큼은 밀어낼 수 없었다. 셴이 들려준 온갖 이야기를 듣고 있으면, 오팔궁에 틀어박혀서 항상 불길한 미래만을 상상하던 마음이 신기할 정도로 가벼워졌다.

그리고 지금껏 아무 문제도 없었다. 굳이 말로 하지 않아도 그녀의 좁은 세계에는 셴뿐이었고, 셴 또한 그럴 거라 생각했으니까.

'하지만 이젠……'

슬슬 정리해야 할 때인가 보다.

하긴, 그녀는 더 이상 오팔궁에 틀어박힌 황녀가 아니었다. 천 일 밤은 훨씬 예전에 지났으며, 세헤라자데는 이야기를 끝냈으니까.

"……타티아나. 오늘 회의는 전부 미뤄주련?"

"쉬시려고요?"

"그래. 수선화를 보러 가고 싶구나."

올가는 나긋한 미소를 띠며 다시 한번 수선화 핀 정원을 바라보았다.

＊　＊　＊

한편, 백기사단 집무실.

반감금 상태로 옥타비아가 던져준 일거리를 해치우던 셴은 머리를 박았다.

"말마따나 살면서 후회 안 하는 인간은 없으니까요."

그게 이런 의미였어?! 셴은 유디트의 예상과 한 치도 벗어나지 않는 몸짓으로 바닥을 데굴데굴 굴렀다.

오늘로 꼭 엿새째였다. 그간 셴은 한 번도 올가를 만나지 못했다. 매일매일 집무실에서 도망친 셴은 득달같이 달려가서 알현 신청을 넣었다. 그러나 알현은 번번이 거절당했다.

최후의 수단으로 황녀 궁에서부터 오래 일한 타티아나를 찾아갔지만, 그녀도 휴가를 받아 고향으로 내려갔다는 말만 들었다.

'어떡하지? 타티아나 양까지 없으면 날 도와줄 사람은 아무도 없는데!'

타티아나는 그나마 셴이 믿고 있었던 마지막 희망이었다. 그녀는 종종 셴을 한심하고 뒷심 없는 해파리처럼 보았지만 비가 와도 눈이 와도 칩거한 황녀를 만나러 오팔궁까지 찾아오는 셴을 갸륵하게 여겨서 편의를 봐준 아군이었다.

'어떻게든 될 줄 알았는데!'

셴이 익룡처럼 소리 지르며 집무실 바닥을 굴렀다.

"아아아아! 카르나크! 진짜 이러시깁니까! 이러시기냐고요! 카르나크! 내겐 강 같은 카르나크! 당신마저도 저를 버리십니까!"

뭐 인마, 네 연애사까지 날 붙잡고 한탄하지 마. 옥타비아가 들었다면 카르나크를 대변해서 한마디 해주었을 광경이었다.

"이대론 안 돼……."

셴은 위기감을 느꼈다.

'내일이면 벌써 일주일째야. 아직 소문 때문에 생긴 오해도 직접 풀지 못했는데!'

팔마락시스 2왕자의 구혼 소식은 셴을 자다가도 벌떡 일어나게 하는 저혈압 치료제였다. 정말 미쳐 버릴 것 같았다.

"이, 이대로 갇혀 있을 순 없어!"

그가 바닥을 짚고 벌떡 일어났다.

그러나 셴의 야심 찬 탈출은 허망하게 저지당했다. 집무실 문을 열자마자 흉흉한 기세로 그를 반겨주는 백기사가 하나, 둘, 셋, 넷……

"안 됩니다."

"절대 안 됩니다."

"자, 잠깐만 다녀온다고요! 한 시간만!"

"한 시간은커녕 일 분도 봐드릴 수 없습니다."

"어서 들어가세요. 어제도 튀셨잖아요."

부하들이 문 앞을 철벽 사수했다. 셴은 얼떨결에 떠밀렸다.

"일 거의 다 했다고요!"

"정말요?"

"아까 바닥 구르던 소리 들리던데요?"

"얼마나 하셨습니까?"

"다 끝나신 게 확인되면 보내 드리겠습니다."

"쯧. 안 하셨군요. 아까랑 서류 쌓인 모양이 똑같습니다."

"아이고오! 백기사가 사람 감금하네!"

셴이 목 놓아 소리쳤으나 상황은 조금도 호전되지 않았다. 백기사는 매정하게 집무실 문을 닫았다.

셴은 미치고 팔딱 뛸 것 같은 기분이 되었다. 올가에게 해야 할 말이 산더미였다. 그런데 왜 하필 이럴 때 저를 감금해 둔단 말인가.

분통이 터지다 못해 억울할 지경이었으나, 이 모든 게 셴이 직접 뿌린 씨앗이었다.

오늘은 식사 때 올가 황제가 좋아하는 밤 양갱이 나왔으니 만나러 가야겠다는 둥, 갑자기 그분이 날 부르는 것 같은 기분이 든다는 둥. 셴은 온갖 이유를 구실 삼아 싸돌아다니며 백기사단을 비웠었다.

덕분에 쌓인 서류는 천장까지 닿을 지경이었다. 옥타비아는 이번 기회에 단단히 버릇을 고쳐놓겠다며 감금이라는 수단을 들고 나온 게 확실했다.

"이, 이, 이렇게 된 이상 창문으로 뛰어내려서라도……!"

일 다 끝내고 당당하게 걸어 나가는 게 아니라, 어떻게든 탈출할 궁리부터 하기. 이게 바로 셴 안토가 백기사에게 신망을 잃는 결정적인 이유였다. 이 지경이 될 때까지도 셴은 참 일관적인 인간이었다.

셴이 호기롭게 창문을 열어젖혔다. 뛰어내리다가 다쳐도 상관없었다. 치유 마법은 이럴 때 쓰지 언제 쓰라고!

그러나 옥타비아는 만반의 준비를 마친 뒤였다. 창문을 열자마자, 아래층에서 대기하고 있던 백기사 세 명이 그를 향해 손을 흔들었다.

"단장님! 도망치시려고요?"

"탈출하려는 의지는 높이 사지만, 옥타비아 님이 한 번만 더 도망치면 그땐 의자에 묶어도 좋다고 허락하셨습니다!"

"여기 튼튼한 밧줄 준비해 놨습니다!"

셴은 얌전히 창문을 닫았다. 그는 터덜터덜 걸어서 책상 앞까지 돌아왔다. 그리고 눈물을 훔치며 서류 더미를 끌어안았다.

"이걸 언제 다하라고요……."

탈출은 요원하기만 했다.

* * *

느림보 거북이처럼 일하던 셴의 꽁무니에 불이 붙은 건 그다음 날 일과였던 오전 예배가 끝났을 때였다.

"셴 경."

"……이든 황자 전하?"

부하에게 집무실까지 떠밀려서 걸어가던 셴이 걸음을 멈췄다.

"여긴 어쩐 일로……."

"잠시 단둘이서 이야기 좀 할 수 있을까?"

이든의 눈빛이 몹시 진중하며 무거웠다. 셴은 이 대화를 피할 수 없다는 걸 직감했다.

"예, 물론입니다."

황자가 단독으로 지명하니, 셴의 등을 떠밀던 백기사도 살며시 눈치를 보았다.

두 사람은 신전 안뜰로 나왔다. 물론 셴을 감시하는 시선은 여전히 따라붙은 채였다.

"내가 이렇게 말하는 게 탐탁지 않겠지만, 중요한 이야기니 꼭 말해주게."

이든이 먼저 용건을 말했다.

"얼마 전 살사노 왕국의 2왕자 팔마락시스가 누님에게 정식으로 구혼했네. 그건 알고 있겠지?"

"……네."

셴이 저도 모르게 마른침을 삼켰다.

"누님은 대답을 유보하셨지만, 팔마락시스 왕자는 쉽게 포기하질 않고 있네. 그야말로 받아줄 때까지 구혼할 기세야."

"……."

셴의 얼굴이 차갑게 굳었다.

"누님께서 구혼을 받아들여서 내게 양위하신 뒤, 사막 나라의 신부가 되어 떠나신다면 말릴 방법이 없네."

"그리 간단히…… 떠나실 것 같지는 않습니다만."

"하지만 열 번 찍어서 안 넘어가는 나무는 없다고 하지?"

"……."

"난 그게 걱정이네. 누님이 은근히 무르시더라고."

그건 셴도 동의하는 바였다. 이든이 복잡한 마음으로 물었다.

"경에게 아이가 있다는 소문을 들었을 때, 누님은 심하게 당황하시더군. 내 생각엔, 경에게 마음이 있으신 게 확실한데……."

셴은 속이 바싹바싹 타들어가는 것 같았다.

"그대도 같은 마음인지 확인하고 싶어. 자네는 누님을 어떻게 생각하나?"

요사이 살짝 시스콤 기질을 보이기 시작한 처남이 '우리 누나 어때요?'라고 물었다. 정상인이라면 '몹시 소중하고 사랑하는 상대이며 꼭 행복하게 해주겠습니다!'라고 대답했을 터.

그러나 셴은 입을 열었다가 닫기를 반복했다. 사랑합니다. 사랑해요. 그녀에게 고백하는 그 한 마디가 이상하게 어려웠다. 황제인 그녀에게 그런 말을 해도 되나? 안토 가문은 어떻게 하지? 그녀가 내 진심을 거짓 없이 받아들여 줄까? 백기사단장이 결혼한 선례가 있던가?

셴 안토는 결국 사랑 앞에서는 답을 쉽사리 내리지 못하는 탐구자였다. 그렇게 망설이던 때였다.

"누님은 그대와 함께하는 미래를 그리고 계셨어."

"……예?"

셴은 놀란 얼굴로 이든을 바라보았다.

"그대와 함께 성녀로서 대륙 곳곳을 누비고 싶다, 그게 꿈이다…… 그렇게 말씀하셨는데……."

"……."

"설마 들은 적 없나?"

이든은 의아하다는 듯 고개를 갸웃거렸다.

셴은 벼락 맞은 사람처럼 몸을 떨었다.

❅　✳　❅

"여기요."

"……세상에."

"앞쪽이 이번 분기 훈련 계획서고, 뒤쪽은 다음 달 파견 계획서 임시안입니다."

옥타비아는 기가 막혔다. 그녀는 셴이 내미는 종이를 받아 들며 투덜댔다.

"평소에 좀 이렇게 하면 어디가 덧……."

"투덜댈 시간에 서명부터."

셴이 일 초도 아깝다는 듯 다급히 말했다. 옥타비아가 소태껍질 씹는 표정으로 서류를 읽는 사이, 셴은 또다시 예배실 바닥에 주저앉아 다음 보고서를 속독으로 읽어 내렸다.

셴이 서류를 한 아름 안아 들고 예배실로 온 건 5시간 전이었다.

'서명받으러 오고 갈 시간도 아깝습니다. 방해 안 할 테니 잠깐만 있게 해주세요.'

그리고 여태껏 저 상태였다. 셴은 엄청난 집중력으로 한 번도 늘어지지 않고 서류를 처리했다.

'진작 좀 저럴 것이지!'

심지어 할 일이 줄어들수록, 셴의 집중력에는 가속도가 붙었다. 지켜보던 백기사들의 눈이 휘둥그레졌다.

'아침 예배 때 무슨 일이라도 있었나?'

분명 어제까지는 온갖 핑계를 대며 요리조리 빠져나갈 궁리만 하고 있었는데?

'오늘은 또 무슨 바람이 불었길래 저러는 거야?'

알다가도 모를 사람이 셴이라는 작자였다.

"자요. 여기 보고서. 저번 주 것까지 전부 정리했습니다. 서명한 거 주세요."

"……읽을 시간은 줘야죠."

"네? 여태껏 안 읽고 뭐 했어요? 놀았어요?"

'재수 없어.'

옥타비아는 하마터면 서류를 찢을 뻔했다. 다른 사람도 아니고 셴에게 뭐 했냐는 시선을 받긴 싫었다. 분노에 불타는 옥타비아가 셴에게 지지 않는 속도로 보고서를 읽어 내린 뒤 서명했다.

시너지 효과는 빠르게 나타났다. 한 시간 후, 산처럼 쌓여 있던 서류 탑이 모조리 무너졌다. 커다란 쾌거였다.

"우와…… 끝났다……."

"굉장해……."

지켜보던 백기사가 감탄을 터뜨리며 손뼉 쳤다.

셴이 옥타비아를 빤히 보았다.

"끝났습니다."

"······그러네요."

"전 자유의 몸일 테고요."

"당분간 셴 안토가 백기사단 단장직에서 하야할 필요도 없어 보이네요."

셴은 차가운 눈으로 깃펜을 내던졌다. 그리고 선언했다.

"이젠 날 찾지 마쇼!"

'다시 해파리로 돌아왔구나.'

진지함이 반나절은 갔나? 옥타비아는 혀를 차며 다리를 꼬았다.

셴은 로브를 팍팍 소리 나게 털고 있었다. 당장에라도 황궁까지 뛰어갈 기세였다. 옥타비아는 부루퉁한 얼굴로 한마디를 뱉었다.

"그러니까 평소에 잘 좀 하지."

이중적인 의미가 담긴 말이었다. 셴의 손이 멈췄다. 한참 후 그가 음산하게 말했다.

"······네. 입이 백 개라도 할 말이 없죠. 다 제가 잘못했죠."

"거짓말. 지금도 입 하나로도 조잘조잘하잖아."

매사에 진지함이 부족하고, 항상 요령만 피우는 백기사 단장. 하지만 수년 넘게 한 사람만 바라보며, 올가의 기사이자 신의 종으로 살겠다고 두 마리 토끼를 잡으려 뛰는 셴이 밉살맞지만 귀여웠다. 가당찮게 느껴지다가도 저리도 좋을까 싶어 웃어버리길 몇 번이더라.

옥타비아와 백기사는 절레절레 고개를 저으면서도, 웃으며 셴을 바라보았다.

"아 몰라요! 전 갑니다!"

"셴!"

"아악! 왜 자꾸 부르는데!"

"백기사가 결혼할 수 있는 거 알아요?"

난데없는 말에 셴이 눈을 크게 떴다.

"카르나크 신께서는 반인반룡! 인간과 드래곤 사이에서 태어난 사랑의 결실이고 기적이세요. 그분이 원하시는 건 공존과 평화, 다정과 평등! 그런 분이니 백기사의 결혼을 얼마나 얼마나 기뻐하실까요! 한번 생각해 봐요."

"……옥타비아!"

"그러니까 평소에 성서 해독 좀 열심히 하라니까!"

"진작 말해주지! 이 못된 사람아!"

옥타비아가 천진난만한 미소를 지으며 손을 흔들었다.

"어서 가서 청혼하고 오세요, 헛똑똑이 단장!"

셴은 씨근덕거리며 웃음소리가 울려 퍼지는 예배당을 뒤로했다.

그가 마구 뛰었다. 멀리서부터 불어오는 수선화 향기가 유독 진했다.

셴이 황궁에 도착했을 때는 이미 해가 진 뒤였다.

"폐하께서는 늦은 오수에 드셨습니다."

"그럼 깨어나실 때까지 기다리지요."

어차피 알현 신청을 해도 또 거절당할 게 뻔했다.

'이렇게 된 이상 불쌍해서라도 만나준다는 작전으로 간다!'

사랑 앞에서는 자존심도 염가 판매! 이미 깎을 가격도 없는 자존심을 앞에 두고 그가 두 주먹을 불끈 쥐었다.

"기다리셔도 만나 뵙기 어려우실 겁니다."

"괜찮습니다."

"……오늘은 돌아가시는 게 어떠십니까. 내일 다시……."

"오고 가는 시간이 아까우니 내일까지 대기하겠습니다."

황궁 시종인 입장에서는 '이 진상은 뭐냐' 소리가 절로 나오는 말이었다.

그러나 셴은 꿋꿋하게 자리를 지켰다. 어차피 오늘도 올가를 만나지 못한다면 그는 돌아가서 한숨도 못 잘 게 뻔했다. 하고 싶은 말이 그만큼 많았다.

대충 한 시간쯤 고집을 부리자, 아무도 그에게 돌아가라는 말을 하지 않았다. 그리고 기적이 일어났다.

"타티아나 양!"

"어휴…… 못 살아."

"역시 쉬러 고향으로 내려갔단 말은 거짓말이었군요!"

"목소리 좀 낮추세요. 여긴 황궁이에요."

타티아나는 못 말린다는 얼굴로 셴을 바라보았다. 셴은 간절히 기도하는 사람처럼 양손을 깍지 낀 채 그녀를 바라보았다. 결국 타티아나가 한마디를 툭 뱉었다.

"따라오세요. 최대한 조용히요."

타티아나가 셴을 데리고 간 곳은 황제의 침소였다. 그녀는 딱 30분만 자리를 비워주겠다고 말했다.

오팔궁 문이 닫혀 있었을 때, 셴은 한 번도 떨지 않았다. 그 문은 셴에게만은 언제나 열렸기 때문이다.

"……올가."

그러나 이 순간, 황제의 침실 앞에서 그는 떨고 말았다. 타티아나는 30분 뒤 돌아온다. 그동안 올가가 문을 열어주지 않는다면 그는 쫓겨날 것이다.

"들리십니까, 올가."

셴은 무거운 목소리로 말했다. 사방이 어두운 궁전은 무서울 정도로 고요했다. 그는 무심코 시선을 떨궜다. 문 틈새로 그림자가 보였다.

'아…….'

올가가 이 문 너머에서 말없이 서성이고 있다.

"열어주시면 안 되겠습니까. 할 말이 있습니다."

하지만 문은 열리지 않았다. 문이 열리지 않는 이유는 결국 하나였다. 헛소문에 그녀가 불안해할 만큼, 확신 가진 사랑을 주지 못했기 때문에.

'진작 당신에게 사랑한다고 말할걸.'

말하지 않아도 우리는 통한다고 생각했건만, 그건 셴의 오판이었다.

감정을 표현한다는 건 마음의 일부분을 정확한 단어로 골라서 늘어놓는 일이다. 내 마음을 정확하게 들여다보지 못해서, 혹은 어떤 단어를 골라서 늘어놓는 게 적절한지 몰라서. 인간은 그 두 가지 이유로 표현을 꺼린다.

셴은 전자가 어려워서 후자를 미뤄두었다. 그저 막연히 아끼고 애틋하게 여기는 마음을 올가가 알아주겠거니 했다.

요 일주일은 그 오판의 대가였다. 이제 셴은 닫힌 문 앞에서 애원해야 했다. 찾아오는 이를 모두 거절하면서도 저 한테만은 열렸던 문이, 여과 없이 그 또한 거절하며 밀어내고 있었다.

그리고 그건 셴을 거절함으로써 올가가 혼자가 된다는 뜻이다.

"올가, 제발 이 문 열어주세요."

마침내 남자는 제 가슴 안에 소용돌이치는 감정을 하나하나 끄집어냈다.

"접니다, 올가. 당신 이름 두 글자 뒤에 붙은 베리타스라는 성을 모조리 떼어내고 당신만 데리고 어디 먼 곳으로 도망치고 싶어 하던 미련한 놈입니다. 박애만이 사랑이 아님을 배우게 된 막돼먹은 놈입니다. 질투로 눈이 멀어버릴 것 같은 멍청이입니다."

아주 정확하게.

"카르나크 신의 종이자, 당신의 기사로 살고자 하는 셴 안토입니다."

매우 명확하게.

"……당신의 세헤라자데입니다."

철컥, 소리와 함께 문이 열렸다. 셴은 기적이 멀지 않은 곳에 있음을 느꼈다.

"……부끄러운 말을 잘도 하는구나."

올가의 얼굴은 붉게 달아올라 있었다. 혼란과는 약간 달랐다. 기쁘고 좋지만, 이런 말을 듣는 상황 자체가 민망해 보였다.

올가는 평소처럼 태연한 대답이 돌아올 줄 알았다. 경박하게 대답하길 좋아하는 셴이 감탄을 터뜨리며 팔짝팔짝 뛰어오를 줄 알았다. 그러나 예상은 보기 좋게 빗나갔다. 셴은 안도의 한숨과 함께 그녀의 팔을 세차게 잡아당겼다.

"……열리지 않을까 봐 미치는 줄 알았습니다."

그가 낮은 목소리로 말했다.

올가는 셴의 품에 꽉 안겼다. 엉겁결에 손을 올려둔 셴의 가슴이 쉴 새 없이 펄떡거리고 있었다. 그녀는 저도 모르게 침을 삼켰다.

"……셴."

"내 애 아닙니다."

"뭐?"

"올리브는 제 애가 아니라고요."

셴은 정확히 일주일 전부터 쏟아내지 못한 말을 한꺼번에 풀었다.

"올리브는 제가 돌보게 된 구빈원 아이입니다. 생물학적 친딸이 아니라. 저는 당신 아닌 누군가와 몸을 맞댄 적이 단 한 번도 없고, 그리고 싶지도 않습니다. 제가 누군가와 자식을 가지고 싶다고 생각하거나, 입술 한번 비벼보고 싶을 만큼 참 예쁘다고 생각했던 건 당신밖에 없습니다."

"자, 잠깐……."

"사랑합니다, 올가."

셴이 그녀를 놓아주지 않겠다는 듯 말했다.

"내가 아흔아홉 번 다시 태어날 수 있다면 그 모든 때도 당신을 사랑할 겁니다."

"……."

"그리고 이번 생을 합쳐 백 번 모두 당신을 사랑하는 데 쓰겠습니다."

"……."

"사랑합니다."

파고드는 목소리는 가슴까지 다가와 제 존재를 새기듯

이 진했다.

올가는 깜짝 놀랐다. 적잖은 시간을 그와 함께 보냈다. 셴이 그 하고 싶은 말만 쏘아대는 건 자주 있는 일이었다. 하지만 담긴 내용 대부분이 경박한 헛말이었다. 이렇게 진지하게 말한 적은 손에 꼽힐 정도였다.

매사에 너무 진지해서 재미없는 올가와 만사를 경박하게 웃어넘기는 셴. 어찌 보면 물과 기름 같은 두 사람이었다. 하나부터 열까지 다른 두 사람이 이렇게 길게 인연을 맺어온 건 기적이나 마찬가지였다.

그래서 셴에게 숨겨 키운 딸이 있다는 소문을 들었을 때, 상심한 것 이상으로 그를 믿기 위해 노력했다. 단지 사랑한다는 말을 들어본 적 없었던 건 사실인지라 '혹시나' 하는 생각 또한 지울 수가 없었다.

그랬는데…….

"제가 사랑하는 사람은 오직 당신뿐입니다."

셴은 그녀를 놓지 않겠다는 듯, 앓는 사람처럼 숨을 골랐다.

"원망은 괜찮습니다. 하지만 오해는 하지 마세요. 전 그런 걸 도저히…… 도저히 못 견디겠단 말입니다."

앞서 유디트 경이 상황을 설명했다는 건 들었다. 그런데도 셴은 초조해서 죽을 지경이었다. 올가는 감정적인 동요를 크게 드러내지 않는 사람이었다. 그런 그녀가 불안해했다니. 셴의 가슴이 무너지듯 아팠다.

　기묘하게도, 어떤 아픔은 사랑을 처절하게 증명한다. 이 순간에도 셴은 올가의 침묵에 폐부가 찌그러드는 것 같은 아픔을 느꼈다.

　"……."

　"올가. 제발…… 무슨 말이든 해주세요. 저 지금 돌아버릴 것 같단 말입니다."

　"아…… 미안하구나. 너무 놀라서."

　올가는 그제야 말문을 텄다. 그녀는 찬물로 뺨을 세게 얻어맞은 사람처럼 놀랐고, 지금도 어안이 벙벙했다.

　"셴."

　"네, 올가."

　"우선, 너는 원래부터 약간 돌아 있었으니 조금 더 돌면 정상으로 돌아오지 않을까 싶구나."

　"무슨 말이든 해달라고 했지만 아무 말이나 하는 거 아닙니다."

　"진심이란다."

　"우리 분위기 진지해서 좋지 않았나요?"

　"나는 네가 너무 진지한 것도 별로라."

　올가는 셴의 시선 속에 야속함이 섞였음을 알았다. 그러나 천연덕스럽게 그의 뺨을 쓸어주었다.

　"그래도 오늘처럼…… 이렇게 한 번씩 네 속내를 듣게 되니 정말 좋구나."

올가가 그렇게 말하자, 셴이 그녀를 떼어놓았다.

"……미안합니다. 진작 말하지 않았던 제 잘못이에요."

"사과는 괜찮으니 종종 말해주렴. 세상에는 표현해야만 전해지는 것도 있으니까."

"네, 하루에 한 번씩 찬송가와 함께 사랑 고백 하겠습니다."

"찬송가는 됐단다. 너는 노래를 못해."

올가가 웃으며 한 발자국 뒤로 물러나자, 셴이 그녀를 쫓아가듯 방 안으로 한 발자국 더 내디뎠다. 어슴푸레한 등잔불 하나만 어둠을 밝히는 침실이었다. 적막 속에서 문이 닫혔다.

"팔마락시스 2왕자의 구혼을 거절했다고 들었습니다."

"설마 받아들일 거라 생각했느냐?"

"생각 같은 걸 할 틈이 있었겠습니까."

셴은 어느새 등을 돌려 나비처럼 저를 벗어난 올가를 끌어안았다.

"당신에게 저 말고 다른 구혼자가 생기는 게 싫었습니다."

"……"

"올가. 저와 결혼해 주십시오."

올가는 놀라 숨을 멈추었다. 동시에 그녀는 셴의 숨도 멈춰 있음을 알았다. 그녀가 못 말린다는 듯 말했다.

"그런 말은 얼굴을 보고 해야지."

"저도⋯⋯ 쑥스러움이라는 게 있어서."

말은 그렇게 했으나, 셴은 올가의 말을 따랐다. 그가 살며시 팔에서 힘을 풀더니 올가를 침대 위에 앉혔다. 그리고 거룩하게 무릎을 꿇었다.

"올가."

"⋯⋯."

"제게 당신을 독점할 기회를 주세요. 그러면 당신도⋯⋯ 저를 독점하실 수 있어요."

"너다운 청혼이구나. 엉망인 게 딱이야."

"준비를 못 하고 막 달려와서 그렇습니다."

올가는 셴의 청혼이, 그가 덧붙이는 변명까지도 마음에 쏙 든다는 사실은 비밀로 하기로 했다. 진지함이 부족하다고 평가받는 그가 얼굴을 새빨갛게 물들이며 저를 바라보고 있었다.

"사랑합니다, 사랑합니다. 올가. 저와 결혼해 주세요."

그녀는 그만 웃어버렸다. 가슴속에서 피어난 희미한 열기가 눈으로 번진 것 같다. 그 열기는 안도감이자 기쁨이었다. 가슴 벅찬 올가가 대답 대신 고개를 끄덕이자 셴이 환한 미소를 지으며 그녀를 끌어안았다.

"평생토록 당신을 사랑하고 아끼겠습니다."

"⋯⋯응."

셴이 올가의 눈꼬리에 맺힌 눈물을 닦아내곤 그녀의 양 뺨을 쓸어 올리며 차분히 키스했다. 심장이 모조리 터져 나갈 것 같았다. 둘은 오늘 밤을 평생 잊지 못할 거라 생각했다.

강렬한 순간은 기나긴 일생에 커다란 흔적을 남기는 법. 올가도 셴도 그 흔적을 기억뿐만 아니라 몸에도 새기기를 원했다.

넓었던 침대가 순식간에 좁아졌다. 셴이 그녀를 팔 안에 가둔 채 말했다.

"그거 아십니까, 요즘 수도에선 좋아하는 사람을 초콜릿, 사탕, 슈크림, 솜사탕 같은 달콤한 애칭으로 부른다는 거?"

"아니, 처음 듣는다."

"저도 올리브에게 들은 말입니다."

올가는 그동안 셴이 늘어놓았던 수많은 자질구레한 이야기의 원천이 어디에서부터 왔는지 어렴풋하게나마 알게 됐다.

"저도 하나 붙여주세요, 그런 애칭 같은 거. 내일부터 남들도…… 타티아나 양까지 다 알아들을 수 있게 말입니다."

"알겠다. 그러면, 음……."

올가는 한참의 고민 끝에 머뭇거리며 말했다.

"……사랑한단다, 나의 밤 양갱아."

"오늘 여러 번 돌겠네, 진짜."

셴이 흐느끼듯 웃으며 그녀의 쇄골에 얼굴을 묻었다. 스치는 살결이 유혹적이었다.

한참 후 셴이 속삭이듯 말했다.

"내가 이 순간을 몇 번이나 상상했는지…… 당신은 죽어도 모를 겁니다."

"그건 나도…… 흡……."

두 사람이 서로를 끌어안은 채 키스했다. 아랫입술을 요란하게 탐하는 혀끝이 떨어지기 무섭게, 올가는 감전된 사람처럼 가쁜 숨을 몰아쉬었다. 그녀가 눈을 꼭 감으려 하자, 셴이 더욱 낮은 목소리로 그녀를 막았다.

"눈 감지 말아요. 아직 키스밖에 안 했어."

"……."

이 정도로 가까워지니 알겠다. 올가에게서는 희미한 수선화 향이 났다. 셴은 내일 아침 그녀가 눈을 뜨기 전, 수선화 꽃을 한 아름 꺾어 와야겠다고 생각했다.

"……오늘은 마땅히 들려드릴 이야기가 생각나지 않으니, 지쳐서 잠드는 법을 알려 드릴 생각입니다만."

"재주 좋은 세헤라자데로구나."

그가 옅게 웃었다.

침소에 불이 꺼졌다.

* ✳ *

다음 날 아침, 올가는 수선화 향기에 비몽사몽 눈을 떴다. 그녀가 눈을 떴을 땐, 눈 닿는 곳이 온통 수선화로 장식되어 있었다.

범인은 뻔했다. 셴이 새벽부터 수선화를 산더미처럼 꺾어 와서 방 안 온갖 곳에 꽃을 장식하려 들자, 타티아나는 이걸 누가 다 치우냐며 성화였다. 그러나 가장 예쁘고 싱싱한 꽃을 골라 화병에 꽂은 것도 타티아나였을 것이다.

올가는 티격태격하는 두 사람을 보며 눈을 깜빡였다. 그리고 상황을 파악하자마자 소리 높여 웃었다.

황제의 웃음은 다른 이들을 안도하게 하는 힘이 있었다. 그날은 온종일 황궁에 활기가 띠었다.

올가는 그녀답지 않게 침대에서 미적거렸다. 셴은 그런 올가의 곁을 굳건히 지키며 틈만 나면 입을 맞추려 들었다. 키스를 조르는 강아지처럼 구는 그가 신기한 나머지, 올가는 말하지 않기로 다짐했던 비밀을 말해 버렸다.

"사실이었구나……."

"뭐가 말입니까?"

"얼마 전 유디트 경이 그랬거든."

올가가 그녀답지 않게 유들유들하게 웃었다.

"폐하, 딱 일주일만 참고 기다려 보십시오. 그러면 그 사내가 맨발로 달려와 앞구르기라도 할 기세로 사랑을 고백할 겁니다."

"……끄응."

셴이 한숨을 쉬더니 꿍얼거렸다.

"다른 사람은 몰라도 유디트 경에게 그런 말을 듣다니. 제 잘못이 크네요."

어지간히도 한심했었다는 소리다. 셴은 심각하게 반성했다.

올가가 이부자리에서 일어나려 하자, 셴이 그녀의 가는 발목을 잡고 손수 슬리퍼를 신겼다. 그러곤 걸을 틈도 주지 않고 올가를 안아 올렸다. 둘은 창가 쪽 테라스로 향했다.

"셴."

"뉘에?"

"나는 조만간 황제의 자리에서 내려올 생각이란다."

올가는 얇은 실크 잠옷 차림으로 창가 테라스에 몸을 기댔다.

"……예. 이야기는 이든 황자님께 들었습니다."

"별로 내키지 않는다는 얼굴이구나?"

"솔직히 말하면 그렇습니다. 저는 세상에서 당신만큼 황제에 잘 어울리는 사람은 없다고 생각해서요."

셴이 그녀의 허리를 휘감았다.

"이든 황자님께서 어떻다는 문제가 아니라, 당신이 제일이란 뜻입니다."

"흐음."

"신전이 공인한 성녀의 삶과 황제의 삶은 너무 다릅니다. 거기에 대한 걱정도 좀 있고요."

"그래. 하지만 원래 하고 싶은 것과 잘하는 것도 다른 법이지?"

"……."

"나는 너와 함께 더 많은 세상을 돌아보고 싶다. 그게 내가 하고 싶은 일이야."

올가가 눈부시게 웃었다.

"그리고 신교와 황가의 구심점이 될 만한 사람 중, 나보다 더 나은 사람을 찾기는 어려울 것 같더구나."

자신에 찬 말답게, 부정하기 어려운 사실이었다. 셴은 순순히 인정했다.

"예. 제 생각이 짧았습니다."

셴에게 있어서 올가는 언제나 그의 머리 위에 있는 황제요, 고귀하신 황녀였다.

그래서 황녀나 황제 아닌 올가를 상상해 본 적은 없었다. 그러다 보니 정작 올가의 마음이 어디에 있는지…… 무엇을 원하는지는 생각하지 못했다. 아무래도 지나친 상상이 행동을 제약하는 모양이다.

"진심으로…… 저와 함께 제국을 돌아다니실 생각이군요."

셴이 그녀를 올려다보았다. 밤하늘로 짜든 것 같은 검은 머리카락. 영민하게 반짝이는 푸른 눈의 신. 어떤 아름다운 말을 붙여도 그보다 더 아름다울 사람.

"응. 그럴 생각이다."

"……."

"각오하려무나."

올가는 해바라기처럼 밝은 미소를 띠며 그에게 입을 맞췄다. 그녀를 떠받치는 셴의 손에 더욱 힘이 들어갔다.

"……알겠습니다. 저도 열심히 일해야겠네요."

"……음?"

"당신께서 백기사단과 함께 다니시게 될 때도, 지금처럼 형편없는 평판을 자랑할 수는 없으니까요."

살랑살랑 부는 바람에 침실 커튼이 나부꼈다. 정원에서 불어오는 바람이 방 안을 가득 채우자, 진한 수선화 향기에 취할 것만 같았다.

올가는 행복함에 웃음이 터질 뻔한 걸 참았으나, 셴이 활짝 웃는 걸 보니 군이 참을 필요가 없겠다고 느꼈다. 두 사람이 함께 활짝 웃었다.

평화로운 한때였다.

※　✳　※

올가 오스카 베리타스는 황제의 삶과 성녀의 삶을 산 유일한 인물로 역사서에 기록된다.

그녀가 황제로 산 시간은 짧았다. 그러나 황좌에 올라 단시간에 제국을 수습했고, 귀족가의 무분별한 입양을 금지한 뒤 부당하게 양육 보조금을 타내던 자들에게 철퇴를 내렸다.

황위를 내려놓는 마지막 순간까지 스스로를 으뜸 패로 내세워 신교와 황가를 하나로 이은 점으로 판단해 볼 때, 그 영향력은 절대 적지 않았다. 아마 그녀는 황제로 살았어도 잘 살았으리라.

그러나 그녀는 왕관을 내려놓고 성 밖으로 나갔다. 그리고 핏줄 속 고귀함을 증명하기 위해 다른 길을 걸었다. 성녀의 삶을 택한 것이다.

올가 베리타스는 그녀를 따르던 백기사단장과 결혼해서 한 명의 아이를 낳았다. 그리고 사랑하는 가족과 함께 행복하게 오래오래 잘 살았다.

외전 3
비올레의 소소한 우울

비올레가 적기사단을 관두기로 마음먹은 건 유디트가 흑기사단장으로 취임할 것 같다고 전해 들은 지 10분 후였다.

"그래? 언제쯤?"

"어…… 아마 내년일걸?"

"생각보다 늦네. 오래 걸렸다."

레이먼의 표정이 묘해졌다.

"안 놀라네? 유디트가 단장이라니까? 나름 놀랄 일 아니야?"

"뭐…… 새삼?"

비올레는 햄 치즈 토스트에 생크림을 바르며 대답했다.

"진짜 놀랄 일은 따로 있지."

"뭔데?"

"칼리파가 돌아와."

그건 진짜 놀랄 일이었다. 레이먼이 나무 그늘에서 벌떡 일어났다.

"야! 그걸 이제 말하면 어떡해!"

"나도 갑자기 연락받은 거야!"

"언제? 언제 오는데?"

레이먼이 다급하게 물었다.

"돌아오는 건 오늘 밤늦게래. 짐 푸느라 바빠서 바로 만나긴 힘들고, 모레 넘어서는 괜찮대."

"잠깐 오는 거래? 아니면 완전히 오는 거야?"

"완전히 오는 거야. 할머니가 베르베 지방 저택을 처분하셔서."

"허…… 거기서 그대로 눌러 살 줄 알았더니."

레이먼이 입을 벌렸다.

끔찍한 사건을 겪은 뒤, 칼리파는 여러 사람의 도움을 받아들였다. 그녀는 처음에는 유디트와 비올레를 비롯한 친구에게 기댔다.

하지만 시간이 지날수록 이래선 안 된다고 생각했는지 요양을 결정했다. 비올레와 유디트는 칼리파가 건강해지는 걸 누구보다도 바랐다. 하지만 막상 요양 소식이 들려오니 보통 불안한 게 아니었다.

물리적인 거리가 멀어지면 마음도 자연스레 멀어지는

법. 심지어 언제 돌아올지 모르는 헤어짐이다. 불안함은 이루 말할 수 없이 컸다. 그래서 비올레는 매달 편지를 보냈고, 유디트는 휴가를 받으면 직접 칼리파를 보러 베르베 지방으로 내려갔었다.

비올레가 레이먼을 발끝으로 쿡쿡 찔렀다.

"넌 칼리파랑 연락 안 했어?"

"나야 뭐…… 내가 공녀님이랑 무슨 연락을 어떻게 주고받겠냐?"

"그래도 좀 하지."

"그런 건 성에 안 맞아서 못해."

레이먼이 할 수 있었던 건, 매년 칼리파가 보내준 포도주를 받고 고맙다는 카드를 보낸 정도였다.

"4년이나 흘렀으니 이젠 괜찮아졌겠지?"

"당연하지. 루이가 괜히 상담 선생님을 추천해 준 게 아니라고!"

"흠…… 그래. 차라리 잘됐어. 원래 호랑이 굴을 잡으려면 호랑이에 들어가라고…… 어라?"

레이먼은 말하다 말고 뭔가 잘못된 걸 알았으나, 어깨를 으쓱이며 말을 이었다.

"하여간 수도에서 있었던 안 좋은 일은 수도에서 잊어버려야지."

"그럴 건가 봐. 안 그래도 공작가 사업권이랑 이것저것 돌려받을 게 있대."

"크으…… 임페노르 공작가에서 드디어 백기를 들었구면."

레이먼은 제 속이 다 시원하다는 듯 감탄을 터뜨렸다. 곧 그가 눈을 빛냈다.

"조만간 한번 모여야지?"

"그러려고 했어. 리본 축제 전날 모일까? 너 시간 괜찮아?"

"딱 좋아. 전야제 말이지?"

"응. 그럼 그때로 하자. 적당히 시끌벅적하고 재밌을 거야."

축제 당일에는 그와 비올레, 유디트 셋 모두 근무로 바쁠 게 뻔했다. 차라리 전날 보는 게 백배 나으리라. 레이먼이 고개를 끄덕였다.

"오랜만에 얼굴 보겠네."

"난 일찍 만나서 향수 파는 거 도와줄 거야."

"향수? 웬 향수?"

"심심할 때마다 만들어둔 향수가 너무 많대. 축제 전야 제부터 가판대 열어서 팔아보겠다는데?"

비올레가 빵 부스러기를 털며 말했다.

"많이 팔리면 향수 가게라도 열고 싶댔어."

"걔도 가만 보면 세상 참 쉽게 생각해……. 기호품 몇 개 만들어서 잘 팔리면 사업하겠다니. 역시 공녀는 스케일 이 다르다니깐."

레이먼은 황당하다는 듯 웃더니 자리를 떠나려 했다. 슬슬 적기사단에 들른 이든이 이야기를 끝낼 시간이었다.

"난 가본다."

"잘 가. 나중에 연락할게."

"그래. 그런데……."

떠나기 직전, 레이먼은 신경이 쓰였는지 뒤를 돌아보았다.

"넌 오늘 어쩐 일로 밥을 혼자 먹냐?"

비올레는 흘끔거리는 시선을 아무렇지 않게 받았다. 그녀가 구운 감자를 갉아 먹으며 대답했다.

"그냥. 오늘은 혼자 먹고 싶은 기분이라서."

비올레는 살짝 우울하단 말 대신 그렇게 대답했다.

✳ ✦ ✳

유행이란 대부분 어디서 왔는지 시작점을 알기 어려운 법이다. 그러나 한 달 전 시작된 리본 유행은 달랐다. 이번 유행의 시작점은 바로 윌리엄 대공이었다.

윌리엄은 대공위 임명식 날, 아내에게 건넬 선물 150개에 손수 리본을 달았다. 대공은 151개의 리본을 일일이 직접 골라서 주문했고, 거기에 친필 메시지까지 적었다. 선물이 150개인데 리본은 왜 151개냐 하면, 남은 리본 하나는 윌리엄 본인 몫이었다. 그는 자기 손목에 직접 리본을 묶곤…….

"대공비 세리아. 그대가 나와 함께 행복할 수 있도록 언제나 최선을 다할게. 앞으로도 나를 받아서 행복하게 써주길. 당신의 선물, 윌리엄."

……라고 적어둔 메시지를 직접 그녀의 눈앞에서 읽었다.

여러모로 대공위 임명식을 뜨겁게 달군 화룡점정이요, 뭇사람에게 진짜 애처가의 차원이 남다르다고 평가받는 엄청난 사건이었다.

그 뒤로 수도의 온갖 물건에 리본이 달리기 시작했다. 대공이 된 윌리엄은 아낌없이 음식과 재화를 풀었고 축제를 열었다. 그 축제가 리본 축제로 공공연하게 불리는 데는 얼마 걸리지 않았다.

"대공 전하는 정말 똑똑했어."

칼리파가 향수병에 리본을 달며 말했다.

"윌리엄 전하는 어쨌든 황위 싸움에서 패배한 사람이잖아. 그런데 이번 일로 그 이미지를 희석했지."

비올레가 눈을 동그랗게 떴다.

"어? 그러고 보니 그러네?"

'대공비를 끔찍하게 사랑하는 윌리엄 대공.'

여섯 살짜리 어린애도 알 정도로 윌리엄과 그의 리본 선물은 유명해졌다.

"좀 요란하고 닭살 돋는 방식이긴 했지만, 어쨌든 남는 장사잖니."

　보통 황위 싸움에서 진 쪽은 죽거나 기반을 다 잃는다. 그에 비하면 윌리엄은 굳건했던 세력을 하나도 잃지 않았고, 자연스레 황위 싸움에서 물러나며 대공위 파벌을 형성했다. 아주 많이 남긴 장사가 아닌가.

　비올레는 생각도 못 해본 관점에 놀랐다.

　"아르밧 가문도 아쉬울 테지만 대공비 자리는 세리아 전하가 유일하니 그걸로 만족할 테고……. 대공 전하는 아무 생각 없이 그렇게 행동하신 게 아니야. 오히려 헐뜯길 일 없는 영리한 방식으로 상황을……."

　"……."

　"……미, 미안."

　칼리파는 비올레가 입을 벌리며 가만히 설명을 듣고 있자 민망함을 감추지 못했다.

　"아냐. 칼리파, 그간 혼자서 심심했구나? 이렇게 수다 떨 게 많았는데 그동안 심심해서 어떻게 견뎠나 몰라?"

　"놀리지 마……."

　"시골 생활하니까 혼자 심심했지?"

　"읽을 게 월간 신문밖에 없긴 했어. 거긴 너무 조용해서."

　비올레는 살며시 웃었다. 하여간 같은 친구여도 생각하거나 행동하는 건 다 다른 법이다. 당장 똑같은 리본 사건만 봐도, 칼리파는 정치적으로 해석하고 유디트는 넌더리를 내지 않았나.

"검집에 리본 달아도 되냐고 물어보는 것들은 무슨 생각이야? 뇌가 젤리로 되어 있는 거 아니야?"

얼마 전 유디트가 그렇게 말하며 격분했다. 내용이 내용이라 대공 전하 엄청 로맨틱하지 않냐며 꺅 소리를 내던 비올레조차도 이해해 줄 만한 분노였다.

하지만 한편으로는 그 분노가 재밌었다. 왜냐하면 얼마 전 백기사단장과 적기사단장이 사이좋게 리본 가게 앞을 서성이고 있었다는 증언을 들었기 때문이다.

비올레와 칼리파는 수레형 가판대 꾸미기 준비에 매진했다. 비올레는 칼리파를 도와서 향수병에 리본을 달았다. 그사이 칼리파가 향수병을 하나하나 세웠다.

"앗! 안 돼, 칼리파!"

"응?"

"그렇게 세워 두면 지나가던 손님이 확! 잡고 훔쳐 갈 수 있단 말이야."

"아……"

칼리파는 처음 깨달았다는 듯 눈을 동그랗게 떴다.

"게다가 누가 가판대를 치고 가면 향수병이 떨어져서 깨질 수도 있어. 세우지 말고, 여기 눕혀서 깔아놓자."

"응. 그렇게 할게."

칼리파가 순순히 고개를 끄덕였다. 두 사람은 주섬주섬 향수를 눕혀서 전시했다.

"세워 두면 잘 보이니 좋을 줄 알았는데, 그게 다가 아니었구나……. 몰랐어."

"모를 수도 있지."

비올레가 웃는 동안 칼리파는 연신 감탄을 흘렸다.

저녁이 깊어갈수록 곳곳에서 들뜬 웃음소리가 들려왔다. 칼리파는 새삼스레 감탄했다. 더불어 오랜만에 들떴다.

'베르베 지방에서 보냈던 밤은 매번 조용했는데…….'

직접 만든 향수를 파는 것도, 오랜만에 친구들을 만나는 것도 기쁘고 즐거웠다.

"준비 끝!"

가판대를 열 준비를 끝냈다. 리본으로 장식된 향수는 한데 모아놓고 보니 꽤 그럴듯했다.

"하, 나 오늘 진짜 열심히 일한다."

비올레가 손을 탁탁 털며 기지개를 쭉 켰다.

친구가 뿌듯하게 웃고 있으니 칼리파도 따라서 웃음이 나왔다. 곧 칼리파는 몸을 돌려 무언가를 찾더니, 예쁘게 포장한 선물 상자 하나를 비올레에게 내밀었다.

"자, 이거 받아. 비올레."

"응?"

"네 거야."

상자에는 푸른빛이 감도는 보랏빛 리본이 묶여 있었다. 칼리파가 직접 포장한 티가 나는 선물이었다.

"열어봐도 돼?"

"그럼."

"……."

비올레는 감동에 젖은 눈으로 상자를 열었다.

예상대로 상자 속에 있는 건 칼리파가 직접 만든 향수였다. 향수병에도 상자와 똑같은 색 리본이 달려 있었다.

"너랑 어울릴 것 같다고 생각한 향기를 조합해 본 거야. 정작 향기가 네 취향이 아닐 수도 있지만, 그건 이해해 줘."

칼리파가 아침에 핀 꽃처럼 곱게 웃었다.

"향이 너무 강하면 말하고. 좀 더 연하게 할 수 있거든."

"……칼리파."

비올레는 크게 감동했다는 얼굴로 향수를 받아 들었다.

'이렇게 감동할 줄 알았으면 좀 더 예쁘게 준비할 걸 그랬네.'

칼리파는 소소하게 반성했다.

비올레는 몹시 감동한 표정으로 향수 뚜껑을 열었다. 손부채질로 향기를 맡아본 그녀의 얼굴이 환해졌다.

"마음에 들어?"

"으앙! 칼리파!"

비올레는 대답 대신 향수를 집어넣은 뒤, 칼리파를 와락 껴안았다.

"역시 나한텐 칼리파뿐이야! 죽으나 사나 칼리파뿐! 으앙!"

"아하하하."

"나랑 살자! 내가 평생! 손에 물 한 방울 안 묻히고 살게 해줄게! 어때!"

칼리파는 비올레가 되는 대로 뱉고 본다는 걸 간파하고 웃었다.

"너희 뭐 하는 거야?"

때마침 유디트가 돌아왔다. 유디트는 커다란 종이봉투를 든 채 다가와 손을 휘휘 내저었다.

"남한텐 심부름시켜 놓더니 연애질이야?"

유디트가 못마땅한 얼굴로 버럭 외쳤다.

"그럴 거면 나도 끼워줘!"

"안 돼! 유디트 네가 끼어들면 복잡하고 질척질척한 삼각관계가 된단 말이야! 난 쌍방향 순정이 좋아!"

"너희 술 마셨니?"

칼리파가 상냥하게 물었다. 두 친구를 위해서라면 칼리파는 기꺼이 물을 사 올 의향이 있었다. 그러나 두 사람 다 멀쩡한 맨정신이었다.

옥신각신하는 사이, 유디트는 비올레가 꼭 쥐고 있는 선물 상자를 보고 빠르게 상황을 파악했다.

"뭐야, 선물 받아서 그런 거였어? 난 또 뭐라고."

유디트는 의기양양한 얼굴로 비올레를 바라보았다.

"칼리파가 내 선물도 준비했다는 데 30만 골드 건다!"

유디트는 그렇게 외치더니 칼리파 쪽으로 고개를 돌렸다. 너라면 내 30만 골드를 지켜줄 거라고 믿는다는 눈빛이었다.

"으음."

칼리파는 짧게 갈등했다. 당연히 준비했지만, 없다고 하면 유디트가 크게 토라지겠지?

'그것도 좀 보고 싶긴 한데.'

칼리파는 고민했다. 하지만 이런 쪽으로 유디트의 성질을 돋워봤자 남는 게 없는데…….

"미안, 유디트."

모처럼 장난기가 발동한 칼리파가 비올레를 마주 껴안았다.

"우리 둘만의 비밀이야."

어차피 칼리파는 유디트의 성질을 돋워도 혼나지 않을 소수의 인물 중 하나였다. 친구 좋다는 게 뭔가. 이럴 때 장난 좀 치는 거지.

"……그런 게 어딨어. 나 놀리는 거지."

그러나 칼리파가 예상하지 못한 게 하나 있었으니, 유디트가 정말 상심한 얼굴을 했단 거였다. 그 얼굴이 연기임을 간파하지 못한 칼리파는 깜짝 놀랐다.

"농담이야, 유디트. 이리 와……. 여기 있어. 당연히 준비해 뒀지."

"칼리파! 말려들면 어떡해!"

"이것 봐. 내가 30만 골드를 아무한테나 걸 것 같아?"

유디트가 승리의 미소를 지으며 선물 상자를 받았다. 상자에는 노란색과 상아색 레이스 리본이 달려 있었다. 유디트는 그 색 조합이 마음에 꼭 들었다.

"감동한다, 감동한다."

"열어봐, 유디트. 너에게 잘 어울릴 것 같은 향기로 조합해 봤어."

칼리파가 재촉하자, 유디트는 기다렸다는 듯 상자를 풀어보았다.

"마음에……."

"들어. 완전 마음에 들어."

유디트는 질문받기도 전에 냉큼 대답했다.

비올레와 유디트는 칼리파가 알려준 방식대로 향수를 뿌렸다. 그러자 두 향기가 마구 섞여서 한동안 코가 아팠다. 세 사람은 허우적거리며 향을 날려 보내야만 했다.

한바탕 전쟁을 치른 뒤, 유디트가 말했다.

"그냥 나도 삼각관계에 끼워줘."

"네 약혼자분께서 알면 기절을 할 소리였어, 방금 건."

"안 들키면 돼."

"우와, 우리 사각 관계되는 거야?"

"그것 참 막장으로 넉넉하게 양념 친 관계로구나."

누가 훔쳐 들었다면 기절초풍했을 만한 가십거리였으나 다행히 아무도 듣지 못했다.

세 사람은 가판대 꾸미기를 마무리한 뒤, 흰 종이로 꽃을 접었다.

"이건 어디에 쓰는 거야?"

"손님에게 시향용으로 향수를 뿌려 줄 종이꽃이야."

"오호."

근무를 끝낸 레이먼과 일을 끝낸 루이가 합류했을 때쯤엔 모든 준비가 끝났다.

"어, 이제 끝인 거 아니었어?"

유디트가 놀라서 물었다.

"당연히 아니지. 판매의 기본은 홍보인데!"

비올레는 그렇게 말하더니 종이봉투를 꺼내 들었다. 심부름하러 다녀왔던 유디트의 표정이 미묘하게 굳었다.

'설마……'

유디트의 얼굴이 묘하게 일그러졌다. 불길한 예상은 빗나가지 않았다.

"짜잔!"

"……비올레."

"토끼 모자입니다!"

비올레가 꺼내 든 건 유디트에게 사 오게 시킨 토끼 모자였다. 당장에라도 커다란 비둘기가 튀어나올 것 같은 까만색 모자에 하얀 토끼 귀가 달려 있었다. 나름대로 귀여웠으나 한물간 유행 상품이 다 그렇듯 시간이 지나면 촌스럽게 느껴지는 법. 특히, 그 모자를 돈 받고도 쓰고 싶지 않다고 했었던 유디트로서는 비올레의 '써봐!' 룰렛에 당첨되지 않기를 바랄 뿐이었다.

"한물간 유행이지만, 그래도 유행은 유행이지."

"그게 뭔 유행이야."

오자마자 가판대 수레를 소처럼 끌던 레이먼이 투덜거렸다. 비올레는 그의 말을 깔끔하게 무시하며 외쳤다.

"써봐!"

'젠장.'

당첨이 이렇게 기쁘지 않을 수가. 유디트가 마음속으로 이마를 짚곤 불만 가득한 목소리로 따졌다.

"왜 하필 유행 지난 모자야?"

"리본 달린 모자는 다들 쓰고 다니잖아. 오히려 이게 더 눈에 잘 띄는걸."

덤으로 유행이 지났으니 모자를 싸게 판다는 점도 한몫했다.

"얼른 써."

"으으……."

"안 쓸 거야? 홍보해야지!"

"으으으으으!"

돈을 줘도 안 쓸 모자지만, 친구를 위해서라면 쓰는 법. 유디트는 모자를 빼앗아 들다시피 했다. 그러곤 부끄러움을 감추듯 모자를 푹 뒤집어썼다. 비올레가 예상했던 그대로였다.

결국, 유디트는 강아지 귀 머리띠를 한 레이먼과 함께 가판대 수레를 끌고 홍보에 나섰다. 비올레는 수레를 쫓아온 아이들에게 종이꽃을 나눠 주었고, 칼리파는 거기에 향수를 뿌려주었다.

칼리파가 만든 향수는 가격이 비싼 편이었으나, 기대 이상으로 잘 팔렸다. 축제 분위기에 들뜬 사람이 많은 영향이었다. 거스름돈을 책임지던 루이가 신기하다는 듯 말했다.

"꽤 팔렸네?"

"그러게 말야. 큰 기대 안 했는데."

칼리파가 차분히 대답했다.

왁자지껄한 축제 전야제. 팔락팔락 날아다니는 종이 꽃가루와 악기 연주 소리. 기분 좋은 미소가 가득한 밤.

"정말…… 큰 기대 안 했는데."

모든 아픔이 다 가신 건 아니었다. 칼리파는 아직도 종종 에드워드를 생각했다. 그가 좋아했던 향을 맡을 때면 악몽 같았던 날의 아픔이 되살아나서 많이 울었다.

그래서 그가 좋아했던 향료를 잔뜩 써서 향수를 만들었다. 더 떠오를 일 없도록. 향료가 모조리 동이 나도록. 그렇게 만든 향수가 하나씩 팔릴 때마다 후련하기도 하고 섭섭하기도 했다.

종잡을 수 없는 마음이었으나 하나는 확실했다.

'돌아오길 잘했어.'

칼리파는 아픔에서 마냥 도망치는 법을 몰랐다. 먼 길을 돌아왔다.

그리고 결국, 여기가 그녀가 있어야 할 자리였다.

❋　✴　❋

술집은 축제 때문에 사람이 북적거렸다. 도저히 안에서 마실 분위기가 아니라며 유디트가 학을 뗐다.

"그냥 밖에서 마시자. 하루쯤은 괜찮을 거야."

"그래. 이상한 놈은 우리 에테르 마스터님께서 병으로 머리통을 수박 깨듯 파삭!"

"넌 끔찍한 소리 좀 그만해."

루이가 점잖게 꾸짖었다.

다섯 명이 함께 모여서 마시는 건 정말 오랜만이었다. 온갖 이야기가 오갔으나, 그중 가장 충격이었던 건 루이가 잘돼가던 상대에게 차였다는 따끈따끈한 소식이었다.

"어머나…… 루이 넌 절대 차이는 일 없을 줄 알았는데."

"돈 많고 잘생기고 착해도 차이는구나……."

"괜찮아. 더 좋은 사람 생길 거야. 살다 보면 차일 수도 있지."

"자꾸 그렇게 차임, 차임 소리 하지 말아줘. 돌림노래처럼 들려서 더 가슴 아파……."

루이가 홧김에 술병을 하나 더 까고 소리쳤다.

"새로운 인연을 위하여!"

"위하여!"

"위하여!"

모름지기 친구 중에 차인 사람이 있으면 하자는 대로 따라주는 게 진정한 우정이다. 유디트는 마시고 죽자는 루이를 위해 기꺼이 폭탄주를 말았다.

"칼리파의 수도 귀환을 축하하며!"

"축하하며!"

"축하하며!"

쩽!

두꺼운 유리잔 부딪치는 소리가 선명했다. 그대로 병을 기울이려던 비올레의 손길이 멈췄다. 그녀의 시선은 유디트의 목덜미에 머물렀다.

'……세상에.'

자세히 안 봐서 몰랐는데, 지금 보니 유디트의 레이스

초커 목걸이에 리본 무늬가 촘촘하게 새겨져 있었다.

'선물 받았구나.'

유디트는 유행을 크게 따라가지 않는 친구였다. 그녀가 제 손으로 저 목걸이를 샀을 확률은 낮았다. 그렇다는 건?

"흐흥…… 흥흥흥……."

비올레는 다 알겠다는 듯 턱을 괸 채 히죽히죽 웃었다. 유디트가 어떤 사람을 만나게 될지 궁금했었는데, 의외로 멀지 않은 곳에서 상대를 찾았다.

외로워도 티 내지 않는 유디트. 혼자서 뭐든 잘할 것 같은 친구가 실은 정도 많고 외로움도 탄다는 건 비밀도 뭣도 아니었다. 비올레의 눈에는 훤히 보였으니까.

'고양이 같다니깐. 겉으로는 도도해 보이지만…… 친해지면 완전히 다른데.'

눈치 빠른 호박색 눈동자까지, 고양이를 똑 닮았다. 비올레는 그런 유디트가 좋았다.

물론 유디트에게 단점이 하나도 없는 건 아니다. 하지만 유디트는 결국, 칼리파를 위해서라면 꾹 참고 토끼 모자를 푹 눌러쓰는 사람이다. 비올레는 그래서 유디트가 좋았다. 비올레는 레이스 초커를 지적하며 놀리려다 그만두기로 했다.

그때 시야에 불쑥, 술잔이 끼어들었다.

"자. 마셔라."

"응?"

술잔을 건넨 건 레이먼이었다.

"갑자기 왜?"

"미리 주는 퇴직 축하주야."

"……."

"너 슬슬 기사 그만둘 생각이잖아. 유디트가 승진할 때에 맞춰서 그만둘 생각 하는 거 아니냐?"

그러고 보니 얘도 눈치가 빨랐지. 비올레는 볼을 긁었다.

"……어떻게 알았어?"

"루이가 그랬어. 네가 여동생 검술 선생직에 관심 보였다고."

"아. 그것 때문에 그만두려는 건 아냐. 시기가 맞을 거 같길래……."

"왜 변명하듯이 말하냐? 그냥 그만두고 싶으면 그만두는 거지. 난 신경 안 써."

비올레가 단번에 잔을 비우자, 레이먼이 다시 채워주었다.

"너, 설마 유디트랑 비교하다가 혼자서 스트레스 받은 건 아니지?"

"뭐? 그럴 리가!"

비올레가 깜짝 놀라며 단번에 부정했다.

"그럼 왜 그렇게 우울했어?"

"으…… 그건……."

비올레가 혼자만의 시간을 보낸다는 건 우울하다는 신

호였다.

머잖아 그녀가 말했다.

"그만둘 생각은 전부터 하고 있었어. 그런데 그만두자고 마음먹으니까 내가 기사단에서…… 기사로서 한 사람 몫을 다 했나, 그런 생각이 들잖아."

비올레가 뺨을 문질렀다.

"그렇잖아? 내가 패용증을 반납하고 떠나도 기사단은 알아서 잘 굴러갈 텐데 그게 또 묘하게 섭섭해지고. 그래서 그랬지……."

"네가 그만두면 기사단에 공백이라도 생겼으면 해?"

"적어도 허전함은 느꼈으면 좋겠어. 사람들이."

뛰어난 사람이 되고 싶었다. 기사단에서 누구도 대체할 수 없는 그런 일원이 되길 꿈꿨다. 그러나 시간이 지날수록 비올레는 자신이 기사단에서 대체 가능한 사람이라는 걸 느꼈다. 유디트라는 비교 대상이 있어서 더욱 분명히 느끼기도 했다.

비올레는 결코 능력이 부족한 사람이 아니었다. 베르푸 지방 수도원으로 유배를 떠나던 이세에피나 황녀가 그녀의 호위를 바란다며 마지막으로 간청했을 정도였다. 하지만 그거론 부족했다.

'내겐 나만의 장점이 있다는 걸 알지만…….'

"괜찮은 거지?"

"나 걱정하니?"

"요만큼?"

레이먼이 빈 병을 내려놓았다. 비올레는 흐흐 웃었다.

"그래, 고마워. 근데 이상한 오해는 하지 마."

비올레는 마음 한구석이 스르르 녹는 걸 느꼈다.

"난 어릴 때 내가 진짜 천재인 줄 알았어. 주변에서 워낙 칭찬만 해주니까. 그런데 아니었네. 한 살씩 더 먹을수록 그냥 난 수재라는 걸 느껴. 특히 유디트를 볼 때면."

그건 레이먼도 동감이었다. 유디트는 기준이나 목표로 삼아선 안 될 사람이었다.

"뭘 새삼…… 유디트를 기준으로 삼으면 좀 큰일이냐?"

"그래. 새삼스럽지. 그래서 좀 더 우울했었나 봐."

"야, 야. 유디트는……."

"끝까지 들어. 그건 거기서 끝! 다른 이유는 더 없어. 끝이라고."

비올레가 말을 잘랐다.

"내가 그만두는 건, 그때가 그만두기에 가장 적절한 시기인 것 같아서 그래. 그것뿐이야."

"적절한 시기?"

"유디트가 기사단장이 되면 편하게 이야기 나누기 힘들어지잖아. 내가 황궁에서 유디트를 단장님! 하고 부르겠어? 유디트! 하고 불러 버리지. 유디트는 나한테 친구니까."

"아…… 그런 거라면."

레이먼은 그제야 빠르게 이해했다. 같은 동기라도 상급 기사를 대할 때와 기사단장을 대할 때는 틀리다. 레이먼 역시 흑기사단장이 된 유디트를 사람들 앞에선 '단장님'으로 불러야 했다.

'난 그런 걸 신경 안 쓰는데, 비올레는 다른 모양이네.'

"그러니까 황실 기사는 이쯤 할래. 오래 버텼고, 퇴직금도 많이 나올 거야."

비올레는 인정했다. 나는 다른 사람이 대신할 수 있을 만한 기사다. 하지만…….

"유디트는 엄청나게 섭섭해할걸. 넌 유디트에게 대신할 수 없는 친구잖아."

"자기는 아닌 것처럼."

"너만 하겠어?"

레이먼의 예측은 실로 정확했다. 실제로 일주일 뒤, 비올레의 퇴직 소식을 들은 유디트는 그냥 내가 기사단장 안 할 테니 안 가면 안 되겠냐며 체면을 싹 내던진 발언을 했기 때문이다.

"왜 자꾸 내 이름이 나와?"

호랑이도 제 말 하면 온다고, 아까부터 본인 이름이 툭툭 들려오자 유디트가 궁금증을 참지 못하고 다가왔다.

"그런 게 있어. 나중에 알려줄게."

"요즘 비밀이 많네."

유디트가 투덜거리며 술잔을 가볍게 흔들었다.

"그만 속닥거리고 이리 와. 너희 둘이서 우리 셋을 따돌린 대가로 건배사 하나 해줘야겠어."

"슬슬 루이의 '위하여!' 레퍼토리가 떨어져 가는 모양이지?"

"정답이야."

유디트가 대답하자, 비올레가 까르르 웃었다. 비올레는 유디트가 건네주는 술병을 받아 들었다. 그리고 망설임 없이 건배사를 외쳤다.

"우리들의 변치 않을 우정을 위하여!"

외전 4
나의 축제에게

세공사는 반지를 집어 든 기류를 보며 마음속으로 빌었다.

'제발…… 이번에는 제발……'

희대의 역작이라 불릴 만한 결혼반지를 만들었으면서도 세공사는 불안에 떨었다.

벌써 다섯 번째였다.

기류는 몹시 진지한 눈으로 집어 든 반지를 구석구석 살펴보고 있었다. 과장을 조금만 보태자면 집착스러울 정도로 꼼꼼한 시선이었다.

나는 새도 떨어뜨릴 만큼 유명한 적기사단장이 그를 부른 게 반년 전. 그는 단순하면서도 무시무시한 의뢰를 내밀었다.

"청혼할 때 쓸 결혼반지를 만들었으면 해. 내 마음에 쏙 들도록."

"원하시는 디자인이 있으십니까?"

"없어."

"……."

"알아서 잘 만들어줄 수 있지?"

디자인을 업으로 삼는 세공사에게 '알아서, 잘' 만들어달라는 게 얼마나 속 터지는 말인지 알고 하는 소리일까?

그런데 하필이면 저 가혹한 말을 꺼낸 사람이 후작이었다. 심지어 수도에 있는 보석을 종류별로 쓸어버린 재력가. 의뢰인이라 쓰고 진상이라 읽는 물주님의 탄생이셨다.

"마음에 드는 반지를 기대하지."

답은 정해져 있어. 넌 대답만 하면 돼.

상대가 용도 때려잡은 기사가 아니었다면……. 아니, 집에서 기다리는 토끼 같은 자식만 아니었다면 튕기기라도 했을 텐데.

"어떠십니까?"

세공사가 초조하게 물었다. 이번에도 만족시키지 못한다면 미완성품만 여섯 번째 만들어야 한다.

샘플 여섯 개를 보여주자 하나씩 변형해 열두 개를 만들어 오라고 했던 후작이다. 재료가 모자라거나 수급이 어렵다며 핑계라도 댈 수 있으면 좋을 텐데, 하필 돈도 많은 의뢰자였다. 그는 보석값에 눈 하나 깜짝하지 않았다. 세공사로서 이런 손님은 38년간 처음이었다.

한참 뒤 기류가 반지를 내려놓았다.

"좋아. 마음에 들어."

"저, 정말이십니까?"

"지금까지 본 것 중 가장 마음에 들어. 그런데……."

"그, 그런데……?"

세공사의 심장이 덜컥 내려앉았다.

"가품 만드는 데 시간이 너무 오래 걸렸어. 완성품을 기간 내에 만들 수 있겠나?"

"물론입니다."

세공사가 혀를 씹을 기세로 대답했다. 반드시 만들리라. 밤을 꼬박 새워서라도 기간 내에 완성품을 만들어내고 이 저택에 발도 들이지 않으리라.

숨겨진 의도를 읽지 못한 기류는 만족스럽게 고개를 끄덕였다.

"좋아. 기대하지."

세공사는 두 번 다시 르왈흐메이 후작가에서 온 의뢰는 거들떠보지 않겠다고 다짐하며 줄행랑을 쳤다.

반지는 꼭 일주일 후 도착했다. 유디트의 흑기사단장 취임식 날이었다.

✳ ✴ ✳

사람과 시간과 돈.

세상에서 가장 귀한 세 가지를 함께 갈아 넣은 반지는 화려하고 아름다웠다.

반면 청혼할 날이 다가올수록 기류의 마음은 어지러워졌다.

'너무 화려한가?'

장장 5년이다. 얼마나 이날을 기다렸던가.

'오래 걸렸지.'

기류는 5년 전으로 돌아갈 수만 있다면, 취임식 다음 날에 청혼하겠다고 말한 제 입을 꽉 틀어막고 싶었다. 그리고 과거의 저에게 소리치고 싶었다.

'이 멍청한 놈아, 취임이 언제 될 줄 알고 기다린다 한 거냐! 5년이라고! 5년!'

5년이 뉘 집 개 이름이던가. 하지만 흘린 말은 주워 담을 수 없는 법이다.

'그렇게 말한 것만 아니었으면 진작 청혼했을 텐데……!'

유디트가 단둘이 있을 때만 보여주는 온갖 모습은 기류의 인내심을 한계까지 시험했다. 쉬는 날이 겹치면 기류는 그녀와 오후까지 침실에 틀어박히곤 했다. 함께 아랫배를 꼭 맞대고 한데 뒤엉켜 있을 때면 세상이 멸망해도 그의 알 바는 아니었다.

하나뿐인 피앙세는 크림보다도 부드럽고 달콤해서 빠져나오기 힘들었다. 유디트의 눈웃음은 유혹적이었고, 그녀는 때때로 도발도 서슴지 않았다. 물론 항복도 그녀가 먼저 하는 편이었다. 기류는 그 나이대 사내 중에서 독보적으로 체력이 좋았으므로.

그녀가 내뱉는 가쁜 호흡도, 애타는 부름도 오직 기류만이 들을 수 있었다. 아마 악마가 오더라도 그녀의 애원은 얻어낼 수 없으리라.

기류는 유디트가 철벽같은 경계를 허물고 타인을 받아들이면 어떤 사람이 되는지 아는 유일한 남자였다. 5년이라는 시간 동안 서로를 통해 집착을 배운 연인은 쉽사리 상대를 놓아주지 않았다. 집착은 욕심을 불렀고, 두 사람은 참기 어려운 욕망으로 서로를 여러 번 삼켰다.

제약을 걸듯 약속해 기다린 5년. 오늘은 드디어 기다림을 끝내는 날이다.

'계획은 완벽해. 반지도 있고.'

취임식이 끝나면 유디트를 데려다주며 프러포즈를 한다. 속사정을 아는 마부가 정확하게 자정이 됐을 때 집 앞에 내려주리라. 그럼 곧바로 청혼하며 반지를 꺼낸다!

'완벽해.'

곧 기류의 상상은 통제할 수 없을 만큼 온갖 방향으로 튀어나갔다.

'청혼을 안 받아주면 어떡하지?'

아니면, 혹시라도 그녀가 청혼을 조금 더 미루고 싶어 하면? 이대로가 좋다고 하면?

기류는 머리를 벅벅 긁다가 다시 마구 때리기 시작했다.

'진정 좀 해라. 왜 이렇게 벌벌 떠는 거야……'

눈덩이처럼 커진 사랑이 그를 깔아뭉갤 것 같았다. 왜 그녀를 좋아하는 마음은 조금도 얕아지질 않는 건지, 기류로서는 신기할 따름이다.

사랑이 깊어질수록 기류는 의문을 가졌다. 이따금 그는 자신에게 물었다. 그녀가 내 무엇이기에, 나는 이렇게 애타는 마음으로 오늘을 손꼽아 기다린 걸까.

기류는 반지 상자를 몇 번이나 열었다 닫았다. 그렇게 시간을 흘려보낼 때였다. 거친 발걸음으로 계단을 오른 상대가 큰 소리 나게 문을 열었다.

"기류, 안 내려오고 뭐 해요?!"

"어?"

"계속 밑에서 기다리고 있었다고요! 안 갈 거예요?"

"아니, 가야지! 어…… 잠깐, 지금 몇 시야?"

기류가 화들짝 놀라더니 대답을 듣기도 전에 시계를 확

인하며 벌떡 일어났다.

"지, 지금 가!"

"……빨리 내려오세요."

데샹의 눈썹이 꿈틀거렸다. 그는 긴장한 기류를 알아보았기에 잔소리를 눌러 참고 사라졌다.

기류는 황급히 옷매무시를 정리했다. 그러곤 혹여 잃어버릴세라 반지 상자를 주머니에 넣었다.

"기류! 마차 기다린다니까요!"

"내려간다고!"

그가 허둥지둥 외쳤다.

✳ ✳ ✳

오후 늦게 시작된 유디트의 흑기사단장 취임식에는 생각보다 많은 인원이 모였다. 가장 놀라운 손님은 단연 대신관 옥타비아였다. 신전 밖으로 잘 나오지 않는 그녀가 직접 축하 인사를 건네고 싶다며 참석했다.

취임식이 시작되자 유디트는 당당한 걸음으로 중문을 넘었다. 예상대로 그녀는 익숙했던 적기사단 제복이 아닌 흑기사단 제복 차림이었다. 힘찬 걸음과 함께 흔들리는 검은 망토가 몹시 멋스러웠다.

기류는 왠지 모를 분한 기분을 맛봤다. 흑기사단 제복

차림이 그녀에게 너무 잘 어울려서였다.

언제고 먼지처럼 가볍게 흩날려서 사라질 것 같은 회백색 머리카락. 그러나 호박색으로 빛나는 눈동자는 여명을 담아둔 것처럼 선명했고, 맹수처럼 강인함이 느껴졌다.

검은 망토는 그런 유디트의 존재감을 한껏 드러내고 있었다.

마침내 두 자루의 검을 찬 기사가 황제와 황태자 앞에서 무릎 꿇었다.

"흑기사단장 유디트. 약자를 보호하고 황실을 수호하며 경건히 살겠습니다. 목숨 위에 있는 가치를 위해 검을 휘두르며, 성실히 임할 것을 맹세합니다."

가볍지 않은 다짐이었다. 유디트는 참석한 사람 모두가 알 수 있을 만큼 진지했다.

유디트는 한다면 하는 사람이었다. 그녀가 흑기사단을 새로이 쌓아 올리겠다고 다짐했으니 그 각오가 얼마나 남다를까.

'후작령으로 내려가서 배나 긁으며 사는 꿈은 글렀구나.'

기류가 현실을 인정하는 순간이었다.

취임식이 끝났으나, 기류가 그녀에게 말을 걸 기회는 쉽사리 찾아오지 않았다. 황제와 황태자도 모자라 대신관까지 유디트에게 연신 축하 인사를 건네며 놓아주질 않아서였다.

'으, 또⋯⋯.'

기류가 워낙 끈질기게 유디트를 바라보고 있었기에 두

사람은 두어 번 눈이 마주쳤으나 그뿐이었다.

이어진 기념 피로연에서도 말 걸 틈이 없는 건 마찬가지였다. 세리아 대공비가 깜짝 선물로 보낸 보검은 모두를 놀라게 했고, 오랫동안 새로운 단장을 기다린 흑기사단원이 기사단 서약문을 읽으며 기분 좋은 새 출발을 알렸다.

유디트는 때때로 난처한 얼굴을 했으나, 결국 웃으며 모든 선물을 받아들였다. 심지어 기사단 서약문을 들을 땐 꽤 감동한 것 같았다.

기류는 살며시 초조해졌다.

'뭐지? 왜 내 선물이 제일 초라한 것 같지?'

기류가 취임 축하 선물로 했던 건 가죽 벨트와 검집을 이어주는 순은 체인이었다. 유디트는 세련되면서도 격식이 느껴지는 선물이라며 기뻐했다. 그 모습을 보며, 역시 유디트의 취향을 제일 잘 아는 건 나라고 생각했는데…….

'미리 주지 말고 오늘 줄 걸 그랬나? ……이럴 줄 알았으면 좀 더 좋은 걸 준비하는 건데.'

그가 입술을 꾹 깨물었다.

기류는 그 뒤에도 계속 말 걸 기회를 엿보았다. 그러나 종종 기류에게도 인사를 건네는 사람이 생겨서 거듭 기회를 놓쳤다. 물리적으로는 그리 멀지 않은 거리였으나, 단둘이서 이야기를 할 틈이 조금도 없었다.

그렇게 가차 없이 시간이 흘러 자정이 가까워졌을 때였

다. 초조함을 달래듯 바지 주머니에 손을 넣은 기류의 표정이 심상치 않게 굳었다.

'……어?'

반지가 없었다. 아니, 정확하게는 반지를 넣어둔 상자가 없었다.

'어? 어? 어?'

기류의 얼굴이 순식간에 새파랗게 질렸다. 그가 당황하며 주머니를 뒤적였다.

'반지가 어딜 간 거지? 분명 주머니에 넣었는데?'

그가 기억을 되살리고 있는데, 조용히 다가온 데샹이 슬쩍 말을 걸었다.

"프러포즈 준비는 다 된 거죠?"

"데샹……."

"잘할 거라곤 생각하지만 또 긴장했다고 아무 말 하지 말고요."

데샹이 기운을 북돋아주듯 주먹을 불끈 쥐어 보였다.

"유디트 경도 기다리고 있을 거예요. 가는 길에 잘해요."

"……있잖아. 반지 없이 프러포즈하는 건…… 말도 안 되겠지?"

"실없는 소리 하지 말아요. 아까 마차에서 계속 반지만 들여다봤으면서 무슨 소릴."

데샹은 말하다 말고 화들짝 놀랐다.

"혹시 긴장했다고 술 마셨어요?!"

"아, 아니야. 어, 맞아! 그래! 마차에서 봤었지. 맞아. 마차."

기류가 슬금슬금 뒷걸음질 쳤다. 일단 도망치자. 그리고 반지부터 찾자. 반지를 잃어버렸다는 걸 들키는 순간 데샹에게 세기의 멍청이로 찍힌다.

"……기류?"

데샹이 수상하다는 듯 그를 응시했다.

"나 잠시만 바람 좀 쐬고 올게."

"네?!"

"금방 다시 올 거야!"

"잠깐, 곧 피로연이 끝나는……!"

기류는 빠른 걸음으로 그 자리를 벗어났다.

'끝나기 전에 돌아오면 돼!'

기류는 혹시라도 못난 꼴을 보일까 봐 태연한 척했다. 조급한 마음만큼이나 행동도 빨랐다. 천만다행으로 기류는 마중 나온 마차를 금방 발견했다. 허둥지둥 달려간 그가 마부를 제치고 마차 안으로 몸을 날렸다.

'여기 있어라…… 제발!'

프러포즈 전날 반지를 잃어버린다? 전쟁에 나갈 때 검을 깜빡한 것과 똑같다. 비싼 걸 잃어버려서 이러는 게 아니다. 하필 지금 반지가 없다는 것만으로도 일생일대의 위기였다.

기류가 반지를 찾기 위해 몸을 낮춘 채 내부를 더듬거리던 것도 잠시.

'찾았다⋯⋯!'

기류의 얼굴이 확 밝아졌다. 익숙한 비로드 감촉. 반지 상자였다.

'주머니에서 빠졌었구나!'

안을 열어서 확인해 보자, 반지는 그대로 그 속에 있었다. 황성으로 오는 내내 반지를 꺼냈다가 집어넣길 반복했더니, 주머니에서 쑥 빠졌었던 모양이다. 기류는 카르나크 신에게 미친 듯이 감사했다.

'찾아서 천만다행이다.'

가슴을 쓸어내린 그가 황급히 피로연으로 돌아갔다.

그런데 막상 돌아오니 유디트가 보이질 않았다. 반지 상자를 든 기류가 눈을 접시만 하게 크게 떴다. 어딜 간 거지?

"이젠 날 기다리게 할 줄도 아네요?"

그 순간, 누군가가 두리번거리던 기류의 팔을 잡아끌었다. 엉겁결에 끌려간 기류는 이 손길이 퍽 익숙하다는 걸 알아차렸다.

"유디트."

예상대로, 그를 테라스 바깥으로 잡아끈 사람은 유디트였다. 그녀가 곧장 테라스 문을 닫았다.

"⋯⋯갑자기 사라져서 놀랐잖아요."

"아, 나 찾았어?"

"딱히…… 찾지 않았어요. 그냥, 안 보이길래."

유디트는 어딘지 모르게 부루퉁한 얼굴이었다.

콩닥거리는 가슴을 억누르며 기류가 태연한 척 대답했다.

"잠깐 바람 좀 쐬고 왔어. 너무 답답하길래."

"……바람을 꽤 오래 쐬었네요?"

"시간 가는 줄 몰랐지."

"하긴, 벌써 자정이긴 해요."

"……어?"

"몰랐어요?"

"……."

"그것도 몰랐다니……. 대체 뭐 때문에 그렇게 답답했을까?"

유디트의 시선이 아래로 향했다. 정확히는, 기류가 들고 있는 반지 상자로.

'아.'

큰일 났다.

프러포즈로 계획했던, 그녀를 데려다주며 '짠' 하고 반지 꺼내기가 실패했다. 기류의 등에 식은땀이 줄줄 흘렀다.

유디트가 모든 걸 간파한 사람처럼 비스듬히 웃었다.

"청혼을 취임식 다음 날에 하겠다더니 진짜 5년을 기다 렸네요?"

"……당연히 그래야지."

묘한 침묵이 맴돌았다. 그리고…….

"역시 어렵네."

"뭐가요?"

"뭐든지 멋있게 하고 싶었는데. 잘 안 되는 거 같아서."

왜 진즉 보지 못했을까. 살짝 상기된 유디트의 뺨은 추워서가 아니었는데. 계속해서 시선이 마주쳤던 건 결코 우연만이 아니었다.

'기다리고 있었구나.'

묘하게 기다렸다는 티를 내는 유디트도 그렇고…… 기류가 계획했던 대로 굴러간 게 하나도 없었다.

'프로포즈 실패…… 는 아니지. 응. 실패는 아니야. 아니고말고.'

기류는 마음을 다잡았다.

"미안."

"그러니까, 뭐가요?"

유디트는 자꾸만 사과하는 기류 때문에 애가 탔다.

좋지 않은 생각까지 들 무렵, 기류가 조심스레 유디트의 손을 잡았다. 그리고 반지를 꺼내 들었다. 기류는 세상에서 가장 고귀한 사람을 앞에 둔 것처럼 조심스러웠다.

"약속했던 반지야. 음, 물론, 반지를 약속한 게 아니지만……."

"……."

"이게 어떤 의미인지는 너와 나, 둘 다 알고 있잖아. 그러니까, 음."

기류가 애써 목을 가다듬었다. 그리고 진지한 목소리로 말했다.

"나는 앞으로 네가 없는 인생을 상상할 수 없어."

그가 살짝 웃곤 유디트의 장갑을 벗겼다.

"우리에겐 많은 공통점이 있고, 그걸 통해 서로를 더 이해하고 아껴줄 수 있을 거라고 생각해."

기류가 그녀의 네 번째 손가락에 반지를 끼워주었다. 반지는 제자리를 찾은 것처럼 유디트의 손가락에 꼭 들어맞았다.

"허락해 준다면 네 인생의 동반자가 될게. 그리고 그 자리에 걸맞은 사람이 될게."

기류의 가슴이 세차게 뛰었다. 얼마나 빨랐는지, 당장에라도 심장이 펑 터질 것 같았다.

하고 싶은 말은 저만치 높이 쌓여 있건만, 절반도 꺼내지 못했다.

좋아해. 네가 좋아.

못 참을 정도로 널 좋아해. 너를 너무너무 사랑해.

사랑은 모든 걸 해결할 수 없다, 그런 냉소 섞인 말은 널 만난 뒤에 긍정할 수 없는 말이 됐어.

나는 기꺼이 바보가 될게.

기꺼이 사랑에 빠진 사내가 되어서 네 곁을 지킬게.

프러포즈하는 남자가 꺼낼 수 있는 온갖 약속을 너에게

전부 바칠게.

"앞으로 네게 닥칠 모든 일에 내가 함께할 자격을 줘. 그리고 내 인생의 모든 페이지에 너를 그려 넣게 해줘."

유디트는 기사다. 일상적으로 검을 쥐는 사람이기에 반지를 자주 끼고 다니지는 않을 테다. 그러니 이 놀랄 만큼 비싼 반지의 역할은 명확했다. 그녀가 기류 르왈흐메이라는 사람에게 사랑받고 있다는 표시. 앞으로도 사랑받을 거라는 확신. 영원히 사랑받겠다는 약속.

기류가 그녀를 똑바로 응시했다.

"나와 결혼해 줘. 나는 이때까지 그래 왔듯 앞으로도 너에게 잘할 거야. 정말 최선을 다할 거야."

유디트는 그만 웃어버릴 뻔했다. 누가 기사 집안에서 자란 남자 아니랄까 봐, 이럴 때조차 우직할 정도로 솔직했다.

기류와 마찬가지로 그녀 또한 이 순간을 몇 번이나 상상하며 기다려 왔다. 그런데 빈약한 상상은 오히려 현실을 따라가지 못하는 모양이다. 이 순간, 유디트는 은근히 대답을 기다리며 초조해하는 기류를 즐거운 마음으로 다시 보게 되었다.

어느새 마음이 녹아버렸다. 갑자기 사라져 버린 기류 때문에 잠깐 가슴을 졸였던 게 거짓말 같았다.

유디트가 입을 열었다.

"저는 어깨가 넓은 편이라 웨딩드레스를 까다롭게 고를 거예요."

"의상실 직원이 일할 맛 나겠네."

"기류를 화나게 할 때도 많을 테고요."

"괜찮아. 우리 주변에 공평한 사람이 많이 있으니까."

"……."

"다른 고민은 더 없어?"

"네."

"그럼 결혼할까요, 우리."

기류가 웃으며 그녀를 끌어당겼다. 유디트는 소리 없이 웃으며 그를 마주 안았다.

"좋아요."

두 사람의 입술이 가볍게 겹쳐졌다. 상대를 아껴줄 서로가 있기에, 두 사람은 닥쳐올 미래가 두렵지 않았다.

그리하여 제국에서 가장 유명한 기사 두 사람은 꽃가루가 흩날리는 아름다운 날에 결혼식을 올리기로 했다.

✳ ✳ ✳

기류와 유디트 모두 결혼식이라는 행사에 익숙하지 않았다. 따라서 둘은 서로 납득할 수 있는 결정을 위해 충분한 시간을 들여서 결혼식을 계획했다.

"신혼여행은 어떻게 할까?"

"기류는 어떻게 하고 싶은데요?"

"남들보다 좀 더 길게 다녀오고 싶은데. 신혼여행은 단둘이 다녀오는 거니까……."

"2주일쯤?"

"딱 좋아."

"아니다, 조금 더 늘려야겠어요."

"왜?"

"만나러 가고 싶은 사람이 있거든요. 기류랑 함께."

유디트는 의미심장하게 웃었다. 그 사람이 누구인지 기류가 알게 되는 데는 조금 더 시간이 걸렸다.

결혼식 준비는 차근차근 이뤄졌다.

하객은 꼭 불러야 할 사람만 부르기로 했다. 다만 셴이나 이든처럼 청첩장을 꼭 받고 싶은 티를 내는 이에게는 기분 좋게 건넸다.

올가 황제 또한 직접 결혼식에 참석하고 싶어 했다. 그러나 황제가 행차하는 결혼식은 자칫 잘못하면 주객전도가 된다는 셴의 설득에, 올가는 축하 선물로 마음을 대신 전했다. 올가가 보낸 하얀 부케 속에는 알이 굵은 초록색 에메랄드가 촘촘히 박혀 있었다.

"세상에 이렇게 호화로운 부케를 든 신부는 저뿐이겠네요."

"세상에서 가장 귀한 신부가 결혼하는 건데 당연한 거 아닌가? 폐하께서 보내주시지 않았다면 내가 준비했을 거야."

"진심으로 하는 소리예요?"

"당연히 진심이지?"

"애교를 귀엽게 부리네, 우리 신랑."

그녀는 부케를 든 채 웃음을 터뜨렸다.

유디트는 테이블에 앉아, 올가에게 보낼 카드를 적었다. 그녀는 자신이 신부가 된다는 사실이 믿기지 않는다는 듯, 몇 번이나 부케를 다시 들어보곤 했다.

유디트도 기류도 무장해제 상태로 집 밖을 나서는 사람은 아니었다. 그러나 의상실을 돌아다니는 날 하루만큼은 예외로 두었다. 기류는 유디트가 골라준 새하얀 예복을 입었고, 유디트는 기류가 골라준 새하얀 베일을 쓰기로 했다.

"귀걸이는 이걸로 할래요."

결혼식 때 쓸 예물을 정할 때였다. 유디트가 제 귓불을 톡톡 건드리자 아다만트 귀걸이가 살랑살랑 흔들렸다.

기류는 의아하다는 얼굴로 눈을 끔뻑였다. 가장 값지고 귀한 예물만 골라서 준비해 뒀는데, 왜 하필 그걸 고집하는 거지?

고민하던 기류는 그녀가 검 한 자루를 고집하던 시절이 떠올라서 잠깐 웃었다.

"너무 오래되지 않았어? 새 걸로 골라도 되는데."

"이게 마음에 들어요. 애착이 생겼단 말이에요."

후회하지 않겠냐는 눈빛에 유디트가 고개를 끄덕였다. 기류는 모르는 모양이다. 그냥 주고 싶어서, 라는 단순한 이유가 사람의 마음을 얼마나 찡하게 울리는지.

'그럼 알게 해줘야지.'

유디트는 조만간 그를 위해 무엇이든 선물해야겠다고 마음먹었다. 기류가 저에게 했던 말을 토씨 하나 빼먹지 않고 똑같이 돌려주며 선물하는 것도 재밌을 것 같았다.

기류는 아리송한 얼굴을 했으나 유디트의 고집을 함부로 꺾지 않았다.

두 사람은 간단히 팔찌와 목걸이를 맞췄다. 불려 온 세공사는 묘하게 공포에 질린 채 기류의 눈치를 살폈으나, 유디트는 그걸 기분 탓으로 넘겼다.

준비가 끝나고 결혼식 때가 다가오니, 유디트는 걱정거리를 하나하나 주워오기 시작했다. 죄다 해결할 수 없는 걱정이라는 점이 문제였다.

"결혼식에 비가 오면 어떡하죠?"

"하루 미루지 뭐. 하객은 저택에서 모시고."

"아무 일도 없겠죠?"

"아무 일도 없을 거야."

"무슨 일이 터지면……."

"안 터질 거야."

"르왈흐메이 전 백작님이 저를 보고 실망하시면?"

"우리 아버지가?"

그 걱정만큼은 정말 쓸모없는 걱정이었다. 기류가 웃음

을 터뜨리며 고개를 저었다.

"절대! 그럴 일 없어."

기류가 확신에 가득 찬 어조로 말했다.

데샹이 그간 어찌나 성실하게 르왈흐메이 전대 백작에게 편지를 보냈는지, 유디트를 만나보는 게 기대된다는 말도 그쪽 답장에 써서 보냈을 정도였다.

"너무 걱정하지 마."

"하지만……."

"혹시 무슨 일이 생겨도 괜찮아. 우리가 함께 해결하면 되지. 나는 내 신부의 불안함을 쫓아내는 일이라면 뭐든 할 수 있어."

자신만만한 어조였다. 저렇게까지 호언장담하는 상대를 앞에 두니, 걱정하는 게 바보 같아졌다.

결국 유디트는 불안해하는 대신 그의 팔베개에 기댄 채 낮잠을 잤다. 요 몇 년간, 유디트는 따뜻한 체온이 막연한 불안함을 쫓아내는 데 효과적이라는 사실을 배웠다.

시간은 조용히 흘렀고, 유디트의 자잘한 걱정거리를 전부 날려 버리는 결혼식 날이 다가왔다. 기류의 말마따나 날씨는 더없이 맑고 화창했으며, 아무 일도 없었고, 르왈흐메이 전대 백작은 눈물을 참으며 신부를 반겼다.

축복이 함께 깔린 웨딩 로드 끄트머리에서, 기류가 으

씌웠다.

"이것 봐. 아무 일도 없지?"

"신났군요?"

"당연하지. 우리 결혼식인걸!"

얇고 부드러운 레이스 장식과 그보다 더 부드러운 유디트의 미소가 있으니 신나지 않을 리 있나.

'어쩌면 이게 사랑이 가지고 있는 가장 큰 힘인 걸지도 몰라.'

잘게 자른 색종이와 꽃가루가 눈발처럼 흩날렸다. 결혼을 축하하며 울려 퍼지는 종소리가 요란하고, 행복을 비는 박수와 웃음소리가 선명했다.

바람결에 흩날리는 의복도, 서로를 어루만지고 가는 바람도 모든 게 완벽한 이 순간.

기류는 자신에게 던졌던 질문의 답을 찾았다.

이제 알겠다. 네가 나의 무엇인지.

내가 왜 이렇게 애타는 마음으로 오늘을 손꼽아 기다렸는지.

"사랑해, 유디트."

유디트.

하나뿐인 너는 내게 축제 같은 사람이야.

그곳엔 온갖 것이 날 기다리고 있지.

솜사탕처럼 사르르 녹는 달콤하고 커다란 행복. 퍼레이

드처럼 왁자지껄한 기쁨. 내 일거수일투족을 함께 나누고 싶어지는 즐거운 순간까지.

이토록 따뜻한 게 사랑이고 너라면, 나는 영원히 축제를 헤매는 미아가 될 거야.

이것이 기류가 세상에 실망하더라도 원망할 수 없는 이유였다.

증오가 어렵고, 사랑이 쉬운 이유였다.

찬란한 태양 아래에서 기류가 그녀에게 입맞춤했다.

"이제 당신은 내가 가진 것 중 가장 귀한 걸 가져갔네요."

"말하지 말아봐. 뭔지 알 것 같거든."

기류가 도발적인 유디트의 웃음 속에서 답을 찾아냈다. 그가 우레와 같은 박수 속에서 속삭였다.

"나에게 너를 줘서 고마워."

"말로만?"

"답례로 저를 드리지요, 부인."

"좋아요. 이제 당신도 평생 내 거야."

유디트가 그의 목에 팔을 감았다.

영원한 사랑을 맹세하는 키스가 끝날 줄 모르고 이어졌다.

외전 5

크림색 보닛을 쓰고

유디트는 오랜만에 자각몽을 꾸었다.

이글거리는 태양. 후덥지근한 날. 그리고 선생님.

"이놈아…… 하이고, 내가 못살지."

선생이 어린 유디트를 보며 한숨짓고 있었다.

"유디트. 너 내가 몇 번을 말해야 알겠냐. 아직 진검 대련은 이르다니까? 이것 봐라, 결국 다쳤잖냐!"

그가 구급상자를 소리 나게 내려놓으며 유디트를 혼냈다.

"그리고 거기선 뒤로 한 발 물러났어야지!"

"선생님이 대련은 실전처럼 하라고 했잖아요. 질 것 같은데 물러날 틈이 어딨어요!"

"실전이면 더 물러났어야지!"

"언제는 물러나지 않으려고 연습하는 거랬으면서!"

"그건 이런 뜻이 아니란 말이다, 이 녀석아!"

"그게 뭐예요! 맨날 말 바꾸고!"

유디트가 악을 쓰듯 소리쳤다. 그러자 선생도 덩달아 버럭 화를 냈다.

"야! 선생님이 그렇다고 하면 그냥 그런 거구나, 해!"

"그런 게 어딨어!"

"여깄어!"

"싫어!"

"아오, 이 똥고집아! 내가 못 산다, 진짜!"

선생은 속 터져서 제명에 못 살겠다는 듯 가슴을 퍽퍽 쳤다. 그러곤 피가 줄줄 흐르는 유디트의 팔을 잡았다. 그의 시선 속에는 복잡한 감정이 담겨 있었다.

유디트는 그 감정이 무엇인지 알 수 없었다. 그래서 혼자 결론을 내렸다.

'선생님은 날 한심하게 생각하는 거야. 다친 내가 한심해서, 진검으로 수련할 자격이 없다고 생각하는 거야. 내가 부끄러운 거야.'

유디트가 어지간히 착각하고 있을 무렵, 선생이 그녀의 상처를 치료했다. 선생이 유디트의 상처에 연고를 바른 뒤 붕대로 둘둘 말았다.

유디트는 헉, 하고 놀라더니 고함쳤다.

"이게 뭐예요! 내 팔이 뚱뚱한 빵이 됐어!"

"어, 그래. 빵이나 먹으면서 반성해라. 그리고 상처 다 나을 때까진 수련 금지다."

"허억."

수련 금지를 죽기보다도 싫어하는 유디트의 얼굴이 창백해졌다.

머잖아 유디트가 결사반대와 함께 항거의 뜻을 강하게 내비쳤다. 이런 게 어딨냐, 그럴 줄 알았으면 선생님과 진검 대련을 하지 않았을 거다, 언제 다 나을 줄 알고 수련을 그만두냐. 제자는 빵 같은 팔을 흔들며 마구 항의했다.

"그러다가 실력 떨어지면 어떡해요!"

"그렇게 쉽게 사라질 실력이더냐? 그럼 아쉬울 거 없지."

"싫어요! 안 돼요!"

유디트가 불안하다는 듯 소리 질렀다.

"그냥 수련할게요. 네? 저 할 수 있다고요!"

"어, 안 돼."

"할래요!"

"안 된다고 두 번 말했다."

"나 여기 누울 거야. 드러누울 거야!"

"뭐?! 야 인마! 유디트!"

화들짝 놀란 선생이 구급상자를 정리하다 말고 유디트를 보았으나, 소녀의 행동은 빨랐다. 수련장 바닥에 누워버린 유디트가 불가사리처럼 양팔과 양다리를 쭉 뻗고 있었다.

"수련할 거예요."

유디트가 입을 댓 발 내민 채 울먹였다.

선생은 기가 막혔다. 아니 보통 수련을 쉬라고 하면 좋아하는데, 얘는 왜 이런 상황에서조차 고집을 피우지? 하여간 이 제자는 다른 녀석들과 달라도 너무 달랐다. 재능부터 고집까지, 모두 독보적이었다.

"이놈아. 몇 주 쉰다고 기본기가 거품처럼 사라지는 거 아니라니까? 쉬어도 된단 말이다!"

연거푸 한숨을 내쉰 선생이 유디트의 상처를 빤히 바라보았다. 유디트는 어린데도 실력이 너무 좋았다. 또래 중에서도 발군이었다. 이제 상대해 줄 만한 건 선생뿐이었으나, 오늘 같은 일이 또 벌어지지 않는다는 보장이 없었다.

"나 수련할 거야."

"내가 소귀에 성서를 읽고 말지. 그래. 황소를 젖소로 바꾸고 만다."

선생은 어쩌면 좋냐며 한탄했다.

"하…… 이거 누구랑 결혼하려나. 이 성질머리부터 실력까지 감당할 수 있는 사람이랑 결혼해야 할 텐데."

구급상자를 한 손에 든 선생이 고개를 저었다. 그가 발라당 누운 유디트를 향해 말했다.

"야. 너 결혼하면 꼭 나한테 데려와라. 내가 남편 되는 사람 얼굴 보고 칭찬이라도 해줄 테니까. 아주 그냥 제국 평화에 이바지했다고 칭찬 감옥에 가둬 버릴 거다. 한바탕 칭찬해 줄 거니까 꼭 데려와라, 어?"

"수련할래요."

"어. 안 돼."

"진검 대련 허락한 거 선생님이었잖아……."

"그래서 나도 벌을 받고 있잖아. 선생님의 마음이 얼마나 미어지는 줄 아냐?"

"거짓말쟁이이이……."

"거짓말 아니야, 이놈아."

그때는 정말 거짓말인 줄 알았다. 정말로.

아련한 과거. 그리운 시절.

유디트는 여름날보다도 뜨거운 사람의 품 안에서 눈을 떴다.

❊　✸　❊

기류와 유디트는 정식으로 부부가 되었다.

제국 역사에 길이 남을 용살자 부부가 탄생한 기념으로 애먼 데샹이 한 달간 혹사당하게 되었다는 건 비밀 아닌 비밀이었다.

둘은 황제와 백기사단장이 그들을 대신해서 기사단을

신경 쓰겠다는 말에 힘입어 한 달 동안 휴가를 냈다. 즉, 침실에서 나오지 않아도 되는 시간이 보장된 것이다.

후작가 사용인은 누구보다도 눈치가 빨랐다. 그들은 신혼 생활에 푹 빠진 둘을 위해 식사 때나 꼭 필요한 일이 아니면 부부를 방해하지 않았다.

덕분에 기류는 하의만 간신히 챙겨 입은 채 침실에서 나오지 않았고, 유디트도 나른한 몸에 얇은 가운 하나만 입고 생활할 수 있었다. 둘은 식사를 마치면 다시 침대에서 뒹굴거나 욕실에서 장난을 치면서 한데 엉켰다.

지칠 정도로 안고 안기는 농밀한 신혼 생활이었다. 젊은 주인들은 그렇게 일주일을 함께 보낸 뒤에야 침실 밖으로 나왔다.

유디트는 금방 후작저 생활에 익숙해졌다. 결혼 전에 자주 저택에 방문했던 영향이 컸는지, 사용인은 유디트를 금방 주인으로 받아들여 모셨다.

저택이 워낙 넓으니 살림을 합치는 데도 큰 어려움이 없었다. 남아도는 게 빈방이었다. 유디트는 그중 한 곳에 그녀의 집에서 가져온 자질구레한 짐을 채워 넣었다.

사용인은 유디트가 침실 밖으로 나오지 않았던 일주일 간, 그녀의 짐을 깔끔하게 정리해 두었다. 심지어 그들은 유디트가 살던 저택 열쇠까지 붉은 벨벳 쿠션에 왕관처럼 모셔두었다.

저택은 처분하지 않았다. 칼리파의 냉정한 조언 때문이었다.

"집 팔지 마. 부부 싸움하면 농성전을 치를 장소가 필요해."

기류가 들었으면 정색할 소리였다.

예비 신부에게 하는 말치고는 너무 현실적이었으나, 유디트는 그 조언을 따랐다. 기탄없는 말이 심금을 울려서였다.

유디트가 여행용 트렁크와 크림색 보닛을 꺼냈다.

그녀가 트렁크를 여는 사이, 기류가 보닛을 요리조리 돌려 보며 말했다.

"이거야? 그 엄청나게 아낀다는 보닛?"

"맞아요. 비올레한테 선물 받은 거."

"흐음."

관리를 잘했지만 완전히 새것 같은 보닛은 아니었다. 그런데도 이렇게 아낀다는 건······.

"내가 새 보닛 100개를 사 와도 이거랑은 안 바꿔줄 거지?"

"백금 주화를 1만 개 가져와도 안 바꿀 거예요. 절대 안 돼."

기류가 어깨를 으쓱였다. 유디트는 웃으며 보닛을 받았다.

"옷 안 챙길 거예요?"

"르왈흐메이 영지에 가면 굴러다니는 게 내 옷인걸. 그리고 지금 내 걱정할 때가 아닌 거 같은데······. 옷을 그것밖에 안 가지고 가려고? 3주 동안 떠날 건데?"

"짐은 가벼운 게 최고라고요. 필요하면 중간에 살 거예요. 들를 곳도 있잖아요?"

유디트가 가볍게 대답하며 편한 옷 몇 벌만 트렁크에 쑤셔 넣었다. 그러다 그녀의 손이 잠깐 멈췄다.

"괜찮겠어요?"

"뭐가?"

"베르칼레 지방 말이에요. 모처럼 휴가인데, 너무 나 좋을 대로만 결정한 거 아닌가 싶어지네요."

"그런 소리 하지 마. 나도 궁금해."

"궁금하다뇨?"

"대체 어떤 사람이 널 가르쳤을까?"

"……그런 게 궁금해요?"

"그런 거라니? 최연소 에테르 마스터를 가르쳤던 선생이라고 하면 이든도 후다닥 달려올걸?"

기류는 그녀가 베르칼레 지방에 들르고 싶단 말을 꺼냈던 순간을 기억한다. 왜 기억하냐고?

"실은 만나고 싶은 사람이 있어요. ……기류를 소개하고 싶은 사람이기도 해요."

하나뿐인 부인께서 너무 아련한 표정을 짓길래, 기류는

첫사랑이라도 만나러 가자는 줄 알았다. 정말 첫사랑이었다면 악수조차 제대로 못 했으리라. 질투로 상대의 손을 으스러뜨렸을 테니까.

기류의 무시무시한 생각은 다행히 생각에 그쳤다. '선생님'이 단순한 스승이 아닌 아버지 같은 사람이라는 걸 알게 된 덕이었다. 장인어른에게 그 무슨 못 할 짓인가.

"하여간 신경 쓰지 마. 난 오히려 기대하고 있으니까."

"별걸 다 기대하네요."

"어떤 사람이야?"

"어떤 사람……. 음……."

유디트가 보닛을 썼다.

"가면서 이야기해도 되죠?"

"물론이지. 남는 게 시간인걸."

기류가 여행용 트렁크를 들더니 그녀에게 손을 내밀었다.

"가실까요, 부인."

"낯간지러워라."

"솔직히 말해. 좋잖아?"

"응. 좀 많이 좋지."

두 사람은 그 길로 여행을 떠났다.

✴   ✳   ✴

함께 여행을 떠나는 건 이번이 처음은 아니었다.

예전에는 한쪽이 휴가를 내고 나머지 한쪽이 임무를 끝내고 돌아오는 길에 합류하는 편법을 썼다. 참 애쓴다며 셴과 데샹이 혀를 차긴 했으나, 옆길로 새는 재미가 있어서 나름 즐거웠다는 건 비밀이다.

이번에는 신혼여행인 만큼 제일 편한 마차를 타고 떠났다. 출발 땐 그랬단 소리다. 두 사람 다 얌전히 마차에 갇혀 있는 성미가 아니었기에, 둘은 최소한의 짐만 챙겨서 하인과 따로 움직였다. 기류는 난색을 하는 하인에게 내 영지를 못 찾아가겠냐며 손사래를 쳤다.

베르칼레 지방에 도착하자마자 둘은 여관을 잡았다. 여관 주인이 사람 좋게 웃으며 키를 건넸다.

"부부십니까?"

"네, 그것도 신혼이지요."

"하하, 그래 보입니다. 좋은 시간 보내십시오."

기류는 짜릿함을 느꼈다. 5년간 기다렸던 부부 타이틀이 감개무량한 나머지 눈에서 짠물이 나오는 것 같았다. 곧 흥분한 남편이 여관을 통째로 빌려도 좋지 않겠냐며 들뜨는 걸 유디트가 막았다.

"왜? 우리가 다 빌려 버리면 좋잖아."

"말했잖아요, 선생님을 찾아야 해요."

여관에 들르는 사람은 좋은 탐문 대상이란 소리였다.

기류는 걱정되기 시작했다.

"어…… 설마 일일이 직접 찾으려고?"

베르칼레 지방은 수도처럼 크지 않았다. 이곳저곳 떠돈다는 선생 같은 이가 머물 수 있는 장소는 한정되어 있었다. 그래도 사람 하나를 무작정 찾는 게 얼마나 고될지는 대충 예상이 갔다.

"이 지방에 있다는 말만 듣고 무작정 온 거야?"

"그건 아니고요. 믿는 구석이 있어요."

유디트가 그렇게 말하며 체리 파이를 집어 먹었다.

그때였다. 무어라 몇 마디를 더 하려던 기류가 갑자기 안색을 바꿨다. 그의 눈빛이 순식간에 변했다. 웬 사내 한 명이 다가오더니 유디트를 향해 손을 뻗었기 때문이다.

기류는 유디트를 등 뒤에서 잡으려는 우악스러운 손길을 단번에 비틀었다.

"너 뭐야."

"아아악!"

"뭔데 내 아내 뒤를 노려?"

자리를 박차고 일어난 그가 상대를 노려보았다. 지저분한 옷차림을 한 남자가 소리 질렀다. 순식간에 이목을 끌었으나 기류는 아랑곳하지 않았다.

"정체를 밝혀라. 그러지 않으면 당장……."

"이, 이상한 사람이 아닙니다! 뒤를 노리거나, 한 게, 아니라……!"

"기류, 잠깐만요! 정보 상회 사람이에요."

"뭐?"

"말했잖아요, 믿는 구석 있다고."

유디트가 황급히 만류하며 나섰다.

"진정하고 놔줘요. 그러다 팔에 멍 들겠어요."

그 말을 듣고서야 기류는 상대의 팔을 느슨히 잡았다.

유디트는 그가 평소보다 신경이 곤두서 있다는 걸 깨달았다. 평소보다 훨씬 들떠 있는 저와는 반대였다.

'이러다 큰일 나는 거 아니야?'

선생님을 만났을 때 큰 사고라도 치는 게 아닐까……. 더럭 걱정되었다.

기류는 더욱 모르겠다는 얼굴로 물었다.

"정보 상회라니? 네 선생님은 여기서 사는 거 아니었어?"

"아니에요. 선생님은 항상 이곳저곳 돌아다니는 사람이라 행방이 묘연할 거예요."

기류가 살짝 미간을 찌푸렸다.

유디트는 사내를 미안하다는 듯 바라보았다.

"괜찮아요?"

"괜, 괜찮습니다."

"미안하네. 내가 과했군. 타지라 신경이 날카로웠어."

"아닙니다. 저도 갑자기 붙잡으려 해서 죄송합니다."

"안 그래도 곧 상회에 가보려 했는데 찾아오셨네요. 수도에서 제일 실력이 좋다더니 벌써 찾으셨을 줄은……."

"저…… 실은 그것 말입니다만."

정보 상회에서 온 사람이 두 명의 눈치를 보며 더듬더듬 말을 꺼냈다.

"죄송합니다, 기사님."

"……설마."

정보 상회 측 이야기는 간단했다.

"못 찾았다?"

"가명을 써서 숨어버렸다고요?"

부부가 나란히 서서 황당하다는 듯 입을 벌렸다. 사내는 기류에게 붙잡혔던 팔을 주무르며 필사적으로 고개를 숙였다.

"정말 죄송합니다. 저희도 오실 때까지 기다리려 했습니다만…… 좋은 소식이 아니다 보니 미리 말씀드리는 게 나을 것 같아서……."

그가 두 사람의 눈치를 살피며 이야기했다.

"이유는 잘 모르겠지만 찾으시던 분이 갑자기 가명을 쓰고 숨어버린 것 같습니다. 여관, 마구간, 술집. 어디서도 같은 사람을 못 봤다고 합니다."

사람이 증발해 버리지 않는 이상 그럴 순 없다. 선생이 가명을 썼다고 확신하는 이유였다.

기류가 물었다.

"다른 지방으로 떠난 건 아니고?"

"아닙니다. 검문소 사람에게 물어보니 최근 그 나이대에 비슷한 체구를 지닌 남자가 베르칼레 지방 관문소를 지난 적은 없다고 합니다."

상회 사람이 고개를 저었다.

"애초에 베르칼레 지방은 찾아오는 사람이 별로 없고 떠나는 사람도 그만큼 적습니다."

하긴 그랬다. 베르칼레 지방은 두 사람 다 이번에 처음 알았을 정도로 작은 영지였다. 유디트는 곤혹스러운 얼굴을 했다.

"가명이라니, 선생님이 왜……."

"크게 빚이라도 진 건가?"

"신상 조사는 저희 영역 밖이라 거기까진 모르겠습니다. 하지만 행적으로 보아선 빚을 질 만한 사람이 아니었던 것 같습니다."

"그런가."

대답을 들을수록 아리송했다. 여태껏 잘 지내던 사람이 갑자기 행적을 감추다니.

"더 도와드리지 못해서 죄송합니다."

"일단 알겠어요. 여기까지라도 알아봐 주어서 고맙습니다."

"끝까지 찾아드리지 못해서 죄송합니다.

"아뇨. 어쩔 수 없죠, 선생님은 원래 쉬운 사람이 아니었어요. 뭐든지요."

유디트가 얼굴을 찌푸렸다.

상회 사람은 연신 고개를 숙이더니 그들의 경계가 느슨해진 틈을 타서 재빨리 인사를 남기고 후다닥 도망쳐 버렸다.

"어, 잠깐……."

팔을 잡은 것에 대해 다시 한번 사과할 생각이었던 기류는 그를 붙잡으려 했으나 실패했다.

"그거 미안한 짓을 해버렸네."

기류가 머쓱해했다.

"골치 아프게 됐네요. 상회라면 저보다 더 잘 찾아줄 거라 믿어서 의뢰한 건데."

"혹시 선생님이 가명으로 쓸 만한 이름은 생각 안 나?"

유디트가 고개를 저었다.

"헤어진 지 너무 오래됐어요."

"하긴."

십 년 전에 헤어진 사람이다. 가명이 짐작 간다면 그게 더 이상했다.

"찾으러 다녀봐야겠어요."

"그래. 이럴 땐 차라리 직접 찾는 게 더 나을 거야."

결국, 두 사람은 빠르게 식사를 마치고 여관을 나섰다.

기류는 곧 얼굴도 모르는 '선생'이 보통 사람이 아니라는 걸 눈치챘다. 유디트가 선생을 찾기 위해 발품을 판 장소가 하나같이 범상치 않아서였다.

처음에는 평범했다. 유디트는 대장간이나 식료품 가게, 학교를 돌아다녔다. 그러곤 '살짝 사람 속을 긁는데 얄미울 정도로 검을 잘 쓰고 실력 좋은 40대 남성을 못 봤냐. 행실이 좀 글러먹긴 했어도 기사다'라고 수소문했다.

하지만 번번이 허탕이었다. 머리색부터 키까지 자세히 말해도 소용없었다. 1일 차 수색은 거기서 종료되었다.

그다음 날 찾아간 곳은 술집과 수도원 예배당처럼 사람이 많이 모이는 곳이었다. 그러나 술집에서는 싸움이 붙을 뻔했고, 수도원에서는 예배를 방해할 뻔해서 쫓겨났다. 결국, 2일 차 수색도 소득 없이 여관으로 돌아왔다.

그리고 3일째인 오늘.

"내가 죽는 한이 있어도 찾아내고 만다……!"

유디트가 이를 뿌드득 갈았다.

'오기가 들었구나.'

유디트의 머리카락을 말려주던 기류는 웃을 뻔했다.

"오늘은 어디로 갈 거야?"

"다른 술집이랑 도박장이요. 오늘은 꼭 찾아내고 말겠어요!"

"……도박장이라니. 대체 어떤 선생에게 검을 배운 거야?"

"만나보면 기류도 알게 될 거예요."

"점점 궁금해지네. 아무래도 꼭 찾아야겠어."

기류는 수건을 던져 버리더니 그녀를 끌어안았다. 쪽. 그가 유디트의 뺨에 소리 나게 키스하자, 예상대로 그녀가 살짝 화를 푸는 게 눈에 보였다.

기류는 그녀를 막아서는 대신 장갑과 검을 챙겨서 함께 여관을 나섰다. 유디트가 너무나 분해하는 게 눈에 보여 기류가 고개를 저으며 물었다.

"정보 상회 사람을 한 번 더 고용해 보는 건 어때?"

"그건 너무 오래 걸려요. 일주일은 더 걸릴 거라고요. 여행 계획이 틀어지잖아."

선생님도 중요하지만, 유디트는 모처럼 그와 단둘이서 보내는 신혼여행을 소중하게 쓰고 싶었다.

'오늘은 찾는다! 반드시!'

그녀가 열의를 불태웠다.

그리하여 황실 기사 두 사람은 도박장에 들어섰다. 예상대로 대낮부터 노름과 술에 빠진 사람이 한 무더기였다.

"저기, 혹시 여기에……."

"뉘슈? 처음 보는 얼굴인데."

"저희는 다른 지방에서 왔습니다."

기류가 정중하게 대답했다. 유디트는 겨우 말 섞을 만한 사람을 발견해서 의욕적으로 들이댔다.

"잠깐만 시간 좀 내주세요. 오래 방해하지 않겠습니다."

"어떻게 하면 든든하게 한몫 딸 수 있냐고? 꿈 깨쇼! 맨입에 가르쳐 줄 건 아무것도……."

"아니에요, 그런 거 아니라고요!"

한참을 씨름한 끝에 유디트는 겨우 상대에게 선생의 인상착의와 특징을 전했다. 그리고 기적이 일어났다.

"아, 그 사람?"

"보셨어요?!"

"봤어. 몇 번 따긴 했지만 잃은 게 더 많았지."

"……!"

"초짜는 아니었는데 영 끗발이 안 좋았단 말이야."

'선생님이다.'

유디트는 확신했다. 도박을 좋아하지만 따는 것보다 잃는 게 많았던 선생이 분명했다.

"자세한 소식은 모르십니까? 어디서 지낸다거나, 그런 말은 따로 없었습니까?"

"몰라."

목격자가 시큰둥하게 말했다.

"들고 온 돈 잃는 걸 죽기보다 싫어하더군. 절대 올인 베팅은 안 했어. 적당히 벌고 꽁무니를 뺐지."

자기 좋을 때 도망치는 성미는 여전하구나. 선생임을 확신한 유디트의 입가에 미소가 번졌다. 선생님은 아직 이 지역에 있었다.

"뭐하면 저녁에 다시 와보든가."

"알겠습니다. 도와주셔서 감사합니다."

"저녁에는 말 걸지 마! 그땐 집중해야 하니까!"

목격자가 카드를 퉁기며 버럭 소리쳤다.

유디트와 기류는 한결 가벼워진 마음으로 도박장을 나왔다.

"드디어 찾았네요."

"그래. 근데 참…… 하필 도박장에서 찾냐."

보통 스승이나 은사를 찾으러 가려면 학교나 예배당 같은 곳에서 수소문하는 게 일반적이다. 귀족으로 나고 자란 기류의 머릿속에는 그 '선생'이라는 자가 어떤 사람인지 도통 감이 오질 않았다.

유디트의 뒤를 따라서 걸음을 옮기던 기류가 멈춰 섰다.

"기류? 왜 그래요?"

유디트가 그를 불렀으나, 기류는 가만히 선 채 눈을 가늘게 흘겨 떴다.

'……미행? 둘이나?'

착각이 아니다. 누군가가 지켜보는 게 분명했다.

'선생을 찾아서 한껏 들뜬 유디트는 아직 눈치채지 못한 것 같은데…….'

"다시 들어가려고요? 그냥 저녁에 다시 오죠. 여기서 지키고 있으면 오히려 역효과가 날 것 같으니……."

그 순간 번개처럼 사람 하나가 허공에서 떨어졌다. 지면에 착지한 상대가 재빠르게 두 사람을 향해 단검을 들이댔다.

"유디트!"

"너희냐? 요즘 내 소식을 캐고 다닌다는 게?"

유디트가 짐승 같은 빠르기로 뒤로 물러나며 거리를 벌렸다. 반대로 기류는 앞으로 튀어 나갔다. 그가 앞뒤 재지 않고 달려들어 상대를 황소처럼 들이받았다.

"이게……!"

2층에서 뛰어내린 사내는 쉽게 단검을 놓지 않았다.

뜨내기가 아니다. 더욱 위험하다고 판단한 기류가 재빨리 그의 팔을 비틀며 화려하게 메치기를 걸었다.

"기류! 잠시만요!"

상대를 알아본 유디트가 외쳤을 때는 이미 늦었다. 기류가 상대를 밀가루 포대처럼 패대기쳤다. 사내가 나무 박스 더미에 처박혔다. 어마어마한 소리가 났으나 기류는 방심하지 않았다.

이어서 기류가 관절기로 상대의 뼈를 박살 내려 하는 걸 유디트가 말렸다.

"기류! 멈춰요!"

잡동사니 구르는 소리가 우렁찼다. 그 소리를 찢으며 커다란 불평이 터져 나왔다.

"아이고! 나 죽네!"

"선생님!"

"······선생님?!"

유디트가 안색을 바꾸고 달려왔다. 기류의 표정도 순식간에 변했다.

"선생님! 괜찮으세요?!"

기류는 뺨 맞은 것 같은 얼굴로 상대를 다시 보았다. 동시에 선생이 불만을 쏟아냈다.

"야, 이놈아! 유디트! 자수성가해서 찾아올 거면 호박 마차나 끌고 올 것이지 다짜고짜 몸빵을 날리는 놈을 끌고 와?!"

"내가 신데렐라예요?! 왜 숨어 다니셨어요! 그러니까 이렇게 당하죠!"

"메치기 당한 것도 서러운데 이젠 새파랗게 어린 제자가 스승을 구박하는구나!"

10년 만의 재회였으나 여러 의미로 두 사람은 여전했다.

대번에 상황을 파악한 기류가 사색이 되었다. 설마······.

"오랜만이다, 유디트."

"그러게요. 일어나세요."

"아구구구······ 삭신이야."

유디트가 피식피식 웃으며 상대를 부축했다.

기류는 눈을 질끈 감았다.

'일단······ 내가 메쳐선 안 될 사람을 메친 건 맞는 거 같지?'

첫 만남이 이보다도 더 최악일 순 없으리라. 기류는 차라리 악수로 손을 으스러뜨리는 게 나았겠다는 생각을 했다.

✳ ✴ ✳

"아이고, 아프다."

"……."

"아이고오, 아파 죽겠네."

"……."

"아, 이럴 때 레몬 슬라이스 띄운 라임 에이드 한 잔 마시면 딱 좋을 것 같은데."

"……."

"요 근방에 가장 유명한 가게가 광장에 있을 텐데……."

"저기…… 나 잠깐 요 앞에 나갔다 올게."

가시방석에 앉은 것처럼 안절부절못하던 기류가 자리에서 벌떡 일어났다. 그가 유디트의 대답을 듣기도 전에 여관 문을 박차고 나갔다.

유디트는 기가 찬다는 얼굴로 연고를 바르고 있는 선생을 보았다.

"정말 여전하시네요."

언제는 데려오면 제국 평화에 이바지하는 걸 칭찬해 주겠다더니, 남의 남편을 심부름꾼으로 부려먹네?

"여전하다니, 뭐가?"

"뭐겠어요?"

"너만 하겠냐? 젖살만 좀 빠졌지 생긴 건 어릴 적이랑 똑같아선."

"전 예전이랑 달라도 너무 다른데요?"

"다르긴. 따박따박 말하는 거 보면 예전 그대로구먼."

누가 할 소리인데요. 유디트는 마지막 한마디를 꾹 눌러 참았다. 하고 싶은 말을 다 했던 어린 날의 저보다도 나아졌다는 걸 증명하기 위해서는 지금 참아야 했다.

다행히 선생은 더 걸고넘어지지 않았다.

"아이고, 삭신이야. 내가 나이를 먹긴 먹었구나. 엎어치기 한 번에 이렇게 골병드는 소리 하는 일이 없었는데……."

"그이가 메쳤는데 이 정도로 멀쩡한 거면 선생님도 강골인 거예요. 뿌듯하게 생각하셔도 돼요."

"뿌듯 같은 소리 하고 있네. 근데 잠깐…… 그이라고 했느냐?"

"네, 저 결혼했거든요."

"허?"

선생이 희한하다는 얼굴로 기류가 나간 문을 바라보며 감탄했다.

"하긴 짚신도 제짝이 있지."

"한마디만 더 하시면 이번엔 제가 메쳐 버릴 거예요."

"하든가."

선생이 히죽 웃으며 귀를 팠다. 못할 걸 알기에 하는 대답이었다.

'정말 여전하구나.'

노련함이 느껴지는 눈동자, 늘어난 주름이며 새치가 보였다.

세월을 피해가지 못한 흔적이 보이긴 해도, 선생은 선생이었다. 능글능글하게 웃는 미소로 사람을 꿰뚫어 보는 특유의 통찰력은 여전했다.

그는 맨발로 달려 나와 잘 지냈느냐며 얼싸안고 울어주는 선생님이 아니었다. 그래서 오히려 유디트의 인생에 더욱 깊게 기억된 스승이었다.

비록 신랑이 스승을 메쳐 버렸기에 예상했던 재회와는 백억 광년쯤 떨어진 모습이 되었으나 유디트도 선생도 크게 신경 쓰지 않았다. 에이드를 사러 뛰쳐나간 기류만 안 된 일이었다.

"뭐 하러 왔냐?"

"딱히 뭘 하러 온 건 아닌데."

"그래? 이렇게 후미진 지방까지 왔는데 용건은 없단 말이냐?"

'진짜 여전하잖아.'

용건 운운하는 살갑잖은 태도에 유디트가 뚱하니 대답했다.

"할 말이 그것밖에 없으세요? 제 소식은 한 번쯤 들어 보셨을 거 같은데."

"네 소식? 잘 모르겠는데."

"……."

"설마 구국 영웅 유디트 경이 용을 잡았다, 하고 월간 신문에 대문짝만하게 나왔던 일 말이냐? 그것도 아니면 폐황자를 감방에 처넣은 사람이 너라는 소식?"

선생이 연고 통을 닫았다. 유디트가 눈을 깜빡였다.

"네가 정확히 무슨 소식을 말하는지는 모르겠다만……."

선생이 유디트를 훑어보곤 조금 차가운 목소리로 말했다.

"난 그 사람이 네가 아니길 바랐다."

"……왜요?"

"왜냐니?"

선생이 헛헛하게 웃더니, 곧 표정을 싹 바꿨다.

"내가 너에게 가르친 건 세상과 정정당당하게 맞붙으며 살아가는 법이 아니라 비굴하게 사는 법이었어. 실력이 아무리 좋아도 죽으면 아무 소용 없으니까."

"……."

"원망하느냐? 하지만 나는 그걸 후회하지 않는다. 어느 선생이 제자더러 풍파를 몸으로 맞아보라고 하겠느냐?"

선생의 반응은 왠지 모르게 뾰족했다.

"기사가 되겠다고 검을 들고 온 뒷배도 없고 돈도 없고 재능만 가득한 열 몇 살의 여자애가 어디 가서 무슨 일을 당할 줄 알고."

정말 기사가 될 셈이냐. 정말 그 선택에 후회하지 않을 자신 있냐. 선생은 거듭 물었었다.

"하지만 기사가 되는 걸 막지 않으셨잖아요."

"네가 그렇게 목숨 버리는 짓을 할 줄 알았다면 막았을 거다."

"거짓말."

"그래. 거짓말이야. 네 인생이지, 네 선택이고."

선생은 가볍게 말을 바꾸곤 삐딱하게 몸을 꼬았다.

"그래서 찾아오지 않을 줄 알았다. 날 원망할 줄 알았거든."

"그런 적 없어요. 원망이라뇨."

불량한 자세로 그녀를 응시하던 선생이 물었다.

"차라리 검을 배우지 말걸, 그런 생각은 안 들디?"

"몰라요. 전 선생님이 왜 이런 말씀을 하시는지 모르겠네요. 왜 그렇게 밉살맞은 소리만 하시는 거예요?"

"제자가 미친 짓을 벌였는데 스승인 내가 지화자 좋다고 춤이라도 추겠느냐?"

"자꾸 그렇게 말하지 마세요. 미친 짓이라뇨?"

유디트는 정색했고, 선생의 표정은 무거워졌다.

"그럼 제정신으로 할 짓이더냐? 용도 잡고 황자도 처넣으러 달려간 일이?"

"제가 유명해진 게 싫으세요?"

"그런 문제가 아닌데?"

"그럼 무슨 문제인데요? 자꾸 그렇게 말하지 말고 할 말을 하세요! 빙빙 돌려 말하지 말라고요!"

유디트는 이해할 수 없었다. 선생은 왜 이렇게 삐딱하게 나오는 걸까. 잘하면 잘했다, 못하면 못했다, 가식 없는 진심만을 말하는 게 선생이었다. 그러니 지금 하는 말도 진심일 터.

'내가 한 행동 중에 선생님이 비꼴 일이 뭐가 있었다고 그러는 거야?'

제정신으로 그런 짓들을 한 거냐는 말에 화가 났다. 유디트는 입술을 꽉 문 뒤 말했다.

"제 실력 아시잖아요."

"……."

"자랑스러워하실 줄 알았는데."

"부끄럽다고 한 적 없다."

"하지만 자랑스럽다고 칭찬하신 것도 아니잖아요."

"……."

유디트가 선생의 말을 물고 늘어졌다. 두 사람 사이에 묘한 긴장감이 감돌았다.

"……참, 너도 여전하구나. 십 년이 지났는데."

선생이 허탈하다는 듯 말했다.

그때였다. 어색한 분위기를 깨듯 문가에서 아웅다웅하

는 소리가 나더니, 여관 문이 활짝 열렸다.

"놔아! 이거 놔아!"

"가만있어, 꼬맹이! 잡아먹으려고 이러는 거 아니니까."

"거짓말! 아저씨 무섭게 생겼단 말이야!"

"⋯⋯화내기 전에 형이라 불러."

기류였다. 그가 일곱 살쯤 되어 보이는 소년 하나를 옆구리에 낀 채 난처한 얼굴로 여관 1층에 들어섰다. 기류가 데려온 소년은 유디트와 대화 중이던 선생님을 보곤 버럭 소리쳤다.

"선생님!"

"리앙?"

"가만히 있으래도!"

"우아앙! 아저씨 무서워!"

소년이 마구 버둥거리자 기류가 으름장을 놓았다. 기류는 한숨을 쉬더니 선생과 유디트에게 말했다.

"이야기 중에 죄송합니다. 이 꼬마가 자꾸 여관 근처를 기웃거리면서 이야기를 엿들으려 하는 게 영 수상해서⋯⋯."

"선생님! 이번에도 저 구하러 왔어요?!"

"아니. 나도 잡혀 왔다."

"이럴 때 농담하지 마세요."

"낮부터 계속 미행하던 녀석 같은데. 혹시 아는 사이십니까?"

"아오…… 저놈이, 집에 있으라니까는. 언제 날 미행했지?"

선생이 골치 아프단 얼굴로 인상을 찌푸렸다.

리앙은 선생의 얼굴을 보자마자 더욱 격렬하게 저항하며 버둥거렸다. 소년의 잿빛 머리카락이 마구 들썩였다. 곧 소년의 얼굴이 공포로 인한 눈물에 젖었다.

"놔주십시오. 제가 돌보는 아이입니다."

선생이 한숨을 쉬며 부탁하자 기류가 순순히 아이를 내려놓았다. 리앙은 단숨에 선생님 쪽으로 달려갔다. 소년의 반바지 아래에 자리 잡은 크고 작은 상처만 봐선 꽤 악동인 것 같았다.

유디트가 물었다.

"새로 들이신 제자예요?"

"제자까진 아니지만, 뭐…… 사정이 있어서 좀 돌보고 있다."

그러자 기다렸다는 듯 소년이 소리쳤다.

"우리 집 가구랑 돈은 이미 다 가져갔잖아! 선생님은 못 가져갈 거다! 나쁜 악당들아!"

선생은 골치 아프다는 듯 고개를 저었다.

"리앙, 인마. 이 사람들은 빚쟁이가 아니야."

"빚쟁이는 원래 빚쟁이 같은 얼굴 안 하고 있어요! 안 그럴 거 같은 얼굴로 막 때린단 말야!"

"그렇긴 한데 이 사람들은 아냐. 특히 이 누나는 빚쟁이

만큼 무서운 사람이지만, 정말 빚쟁이가 아니다."

"선생님!"

유디트가 왈칵 화를 냈다. 선생은 이크, 소리를 내며 모른 척했다.

리앙은 슬쩍 분위기를 보더니 변명하듯 말했다.

"도…… 돈 없어요! 우리 부모님 다음 주에 오실 거예요. 돈 마련해서 온다고 하셨어요. 그때 다 갚을 거예요! 그러니까 때리지 마세요!"

"……."

"도망도 안 가요! 우린 이 지방에서 살 거란 말이에요!"

유디트의 눈가가 미세하게 떨렸다. 기류는 인상을 확 찌푸렸다. 그가 먼저 소년에게 말을 걸었다.

"이름이…… 리앙? 리랑이랬나?"

"리앙이에요."

"음, 그래. 리앙."

기류는 최대한 소년이 겁먹지 않도록 몸을 낮춰서 눈높이를 맞췄다.

"혹시 누가 너에게 해코지했어?"

"……."

"돈을 갚으라며 협박하거나, 네 앞에서 폭력을 행사했나? 너를 때리거나?"

소년이 입을 꾹 다물었다. 리앙은 대답하지 않았으나, 기류는 금방 답을 찾았다. 소년의 발목 부근에 시퍼런 멍 자국이 있었다. 밧줄에 쓸린 자국도 함께였다. 기류가 무섭게 얼굴을 굳혔다.

그때 유디트가 말했다.

"걱정하지 마. 우린 널 해코지하려고 온 것도 아니고, 선생님을 뺏으러 온 것도 아니야."

"정말?"

"응. 정말이야. 네 덕분에 선생님이 왜 가명을 쓰고 도망다녔는지도 알겠다."

유디트가 선생을 빤히 바라보았으나, 선생은 목을 이리저리 비틀며 딴청 부리기 바빴다.

"여전하시네요."

"뭐가."

"돈 안 되는 제자 돌봐주는 거요."

유디트의 말에 리앙의 얼굴이 굳었다. 리앙은 그 말을 모욕이라 받아들인 듯했으나, 유디트는 생면부지의 꼬마에게 일일이 제 과거를 설명해 줄 의리가 없었다.

그 대신 의리를 다른 데 쓰기로 했다. 저 아이가 선생님의 제자라면, 유디트는 소년과 한 스승 밑에서 배운 관계다. 그리고 유디트는 기사였다.

"꼬마야."

"리앙이거든."

"너한테 해코지한 사람, 누군지 기억해?"

"알면 뭐 하게?"

"박살 내줄 거야. 다신 네 앞에서 돈 때문에 행패 부리지 못하게."

"⋯⋯거짓말."

리앙이 의심스럽다는 눈초리로 유디트를 보았다.

"진짜야. 나는 황실 기사거든. 돈 때문에 애들에게 주먹을 휘두르는 사람은 혼내줄 수 있어."

"유디트! 그럴 필요⋯⋯."

"있어요. 이건 제 할 일이고, 선생님이랑은 할 말 없으니 빠져요."

유디트가 부루퉁하게 말했다.

리앙이 슬그머니 눈알을 굴리며 물었다.

"정말이야? 진짜 도와줄 거야?"

"그래. 정말이야."

패용증을 꺼내서 보여주자, 리앙은 언제 의심했냐는 듯 눈을 크게 뜨고 달려왔다. 소년은 신나서 정보를 아는 대로 술술 불었다.

'애들은 쉽게 믿어서 좋구나.'

유디트는 왜 선생님이 어릴 적 저를 귀찮아하면서도 잘 돌봐주었는지 새삼 알게 됐다.

선생은 복잡한 눈으로 둘을 바라보았다. 기류는 그 광

경을 슬쩍 곁눈질했다.

리앙이 모든 이야기를 끝냈을 때였다.

"……그럴 필요 없다."

"뭐가요."

"유디트 네가 해결할 필요 없다. 그런 식으로……."

"선생님."

유디트가 선생의 말을 잘랐다.

"저는 딱히 세상 모든 불의에 물불 안 가리고 맞서는 사람은 아니에요. 선생님이 가르치신 대로요."

"……."

"하지만 뒷배도 없고 돈도 없는 계집애가 기사가 되었으니 밥벌이는 해야 하지 않겠어요?"

"밥벌이에 명예 찾을 셈이냐?"

유디트는 대답하지 않았다. 그녀는 차가운 흥분을 드러내며 일어났다.

"한 번 살다 가는 세상, 평생 비굴하게 살 거면 검은 뭐하러 배웠겠어요?"

"……유디트."

"됐어요. 다녀올 테니 꼬마랑 여기 계세요."

기류는 유디트를 부드러운 눈으로 바라본 다음 여관 주인에게 다가갔다. 그는 리앙의 사정을 설명하며 돈을 건넨 뒤, 오늘 여관에 수상한 사람이 들어오지 못하게 해달라며 여관을 통째로 빌렸다.

"이번에도 도망치시면 진짜 땅끝까지 쫓아갈 거니 허튼 생각 하지 마세요."

유디트는 쌀쌀맞게 말한 다음 여관을 나왔다. 기류는 여유로운 걸음으로 그 뒤를 쫓아 나섰다.

유디트가 화났다. 오랜 시간을 함께 보냈기에 기류는 그녀의 행동에서 감정을 읽을 수 있었다.

이런 기류의 통찰력은 최근 들어 더욱 날카로워지고 있었다. 내려치기를 하는 걸 보니 오늘은 피곤한 것 같다든가, 신발 끈을 묶는 게 오늘따라 기합이 많이 들어가 있다든가.

기류는 그녀를 세상에서 가장 세심하게 지켜보는 사람이다. 그러니 모를 수가 없었다. 상대의 턱주가리를 걷어찰 기세로, 다음 기회는 없다고 말하는 저 모습은 아무리 봐도……

'숫자로 치면 10 중에 5쯤 되나.'

다행히 그 정도면 기류가 해결할 수 있는 수준의 분노였다.

해가 지날수록 저를 향해 다정히 웃어주는 유디트였다. 그래서 깜빡 잊고 있었다.

'저렇게 화가 난 유디트는 데샹도 기겁하지.'

리앙의 부모는 값비싼 향유를 만드는 장인이었는데, 화재 사고로 그만 장사 밑천 대부분을 잃었다고 했다. 향유를 팔 수 없어지자 생계가 어려워져 빚을 냈다가 이 지경이 되었다고.

사람 봐가면서 굽신대는 빚쟁이가 유디트를 당해낼 리 만무했다. 아무래도 강자 앞에서 약해지고 약자 앞에서 강해지는 저 태도가 더욱 유디트의 분노를 부채질하는 듯했다. 유디트는 두 번 다시 리앙 앞에 나타나지 말라는 말과 함께 아이를 겁박하고 폭행하는 건 어떤 이유로도 용납할 수 없다며 으름장을 놓았다.

둘은 한바탕 일을 치른 뒤 거리로 나왔다.

"경비대나 영주를 만나러 가는 게 낫지 않겠어?"

"영주에게 해결해 달라고 하면 일이 너무 커져요. 자칫 잘못했다간 더 크게 해코지를 당할 테니 이 정도가 적당할 거예요."

유디트가 콧방귀를 뀌며 가게를 나섰다.

"화는 좀 풀렸어?"

"그래 보여요?"

"아니. 다는 안 풀린 거 같은데."

"……."

"맞구나?"

기류가 쓴웃음을 지었다.

"내가 맞춰볼까? 선생님 때문이지?"

"……맞아요."

"왜? 실망했어? 선생님이 다른 제자를 들여서?"

"그럴 리가요."

유디트가 빠르게 부정했다.

"선생님이 다른 제자를 들인 건 이번이 처음이 아니에요. 그런 건 실망할 이유도 아니고요."

"그럼?"

기류가 그녀의 손을 잡았다. 유디트는 크고 따뜻한 손을 물끄러미 바라보다가 작은 목소리로 툭, 말을 뱉었다.

"잘사시는 거 보기만 하면 된다고 생각해서 찾아온 건데…… 생각보다 반겨주시기를 기대했나 봐요."

유디트, 이게 얼마 만이야. 잘 지냈냐, 건강했고. 소식 들었다. 그런 다정하고 뻔한 말을 기대하며 먼 지방까지 왔다. 그랬건만…….

"찾아오지 않을 줄 알았다. 날 원망할 줄 알았거든."

역시 선생은 심술궂은 인간이었다. 그녀가 바라는 말은 쉽게 해주지 않는다. 예나 지금이나 마찬가지다.

"유디트."

기류는 그녀가 고개 숙인 모습을 보고 싶지 않았다. 그들의 걸음이 자연스레 여관 앞에서 멈췄다. 유디트가 풀죽은 목소리로 말했다.

"자랑스럽다고 해주실 줄 알았어요. 그게 과한 기대는 아니잖아."

"실망 많이 했네."

"그런가 봐요."

"이리 와."

유디트는 순순히 기류에게 파고들었다. 따뜻한 품에서는 서러움을 혼자 삭일 필요가 없어서 좋았다.

선생이 막았어도 유디트는 기사가 되었으리라. 그 선택을 후회하지 않는다. 저를 자상하게 안아준 이 사람 또한 검을 나누며 알게 된 사람 아닌가.

유디트는 기사가 된 걸 후회하지 않았다. 후회는커녕 생애를 통틀어 가장 잘한 선택 중 하나라고 생각했다.

그렇지만 선생의 매몰찬 말에 조금 침울해졌다.

"선생님은 끝까지 내가 기사가 되는 걸 바라지 않았나 봐요."

"아닐 거야. 자수성가해서 찾아왔다고 하셨잖아. 반가워하시는 눈치였는데?"

두 사람은 여관 바깥을 한 바퀴 돌았다. 걸음이 멈춘 곳은 여관 밖에 매달려 있는 낡은 그네였다. 유디트가 그네에 앉자 기류는 양손으로 밧줄을 잡았다.

"저더러 미친 짓을 벌였대요. 실력이 못 미더워서 그런 걸까?"

"그것도 아닌 거 같은데?"

"무슨 말만 하면 다 아니래. 그럼 대체 뭣 때문이란 거예요?"

유디트는 기류를 향해 톡 쏘아붙였다. 그러자 그가 빙그레 웃었다.

"걱정하신 거야. 엄청. 어어엄청."

"……."

"유디트. 만약 네가 가르쳤던 비올레 경이 실력 좋다는 이유로 40일간 최전선에서 구르면 뭐라고 할래?"

"……미쳤다고 할 거예요."

"선생님도 비슷한 마음인 게 아닐까?"

유디트의 표정이 묘해졌다. 기류는 천천히 그네를 밀었다. 그네가 포물선을 그리며 몇 번을 오갔다. 그동안 유디트는 아무 말도 하지 않았다.

곧 그네에서 낡은 소리가 나자, 유디트는 냉큼 그네에서 뛰어내렸다. 그리고 기류를 돌아보았다.

"차라리 그런 이유면 좋겠어요."

"그게 분명하다니깐."

기류가 호언장담을 하고 다가왔다. 유디트는 뚱한 척 그를 보다가 피식, 웃어버렸다.

부부는 사이좋게 손을 잡고 여관으로 돌아왔다. 어쩌다 보니 기류가 처음 원했던 대로 여관을 통째로 빌린 상황이었다. 투숙객이라고는 그들과 선생, 리앙뿐이었다.

여관 주인은 선생과 리앙이 방에 들어갔다고 알려주었다. 그사이 리앙에게 해코지하러 찾아온 사람은 없었던 모양이다.

"다행이네요."

"그러게. 뭐 좀 먹을래?"

"아뇨, 그보단 씻고 싶어요."

"난 배고픈데……."

기류가 주방 쪽을 흘끗 보자 유디트가 웃었다.

"그럼 먹고 들어와요. 전 씻어야겠어요."

"씻고 기다려 줄 거야?"

"선생님이랑 애가 있는 여관이에요. 이 엉큼한 목도리도마뱀."

유디트는 기류의 인중에 정통으로 딱밤을 먹였다.

그가 맞은 곳을 부여잡는 사이 유디트는 혀를 쏙 내밀고 위층으로 올라가 버렸다. 간단한 음식을 부탁한 기류는 투덜거렸다.

'왜 하필 목도리도마뱀인 거야?'

세상에 널린 게 귀여운 동물인데. 개나 고양이처럼 귀여운 동물을 놔두고 왜 하필 도마뱀이지? 알다가도 모를 일이었다.

시간이 흘러 음식이 나왔다. 기류가 버터에 구운 옥수수와 샌드위치를 다 비워갈 때였다. 계단에서 삐그덕삐그

덕 소리가 나더니, 나지막한 목소리가 그를 불렀다.

"르왈흐메이 후작님."

"아, 그…… 쿨럭, 킥!"

기류는 급하게 샌드위치를 삼키다가 그만 사레들렸다. 한 바탕 요란스러운 기침이 이어졌다. 보다 못한 선생이 물컵을 건네주자, 그걸 받으면서도 기류는 민망함에 몸서리를 쳤다.

선생은 기류가 물컵을 완전히 비운 걸 본 뒤 말했다.

"괜찮으십니까?"

"괘, 괜, 괜찮습니다."

"그러시면 시간 좀 내주셨으면 합니다만."

❋　✦　❋

상황이 왜 이렇게 흘러가는 거지. 메치기도 모자라 신나게 사레들린 모습까지 보여주었다. 제아무리 무던한 기류라 할지라도 민망할 수밖에 없었다.

'좋은 모습만 보여 드려도 모자란데…….'

여관 주인은 남자 둘이 이야기 좀 하고 오겠다 하니 싸우지 말라는 말부터 꺼냈다. 그리고 기꺼이 그들을 위해 좋은 술과 몇 가지 부식거리를 챙겨 주었다.

선생이 기류를 데리고 간 곳은 여관 뒤편의 야트막한 동산이었다. 둘은 마을 풍경이 한눈에 들어오는 동산에 자리를 깔고 앉았다.

아쉬운 쪽이 먼저 입을 연다고, 기류가 부랴부랴 물었다.

"여기서 오래 지내셨습니까?"

"그건 아닙니다만……. 그래도 1년 좀 안 되게 있었습니다. 리앙 때문에."

"말 편하게 놓으셔도 됩니다."

"후작님이 그런 말씀을 하시는 건 처음 들어보네요."

"제자의 남편으로서 온 겁니다."

"……그래도 그럴 수는 없지요."

선생은 기류를 특이한 사람 보듯 했다.

"흠…… 어떤 사람을 고를까 궁금했는데, 참. 이런 사람을 데려오네."

"예?"

"아닙니다. 그냥 혼잣말입니다."

선생이 헛기침을 몇 번 했다. 두 사람은 약간의 어색함 속에서 술병을 부딪쳤다.

선생은 말없이 옥수수를 먹었고, 기류는 그사이 평정을 되찾았다. 이 늦은 시각에 시간 좀 내달라며 이렇게 데려올 이유가 무엇일까. 기류가 떠올릴 수 있는 이유는 하나뿐이었다.

한참 뒤 선생이 물었다.

"……그냥, 뭐, 별건 아닌데."

"말씀하십시오."

"유디트는 잘 지냅니까? 건강하고요?"

긴장이 풀리며 동시에 웃음이 나왔다. 거봐, 유디트. 내가 분명 걱정하셨을 거라고 했잖아. 기류의 눈매가 부드럽게 휘었다.

"잘 지냅니다. 언제나 기운이 넘치죠."

"하긴. 아까 보니 건강한 거 같았습니다. 그래도 보통 고집쟁이가 아니라서 한 번은 큰코다쳤을 거 같은데……."

"본인도 아는데 못 고치겠다고 하던데요."

"자랑이다. 어이구."

선생이 혼잣말로 투덜거리자 기류는 너털웃음을 터뜨렸다.

"그게 궁금하셨습니까?"

"일단은 제자니까 말입니다."

"제자가 많으셨나 보군요."

"그건 아닙니다. 발 닿는 대로 굴러다니면서 살다 보니 인연 닿은 애들에게 몇 번 알려준 게 답니다. 유디트도 그중 하나고요."

기류는 부드럽게 말을 받았다.

"선생이 훌륭해서 그런지 유디트도 기사단에서 검을 곧잘 가르쳐 줍니다."

"성질 엄청 부릴 텐데요? 성에 찰 때까지 굴릴 텐데?"

"그러다 한 번 칭찬해 줄 때도 있습니다. 그래서 다들 배우고 싶어 하죠."

채찍이 좀 가혹하고 유독 아픈 편이긴 하다. 하지만 그래서일까. 가끔 물려주는 당근에 더욱 환장하는 신입 기사가 많았다. 유디트가 흑기사단을 맡게 되었다는 소식을 듣자, 신입 기사 몇몇이 옹기종기 모여서 사실인지 기류에게 확인하러 온 적도 있었다.

"구국 영웅 르왈흐메이 후작이 남편이라……. 거참, 녀석. 진짜로 제국 평화에 이바지하는 사람을 데려오네."

선생이 또다시 혼잣말을 하더니 술병을 흔들었다. 기류는 조금 놀랐다.

"……저를 알고 계실 줄은 몰랐습니다."

"모르는 게 이상한 거 아닙니까? 저잣거리에서 아무나 한 명 불러 세워 물어보시지요, 제국에서 가장 유명한 기사 둘이 누구인지."

"그럼 유디트의 소식도 들으셨겠군요? 진즉부터?"

"……."

선생은 아무 말도 하지 않았다. 그저 조용히 먼 곳만 바라보았다.

"자랑은 안 하셨습니까? 그 제자 내가 키웠다, 하고?"

에테르 마스터의 선생이었다는 말만 하면 허리 굽힌 채어서 옵쇼, 하는 집안이 한둘이겠는가?

기류의 물음에도 선생은 묵묵부답이었다. 한참 후, 선생은 오랫동안 짊어지고 있었던 근심 보따리를 내려놓는 사람처럼 말했다.

"······저럴 줄 알았으면 좀 더 잘 가르쳐 줄걸. 그 생각 밖에 안 들었습니다."

"······."

"유디트는······."

선생은 잠시 망설였으나, 이내 거침없이 말을 쏟아냈다.

"그 녀석은 해야겠다고 마음먹으면 무슨 수를 써서라도 해내지요. 어릴 적부터 그랬습니다. 친구 하나 쉽사리 사귀지 못할 만큼 사납고, 고집쟁이에, 뻔뻔하고, 건방지고, 당돌했어요. 저런 녀석에게 검을 가르쳐 주면 지 성질대로, 자기가 옳다고 생각한 대로 살다가 죽을 게 뻔해 보였습니다."

선생의 시선이 머나먼 과거를 훑었다.

"물이 가득 든 양동이를 들어본 적 있습니까?"

그가 기류를 곁눈질하며 묻자 기류가 조용히 고개를 저었다. 선생은 그럴 것 같았다는 얼굴을 했다.

"종종 검 좀 배워서 거들먹거리고 싶어 하는 애들에게 수련 핑계로 그런 걸 시키면 열에 아홉은 도망갑니다. 수련이 힘들어서가 아닙니다. 내가 무슨 잘못을 해서 이런 벌을 받고 있어야 하나. 그런 식으로 생각해서지요."

"······."

"사람 죽이는 검술 훈련이라는 것도 그와 비슷합니다. 목적 없이 견딜 만한 행위가 아니란 말이죠. 첫 살인을 하고 나면 훈련과 실전의 차이는……."

"더욱 커지죠."

기류의 덤덤한 대답에 선생이 웃었다.

"양동이를 하루 종일 들었습니다. 그 애는."

"……."

"그때 알았습니다. 아, 이놈은 죽어도 기사가 되겠구나. 기사로 죽겠구나. 내가 뭣 모르는 애한테 목검을 쥐여주는 바람에, 사람 인생 하나를 크게 바꿔 버렸구나."

선생이 고개를 떨궜다.

"덜컥 겁부터 나더이다. 이제 이 애가 어딜 가서 죽으면 그건 내 책임이다. 내가 덜 가르쳐서, 검 쥐는 법을 가르쳐줘서다."

선택이란 어떤 미래를 데려올지 모르기에 무섭다.

"감당 못 할 선택 뒤에 따라오는 두려움을 압니까? 그건 사람의 영혼을 착실하게 갉아먹지요."

가르치는 사람의 업보 같은 거라며, 선생이 중얼거렸다. 기류는 그때까지 가만히 듣고 있었으나, 이것만큼은 확인해야겠다고 느꼈다.

"유디트가 온 게 반갑지 않으십니까?"

"반갑습니다."

선생이 즉답했다.

"살아 있어줘서 고맙습니다. 그 애가 열심히 살아줘서

고맙고, 미안한 겁니다."

선생은 답답한 마음에 술을 연거푸 들이켰다. 금세 병이 텅 비었다. 가뭄이 든 땅처럼 바싹 마른 가슴에 술을 부으면 조금 나아질까. 그럴 리 없다는 걸 알기에 선생은 씁쓸했다.

기류가 웃음을 터뜨린 건 그때였다.

"왜 웃습니까?"

"죄송합니다. 그런데……."

기류는 입가를 손으로 가리며 대답했다.

"이렇게까지 유디트를 어린아이 취급하는 사람은 처음 봐서요. 좀 신기했습니다."

이래서 유디트는 그를 아버지처럼 여겼던 거구나. 기류는 확실히 이해했다.

유디트는 누가 봐도 제 앞가림 하나는 끝내주게 잘하는 사람이었다. 그녀는 남의 도움을 필요로 하는 평범한 사람일지언정 인도가 필요한 아이는 아니었다.

"선생님께서 가르치신 유디트가 어떤 사람인지는 모르겠지만, 이제 그녀는 혼자가 아닙니다. 물론 과거에는 잠깐 혼자였을 수도 있죠. 하지만 적어도 지금은……."

기류가 그렇게 말하더니 말을 바꿨다.

"지금도 앞으로도 혼자가 아닙니다."

확신에 찬 말은 믿음직스러웠고 희망에 차 있었다.

기류가 따뜻하게 웃으며 술병을 한쪽으로 밀어두었다. 이런 이야기를 할 때는 조금도 취하고 싶지 않았다.

"유디트는 더 이상 선생님이 알고 계시던 아이가 아니니까요."

"꽤 날카로운 곳을 찌르시는군요."

"계속 유디트의 옛이야기를 하고 계시는 것 같아서 말입니다."

기류는 그가 모르는 유디트의 옛날을 화제로 삼지 않았다. 그건 좀 질투 나는 일이었다. 그래서 기류는 오로지 현재만을 이야기했다.

"지금은 그녀를 사랑하고, 그 사랑을 돌려줄 사람이 많습니다."

"……."

"그녀는 자랑스러운 사람입니다. 언제 한번 황성에 들러보시면 좋겠군요."

기류는 조금 딱딱한 분위기를 풀기 위해 눈치 없는 척, 언제든 들르거든 제 이름을 대고 찾아오라며 권했다.

역마살이 낀 사람처럼 이곳저곳 떠돌아다닌다던가? 그 말마따나 선생은 황성에 들를 생각이 없어 보였다. 그러나 그의 입가가 조금 느슨해졌다.

"결혼했다고 했던가요?"

"예."

"언제?"

"얼마 안 됐습니다. 일주일 정도."

"일주일?!"

선생이 깜짝 놀라며 입을 벌렸다.

"그럼 지금 여기까지 온 게……."

"신혼여행 중에 들른 겁니다."

"아니, 잠깐. 보통 신혼여행은 둘이서 보내는 거 아닙니까?"

"유디트가 전부터 내내 말했거든요. '꼭' 만나러 가야 한다면서."

"허 참, 그 녀석……."

선생은 보통 놀란 게 아니었는지 낡은 장갑으로 얼굴을 반쯤 쓸었다. 그러나 얼굴에 드러난 기쁨을 다 감추지는 못했다.

한참 후, 그가 꼭꼭 가슴속에 쌓아둔 물음을 꺼냈다.

"유디트를 행복하게 해줄 자신 있습니까?"

"물론입니다."

기류가 한 치의 망설임도 없이 대답했다. 설령 죽은 유디트의 부모가 돌아오더라도 기류는 같은 대답을 할 수 있었다.

"저는 유디트라는 한 인간이 행복할 수 있도록 노력할 거고, 그녀 또한 저를 위해 함께 노력해 줄 사람이라는 걸 압니다."

"단단히 빠지셨네."

"유디트를 아는 사람이라면 다 똑같이 느낄 겁니다."

그렇게 말한 기류가 덧붙이듯 말했다.

"애초에 유디트는 남이 행복하게 '만들어줄' 필요가 없거든요. 스스로 행복해지기 위해 노력하는 사람이라."

먹구름이 가득 낀 날에도 연무장을 끝까지 지키는 사람. 황금보다도 귀하디귀한 사람.

"저는 그런 유디트가 정말 좋습니다."

"……."

기류가 혼자서 웃음 지었다. 선생은 멍하니 기류를 보며 어딘가 정신이 팔린 사람처럼 굴었다.

익숙한 인기척 하나가 점점 가까워졌다. 이젠 숨길 생각도 없는 듯했다. 기류가 빙그레 웃으며 선생에게 말했다.

"선생님은 미행을 잘 눈치 못 채시는군요?"

"예?"

"말도 마요, 예전부터 그랬어요."

불쑥 끼어든 목소리가 대신 대답했다. 선생이 눈을 크게 뜨고 돌아보자, 거기엔 머리카락을 보송보송하게 말린 유디트가 못 말린다는 듯 둘을 보고 있었다.

"덕분에 옛날부터 몰래 따라다니기 딱 좋았어요. 리앙도 그래서 쫓아다녔을걸?"

"유디트!"

"왔어?"

기류가 자리에서 일어났다.

"이젠 내가 씻으러 갈 차롄가?"

"잘 가요."

"남편을 그냥 막 보내기야?"

"계속 붙어 있을 순 없잖아. 끈질긴 남자는 인기 없어요."

"많고 싶지도 않아. 내 아내 하나로 충분해서."

"그게 당신이 사랑받는 남편이 된 이유예요."

유디트가 키득키득 웃었다.

기류는 웃음기 만연한 얼굴로 선생에게 예의 바르게 인사했다. 선생은 복잡한 얼굴로 그 인사를 받았다. 그러곤 유디트를 보기 민망했는지 고개를 돌려 버렸다.

기류가 떠나자 선생이 지평선 저편만 바라보았다. 유디트는 선생 곁으로 터벅터벅 걸어왔다. 그녀가 선생 옆에 앉았다.

"어디서부터 들었나 싶어서 머릿속이 복잡하실 거 같은데요. 미리 알려 드릴게요."

"안 궁금하다."

"처음부터 들었어요. 유디트는 잘 지내냐고 물어보신 부분부터요."

"……끄응."

선생이 앓는 소리를 내며 뒤통수를 벅벅 긁었다. 유디트는 선생을 놀리지 않았다. 대신 담백하게 말했다.

"이왕이면 직접 물어보시지 그랬어요?"

"아니, 뭐…… 굳이 그럴 필요 있나."

"저는 직접 듣고 싶었는데."

"……미안하다."

"사과받으려고 한 말 아니에요. 그냥 그렇다는 거예요."

아무런 추억도 없는 땅에서 갖는 십 년 만의 재회였다.

"너 정말 다 컸구나."

"새삼?"

"안 믿겨서 그런다, 이 녀석아."

선생은 그리운 옛 시절이 떠올라서 혼났다. 그가 머쓱한 얼굴로 말했다.

"아까 많이 섭섭했느냐?"

"솔직히 말하면 그랬어요. 별로 반기지 않으시는 거 같길래……."

"그런 거 아니다."

선생이 급히 부정했다.

"나이를 먹어서 그래. 자꾸 걱정만 늘어서……. 이쯤 살아보니 길렀던 제자가 하나둘씩 신세 망쳤다는 소식을 듣는단 말이다."

"저도 그럴 줄 아셨어요?"

"그래. 그럴까 봐 걱정했다."

선생은 이때다 싶었는지 종알종알 불평했다.

"이 녀석아, 왜 하필 네가 용을 잡느냔 말이다. 그 위험한 짓을 왜 네가 해?"

"아니, 그게 언제 적 일인데……."

"백 년 전 일이면 좀 덜 위험한 일이 되냐? 응? 모난 돌이 정 맞는 것도 몰라? 네 남편한테든 누구한테든, 그냥 내맡기고 도망쳤어야지. 죽으면 어쩌려고……."

유디트가 묘한 표정으로 선생을 곁눈질했다. 그렇게 행동했다면 선생은 뭐라고 할까?

'잘했다고 하실까?'

어쩌면 그럴지도 모른다.

유디트는 알고 있다. 선생이 그녀에게 가르쳐 준 건 단순히 검술만이 아니었다. 그는 유디트에게 책임의 무게를 알려주었다. 한 번 선택한 일은 끝까지 책임지되, 책임질 수 없다면 차라리 포기하라고 알려주었다.

"……처음엔 저도 도망치고 싶었어요. 나나 내 주변만 잘살면 그만이라고 생각했는데……."

"……."

"생각이라는 게 점점 변하더라고요. 그러기 싫어지던데요."

"유디트."

세상은 정의로 꽉 찬 보물 상자가 아니니, 밥벌이로 명예 찾는 기사 같은 건 다시 생각해 보라고 했던 선생이다. 예전에는 그 말이 무조건 옳다고 생각했지만 유디트는 변했다.

"제가 선택한 일이에요. 후회하지 않아요."

그녀가 선생의 눈을 똑바로 들여다보았다.

"자기가 한 선택을 후회하는 건, 본인한테만 주어지는 특권 아닌가요?"

유디트가 늠름하게 웃었다.

"선생님. 저는 선생님이 저를 두고 떠난 일로 원망 안 해요."

"……."

"건강하게 살아 계셔서 다행이에요. ……정말 보고 싶었어요."

선생은 아무 말도 하지 않았다. 한참 뒤, 그가 입을 열었다.

"유디트."

"네."

"……잘 지냈냐?"

"예."

"연애는 좀 했고?"

"찐하게 했죠."

"……행복하고?"

"네, 행복해요. 엄청요."

유디트는 기류와 마찬가지로 한 치의 망설임 없이 대답했다.

"전부 선생님 덕분이에요."

"……."

"전 선생님께 검을 배우길 잘했어요."

"……그러냐."

그 말을 듣고 나서야 선생도 웃었다.

서로를 깎아내리던 스승과 제자는 누구라고 할 것 없이 살며시 웃었다.

*　✳　*

"선생님은 너랑 좀 닮았어."

조용한 아침이었다. 넓은 품에서 깨어난 유디트는 하품을 하며 기류와 눈을 마주쳤다. 오늘은 그들이 여관에 머무른 지 엿새째였는데, 마지막 날이 될 예정이기도 했다.

"선생님과 저는 남남인데요?"

"그렇긴 한데, 행동이 꽤 닮은 것 같아. 조용히 자책하는 것도 그렇고."

"잘 모르겠는데……."

"원래 그런 건 본인은 모르는 거야."

"실없는 소리 하지 말고 일어나요."

"키스해 주면 일어날게."

"……어쩐지 어제 잘 참는다 했어."

유디트는 기가 막힌다는 듯 웃은 다음 그를 끌어안았다. 말랑한 입술이 부드럽게 겹쳐졌다.

어제는 하루 종일 리앙과 유디트, 기류와 선생이 함께

목검을 가지고 장난쳤다.

리앙의 부모는 그저께 밤늦게 돌아왔다. 선생이 그간 있었던 일을 이야기하자 유디트와 기류에게도 연신 고개 숙여 인사했다. 리앙의 부모가 빚을 갚으려고 해도 받지 않던 악덕 업자는 난데없이 나타난 기사 두 명 때문에 태도를 바꿨다. 베르칼레 지방에 나타난 두 사람이 용살자로 유명한 기사단장들임을 알자마자 냉큼 변제서를 써 줬다. 그리고 재빨리 짐을 챙겨서 도망쳐 버렸다.

기류가 먼저 침대에서 떠나려 하는 유디트를 붙잡았다. 이 대로 이불을 덮고 둘만 있고 싶었다.

"리앙이 기사가 될 거라며 난리던데."

"선생님이랑 저랑 둘 다 안 좋은 이유를 스무 개쯤 말해 줬는데 말이죠."

"작정하고 마음먹은 애들은 어지간한 어른보다 무서워. 정 말 기사가 될지도 모른다니깐?"

순순히 다시 침대에 누운 유디트가 묘한 웃음을 지었 다. 제 어린 시절을 떠올리기라도 했던 모양이다.

기류의 체중이 무겁게 그녀를 내리눌렀다. 유디트는 그 가 침대 밖으로 벗어나고 싶지 않아 하는 걸 알면서도 모 르는 척 그를 애태웠다.

"시원섭섭하네요. 오늘은 떠나야 한다고 생각하니……."

"조금 더 여기서 지낼까?"

"아뇨. 저도 이 이상은 아까워서 안 되겠어요. 얼른 본 저택으로 가죠."

그녀가 양팔로 기류의 목을 휘감았다. 조금 더 깊고 더운 숨이 오가고 난 뒤에야 둘은 침대 밖으로 나왔다.

유디트는 편한 바지를 좋아하지만 팔랑이는 치마도 좋아했다. 정확히는 치마가 부드럽게 움직이는 그 감촉이 좋았다.

살랑거리는 커튼이나 커다란 리본, 부드러운 망토 자락의 감촉. 그렇게 좋아하는 걸로 세상을 하나씩 채울 때마다 소소한 행복을 일상에 심는 기분이었다.

유디트는 크림색 모자를 쓴 채 여행용 트렁크를 들었다. 그리고 사랑하는 사람의 손을 잡고 여관 밖으로 나섰다.

"가냐?"

"네, 선생님은요?"

"나도 곧 가야지. 리앙한테 해코지하러 오는 놈들 없는지 지켜보다 가련다."

"결정해 둔 곳은 있으십니까?"

기류는 은근히 제 영지로 와주었으면, 하는 눈치였다. 하지만 선생은 웃으며 고개를 저었다.

"발 닿는 대로 가다 보면 살 곳도 생기겠지요. 작은 몸하나 뉠 곳이 없겠습니까."

"수도로 오라고 해도 안 오실 거죠?"

"……글쎄다. 갈 수도 있고, 안 갈 수도 있지."

애매한 대답에 유디트가 눈살을 찌푸렸다. 선생은 히죽 웃었다.

"세상일이라는 게 장담할 수 없는 것 아니냐."

"……그래요. 잘 지내세요."

"너도 잘 지내라. 만나러 와줘서 고맙다."

스승과 제자는 가볍게 서로 포옹을 나눴다. 기류는 그와 악수를 나눴다. 물론 으스러뜨리지는 않았다.

약속 시간이 되자 마차가 여관 앞에 도착했다. 오랜만에 먼 길을 떠나는 거물 손님을 맞이하는 게 기뻐서인지, 마부는 의욕적이었다.

마차가 출발했다. 유디트는 끝까지 덤덤한 얼굴로 저를 배웅하는 선생과 헤어졌다.

"섭섭하진 않아?"

"뭐가요?"

"이게 마지막일지도 모르잖아."

"글쎄요."

험한 세상이다. 다음에 또 만나요, 라고 말하며 헤어진다 한들 정말 다시 볼 수 있을지는 알 수 없다. 유디트는 애매하게 대답했다.

"섭섭한 거 같기도 하고, 아닌 거 같기도 하고…… 잘 모르겠어요."

다시 못 볼 사람을 잡고 아쉬워해 봤자다. 선생은 건강하게 잘살 거다, 그렇게 생각하는 게 최선이었다.

마음이 복잡해진 그녀가 마차 밖으로 시선을 던졌을 때였다.

저만치 먼 곳에서 제 갈 길을 가던 선생이 한 번, 두 번, 몸을 돌렸다. 그렇게 몇 번 망설이던 선생이 곧 결심했는지, 몸을 돌려서 마차를 쫓아왔다. 그가 마차를 향해 손을 흔들며 무어라 외쳤다.

놀란 유디트는 벌떡 일어났다가 마차 천장에 머리를 부딪쳤다. 엄청난 소리에 깜짝 놀란 기류가 눈을 휘둥그렇게 뜨며 그녀를 붙잡았다.

"괜찮아?!"

안 괜찮았다. 아파서 눈물이 찔끔 나올 지경이었다. 유디트가 한바탕 신음했다.

"으으으으윽…… 잠깐만요! 마부, 멈춰요!"

마차는 한 번에 멈추지 않았다. 유디트는 몇 번을 더 다그치고 나서야 마차를 세울 수 있었다.

아픈 곳을 문지르며 보닛을 손에 든 유디트가 부랴부랴 마차에서 내렸다.

"선생님!"

"헉, 헉…… 거참 빨리도 가네!"

"뭐예요! 시원하게 보내 버릴 땐 언제고!"

"시원 같은 소리 한다, 이놈아!"

간신히 마차를 따라잡은 선생이 숨을 몰아쉬더니, 곧 버럭 화를 냈다.

"세상 어느 선생이 제자가 떠나는데 속 시원해하겠냐! 더 해줄 수 있는 게 없어서 잘살라고 빌어주는 거지!"

"몰라요, 전 선생이 된 적 없어서 그런 마음 모른다고요!"

기류의 말이 맞았다. 그녀와 선생은 닮았다. 헤어질 때 쿨한 척하는 건 두 사람 다 똑같았다.

선생은 입술을 꽉 문 채 주머니를 뒤졌다. 머잖아 그가 유디트에게 내민 건 꼬깃꼬깃한 수첩과 포도나무를 구워서 만든 목탄 조각이었다. 선생이 멋쩍게 말했다.

"너 사는 곳. 거기 주소 좀 알려줘라."

"……찾아오시려고요?"

"혹시 모르니까 말이다. 응? 나중에 찾아갈 일이 생길지도 모르잖냐."

이게 정말 마지막이라고 생각하는 걸까. 선생은 도통 유디트와 눈을 마주치지 못했다. 그가 어쩔 줄 모르고 줄줄 흘러나오는 속마음을 그대로 토했다.

"그냥 어느 날 보고 싶으니 훌쩍 찾아갈 수도 있는 거 아니겠어. 내가 선생인데 그 정도도 못하냐!"

"누가 못한대요. 그런 말 안 했어."

수첩을 받아 든 유디트가 입술을 물었다. 선생은 벌겋

게 달아오른 얼굴로 재잘거렸다.

"유디트. 내가, 응? 너도 제자 같은 자식, 아니다, 자식 같은 제자 하나 길러봐라. 어? 그러면 내 마음이 이해될 거야. 둥지 뜨는 놈들이야 가버리면 그만이지. 기른 놈 마음이 얼마나 허한 줄 아냐?"

"……선생님."

"내가 말은 안 했지만…… 아니, 염치가 없어서 못 했지만, 그래도 너를 얼마나 자랑스러워했는데. 너는 모를 거다."

그가 횡설수설했다.

"너 기사로 살면서 힘들었지? 나도 안다. 너 돈 좋아하니까 욕도 많이 먹었겠지. 근데 뭐 어떠냐. 세상에 흠 없는 인간이 얼마나 있다고. 어떻게 살든 네 맘 아니냐!"

그가 버럭 외쳤다.

"오 년 전에, 네가 용을 잡았을 때. 가는 술집마다 네 칭찬이 자자해서 내가 한턱씩 내다가 쫄딱 거덜 난 적도 많았다. 2황잔지 3황잔지 모르는 게 네 손에 아주 그냥 박살이 났다며! 누가 가르쳤냐! 내가 가르쳤지! 응? 이것아. 몸 좀 조심하고 다녀라. 몸 좀! 제발!"

"걱정을 하시는 거예요, 화를 내시는 거예요?"

"모른다, 이놈아!"

선생이 눈물을 훔쳤다. 유디트는 그걸 못 본 척하기 위해 수첩으로 시선을 돌리며 목탄 조각을 쥐었다. 어쩐지 유디트의 코끝도 찡했다.

"자주 놀러 오세요."

"오냐. 알겠다. 오냐."

"제가 아이를 낳으면 선생님 이름을 붙일 거예요."

선생은 그 말에 깜짝 놀랐다.

"그래도 되냐?"

"당연하죠. 내 자식 이름 내가 마음대로 붙이겠다는데."

첫째의 이름은 기류의 소중한 사람에게서 빌려오기로 했다. 아들이면 알펜 르왈흐메이가 되리라.

"선생님 이름은 둘째한테 붙일 거예요."

"나야 괜찮다만……. 나보다는 네 아버지 이름을 붙여야지."

"선생님이 제 또 다른 아버지예요."

유디트가 딱 잘라 말하자 선생이 주먹을 꽉 쥐었다. 그가 흐느끼듯 웃었다.

"이놈아, 부모님이 땅 밑에서 우신다."

"안 울어요. 우리 엄마는 내가 뭘 하든 잘한다고 했어요."

"이놈! 한마디도 안 지기는."

유디트는 수첩 위에 주소를 몇 개나 적었다. 수도에 있는 르왈흐메이 후작가, 르왈흐메이 영지, 황성 흑기사단 본부. 혹시나 하는 마음에 마리골드 백작가 주소도 적었다. 루이라면 유디트의 선생이 찾아왔단 말에 냉큼 쫓아내진 않을 테니까.

선생은 수첩을 받아 들자마자 주머니에 넣었다. 그리고 그녀의 손을 잡았다.

"앞으로도 기사로 살 거냐?"

"당연하죠."

유디트가 단호하게 고개를 끄덕였다. 선생은 그 대답을 예상한 눈치였다.

"유디트. 너 밥벌이에 명예 찾지 마라."

"왜요? 그러다 죽으니까요?"

선생이 고개를 저었다.

"네 인생을 빛내는 명예는 너 스스로 찾는 거야."

"……."

"기사로 살아야만 명예 찾을 수 있는 거 아니다. 누구한 테는 목숨 걸고 낳은 자식이 명예일 수도 있는 거야. 나한 테는…… 나한테는 네가 내 명예다. 응?"

그가 제자를 보며 다시 나오려는 눈물을 꾹 참았다.

"그러니까 검 같은 건 놔버려도 된다. 응? 꼭 행복해져라. 꼭."

선생이 흐리게 보였다. 유디트의 시야가 부예졌다.

"너무 무거운 선택은 너 혼자 짊어지지 말고."

"네, 그럴 일 없어요."

그녀가 선생의 손을 꼭 잡았다.

"이제는 미래가 무섭지 않아요. 가끔은 기대되기도 하는걸요."

"그러냐. 하긴…… 든든한 사람이 옆에 있는 거 같아서 그나마 안심이다."

울다가, 웃다가, 화를 내는 우스꽝스러운 작별이었다. 기류는 도란도란 이야기하는 스승과 제자를 한눈에 담았다.

마침내 그들이 진짜로 헤어졌다. 스승은 아플 정도로 유디트의 등을 두드린 다음 떠났다.

크림색 보닛을 손에 든 유디트가 마차 쪽으로 돌아왔다. 그녀의 눈 밑이 발갛게 달아올라 있었다.

"속 시원하다는 얼굴이네."

마차와 함께 그녀를 기다리고 있던 기류가 웃었다.

"기류."

"응."

"저는 기사가 되길 잘했어요."

유디트는 이 기분을 누군가와 꼭 나누고 싶었다. 그래서 진심을 담아 제 남편에게 말했다.

"정말 이 길을 선택하길 잘한 거 같아요."

선생을 엉엉 울며 쫓아가던 소녀는 조금 더 자랐다. 그녀는 어른이 되었고, 기사가 되었다. 이제는 불확실한 미래도, 확신할 수 없는 선택도 마냥 두렵지 않았다. 수많은 선택 속에서 태어날 우연 같은 운명이 기대됐다.

운명처럼 만난 사람이 근사하게 웃는다.

나도 너를 만나 기쁘다는 듯.

"네가 후회하지 않으면 그만이지."

한때, 그녀는 제 선택을 부정하던 제르멜 앞에서 소망했었다. 머리에는 크림색 보닛을 쓰고 한 손에는 여행용 트렁크, 다른 한 손에는 사랑하는 연인의 손을 잡은 채 행복해지고 싶다고.

"이제 갈까?"

"네."

그녀는 원하는 걸 모두 이루었다.

앞으로도 이룰 생각이었다.

외전 6
마지막 연극이 끝나면

흑기사단장 유디트 르왈흐메이의 하루는 기류가 마실 것을 들고 침실로 들어오는 데서 시작한다.

그즈음의 유디트는 매번 졸음에 차 있다. 반쯤은 깨어 있지만, 베개에 몸을 뉜 상태.

커튼을 뚫고 들어오는 옅은 햇살, 침실 문이 열리는 소리. 기류가 걸터앉자 쿠션이 꺼지는 게 느껴지는 침대. 이마와 뺨을 쓰다듬는 다정한 손길.

"잘 잤어, 유디트?"

기류는 밝은 목소리로 몽롱한 유디트의 의식을 서서히 건져냈다.

"일어나. 출근해야지."

"몇 시야……."

"일곱 시야."

"출근하기 싫어……."

"그래도 출근해야지. 네가 단장인데."

"……은데…… 진짜 누가……."

뭐라고 하는 건지. 기류는 살짝 웃음을 터뜨렸다. 알아들을 수는 없지만, 웅얼거리는 걸로 봐선 불평하는 게 분명했다.

기류는 이 시간의 그녀를 보는 게 즐거웠다. 유디트의 잠투정은 꽤 귀여운 편이었다. 세상을 다 뒤져도 이 모습을 볼 수 있는 건 이제 저 하나뿐이라는 데서 오는 만족감도 컸다.

두 사람의 한 지붕 생활을 궁금해하는 사람들은 으레 유디트가 곰처럼 굼뜬 기류를 쪼아대리라 생각한다. 하지만 실상은 사뭇 달랐다. 기류는 유디트에게 한해 제법 견실한 남편이었다. 반대로 유디트는 기류 앞에서만 바짝 세운 경계심을 내려놓곤 했다.

커다란 손이 목덜미를 주무르자, 그녀는 순순히 기류의 품으로 굴러 들어갔다.

"그만 자고 일어나. 아침 먹자."

"……가기 싫다, 진짜……."

유디트는 한참을 투덜거린 뒤에야 자리에서 일어났다. 그녀가 침상에서 목을 이리저리 돌리자 우드득 하고 소리가 났다.

"몇 시예요?"

"일곱 시라니까."

기류는 그녀의 이마에 가볍게 입맞춤했다.

"운동하기 전에 깨우겠다면서……. 혼자서 운동하면 심심하지도 않아?"

"좀 더 자라고 놔뒀지. 어제 늦게 들어왔잖아."

"내일은 꼭 깨워요."

하품을 터뜨린 유디트가 양팔로 기류의 목을 끌어안았다. 그녀가 고양이처럼 길게 늘어지며 기지개를 켜자, 기류는 킥킥 웃으며 유디트의 볼을 꼬집었다. 그가 유디트의 눈가에 낀 눈곱을 떼서 침대 밖으로 튕겨냈다.

"그만 일어납시다, 부인."

이것이 바로 부관 데샹이 몇 년째 눈꼴시다고 평가하는 르왈흐메이 후작 부부의 민낯이라 하겠다.

✹　✴　✹

유디트가 흑기사단 제복, 정확히는 단장 제복으로 갈아입게 된 지 2년이 흘렀다.

그녀는 종종 이 복장을 거추장스럽게 느꼈다. 집무실이나 식당에 들어갈 때마다 케이프와 망토를 입었다가 벗는 게 번거롭다는 이유였다.

하지만 그와 별개로 유디트는 단장 제복을 제법 잘 소화했다. 검은색과 금색으로 어우러진 단장 제복은 그녀를 위해 만들어진 옷 같았다. 걸을 때마다 물결치듯 흩날리는 검은 망토는 기류가 입은 것과는 사뭇 다른 감상을 자아냈다.

좁은 어깨가 움직일 때마다 흔들리는 케이프의 금색 수실.

끄트머리까지 꼼꼼하게 자수를 놓은 검은 망토.

하얀 목을 감추는 하이넥.

빈틈없이 단추를 채운 소매.

딱 달라붙는 승마용 바지는 튼튼하고 부드러운 재질이며, 무릎부터 발끝까지 보호하는 새까만 부츠도 꼼꼼한 손질 덕분에 깨끗했다.

처음 유디트의 제복 차림을 봤을 때 드디어 옷이 제 주인을 찾았다며 셴이 감탄을 터뜨렸을 정도였다.

반면 옆에 있던 기류는 울상이 따로 없었다.

'너무 잘 어울리잖아.'

적기사단 제복보다 잘 어울리잖아! 제르멜, 망할 자식보다 훨씬 잘 어울리다니!

'물론 당연히 그래야겠지만!'

유치한 남자는 오늘도 마차에서 홀로 투덜거렸다.

마차에 오르던 유디트가 말했다.

"참. 기류, 오늘 밤에 칼리파가 저택으로 오는 거 기억하죠?"

"그럼. 당연히 기억하지."

르왈흐메이 후작 부인께서는 저택으로 손님을 부르는 일이 드물었다. 오늘은 그런 유디트가 드물게 사용인들더러 식사에 신경을 써달라며 일러두는 손님이 오는 날이다.

"오랜만에 보는 거지? 저번 달에 할머니 댁에 가기 전에 한 번 만났다며."

"네. 부탁하고 싶은 일이 있나 봐요."

"부탁하고 싶은 일?"

기류가 의아하다는 듯 되물었다.

"무슨 일인데?"

"잘은 모르겠어요. 갑자기 상담하고 싶은 일이 있다면서 편지를 보냈더라고요."

무슨 일인지는 모르지만 칼리파가 직접 도움을 요청할 정도라면 상당히 신경이 쓰이는 문제일 게 분명했다. 유디트는 두말없이 답장을 썼다.

"오랜만에 자고 가라고 했는데 괜찮죠?"

"물론이지. 그럼 오늘은 좀 일찍 퇴근하겠네?"

"최대한 일찍 퇴근해 볼까 해요. 일단 출근해 봐야 알겠지만."

"천천히 와도 괜찮아. 늦으면 내가 손님맞이 좀 하고 있지 뭐."

"고마워요. 요즘 이상하게 일이 많아진 거 같아서……."

"부관이 없어서 그래, 부관이."

유디트도 그 말에는 동의했다. 단장이 도장만 찍으면 그만이 아니라는 건 알았지만, 생각 이상으로 챙겨야 할 일이 많았다.

"데샹 경 같은 부관 하나만 있으면 좋겠는데……. 저한테 넘기시죠, 적기사단장."

"꿈도 꾸지 마십쇼, 흑기사단장. 그 녀석이 얼마나 편리한 인재인데."

데샹 본인이 들었다면 사람을 물건 취급하지 말라고 화냈을 만한 이야기다.

두 사람이 시답잖은 수다를 나누는 동안 마차는 황궁으로 들어섰다. 회중시계의 시각은 8시. 시간은 충분했다.

"그럼 오늘도 일 잘하고 와요, 부인."

"당신도 사고 치지 말아요."

따뜻한 입술이 솜털처럼 가볍게 뺨에 닿았다. 유디트의 입가에 미소가 스친 건 찰나였다.

마차에서 먼저 내린 두 사람은 갈림길에서 각기 다르게 본부로 들어섰다. 기사단의 반응은 판이하였다.

우선 적기사단의 경우.

"안녕하십니까, 단장님!"

"단장님, 오셨습니까!"

"오냐. 일찍 왔지?"

"넵! 머리카락 색만 봐도 저쪽에서 오고 계시는 걸 알았습니다!"

"데샹 경이 찾고 계셨어요."

기류는 소란스럽고 기운 넘치는 인사를 받은 뒤 부하들의 안부를 물었다. 언제 어느 때고 다가가기 어렵지 않은 이답게 그의 주변에는 사람이 몰렸다.

그리고 흑기사단의 경우.

"단장님."

"유디트 단장님, 오셨습니까."

"좋은 아침입니다."

"기다리고 있었습니다."

아침 식사를 끝내고 훈련장으로 가던 이들이 모두 걸음을 멈췄다. 곧바로 절도 있는 인사가 쏟아졌다.

"다들 좋은 아침이야. 소릭 경은 무슨 일로 기다렸지?"

"월말 보고 때 말씀드렸던 훈련 계획 건입니다. 오늘 찾아뵈어도 괜찮을까요?"

"오후 중으로 들고 오면 확인하지."

훈련장에 불쑥불쑥 출몰하는 적기사단장과 달리, 흑기사단장은 항상 정해진 시간 외에는 얼굴을 보기가 어려웠다.

그나마 편하게 인사를 나눌 수 있는 건 아침 출근길과 점심 무렵, 혹은 그녀가 백기사단장을 후드려 팼다는 전설이 전해져 내려오는 기사단 합동 훈련 때였다.

참고로 합동 훈련 때도 말을 거는 사람은 적었다. 훈련

량이 늘어날까 두려워서였다.

"단장님, 좋은 아침입니다."

"이즈발 경. 아침부터 본부로 출근하다니 별일이네?"

"이든 전하께서 오전 정무가 끝나는 대로 만나고 싶다 하셨습니다."

"갑자기?"

"자세한 것은 모르지만 무언가 걱정거리가 있으신 것 같았습니다."

이즈발은 십 년 가까이 흑기사단에 소속되어 있는 기사였다. 그녀는 유디트가 흑기사단장으로 취임하여 자리를 잡는 동안에도 묵묵하게 기사단을 지탱한 사람이었다. 그런 이즈발이 함부로 추측성 발언을 할 리는 없었다. 유디트는 고개를 갸웃거렸다.

"알겠다. 회의가 끝나는 대로 찾아뵙지."

"예. 그럼 오늘도 좋은 하루 보내십시오."

"이즈발 경은 언제 봐도 한결같이 깍듯하네."

"단장님을 앞에 두고 그러지 않을 기사는 없을 겁니다."

"아침부터 재미있는 농담이었어."

"진심입니다."

이즈발의 말에 유디트는 스치듯 웃으며 자리를 떴다.

흔들리는 회백발을 시선으로 좇는 이가 많았다. 하나같이 선망에 젖어 있는 이들이었으나, 그 사실을 티 내기보다는 조용히 인사를 건넸다.

＊　＊　＊

기사단장이 된 유디트가 놀란 것 중 하나는 단장이 봐야 하는 서류가 몹시 다양하다는 점이었다.

단장은 바쁘다. 황제의 명령을 받아 움직이는 흑기사단이지만 아래에서 올라오는 보고를 취합해서 서류로 올리는 건 그녀의 몫이었다. 위에서 내려오는 명령을 적절하게 하달하는 것도 마찬가지. 중간 점검 또한 모두 서면으로 진행됐다. 재무부나 외무부 등, 문서가 황실의 타 부서를 거쳐야 하는 경우도 많았다.

임무의 난이도를 파악하고 적절한 인선을 추려내서 합당한 지휘를 내린다. 지휘는 통수권자의 기본 소양이지만, 거기에 필요한 건 무력이나 에테르 마스터라는 자격이 아니었다.

유디트는 불합리한 기사단의 구조를 뜯어고쳐 보겠다고 호언장담했지만 세상에 만만한 일이 하나도 없다는 걸 느꼈다. 비로소 유디트는 25살의 기류가 겪었을 고충을 과하게 이해할 수 있게 되었다.

"그래도 기류에 비하면 나는 유예기간이라도 있었으니, 이 정도야 누워서 식은 죽 먹기지."

그렇게 말했을 때도 있었는데…….

"그래도 슬슬…… 이건 좀……. "

집무실에 쌓여 있는 서류 더미가 탑을 이루고 있었다. 어쩌다가 이렇게 많아진 거지? 젠가처럼 쌓여 있는 서류는 하나만 잘못 빼도 와르르 무너질 것처럼 보였다.

집무실에 들어선 유디트는 일단 겉옷을 벗었다.

생각해 보면 작년 이때쯤에도 비슷한 광경을 봤었다. 유디트는 곧 신입 기사가 들어올 시기라는 걸 기억해 냈다.

'어쩐지 유독 많다 싶더니만. 쯧, 큰일 났네.'

서류 탑은 유디트가 단장으로서 그만큼 많은 업무를 소화할 수 있게 되었다는 증거였다. 그러나 일이 많아봤자 기쁨보다는 귀찮음이 크다.

"일단 바쁜 것부터 끝내볼까……."

칼리파가 찾아오는 날이다. 일이 다 안 끝나서 집에 못 가는 상황만큼은 피해야 할 테니까.

유디트는 조만간 부관으로 삼을 만한 사람을 추려야겠다고 생각하며 업무를 시작했다.

그렇게 그녀의 긴 하루가 막을 올렸다.

✳ ✴ ✳

여기서 잠깐.

우리는 유디트 르왈흐메이 본인은 자각하지 못하는 비범한 면모를 짚고 가야 할 필요가 있다.

유디트는 회귀를 했다.

즉, 그녀는 회귀 전과 후를 합쳐 흑기사단 6년, 적기사단 5년, 다시 흑기사단 2년으로 기사 생활만 13년째라는 소리다.

기사 생활 13년이다. 무려 13년!

유디트는 종종 자신의 근속 기간에 비해 연금이 적다고 투덜댔는데 그건 진심이 아니란 걸 아는 기류니까 듣고 넘어가는 거지, 실은 몹시 뼈 있는 불평이라 할 수 있다.

셴 안토가 알았다면 '백기사단도 한 7년 해볼래요? 그래서 20년 채워볼래요?'라는 말로 매를 벌었겠지만 어쨌든 그녀는 구를 만큼 구른 뒤 결심했었다.

적당히 일하자. 아무렴 제르멜, 그 자식도 업무를 엉망으로 봤는데 내가 그 인간보다 더 열심히 일해야 할 필요가 있어?

하지만 13년간 한솥밥을 먹다 보면, 그것도 두 기사단에서 번갈아 가며 생활해 보면 싫어도 업무를 보는 시야가 넓어진다. 게다가 유디트는 낙하산도 아닌 카르나크 신이 발탁한 초고속 승진자였다.

밑바닥 생활을 통해 꼭대기까지 올라간 상사는 대단히 비범한 구석이 있게 마련이다. 그건 유디트에게도 통용되는 말이었으며, 흑기사단의 업무 처리 과정에서 여실히 드러나는 점이었다.

"좋은 아침입니다, 단장님."

"데소르 경. 유감이야. 난 좋은 아침이 아니야."

"왜, 왜 그러십니까?"

유디트는 무서운 얼굴로 보고서의 한가운데를 짚었다.

"기슬란 지방으로 마커를 이용해서 다녀오는 정찰 업무가 열아흐레가 걸렸다고? 어떻게 이럴 수가 있지? 예상보다 사흘이나 더 걸렸잖아."

"그게…… 마커 중 하나를 사용할 수가 없어서…… 어쩔 수가 없었습니다."

"중간보고 때는 그런 말이 없었던 걸로 기억하는데. 그러면 왜 경비는 예상보다 적게 소요된 거지? 정말 마커 때문인가?"

단거리 텔레포트와 말을 번갈아서 이용하며 오가느라 시간이 더 걸렸다 해도 열아흐레는 너무 길었다.

"숙고하는 게 좋을 거야. 솔직하게 말할 기회는 지금뿐이니까."

"……."

데소르가 고개를 떨궜다. 대체 단장이 그런 시시콜콜한 지점까지 어떻게 알았단 말인가? 흑기사단장은 종종 이렇게 사람을 서늘하게 만드는 구석이 있었다. 귀신이 곡할 노릇이었지만, 데소르는 순순히 고개를 숙였다.

"죄송합니다. 중간에 고향 집에 들렀습니다."

"고향 집?"

"예. 정말 잠깐만, 아주 잠깐 가족들 얼굴만 보고 가려고 했는데 여동생이 결혼할 사람을 데리고 오는 바람에……."

"근무 중 무단이탈은 징계 사항이라는 걸 몰랐나?"

"죄송합니다. 알고 있었습니다."

"알겠다."

데소르의 얼굴이 파랗게 질렸다. 그는 단장의 단답이 두려웠다.

"죄송합니다, 단장님. 다신 이런 일 없을 겁니다. 시정하겠습니다."

"누가 뭐라고 했어? 이거 가지고 나가 봐."

"용서해 주시는 겁니까?"

"나한테 용서를 구할 필요는 없어. 여긴 학교가 아니라 일터잖아."

유디트는 그렇게 말하더니 까만색 서류철을 던졌다.

"베루아 지방에서 들어온 첩보다. 마침 빠르게 움직여 줄 사람이 필요했는데 잘됐네."

"다, 단, 단장님……."

"사흘을 낭비했으니 시간에 맞추려면 오후에는 출발해야 할 거야. 중간보고는 전서구로 보내도록 해. 이번에도 시간을 낭비한다면 그땐 어떻게 될지……."

우당탕!

"아나 보네."

데소르는 요란한 소리와 함께 단장실을 나갔다. 어제 새벽 겨우 수도로 돌아온 그였으나 선택지는 없었다.

그 후로도 유디트는 상급 기사가 올린 훈련서를 수정하고, 신입 기사가 쓸 숙소와 훈련 일정을 결정해서 넘기며 밀린 업무 세 개를 해치웠다. 레이먼이 봤다면 일을 너무 잘해서 놀랍다며 기절할 만한 모습이었다.

"후우……."

전대 흑기사단장이 여러 추문을 가지고 있었던 것도 벌써 여러 해가 지났지만 제르멜을 기억하는 자들은 아직 기사단에 여럿 남아 있었다.

예상대로 그들은 처음에는 유디트를 껄끄러워했다. 하지만 시간이 지남에 따라 그들도 유디트가 망토 차림으로 기사단을 활보하는 데 익숙해졌다.

유디트 역시 새로운 생활에 익숙해졌다. 요즘처럼 바쁜 시기에만 잠깐 골머리를 썩일 뿐이지 그 외에는 혼자 업무를 보는 데도 문제는 없었다.

다만…… 이대로라면 제 일을 맡길 부관이나 후임을 키울 수가 없다.

'올해 신입 기사 테스트 때는 나도 시간 맞춰 가야겠어.'

유디트는 기지개를 켠 뒤, 시간을 확인했다. 곧 국무회의가 끝날 시간이었다. 그녀는 이든을 만나기 위해 걸음을 돌렸다.

✳ ✴ ✳

회의실에서 나온 이든은 환한 얼굴로 유디트를 불렀다.

"유디트 경!"

"좋은 아침입니다, 전하. 무슨 일로 부르셨……."

"그래, 그래! 나한테 할 말이 있다고? 흑기사단장이 부르는 거면 뭐든지 들어줘야지! 점심 먹었나? 가서 이야기하지."

이게 웬 자다가 봉창 두드리는 소리지? 유디트가 뚱한 여우 같은 표정을 하거나 말거나, 이든은 유디트의 등을 떠밀며 회의장에서 멀어지려 했다.

"미안하네, 재무대신! 내가 선약이 있단 걸 깜빡했지 뭔가."

"이든 전하!"

"다음에 다시 이야기하지. 막내딸이랑 조카딸이 그렇게 예쁘다고? 좋은 짝을 만나면 꼭 알려주게. 내가 주례를 봐주지. 그럼 이만!"

대충 무슨 상황인지는 알겠군. 유디트는 번갯불에 콩 구워 먹듯 할 말을 쏟아낸 이든을 따라 밖으로 나왔다. 이든의 걸음은 몹시 빨랐고, 그의 곁을 지키는 유디트의 분위기가 냉랭했기 때문에 이든에게 다가오던 이들은 하나둘 포기하며 쫓아오지 않았다.

한참 뒤. 이든은 기나긴 회랑을 빠져나오며 식은땀을 훔쳤다.

"다 갔나? 따라오는 사람은?"

"없습니다. 이제 조금 천천히 걸으셔도 괜찮을 것 같습니다."

"하아아······."

"피곤해 보이십니다."

"왜 아니겠나."

이든은 진절머리를 내며 투덜거렸다.

"나 참, 이런 뻔한 연기까지 해야 한다는 게 믿기질 않아."

4황자 시절에는 평생 형님들과 누님들 사이에 저울질하느라 이든과는 이야기도 제대로 못 해본 양반들이다. 그런 자들이 벌써 몇 년째 끈질기게 이든에게 따라붙어 막내딸부터 조카딸까지 들이밀고 있으니, 그로서는 미칠 지경이었다.

유디트도 그 고충을 대강이나마 이해한다는 듯 끄덕였다.

"제게도 종종 청탁이 들어옵니다. 전하의 배필로 적격인 자가 있는데 바람 좀 넣어달라면서."

"그거 우연이군. 난 흑기사단장의 부관으로 추천하고 싶은 사람이 있다며 소개 청탁이 들어오는데."

"처음 듣는 이야기네요. 누구인지 꼭 알려주시겠습니까?"

"어라? 관심 있나?"

"예. 가장 먼저 제외 선상에 올려야겠습니다."

그럼 그렇지. 기류와 마찬가지로 이런 종류의 청탁은 절대 받아들이지 않는 유디트였다.

이든은 떠오르는 이름 몇 개를 알려준 뒤 유리 온실로 들어섰다.

"식사를 하기엔 좀 이르고. 차 한잔하는 건 어떤가. 괜찮지?"

"감사히 마시겠습니다. 한데 무슨 일로 부르셨습니까?"

"궁금한 일이 좀 있어서. 경이라면 알지도 모르겠다 싶어 불렀네."

무슨 일이시지? 유디트는 신기하다는 얼굴로 끄덕였다.

"제가 아는 거라면 뭐든지 답하겠습니다."

"고맙군."

얼마 후, 시종이 홍차를 내온 뒤 사라졌다. 온실에서 인기척이 완전히 사라진 뒤에야 이든은 입을 열었다.

"실은 경이 임페노르 공녀와 막역한 사이라 알고 있어서 말이야. 사실인가?"

"칼리파를 말씀하시는 겁니까?"

"그래."

이든이 끄덕였다.

"연락이 끊기지 않고 자주 만나는 친구라고 알고 있는데, 맞나?"

"예, 그건 맞습니다만……."

"잘못 짚지 않아서 다행이군."

"무엇 때문에 그러시는 겁니까?"

"실은 임페노르 공작가의 마지막 상속 재판이 다음 주거든."

찻잔을 든 유디트의 손이 멈췄다.

"임페노르 공작가가 후계 문제로 시끄럽다는 건 알고 있지?"

"예. 어느 정도는……."

공작가 참살 사건의 진범이 밝혀진 뒤, 칼리파는 가문의 후계자로 인정받았다. 오명을 벗은 칼리파였으나, 그녀는 부모의 유산과 사업체 일부를 물려받기만 하고 가문을 잇는 건 거부했다.

이는 생각 이상으로 커다란 문제였다. 공작가는 황가 이상으로 정통성에 구애되는 가문이다. 오점으로 남은 그녀가 실은 무결하다는 게 밝혀지자, 지금이라도 칼리파를 설득해서 공작위에 앉혀야 한다는 주장과 새로운 후계자를 뽑아야 한다는 주장이 공작가 내부에서 팽팽하게 맞섰다. 공작가는 예전의 위세는 온데간데없었고, 누굴 후계자로 삼아도 칼리파의 이야기가 끊임없이 나왔다.

사태가 대화로 진정될 기미를 보이지 않자, 귀족 재판이 열린 것이다. 재판은 한쪽의 불복으로 상고의 상고를 거듭해서 결국 최종심까지 왔다.

어긋난 톱니바퀴처럼 헛도는 임페노르 공작가의 혼란은 상당했다. 칼리파의 이름이 신문에서도 자주 나올 정도였다.

"이번 최종 재판을 앞두고 공작가 후계자의 증표인 가주 반지와 도장이 도난당했네."

"네? 임페르노에서요?"

"추측이지만 칼리파 공녀를 다시 공작가로 모시자고 주장하는 쪽에서 벌인 짓 같아."

"절도를 말입니까?"

"응. 그래서 임페노르 공작가의 가주 반지와 도장의 효력을 정지해 달라는 요청이 들어왔네만……."

그건 안 될 일이었다. 가문의 주인임을 뜻하는 가주 반지와 가문의 결정을 뜻하는 도장이다. 이 두 가지는 저택에 불이 나서 속옷 바람으로 나올 때도 챙겨오는 물건이건만, 그걸 얼빠지게 도둑맞은 것도 모자라 효력을 정지해 달라고?

"임페노르 공작가의 사정이야 알고 있지만, 후계자 승계 문제로 황실에서 마음대로 효력을 정지했다간 어떻게 될지는 뻔한 일이지."

후계자 문제가 일어날 때마다 너도나도 나서서 도장을 무효화해 달라고 황실에 떼를 쓸 테다.

유디트는 비로소 상황을 이해했다.

"그래서 절 찾으셨던 거군요. 칼리파가 반지와 도장을 가지고 있는지 알고 싶으신 겁니까?"

"그렇게 해주면 정말 고맙겠네. 아무래도 직접 불러서 물어보기엔, 나도 염치라는 게 있어서⋯⋯."

상당한 시일이 흘렀지만, 황실은 칼리파에게 씻을 수 없는 상처를 안겨 주었다.

"칼리파는 이든 전하나 올가 폐하께 아무런 사감이 없을 거라 확신합니다."

"그렇게 말해주어서 고마워. 하지만 내 마음이 편치 않은 건 어쩔 수가 없어서 말이네."

이든이 쓴웃음을 지었다.

"대신 물어봐 줄 수 있겠나?"

"그 정도는 어렵지 않을 것 같습니다."

유디트가 가볍게 대답했다.

마침 오늘은 칼리파가 오기로 한 날이다.

'혹시 칼리파가 부탁하고 싶다고 했던 게 이거랑 관련된 일인가?'

만일 그렇다면 눈치껏 모른 척해주어야겠다.

칼리파는 오욕을 씻은 뒤에도 가문으로 돌아가지 않았다. 그러자 사람들은 그녀가 진정으로 복수하는 법을 모른다며 혀를 찼다. 적법한 후계자가 지금이라도 공작가로 돌아가서 작위를 받고, 저를 멸시했던 이들을 모두 쫓아내야 한다고, 최고로 잘나고 멋진 남편을 들여서 떵떵거리며 살아야 한다고 나불거렸다.

하지만 유디트는 그렇게 생각하지 않았다. 한때, 제르멜의 손에 죽음을 맞이했던 유디트는 일어나자마자 제르멜의 모가지를 치려 하지 않았다. 그보다는, 유디트 스스로가 떳떳한 기사가 되기를 꿈꾸었다. 당장의 복수보다는 진정으로 자신을 위한 길을 택한 것이었다.

칼리파도 마찬가지다. 에드워드에게 농락당했던 그녀는 이제 새로운 삶의 무대로 나아갔다. 그녀의 인생은 남에게 보여주기 위한 것이 아니다. 복수도 마찬가지였다. 복수의 실행이든 포기든 모두 그녀의 권리다.

유디트는 칼리파가 어느 쪽을 선택하든 전부 네 선택이 옳다고 전폭적으로 지지해 줄 작정이었다. 진정한 친구라면 옳다, 그르다를 평가해 주기보다는 아픔에 공감하고 기운을 북돋아주는 게 제일이니까.

"그럼 그 건은 자네에게 부탁하겠네. 무리한 부탁을 해서 미안하군."

"아닙니다. 알아본 다음 보고드리겠습니다."

두 사람은 천천히 차를 비웠다. 이든은 그녀에게 점심도 함께 들겠냐고 물었으나, 유디트는 습관적으로 고개를 저었다. 그녀의 개인주의 성향을 잘 알고 있는 이든은 강권하지 않았다.

온실에서 빠져나오는 길에 이든의 입가에 잠시 미소가 번졌다.

"그러고 보니 꼭 이런 날이었지. 경이 신입 기사 테스트를 치렀을 때가."

"기억하시는군요."

"어떻게 잊을 수가 있겠어."

그가 킥킥거렸다.

"자네를 시험해 보겠답시고 기류가 나섰던 건 정말 의외였는데."

이젠 먼 옛날처럼 느껴지는 일이다.

유디트의 입가에도 미소가 떠올랐다.

"그땐 저도 놀랐습니다. 설마 단장이 직접 나설 줄은 몰랐으니까요."

"운명을 느끼지는 않았나? 미래의 남편감을 만난 것 같다는 예감 같은 건?"

"전혀 없었습니다. 제 목이 달아날 뻔해서."

"아."

"그건 잊고 계셨군요?"

"그랬네. 둘 다 무시무시하게 강했다는 것만 기억하고 있지."

이든은 그 시합이 깔끔하게 끝나지 않았다는 걸 뒤늦게 떠올렸다. 기류의 검이 그녀의 목을 스치는 커다란 사고로 중지되었다.

"……생각해 보니 경이랑 기류가 결혼한 건 거의 기적

아니야? 대체 뭘 보고 결혼했어?"

"얼굴입니다."

"뭐?!"

이든은 곧바로 그녀에게 얼굴로만 따지면 제가 더 낫지 않냐는 위험 발언을 쏟아냈지만, 유디트는 남편과의 의리를 지키며 어깨를 으쓱일 뿐이었다.

가벼운 농담을 주고받던 두 사람은 곧 헤어졌다.

"너무 기사단에서만 지내지 말고. 그러다 아까운 실력이 녹슬겠어."

"제가 말입니까?"

"괜한 걱정이었나 보군."

나름 신선한 의견이다. 유디트는 빙긋 웃으며 명심하겠다는 인사를 남긴 뒤 걸음을 돌렸다.

처음 만났을 때보다 훨씬 따뜻한 모습을 여럿 알게 되었지만, 필요 이상으로 굽히지 않는 기사다운 면모는 여전한 그녀였다. 이든은 유디트의 꼿꼿한 걸음을 보며 든든함을 느꼈다.

＊　＊　＊

유디트는 평소보다 빠르게 일을 끝마쳤다. 그녀가 마지막 서류에 서명을 마치고 펜을 놓았다. 의자에 앉아 목을 풀고 있자니, 슬며시 이든이 했던 말이 떠올랐다.

'실력이 녹슬지도 모른다라……'

기사 생활 몇 년인데 실력이 녹슬겠나, 싶다가도 유디트는 부쩍 그 말이 신경 쓰였다.

'요즘 잠이 많이 늘긴 했지. 먹는 것도 늘었고.'

오늘 아침만 해도 그렇다. 기류와 함께 아침 운동을 하자고 말했으면서, 며칠째 못 일어났다.

기사단에서도 하루 종일 서류만 보고 있었다.

마음이 편해지니 몸이 게을러졌나?

'신경 쓰이네.'

유디트는 지그시 입술을 깨물었다. 시계를 보니 아직 퇴근 시간까지는 시간이 있었다. 유디트는 기사들의 훈련하는 모습도 보고, 오랜만에 검이나 휘두를 요량으로 연무장으로 향했다.

연무장은 집무실에서 십 분 정도 떨어진 곳에 있었다. 두 자루의 검을 찬 유디트가 그곳으로 걸어가는 동안 마주친 기사들이 설마 하는 얼굴로 그녀를 보았다.

"어? 단장님?"

"유디트 단장님?"

"단장님, 설마…… 지금 연무장으로 가시는 길입니까?"

"응. 브리아나 경도 오겠어?"

"아닙니다! 전 바빠서 먼저 가보겠습니다!!"

"오늘도 좋은 하루 보내십시오!"

유디트의 권유에 기사들이 개미 새끼 흩어지듯 사사삭 모습을 감췄다. 예상한 반응이긴 했지만 섭섭해진 그녀는 입술을 삐죽 내밀었다.

얼마 후, 도착한 연무장에서는 열댓 명 되는 기사가 옹기 종기 모여 앉아 휴식을 취하고 있었다. 유디트를 제일 먼저 본 건 훈련 교관이자 상급 기사인 리프만 도스 경이었다.

"단장님?"

"리프만 경. 뭐 하고 있었지?"

"오후 훈련 중이었습니다."

"나도 끼어도 괜찮겠지?"

"직접 말씀이십니까?"

리프만은 잠시 긴장하며 침을 삼켰다. 그가 천천히 끄덕였다.

"무, 물론입니다. 다들 기뻐할 겁니다. 이쪽으로 오시지요."

유디트는 그가 기뻐하기는커녕 긴장하고 있다는 걸 눈 치챘으나 모르는 척했다.

"소릭 경이 그러던데. 리프만 경이 요즘 훈련을 엄하게 해서 다들 곡소리를 낸다고."

"절대 그렇지 않습니다. 모두 엄살입니다."

유디트는 가만히 웃으며 기사 한 명이 건네주는 연습용 가검을 받았다.

단장이 직접 들른 것만으로도 연무장 분위기는 크게 달

라졌다.

"책상 앞에서만 앉아 있으니 둔해지는 거 같아서 말이야."

"단장님이 말씀이십니까?"

"응. 상대해 주면 고맙겠어."

너무나도 당연하게 다대일을 선언하는 유디트였다.

"……그럼 제가 심판을 보겠습니다."

리프만은 단장을 직접 상대했다가 무참하게 깨질 미래를 직감하고 선수를 쳤다. 이 순간 그의 걱정은 자칫하면 교관으로서의 위엄이 사라지진 않을까, 그것 하나였다. 물론 그런 걸 모르고 해맑은 놈들도 존재했지만.

"단장님! 저는 일대일을 신청하고 싶습니다!"

"저도 일대일로 부탁드립니다."

"무기는 자신 있는 걸 써도 되는 겁니까?"

"상관없어. 일대일이든 무기를 바꾸든 편하게 해."

"설마 에테르를 쓰진 않으시겠죠?"

유디트는 그 말에 순순히 끄덕였다.

"그건 빼도록 하지. 혹시 에테르를 다룰 수 있는 사람이 있다면 써도 좋아. 내가 가르쳐 줄 수도 있으니까."

"정말이십니까?!"

일 년에 한두 번 있을까 말까 한 단장의 직접 지도다. 제국에서 제일가는 검사가 손수 가르쳐 준다는 사실에 푹 빠진 이들은 눈을 빛냈지만, 리프만은 그저 훈련이 무사히 끝나기만을 빌었다.

"그럼 시작하지."

하지만 리프만의 바람이 부질없어지는 데는 한 시간이면 충분했다.

"끄으으…… 끄어어……."

"흐어어어……."

얼마 후.

좀비처럼 경련하는 기사들 한 무더기가 연무장에 널브러졌다. 반면 유디트는 꼿꼿하게 허리를 편 채 검을 들고 소리쳤다.

"시릴 경. 팔을 뻗을 때 자세가 너무 경직되어 있어. 그거 버릇이면 고쳐! 티그렐 경도 마찬가지야. 공격할 때 손목에 힘주지 마! 다들 전반적으로 발놀림이 엉망이야!"

피나 눈물은 모르겠지만, 손속의 사정만큼은 확실히 없는 단장이었다.

정예 중에서도 정예라 일컬어지는 황실 기사다. 그들 모두를 눈 깜짝할 사이에 때려눕힌 유디트는 거기서 그치지 않았다. 지적 사항은 고구마 뿌리처럼 줄줄이 딸려 나왔다.

"반응 속도는 좋은데 집요함이 부족해. 훈련 강도가 약한 것 같은데…… 어떻게 생각해, 리프만 경?"

"예. 반영하겠습니다."

단장이 무시무시하게 강하면 부하가 고달프구나. 리프만을 제외한 모든 기사가 중요한 사실을 깨달은 순간이었다.

"리프만 경도 상대해 줄까?"

"아, 저는 괜찮습니다. 저녁 지도도 해야 하니까요."

유디트가 살짝 아쉬워하는 걸 파악한 리프만은 재빠르게 오리발을 내밀었다. 실력과 눈치로 살아남는 상급 기사다웠다.

※ ✳ ※

2% 정도 모자란 아쉬운 느낌은 있었지만 땀을 흘리니 마음이 개운해졌다.

훈련장을 뒤로한 유디트는 평소보다 조금 일찍 퇴근했다. 칼리파를 만나러 가기 위해서였다.

현재 칼리파는 지방에 있는 할머니의 저택과 수도에 있는 그녀의 저택을 오가며 지냈다. 근래에는 할머니의 임종이 가까워져서 지방에서 지낼 때가 더 많았지만, 평소에는 수도 저택에서 아이들을 가르치며 간단한 동화책을 썼다.

해가 저물기 시작할 무렵. 마차에서 내린 유디트는 마부에게 명령했다.

"먼저 가. 난 오랜만에 칼리파와 걸어갈 테니까."

"괜찮으시겠습니까? 저녁엔 비가 올 것 같습니다."

마부는 슬쩍 모자챙을 들어 올리며 하늘을 보았다.

"비? 날씨가 이렇게 좋은데?"

"아침부터 무릎이 쑤셨거든요. 틀림없을 겁니다."

바람이 살짝 거세긴 했지만 습하지는 않은데. 유디트는 마찬가지로 하늘을 올려다보다가 고개를 끄덕였다. 정말 비가 오면 그때 마차를 잡아서 타고 가면 될 일이다.

"걱정해 줘서 고마워. 괜찮으니 돌아가도록 해."

"알겠습니다."

마부가 떠나자 유디트는 안쪽 길로 걸어 들어갔다.

경사진 골목이었다. 흙장난하다 온 건지 모래 삽이 든 통을 들고 집으로 가는 아이들이 보였다.

칼리파의 저택 근처에는 놀이터가 있다. 덕분에 저택에서도 어린아이들이 깔깔대는 소리가 선명하게 들렸다. 소란스럽지 않냐는 질문에, 칼리파는 고개를 저었다. 일부러 이곳으로 고른 거라며.

"혼자서 조용히 지내는 건 해봤으니까. 이젠 괜찮아."

그렇게 말하니 할 말이 없었다. 유디트와 루이는 입 다물고 걸레질을 했고, 레이먼과 비올레도 부지런히 가구를 옮겼다.

유디트는 친구들 모두가 행복하길 바랐다. 그중에서도 칼리파는 더욱 행복해졌으면 했다. 하고 싶은 일을 찾거나, 좋은 사람을 만나거나. 뭐든 좋으니 어떤 식으로든 그녀가 원하는 대로 살길 바랐다.

'연락을 넣고 올 걸 그랬나? 지금쯤이면 외출 준비 중이겠지만……'

유디트는 칼리파가 당연히 집에 있으리라 생각했다. 그렇게 칼리파가 사는 이층집에 도착했다.

유디트는 자신이 생각했던 것과는 전혀 다른 광경에 깜짝 놀라서 굳어버렸다.

"문이 열려 있잖아?"

닫혀 있어야 할 저택 문이 반쯤 열려 있었다. 문고리와 걸쇠가 망가진 채로.

저무는 해를 등에 걸친 유디트는 굳은 얼굴로 저택에 발을 들였다.

"칼리파?"

끼이익.

왼손으로 문을 열자, 음산한 소리와 함께 저택 마룻바닥에 유디트의 그림자가 길게 드리워졌다.

"칼리파. 나야. 안에 있어?"

문을 닫은 유디트가 몇 걸음 더 내디뎠다. 여전히 저택은 조용했다. 유디트는 자연스레 칼자루에 손을 얹었다.

"칼리파, 안에 있으면 대답……."

그 순간이었다. 인기척을 느낀 유디트가 번개처럼 검을

뽑아 휘둘렀다.

캉!

공격할 타이밍을 놓친 상대는 곧바로 유디트에게서 멀어졌다.

'남자?'

유디트는 저를 공격한 사람이 칼리파가 아님을 확신했다. 레이먼이라면 모를까 칼리파는 이런 장난을 치지 않는 사람이다.

낮은 남자의 목소리가 들려왔다.

"너희가 감히…… 여길 어디라고!"

"뭐?"

되물을 새도 없었다. 찌르르 느껴지는 살기가 바람을 타고 전해져 왔다. 검을 휘두른 상대는 유디트의 허리를 두 동강 내려 했다. 횡으로 크게 휘두르는 일격이 깊숙이 들어왔다.

그러나 대비하고 있던 유디트의 행동은 빨랐다. 그녀의 검에 순식간에 황금빛 에테르가 맺혔다.

얇게 두른 에테르는 검날과 검날이 부딪치는 순간, 허공으로 흩어지며 상대의 모습을 잠시나마 드러냈다.

'누구지?'

처음 보는 얼굴이었다.

그나저나…….

"버릇이 안 좋네."

기습하려면 제대로 해야지.

상대는 제법 덩치가 컸다. 유디트는 그 사실을 깨닫자마자 몸을 숙였다. 제르멜에게 '쥐새끼 같다'라고 평가받았던 재빠른 몸놀림이었다.

상대의 허점을 찌르며 검의 방향을 비틀기 어려운 쪽으로 파고드는 건 유디트의 특기였다. 예상대로 상대의 검은 애꿎은 허공만 휘저었다.

"컥······!"

유디트는 습격자의 옆구리에 발길질을 꽂아 넣은 다음 거리를 벌렸다.

죽일까?

답은 금방 나왔다. 그건 곤란하다. 우리 집이 아니니까.

'제압한다.'

결정만큼이나 빠른 행동이었다. 유디트의 검이 반 바퀴 돌며 상대의 검로를 방해했다.

"큭······. 이 더러운 비겁자 놈들!"

남자가 유디트를 향해 검을 내질렀다. 상대를 벌집으로 만들 만큼 무시무시한 찌르기였다.

하지만 유디트는 정면으로 받아내는 척, 왼쪽으로 검날을 후려치며 날 밑 부근까지 바짝 검을 맞댔다. 순식간에 좁혀진 거리에 놀란 상대는 허겁지겁 왼쪽으로 발을 엇디뎠다.

"감히 아가씨의 저택에!"

"시끄러워. 남의 집에서 무슨 헛소리야?"

검을 거둔 유디트의 눈에도 이제 어둠이 익숙해졌다. 그녀는 어렵지 않게 상대방의 뒤를 잡았다.

"움직이지 마."

유디트는 경고의 의미로 어깨끈을 잘랐다. 가죽 물통 떨어지는 소리와 함께 남자의 몸이 굳었다. 그러나 기세는 죽지 않았는지, 그가 버럭 호통을 쳤다.

"기사라면 정정당당하게 모습을 드러내! 이 야만인 같으니!"

먼저 기습해 놓고 뭐라는 거지. 유디트는 무심코 코웃음을 쳤다. 그러자 숨소리를 들은 남자가 곧바로 어깨를 비틀며 검을 바깥으로 후렸다.

카아아앙!

물론 공격을 허용할 유디트가 아니었다. 황금색 에테르를 두른 검이 사내의 무기를 정확하게 두 동강 냈다. 에테르 특유의 절삭력은 전보다 훨씬 예리해졌다.

유디트가 이를 갈며 경고했다.

"너야말로. 내 안에서 야만이 기어 나오게 하지 마라."

빠악!

유디트는 뭉툭한 폼멜 끄트머리로 죽지 않을 정도의 힘을 실어 남자의 관자놀이를 가격했다. 동시에 오른쪽 다리로 상대의 등을 엎어 눌렀다.

'키가……'

무식하게 큰 남자인 건 분명했다. 목을 감아서 내동댕이 칠 작정이었는데, 바닥으로 쓰러뜨리는 게 고작이었다.

하지만 상대를 무력화하는 건 손쉬웠다.

"대답해. 칼리파와 무슨 사이지?"

"큭……!"

유디트는 재빠르게 단검을 뽑아, 남자의 손목을 찌르기 직전에 멈췄다.

"계속 움직인다면 평생 손가락 일곱 개로 숫자를 세게 해주지."

에테르가 맺힌 검날이 남자의 중지 위에서 환히 빛났다. 보통이라면, 평범한 상대라면 그쯤 반항을 멈추게 마련이다.

"감히 너희가 칼리파 아가씨를 들먹여……?!"

하지만 분노를 감추지 못한 사내는 다시 한번 몸을 일으키려 했다.

유디트는 이번에야말로 일말의 자비를 보이지 않았다. 그녀가 부츠 뒷굽으로 사내의 늑골을 정통으로 가격했다.

컥, 하고 숨을 토한 남자는 단말마와 함께 벽난로 쪽으로 데굴데굴 굴렀다. 쿵 하고 찧는 소리와 함께 상대가 잠잠해졌다. 어디에 머리라도 부딪쳐서 기절한 모양이다.

"……뭐야, 대체?"

유디트는 여러모로 찜찜한 기분과 함께 단검을 회수했다. 그녀는 경계를 늦추지 않고 다가갔다. 기절한 척 다시 공격하려는 심산일지도 몰랐다. 하지만 상대는 정신을 잃은 채 고른 숨을 내쉬고 있었다. 유디트는 손가락 두 개로 남자의 숨을 확인했다.

'다행히 죽지는 않았나 본데.'

창문에서 들어오는 빛이 쓰러진 남자 앞의 벽난로를 비췄다.

동시에.

"응?"

남자의 웃옷 주머니에서 튕겨 나온 건지, 반지 하나가 바닥에 떨어져 있었다. 엄지손가락 손톱보다 큰 노란색 보석이 박힌 금반지였다. 정교하고 섬세한 세공에, 신문에서 많이 본 가문의 문장이 새겨져 있었다.

유디트는 반지를 유심히 보며 기억을 되짚었다. 이게 어디서 본 문장이더라.

"후계자의 증표인 가주 반지와 도장이 도난당했네."

잠깐만. 설마.
……설마?

✳ ✦ ✳

깨어난 남자는 자신의 이름을 레녹스라고 밝혔다. 곰처럼 무식하게 덩치 큰 남자가 몸부림을 치자 바닥이 쿵쿵 울리며 흔들렸다.

"이것 좀 풀어주십시오!"

"내가 왜 도둑의 말을 들어줘야 하는데?"

"전 도둑이 아니라 기사입니다!"

그건 누가 봐도 안다. 특히 유디트의 눈에는 훤히 보였다. 단순히 체격으로 판단한 게 아니다. 임페노르 공작가의 문양이 새겨진 손수건이며 반질반질하게 손질된 검집까지. 기사인 걸 모를 수가 없었다.

하지만 유디트는 일부러 모르는 척 물었다.

"내가 그걸 어떻게 믿지?"

"제 바짓단을 걷어 보시면 압니다. 안쪽 건틀릿에 가문의 문장이……."

"그건 벌써 확인해 봤어. 네가 기절해 있는 사이에."

"외간 남자가 기절한 사이에 몸수색을 하셨다고요?!"

"무릎이랑 팔만 확인해 봤으니 이상한 오해 하지 마. 난 집에 가면 너보다 훨씬 잘생긴 남편 있어."

"유부녀셨습니까? 그렇겐 안 보이는데……."

약간 얼빠진 녀석이군. 유디트는 레녹스의 첫인상을 간단하게 정리했다.

"문장이 건틀릿에 새겨져 있든, 이마에 새겨져 있든 그게 네 존재를 모두 증명하는 건 아니지."

차갑게 말한 유디트가 그를 쏘아보았다.

"다시 묻겠다. 넌 칼리파와 무슨 사이지?"

"……당신에게 말할 이유는 없습니다."

"그럼 됐어. 나도 내 식대로 하지."

유디트는 남자의 손에서 장갑을 벗겨냈다. 그러곤 밧줄을 들고 다가왔다.

"칼리파가 돌아올 때까지 재갈을 물려두는 수밖에."

"자, 잠깐만 기다려 주십시오! 맨살에 밧줄이 쓸리면 쓰라립니다!"

"내 알 바인가?"

유디트가 흙먼지 가득 묻은 장갑을 레녹스의 입에 쑤셔 넣으려 했다.

그러자 그가 미친 듯이 고개를 저으며 외쳤다.

"저는 임페노르 공작가 소속 기사입니다! 칼리파 아가씨를 뵈러 왔습니다!"

"소속 가문 반지를 훔쳐서 말이지?"

"……!"

"이걸 찾나?"

유디트는 레녹스의 코앞에서 반지를 허공으로 던졌다가 받아냈다. 경악에 찬 눈이 반지를 따라서 오르락내리락을 반복했다.

"돌려주십시오! 중요한 물건입니다."

"나도 알아. 공작가에서 무슨 염치로 칼리파를 찾는 건데?"

"그건……."

레녹스의 녹색 눈에 난처함이 스며들었다.

"남의 집 문까지 부순 걸 보니 염치없는 건 그쪽 특징인가?"

"제가 왔을 때는 이미 문이 열려 있는 상태였습니다."

그걸 믿으라고? 유디트가 눈으로 욕하자 레녹스가 허둥지둥 답했다.

"저도 놀라서 들어온 겁니다. 무단으로 침입할 생각은 아니었습니다."

레녹스의 연한 노란빛을 띠는 녹색 눈동자는 좀 전보다 훨씬 차분해졌다.

"믿기 힘드실 건 압니다. 하지만 이런 걸로 거짓말을 하지는 않습니다."

레녹스는 의자에 꽁꽁 묶인 채 호소했다.

"거짓말이라면 제 귀를 잘라내도 좋습니다."

"……좋아. 그럼 그건 믿어주지."

석양이 끄트머리만 겨우 보일 무렵. 유디트의 노란 눈은 무서우리만치 붉어 보였다. 레녹스는 눈앞의 상대가 정말로 제 귀를 도려낼지도 모르겠다고 생각했다.

그래도 반지를 노리고 습격한 이는 아닌 것 같았다. 그랬더라면 진작 이 자리를 떠났을 테니까.

"무턱대고 공격한 건 죄송합니다. 전 당신이 칼리파 아가씨를 해코지하러 온 사람인 줄 알았습니다."

"갑자기 공손해졌네? 묶여 있으니 많이 아픈가 봐?"

"예. 그러니 풀어주실 수 있으십니까?"

"그건 안 돼."

"그럼 제가 어떻게 해야 풀어주실 겁니까?"

"네가 몇 가지 질문에 성실하게 대답하면 생각해 보지."

유디트는 등받이가 없는 의자 하나를 가지고 와서 레녹스를 마주 보고 앉았다.

그사이 레녹스는 침착함을 되찾았다.

"황실 기사, 셨군요."

"그걸 이제 알았어?"

"흑기사십니까?"

"……."

"칼리파 아가씨께서 흑기사단에 들어가셨던 걸 압니다. 그곳에서 알게 된 분이로군요?"

"그래."

유디트는 제 정체를 절반만 밝히기로 했다. 그녀가 기사단장이라는 사실을 알린다면 상대는 아가씨를 위해서라는 명목으로 저에게 이것저것 요구하고 귀찮게 굴 것 같아서였다.

"질문은 내가 한다. 레녹스 경. 공작가에서 반지와 도장을 훔쳤다는 게 당신인가?"

"그걸 어떻게……."

"다 아는 수가 있어. 도장은 어디에 있지? 몸수색해 보니 없던데."

"……칼리파 아가씨께 보냈습니다. 반지는 제가 직접 건네드릴 생각이었습니다."

유디트가 그를 묘한 눈으로 바라보았다.

"그렇게 보셔도 후회는 없습니다. 제 독단으로 저지른 일이지만, 절도에 대한 죗값은 달게 받을 생각입니다."

"왜 그런 짓을 했어?"

"더는 공작가에 명예가 없다고 느꼈기 때문입니다."

고개를 떨군 레녹스가 대답했다. 커다란 덩치에 어울리지 않는 모습이었다.

"저는 15년간 임페노르 공작가에 적을 두었습니다."

"15년? 오래 있었네. 그럼……."

"네. 사고가 일어났을 때 칼리파 아가씨가 저택에서 쫓겨나는 모습을 직접 보았습니다."

"똑바로 말해야지. 보고만 있었던 거잖아?"

"……그렇습니다."

레녹스는 바늘을 삼키는 기분으로 대답했다. 그의 얼굴이 어두워졌다.

"예. 저는 칼리파 아가씨께서 저택에서 쫓겨나는 모습을 보고만 있었습니다."

유디트는 아무 말도 하지 않고 팔짱을 낀 채 그를 빤히 보았다.

"모두가 아가씨를 모욕할 때, 저도 아무런 의심 없이 그분이 살인자라 생각했습니다."

하지만 칼리파는 범인이 아니었다. 에드워드 폐황자와 손잡은 제르멜 아이젠이 벌인 흉계. 칼리파는 비극적 운명이라는 드레스를 입고 무대에서 내려가지 못한 인형이었다.

"진상이 밝혀진 뒤 얼마나 충격이었는지 모릅니다. 저희가…… 아니, 제 눈이 어두웠기에……."

"그래서?"

유디트가 삐딱한 목소리로 물었다.

"오래전에 끝난 일이야. 이제 와서 뭘 어떻게 하겠다는 건데?"

"아가씨를 공작가로 모시고 싶습니다."

레녹스는 눈앞에 검이 있었으면 기꺼이 칼리파에게 두 손으로 바치겠구나 싶을 만큼 절실해 보였다.

"마지막 상속 재판이 다음 주입니다! 아직 늦지 않았습니다. 칼리파 아가씨께서 마음만 있으시다면, 저는 이번에야말로 그분의 검이자 방패가 될 겁니다!"

유디트의 눈썹이 요동쳤다. 그녀의 입에서 나온 말은 좀 전보다 더욱 삐딱해졌다.

"웃기네. 칼리파가 그걸 원한대?"

"그건⋯⋯."

"칼리파가 작위를 이을 테니 반지와 도장을 훔쳐달라, 경에게 그렇게 부탁했나?"

레녹스가 곤란한 얼굴을 했다.

대충 어떤 상황인지는 이해가 갔다. 한마디로 칼리파가 가장 힘들 때 곁을 지키기는커녕 보고만 있었던 일로 죄책감을 느꼈던 모양인데.

'상속 재판 직전에 일을 친 걸로 봐선 담력은 센 모양이지?'

유디트는 레녹스에 대한 첫인상으로 얼빠진 녀석에 이어 대책 없는 녀석으로 감상을 추가했다.

"보기보다 무모한 녀석이군."

어릴 적에 공주와 기사가 나오는 동화깨나 읽었던 모양이다.

"칼리파가 자길 쫓아낸 가문을 이끌어가야 할 의무는 없어."

"하지만⋯⋯!"

"네 알량한 죄책감에 칼리파를 말려들게 하지 마."

칼리파는 가문으로 돌아가라고 권유했던 루이와 레이먼에게 분명히 밝혔다. 아직도 임페노르의 성을 지고 있는 것은 아버지와 어머니에게서 받은 것이기 때문이라고. 그 자리에는 유디트와 비올레도 있었다.

"칼리파가 자길 버린 곳으로 돌아가서 꾸역꾸역 공작위를 물려받는 게 무슨 의미가 있는데?"

"그분은 마지막 임페노르 직계입니다! 어떻게 공작가와 무관할 수 있겠습니까?"

"그건 공작가에서 알아서 할 일이지. 칼리파 본인이 작위를 상속받지 않겠다고 했잖아?"

"아가씨께서 보란 듯이 공작가로 돌아와 잘 지내시는 게 아무 의미 없다는 말씀이십니까?"

"그래."

"말도 안 됩니다!"

레녹스의 얼굴이 발갛게 달아올랐다. 그가 버럭 화를 냈다.

"보란 듯이 잘사는 모습에 왜 의미가 없습니까!"

"칼리파의 인생은 다른 사람의 죄책감을 덜어주기 위한 게 아니야. 그 애가 너 같은 사람에게 위안을 안겨주려고 싫다는 작위까지 물려받아야 해?"

유디트의 목소리에서 한기가 뚝뚝 묻어나왔다. 그녀가 싸늘하게 일갈했다.

"자기 욕심으로 일을 저질렀으면서 칼리파를 위해서라는 변명하지 마."

"……."

정곡을 찔린 레녹스는 이내 입을 다물어 버렸다. 유디트의 말이 냉담할지언정 틀린 점은 하나도 없었던 탓이다.

풀이 죽은 그가 시무룩한 얼굴로 바닥을 보았다. 유디트도 입을 다물었다. 대화가 사라지자 실내는 순식간에 조용해졌다.

신기하게도 마부의 말마따나 비가 내리기 시작했다. 유디트는 자리에서 일어나 창문을 꽉 닫았다. 시간이 지나자 빗소리에 마음도 조금 차분해지며 이성을 되찾았다.

'키가 커서 그런가.'

자꾸 기류와 겹쳐 보이는 게, 더 구박할 마음이 안 들었다.

사실 유디트도 레녹스의 마음이 조금은 이해가 갔다. 그녀도 아무런 죄 없는 칼리파가 어떤 식으로든 잃어버린 날들에 대한 보상을 받아내길 원했었다. 루이와 레이먼도 칼리파에게 가족 없이 혼자서만 지내는 삶이 얼마나 위험할지 생각해 보라며 열심히 설득하지 않았던가.

하지만 칼리파는 공작가를 무작정 피하다시피 했다. 인연을 맺고 싶지 않은 눈치였다. 그러니 원하는 대로 하게 내버려 두어야 했다.

"한 가지만 여쭙고 싶습니다."

한참 뒤 레녹스가 입을 열었다.

"경께서는 아가씨의 기사단 시절 지인이라고 하셨지요."

"그래."

"아가씨께선 그동안 잘 지내셨습니까?"

"이제 와서 그런 게 궁금해?"

그가 어물어물 입을 열었다.

"압니다. 뻔뻔하게 보이시겠죠. 하지만 저는 이미 미운털이 박혀서 아가씨께 여쭤볼 수가 없었습니다."

염치는 염치고 걱정은 걱정이었다. 레녹스는 고개를 들며 유디트를 똑바로 응시했다.

"솔직히 말하면 놀랐습니다. 아가씨께서는 기사단에서도 가장 더럽고 음습하다는 흑기사단으로 들어가시지 않았습니까?"

"……더럽……."

"아, 물리적인 의미가 아닙니다. 물론 아가씨는 깨끗한 것을 좋아하셨지만요!"

어디까지나 비유적인 표현이라며 레녹스는 이를 갈았다.

"그런 곳에서 경 같은 지인을 사귀셨을 줄은 몰랐습니다. 그동안 야비하고 더러운 흑기사 놈들이 무슨 위해라도 끼친 건 아닐까 싶어 걱정했습니다. 항상 신경 쓰지 말라는 대답만 들었는데…… 으읍? 흐우후? 후후우흐흡?"

재갈을 문 레녹스가 억울하다는 눈으로 유디트를 올려다보았다. 유디트는 뚱한 얼굴로 삐딱하게 짝다리를 짚고 섰다.

"칼리파가 돌아오면 풀어주지."

"으후에오!"

아직까진 흑기사단에 대한 세간의 평가가 이 정도란 거겠지. 어쩔 수 없다는 걸 알면서도, 유디트는 못마땅한 얼굴로 손을 탁탁 털었다.

물론 속사정을 모르는 레녹스로서는 억울한 일이었다.

"이어후! 우훕!"

"욕하지 마. 일단 반지는 내가 가지고 있을 테니……."

유디트의 말이 끊긴 건 그때였다. 저택 바깥, 정확히는 문가 근처에서 인기척이 느껴졌다.

'칼리파…… 는 아니잖아? 한 명이 아냐.'

레녹스를 보자, 마찬가지로 그도 무언가를 느꼈는지 반항하던 걸 멈췄다. 레녹스는 세찬 도리질을 했다. 자신과는 무관하다는 의사 표시였다.

무겁고 두툼한 천이 빗물을 먹는 소리. 절그럭거리는 금속음.

'후드를 쓴 사람이 여러 명…….'

칼리파의 작위 상속 건으로 찬성과 반대로 나뉜 공작가.

당장 다음 주에 열린다는 재판. 빼돌린 반지와 도장.

유디트는 칼리파가 상담하고 싶다는 일이 무엇인지 확실하게 깨달았다.

오후 일찍부터 집을 비운 이유는 이런 일을 대비한 걸까? 그런 거라면 현명한 선택이다.

"문고리를 박살 내신 분들께서 직접 행차하신 모양인데?"

"이엄함이아!!"

"사정은 대충 알겠어. 걱정 마."

유디트는 레녹스에게 보여주듯 반지를 퉁겼다.

"어차피 경 혼자서는 지키지도 못하잖아?"

"아애이아!"

안 되긴 뭐가 안 돼.

동시에 쾅, 하는 소리와 함께 저택 문이 열렸다. 한 무리의 사내들이 후드를 걷으며 들이닥쳤다. 그중 가운데에 있던 녹색 머리의 남자가 의기양양하게 외쳤다.

"레녹스! 이 쥐새끼 같은 놈! 역시 여기 있었…… 구나……?"

정확히는, 외치다가 말았다.

"이엄하이아! 히하헤호!"

"피하긴. 이봐, 거기 너."

유디트의 시선이 소리 지르던 남자에게 향했다.

"상황 정리 좀 하고 가지. 칼리파를 찾으러 온 놈이냐?"

"너, 넌 누구……."

"아니야? 이걸 찾는 거잖아?"

팅!

노란색 반지가 가벼운 소리를 내며 허공에서 핑그르르 돌았다. 사내의 안색이 돌변했다.

"미, 미친놈! 그게 얼마나 중요한 건 줄 알아! 당장 내놔!"

"옛 주인집에 와서 칼부터 뽑아 드는 게 요즘 공작가 기사들 유행인가."

"닥쳐!"

차르릉!

깔끔하게 검을 빼 든 금발의 사내가 유디트를 향해 검을 겨눴다.

"나는 임페노르 공작가의 시노어 베르톨이다! 당장 그 반지를 내놓고 꺼져라."

"싫다면?"

"우리가 공작가의 기사라는 걸 알면서도 혓바닥을 놀리다니, 배짱이 좋은 놈이군."

"내가 배짱이 없으면 체면이 안 사는 사람이라서 말이야. 그런데……."

유디트가 자못 침착한 목소리로 물었다.

"저택 문고리를 박살 낸 게 너희냐?"

"그런 걸 네놈이 알 필요 있나?"

"똑바로 대답해. 제대로 대답하지 않으면 부정을 긍정으로 간주하겠다."

한창 결박을 풀던 레녹스가 귀를 의심했다. 저게 무슨 논리지?

"칼리파의 저택 문을 박살 내고 침입한 게 너희냐고 물었다."

"도장도 네년이 가지고 있겠군? 죽고 싶지 않다면 내놔!"

"쯧."

유디트가 혀를 찼다. 그녀가 반지를 주머니에 넣으며 중얼거렸다.

"……가 저걸……."

"뭐라고?"

그러나 사내는 다음 말을 듣지 못했다.

차라라랑!

번개 같은 속도로 검을 뽑은 유디트가 달려들어 벼락같은 검세를 펼친 탓이었다.

"내가 저걸 고치느라 얼마나 고생했는데!"

"우, 우와아아아악!"

하루가 유난히 길다. 빨리 정리하고 집에 가야지.

스릉! 차라랑! 챙!

사내들은 동시에 검을 뽑았다. 그러나 여섯 개의 검이 동시에 휘둘러질 만큼 넉넉한 실내가 아니었다. 그들은 당황하며 뒷걸음질 쳤다.

반면 유디트는 자유로웠다. 그녀가 아무런 망설임 없이 침입자를 향해 나무 의자를 집어 던졌다.

퍼억!

"컥……!"

"나가! 이 망할 것들아!"

레녹스는 입을 떡 벌렸다.

'체어샷!'

그것도 10점 만점의 10점짜리 체어샷이었다. 몸부림 끝에 간신히 결박을 푼 레녹스가 그녀를 뒤따라 나갔다.

"조, 조심하십시오! 시노어 경은 공작가에서도 상당한 실력자……!"

쏟아지는 빗줄기 아래. 은을 뿌려둔 것 같은 머리카락. 망토와 제복을 스치는 빗방울까지. 검을 쥔 여자는 은색과 검은색으로 빚은 피조물 같았다.

금빛을 두른 검이 상대의 후드를 조각냈다. 자비 없는 손속에 경악한 건 레녹스뿐만이 아니었다. 파랗게 질린 시노어가 악을 쓰며 사선으로 검을 내려쳤다.

"죽어!"

그러나 검날은 유디트의 망토조차 닿지 못하고 공허한 소리만 냈다.

키이이잉!

유디트는 가볍게 상대의 일격을 흘렸다. 그러곤 시계 반대 방향으로 몸을 비틀어 그대로 상대의 칼끝을 바닥으로 처박았다. 두꺼운 장화 뒷굽이 상대가 비틀거리는 틈을 타 안면으로 향했다.

"크헉……!"

남자 하나가 그대로 빗길에 나동그라졌다.

도무지 끼어들 틈이 없다. 레녹스는 눈앞에서 벌어지는 일임에도 제 눈을 의심했다. 꼭 저에게 한 것처럼 관자놀이를 팔꿈치로 가격하는 유디트의 모습은 노련한 사냥꾼 그

자체였다.

찰방!

그녀가 얼마나 재빨랐는지, 바닥에 퍼진 물은 파문이 잦아들 틈이 없었다.

유디트는 상대를 죽이지 않았다. 난데없는 비 때문에 시야조차 제대로 확보되지 않는 상황이건만.

봄에 내리는 꽃비처럼, 한겨울에 내리는 싸락눈처럼 빠르게 떨어지는 빗방울을 정확하게 가로지르는 검.

차아아악!

물보라와 함께 멈춘 발놀림이 발레리나처럼 깔끔했다.

고양이처럼 몸을 굽힌 유디트는 사각을 노리고 검을 찔렀다. 상대의 뼈를 가루로 만들 만큼 강한 일격이 가로막는 무기를 동강 냈다. 허둥지둥 유디트를 상대하던 이들은 순식간에 빗길에 나동그라졌다.

명확한 실력 차이. 공작가의 기사로서 오랜 세월을 보내온 레녹스는 물론, 이런 상대를 예상조차 못 해본 시노어도 당혹을 감추지 못했다.

"대, 대체 어디서 튀어나온 놈이냐! 소속을 밝혀라! 기사답게⋯⋯!"

"기사답게에?"

자세를 바로잡은 유디트는 몹시 유감스럽다는 목소리로 말꼬리를 잡았다.

"말 한번 잘했군."

퍼억!

유디트가 상대의 턱주가리를 걷어찼다.

"이것들이, 여섯 명이 한 명을 공격한 주제에 어디서 기사를 찾아!"

그녀가 시노어의 검을 가볍게 넘겼다.

레녹스는 얼빠진 얼굴로 그 광경을 바라보았다. 소낙비가 쏟아지는 밤에 공작가 기사 여섯 명을 피 한 방울 내지 않고 제압하는 게 가능한 일이라고?

'황실 기사가 저렇게 강했던가?'

시노어는 임페노르 공작가에서도 손꼽히는 실력자다. 그는 칼리파가 돌아오는 걸 반대하는 기사 중 한 명이었다. 설마 아가씨의 저택까지 막무가내로 찾아올 줄은 몰랐지만, 그보다 더 놀라운 사람은 순식간에 상황을 정리한 검사였다.

'저렇게 규격 외로 강할 수가 있다고?'

나였다면 저 자리에서 검을 들고 반지를 지켜낼 수 있었을까. 그는 감히 대답할 수 없었다.

레녹스는 상대가 자신에게 재갈을 물렸음에도 억울한 마음일랑 전부 잊고 말았다. 빗속에서 검을 휘두르는 그녀의 모습은 그만큼 압도적이고 강렬했다.

저런 기사가 여태껏 알려지지 않았을 리 없는데. 대체 누구지?

비슷한 감상을 가진 건 시노어도 마찬가지였던 모양이다. 그가 부러진 앞니를 왼손으로 감추며 소리쳤다.

"너, 어, 대체 어디에서 튀어나온 거야!"

대답은 없었다. 황금빛 칼날이 시노어의 검을 두 쪽 낸 그 순간에도. 칼날에 실금처럼 미세한 균열이 퍼져 조각나며 바닥으로 떨어질 때도. 달빛과 물방울이 부러진 검날을 푸르게 비출 때도 유디트는 말이 없었다.

철그렁!

흠뻑 젖은 시노어는 제 목젖까지 다가온 검날을 보며 칼자루를 놓았다. 그가 양손을 들어 올렸다.

"오늘 일에 불만이 있다면 황실로 찾아와라."

순식간에 여섯 명을 모두 물에 빠진 생쥐 꼴로 만든 유디트가 예리한 검을 우아하게 집어넣었다.

"와서 흑기사단장 유디트 르왈흐메이를 찾도록 해."

유디트?

광룡 폭주와 베르크스 수성전의 영웅, 유디트 르왈흐메이?

"난 도망치지도 숨지도 않아. 대신 내가 칼리파처럼 자애롭지도 않다는 걸 명심해라."

"어…… 어어…… 어……."

"또다시 이곳에 발을 들인다면, 그때는 너희의 손톱과 발톱을 모조리 생으로 뽑아버리겠다."

무서우리만치 살벌한 충고였다. 시노어는 자신의 가슴

을 지그시 밟아 누르는 상대에게 완전히 기가 질렸다.

히이이잉!

때마침 요란하게 언덕을 올라오는 마차 소리에 시선이 돌아갔다. 르왈흐메이 후작가의 마차였다.

"유디트!"

머잖아 마차가 멈추더니, 칼리파가 내렸다. 마부를 통해 엇갈린 걸 알자마자 달려온 모양이다.

유디트는 즉시 상대를 짓누르던 발을 내렸다.

"칼리파. 길이 두 번 엇갈렸다간 큰일 나겠다."

"농담할 때가 아니잖아!"

"엉엉 울 상황도 아닌데 뭘. 내가 와서 다행이지?"

그녀는 주머니에서 반지를 꺼내 칼리파에게 쥐여주었다.

"세상에……."

"자세한 이야기는 저 사람에게 듣는 게 좋을 거야. 그리고 문고리 부순 거 나 아니다?"

송곳처럼 날카로웠던 기색은 어딜 가고, 거기엔 천사처럼 다정하게 웃는 기사 한 명만 남아 있었다.

반지를 받아 든 칼리파가 할 말을 잃은 것도 잠시, 그녀가 문가에 서 있는 남자를 응시했다.

"칼리파 아가씨……."

"레녹스."

처음에는 분명 차분한 얼굴이었으나, 곧 칼리파의 고운

미간이 찡그려졌다. 흠뻑 젖어 있는 유디트에 비해, 레녹스는 거의 젖지 않고 뽀송뽀송한 상태 그 자체였다.

"레녹스. 이 빗속에 유디트를 혼자 싸우게 하다니."

"아, 아닙니다! 조금 전까지 그분이 절 밧줄로 묶어두신……."

"칼리파. 나 추워. 얼른 돌아가고 싶은데."

유디트가 노골적으로 말을 돌렸다. 유디트는 레녹스에게 눈치를 챙기지 않으면 가만두지 않겠다는 사인을 보냈다. 레녹스는 조금 억울한 기분이 들었지만 입을 꾹 다물 수밖에 없었다.

"저택에 가서 이야기해."

"……그래. 감기 걸리겠다."

칼리파는 바닥을 기어가는 시노어를 벌레처럼 흘겨보았다가, 못 본 척 눈을 돌렸다. 여섯 명의 사내가 서로를 챙기며 사라졌다.

유디트는 뒤늦게서야 재채기를 했다.

"에취!"

유디트의 재채기에 그녀보다 더 놀란 사람은 레녹스였다. 그가 어찌할 바를 몰라 하며 유디트의 눈치만 살피자, 유디트는 선심을 쓰듯 말했다.

"뭐 해, 레녹스 경?"

"예?"

"안 탈 거야? 그럼 놓고 갈 테니까 여기서 살든가."

"가겠습니다!"

칼리파는 조금 불만스러운 표정이었지만 일은 그렇게 마무리되었다.

✷　✲　✷

저택으로 돌아온 유디트는 따뜻한 물로 씻었다. 말끔한 옷으로 갈아입고 나올 때까지 손님을 상대하는 건 기류의 몫이었다. 낯을 제법 가리는 칼리파지만 유디트는 기류가 잘 상대해 주리라 믿었다.

한 시간 뒤, 환복을 마친 유디트가 칼리파를 티 룸으로 불렀다. 이미 사방은 깜깜해서, 별들도 숨죽이고 있는 시간이었다.

"손님 응대 고생했어요, 기류."

"별말씀을."

기류가 그녀의 뺨에 살짝 키스한 뒤 서재로 올라갔다. 그 광경을 본 칼리파는 무심코 픽 웃어버렸다.

"왜 그래?"

"보기 좋아서. 비올레가 봤으면 부럽다고 투덜거렸을 거야."

칼리파조차도 살짝 부러워진 광경이었다.

"……미안해, 유디트. 자꾸 잘 지내는 사람에게 폐를 끼치네."

"아니지. 내가 원하는 건 그런 말이 아니라니깐!"

팔짱을 낀 유디트가 테이블에 기댄 채 삐진 척을 하자, 칼리파가 말을 고쳤다.

"……항상 고마워."

"나야말로. 힘들 때 불러줘서 기뻐."

두 사람은 레몬티를 한 모금씩 마셨다.

칼리파는 천천히 이야기를 꺼냈다. 이미 한 달 전부터 칼리파에게 마지막 작위 상속 재판에 참여해 달라는 편지가 물밀 듯이 밀려오고 있었다.

"편지만 온 건 아니었어. 어떨 땐 공작가에서 직접 사람들이 찾아오기도 했지."

"싫다는 사람한테 민폐가 따로 없네."

"나는 상관없지만, 글쓰기를 가르쳐 주는 아이들이 겁에 질리는 바람에 난처하더라고."

"그때 날 찾아오지 그랬어. 사람을 붙여서 다 쫓아내 줬을 텐데."

"그러게. 그럴 걸 그랬나?"

말은 저렇게 해도 찾아오지 않았을 것이다. 칼리파는 유디트와 마찬가지로 자신이 겪고 있는 일을 쉽사리 남에게 터놓는 성격이 아니었다.

"한창 그렇게 정신없을 때, 우편으로 도장이 도착한 거야."

도장을 받은 순간, 칼리파는 머잖아 자신의 집으로 공

작가 기사들이 들이닥치리란 것을 예상했다.

"안 좋은 예감이 들어서 네게 연락했던 건데, 이렇게 될 줄은 몰랐어."

"연락 잘했어. 세상이 얼마나 무서운데. 눈 감으면 코 베어 가는 거 알지?"

"넌 눈 뜨고 있는 시모어 경의 콧대까지 부러뜨렸고 말이야."

"그래도 싸. 하여튼 그만큼 위험하다는 거야."

현재 칼리파의 신분은 대단히 애매했다. 그녀는 작위를 거부했으나, 부모가 물려준 영지와 성을 가지고 있었으며 평민이 아니다. 상당한 재산을 가진 여성이지만, 기사나 경비를 고용하지 않고 혼자 지내는 시간도 상당했다.

"수도의 치안이 아무리 좋다지만, 아까처럼 작정하고 기사 대여섯이 몰려오면 당해낼 도리가 없지. 네 실력을 못 믿는 건 아니지만……."

"알아, 유디트. 네가 뭘 걱정하는지."

주절주절 덧붙이는 유디트에게 칼리파가 싱긋 웃어 보였다.

"실은 그래서 오늘 너를 만나 상담하려 한 거야. 작위를 이을까 생각하고 있다는 것도 말할 겸."

"뭐?!"

유디트는 깜짝 놀랐다. 그녀는 찻잔을 든 채로 소파에서 튀어 오를 뻔했다.

"저번엔 관심이 없다고 말하지 않았어?"

"맞아. 그랬지."

칼리파의 미소는 호숫가에 부는 바람처럼 잔잔했다.

"그런데 유디트, 너를 보면서 마음이 조금씩 움직인 거 같아."

"날 보면서?"

"응. 명예보다는 돈이라고 하던 네가, 흑기사단을 바꿔 보려고 애쓰는 모습을 보면서……."

새싹 같은 마음은 아주 조금씩 움텄다.

여전히 칼리파는 자신을 쫓아냈던 임페노르 공작가가 원망스러웠다. 그때의 그녀가 바랐던 것은 작위나 재산 따 위가 아니었다.

그녀의 결백을 믿어줄 가문. 그녀의 방파제가 되어줄 연 인. 그녀의 무죄를 증명해 줄 기적이었다.

하지만 가장 바라는 것을 원하는 순간에 얻는 건 기적에 가 까운 일이다. 칼리파는 그 사실을 조용히 받아들이기로 했다.

"난 이제 영원히 피해자로 남고 싶지 않아. 에드워드의 역겨운 연극은 다 끝났잖아."

"……칼리파."

연극이 끝나고 관객의 박수가 멎으면 배역은 생명을 다 하며, 배우는 무대에서 내려와 새로운 지평으로 나아간다.

칼리파에게 주어진 역겨운 배역은 전부 끝났다.

"그러니 이제는 나를 위해서 보란 듯이 잘살아보려고 해."

"……네 의지야?"

"응. 내 선택이야."

나의 사랑하는 친구로부터 시작된 또 다른 선택. 칼리파가 고개를 끄덕이자, 아름다운 백금발이 물결치듯 흔들렸다.

"뻔뻔하게 들리니?"

"……아니. 그럴 리가."

배우를 사랑하면, 그가 어떤 배역을 맡건 사랑하게 되는 법이다.

"칼리파. 네가 원해서 선택한 일이라면, 넌 무엇이든 할 수 있어."

너는 혼자가 아니니까. 내가 아주 사랑하고 아끼는 친구니까.

유디트의 호박색 눈동자는 꽉 찬 보름달처럼 밝고 다정하게 빛났다.

＊　＊　＊

칼리파를 손님방에 들여보낸 유디트는 자기 전에 레녹스를 만났다.

"여러모로 실례가 많았습니다, 유디트 경."

졸지에 르왈흐메이 저택에서 묵게 된 레녹스는 꾸벅, 고개를 숙였다.

"제 행동이 얼마나 경솔했는지, 이번 일로 잘 알게 되었습니다. 경께는 정말…… 크나큰 폐를 끼쳤습니다."

"알면 됐어. 다음에는 그러지 마. 다음 기회가 있을진 모르겠지만."

공작가의 물건을 빼돌린 것은 엄연한 절도죄다. 레녹스가 무사히 공작가로 돌아갈 수 있다면 기사단에 잔류할 테지만, 그러지 못한다면…….

"레녹스 경."

"예."

"경은 이번 일로 공작가에서 쫓겨날지도 몰라. 후회 안 하나?"

"하지 않습니다."

"바로 대답하네?"

의외다. 유디트는 그가 조금은 후회한다고 말할 줄 알았기에 놀랐다.

"공작가에서 오래 지냈다고 하지 않았어?"

"쫓겨난다면 아쉬움은 있을 겁니다. 하지만 그때의 저는 그 방법밖에 없다는 걸 알고 있었으니까요."

아마 시간을 돌려도 같은 선택을 할 거라고, 레녹스는 멋쩍은 웃음을 지으며 말했다.

"아쉬움은 있을지언정, 후회는 없습니다. 다만 칼리파

아가씨께서 행복하시길 바랄 뿐입니다."

"……그런가."

칼리파의 행복. 하긴, 그것만큼 더 중요한 건 없다.

가장 바라던 것을 원하는 순간에 얻을 수 있다면 얼마나 좋을까.

아버지와 어머니의 칭찬은 상장을 들고 가는 바로 그 순간에. 선생님의 다정한 칭찬은 그걸 가장 간절하게 원했던 12살 때에. 갓 구워진 빵은 가장 맛있게 먹을 수 있는 점심시간에 주어지면 좋겠지만. 인생은 타이밍이 중요하고, 대부분은 엇갈리고 만다.

하지만 그 엇갈림에서 태어난 아쉬움이야말로 인간의 욕망을 만드는 법. 그리고 욕망을 다룰 줄 아는 사람은 행복해질 수 있다. 유디트는 그렇게 믿었다.

"레녹스 경. 나이가 어떻게 되지?"

"아, 저는 스물네 살입니다."

"생각보다 젊네."

좋을 때다.

유디트는 늙은이 같은 소리를 하려다가 말았다.

"공작가에서 쫓겨난다고 해도 계속 기사로 살도록 해."

"예?"

"생각보다 실력이 괜찮아서 하는 소리야. 나보단 못하지만."

"아…… 영광입니다!"

"영광은. 그냥 그랬다는 거야."

슬슬 기류가 혼자서 쓰기엔 침대가 넓다고 투덜거릴 시간이었다. 그녀는 긴 하루를 마무리하며, 흘러나오는 하품을 꾹 눌러 참았다.

"다음 주 상속 재판 때는 나와 경이 함께 칼리파를 호위할 거야. 검 손질 제대로 해놔."

"……알겠습니다! 잘 부탁드립니다!!"

"응. 손님방은 저쪽이야. 잘 자고 내일 보자."

밤 인사를 마친 유디트가 그를 뒤로했다.

절도죄로 기사단을 나간 레녹스가 흑기사단장의 부관으로 지원하게 되는 건 조금 더 먼 훗날의 일이다.

유디트가 그를 부관으로 받아들이는 데는 새로운 임페노르 공작의 추천서가 결정적인 역할을 했다는 후문이 있다.

외전 〈완결〉